另一種現代性
——「論語派」論

呂若涵　著

第四輯

總序

　　福建師範大學已歷經百又十年春秋，回想晚清帝師陳寶琛弢庵先生創立「福建優級師範學堂」時所題校訓：「化民成俗其必由學，溫故知新可以為師」，將教育宗旨植根於「學」字，堪稱高瞻遠矚。百多年來，學校隨著時代的更替發展變遷，而辦學理念始終沿循校訓精神，學高為師，身正為範，英才輩出，教澤廣布，為學術建設與文化教育作出了富有意義的貢獻。從我校文學院協同臺北萬卷樓圖書公司編選出版的「百年學術論叢」前三輯三十種論著，以及這次推出的第四輯十種作品，均可印證這一觀點。

　　第四輯又再現「四代同堂」的學術勝景：已故李萬鈞先生的《中西文學類型比較史》開拓了中西文類比較研究的遼闊視野；資深學者中，林海權先生的《李贄年譜考略》以精密的考辨展示了明代著名思想家李卓吾的生平事跡，歐陽健先生的《中國歷史小說史》以史論結合方式展現了中國歷史小說的發展脈絡，賴瑞雲先生的《孫紹振解讀學簡釋》昭顯了孫紹振先生文本解讀學體系的理論與實踐意義，譚學純先生的《廣義修辭學研究——理論視野和學術面貌》開拓了修辭學發展的一個嶄新局面；中青年學人中，祝敏青《當代小說修辭性語境差闡釋》就修辭性語境差問題作了細緻的解析，王漢民《傳統戲曲與道教文化》將戲劇連同宗教作有機的思考，袁勇麟《中國當代雜文史》梳理了兩岸三地雜文五十年的發展演變，呂若涵《另一種現代性——「論語派」論》對論語派散文作出切實的價值評估，蔡彥峰《元嘉體詩學研究》對劉宋時期詩學進行了系統的深入探討。

　　以上只是簡約提示本輯各位作者各有專攻和創獲。綜觀這四輯四十種論著，可謂蔚然大觀，並有學脈貫通。六庵先生之經學，桂堂先生之散文學，喆盦先生之詩學文說，穆克宏先生之六朝文學，李萬鈞先生之比較文學，陳一琴先生之詩話批評，孫紹振先生之文本解讀學，姚春樹先生之雜文史，齊裕焜先生之小說史，陳良運先生之詩學史，莊浩然先生之話劇史，陳慶元先生之福建文學史，以及其他學者的專題著述，不僅體現了我校人文學術的特色優勢，也呈示了我校文學院薪火相傳、嚴謹精進的治學傳統。溫故知新，繼往開來，理應為我輩後學義不容辭的學術使命。

　　近幾年來，我校文學院持續開展和加強兩岸文化教育的交流合作活動，以文會友，廣結善緣，深獲臺灣學界同仁的鼎力支持和真誠勉勵，我們對此感念於心，永誌不忘！兩岸一家親，閩臺親上親，血緣割不斷，文緣結同心。在此戊戌仲春之際，我依然深信，兩岸的中華文化傳人，秉持同種同文的民族自尊心、自信心和責任心，必將跨越歷史鴻溝，進一步交流互動，昭發德音，化成人文，為促進中華文化復興繁榮而共同努力！

汪文頂

西元二〇一八年夏正戊戌仲春序於福州

目次

導論

一

　　「一個時代的文化是一個統一體，無論它有多少不同的分支和表面的矛盾。只要觸及其中的任何一部分，它就會揭示自身的秘密：一旦結構暴露，部分就揭示了整體。」[1]五四文學革命是一個說不盡的話題，它的鮮活處在於賦予了文學個性張揚的時代特色，具有單純中見豐富這一特質，儘管構成它的每一部分都可供反覆發現、闡釋，但仍不失為構成整體的有機因子；相比之下三十年代初中期的現代文壇，文學或文化「整體」卻籠罩著難以說清的如黃梅雨季節的曖昧氛圍，其結構不僅層次難分，且糾葛重重，歷史擺在那兒，卻很難撩開它的面紗，一窺其真面目。試圖通過對論語派的研究揭開三十年代文學（文化）秘密正是這樣一個令人困惑的過程。

　　與研究對象的豐富複雜性相反，論語派研究在很長時間裡存在著思維方法和結論較為單一的傾向。在論語派生成、發展的三十年代，正是文壇上《現代》派、京派、海派以及散文中的《太白》派、《水星》派等紛紛出現之際，也是自由主義文學思潮、左翼文學思潮、民族主義文學思潮湧動之時，各自的文學旗號、理論口號、刊物的競爭、社團流派的論辯以及五花八門的文學實踐，實際上形成三十年代文學在「義士紛紛說帝秦」的年代裡百舸爭流的多元局面。當時為左

1　〔美〕邁克爾・赫爾方：《伊甸園之門——六十年代美國文化》〈譯本序言〉，〔美〕
　　Morris Dickstein：《伊甸園之門——六十年代美國文化》（上海市：上海外語教育出
　　版社，1985年）。

翼作家所詬病的是論語派在民族危亡的關頭，非但不能如魯迅所說，
於「風沙撲面，虎狼成群」的時候「直面慘淡的人生」，反而鑽入
「自我」的牛角尖，而且還為「為笑笑而笑笑」的無聊「幽默」作著
自我辯解。左翼作家批評說，這最終只會將粗礪的人心漸漸地磨得平
滑，成為魯迅所說的統治階級的「幫閒文人」。在文學觀上，他們也
被左翼作家批為「沒落」、「落伍」的現代隱士，阿英在《現代十六家
小品》〈林語堂序〉中對論語派的幽默主義進行了經典性界定：在一
個社會的變革期中，由於黑暗現實的壓迫，文學家大概有三條路可
走。一種是「打硬仗主義」，對黑暗的現實迎頭痛擊，不把任何危險
放在心頭。在新文學中，魯迅可算是這一派的代表。二是「逃避主
義」。阿英說，這一班作家因為對現實失望，感覺無事可為，事不可
說，倒不如「沉默」起來，「閉戶讀書」，即使肚裡也有憤慨。這一派
以「草木蟲魚」時代的周作人作代表。第三，「幽默主義」。阿英認為
「幽默主義」作家打硬仗沒有這樣的勇敢，實行逃避又心所不甘，諷
刺未免露骨，說無意思的笑話會感到無聊，其結果，就走向「幽默」
一途，此種文學的流行，也可以說是「不得已而為之」。魯迅與阿英
的結論，有自己的立場，即強調文學的掙扎和抵抗的一面，但較之同
時代左翼青年批評家的否定和批判，仍然不失中肯。然而，五十年代
至七十年代末，大陸受到「左」傾的思維方式與話語方式、政治意識
形態偏見的控制，現代文學研究者基本上是以政治定性後的作家身分
來判斷其創作傾向和文學價值，以政治上的左、中、右陣營的劃分來
代替對文學現象生成的諸多原因的探討。這個階段論語派研究由於科
學論證與具體分析缺席而無法正常展開，王瑤先生的《中國新文學史
稿》中對林語堂與論語派，仍沿用「說笑話」、「逃避現實」等魯迅及
左翼文學的固有批評；其他一些文學史政治偏見或更明顯。這些簡
單、粗暴、庸俗社會學的判斷，正是二十世紀五十年代一體化的、思
想規訓時代的結果。

　　二十世紀七十年代末，思想禁區被逐步打破。林語堂研究受益於八十年代現代文學研究中大為興盛的「作家論」，彼時正在荒廢多年的學術園地中開疆拓荒的學者們高度關注那些長期被文學史所湮沒、遮蔽的一大批作家。萬平近、施建偉等學者較早選擇林語堂作為研究對象，還帶著幾分地域文學研究的因素，但在利用史料說話、給予作家同情之理解上，給人耳目一新之感。他們肯定林語堂語絲時期的叛徒精神，從文學創作風格的多樣化、個性化方面，對「幽默」文學開始有保留地加以肯定。[2]學術研究解禁的步子越來越大，便為九十年代研究林語堂的「文化情懷」打下了很好的基礎。至於論語派，雖然仍有戴帽定性的思維慣性，作出諸如「我們可以從林語堂的政治傾向和階級屬性來判斷論語派的性質，那就是帶有封建性的資產階級流派」[3]的判斷，但八十年代初中期唐弢率領的《中國現代文學史》編寫組，就已經著重從文學藝術成就來肯定林語堂與論語派，唐弢在《中國現代文學史簡編》中認為周作人、林語堂、沈從文、朱光潛等是「自由主義傾向比較明顯的作家」，「他們的創作傾向是重視藝術、講究意象，離開社會現實較遠，有的還提倡幽默，表現『性靈』」。[4]這時期多角度的研究視野尚未展開，也缺少從流派角度進行的全面和宏觀的研究。

　　論語派的研究進程與九十年代展開的流派、社團、思潮的研究是同步的。京派和海派研究成果豐碩，研究格局開闊。而無論是京派還是海派，或多或少都要牽涉到論語派，可以說，京派海派的研究對於

2　萬平近先生參與了唐弢主編的《中國現代文學史》工作。在撰寫《林語堂論》時，提出要「對林語堂的文學生涯及是非功過，實事求是地加以評析，力求得出比較科學的公允的結論。」《林語堂論》〈後記〉（西安市：陝西人民出版社，1987年），頁243。

3　邱文治：《現代文學流派研究鳥瞰》（天津市：天津教育出版社，1992年），頁190。

4　唐弢：《中國現代文學史簡編》（北京市：人民文學出版社，1984年），頁36。

認識論語派的文化屬性，開啟了新的視窗。京派、海派、論語派的研究又與九十年代初期中國大陸的主要都市開始出現閒適文化潮有關，古今閒適小品文出版熱出現，期刊報紙的文藝副刊份量增多，文藝專欄的設置花樣百變，京滬廣等大都市文化圈出現，這些令人目眩的變化，在相當程度上參與並影響了現代文學的都市文化研究。學者們身處這樣的文化氣氛裡，很容易便將二十年代文學與八十年代文學、三十年代文學與九十年代文學相提並論。論語派獨特的文化屬性之所以開始引人注意，一方面表現在它推崇周作人、俞平伯、廢名等「老京派」的「言志」文學體系；另一方面表現在它又融入了海派文學中的重要元素。正如許道明在《海派文學論》中認為：「京海兩派在《論語》、《人間世》和《宇宙風》上的合流，在發展了彼此藝術上的優長的同時，在革命的三十年代，確實又發展了彼此思想上的薄弱面。」「《現代》和《論語》作為海派文學在本時期最重要的陣地，為海派作家隊伍的擴大發生過巨大的作用」。[5]論語派複雜而非單一的現代文化特性啟發了研究者進一步探討二十年代以啟蒙為核心的精英文化向三十年代市民文化轉型的過程。

　　但是，充滿靈氣的文化研究可能打開一個新的認識視域，也可能繞過一些堅硬的大石頭。這塊石頭就是消失已久、禁忌多年的「自由主義」話題。京派文學在現代文學史上顯然更容易被當作自由主義文學的正宗一脈，而海派都市文學的溫漫，常令研究者找不到思想的著力點。研究者面臨的難題是，一批作家由五四時期的狂飆突進到在三十年代的「改變作風」，說明知識分子角色認同以及原有的啟蒙思想「共同體」出現了危機，而要解析其中原因，僅考慮政治與文學的關係似乎不足以說得理圓。一九二七年國共之間發生的政治事件確實是知識分子分化的觸媒，除此之外，中國社會的現代化進程正在緩慢地

5　許道明：《海派文學論》（上海市：復旦大學出版社，1999年），頁85。

向前發展，討論知識分子角色變化時，不能不考慮到近代開始的教育與學術制度的現代進程，以及都市市民文化發展的需求，因此，將論語派「變風」的原因全然歸於對當時政治的恍惚心理，至少是不全面的。儘管自由主義文學是個模糊的概念，但二十世紀世紀末最後一個十年，中國思想界正是激進主義、保守主義以及自由主義思想論爭愈演愈烈之時，這些主義之爭的巨大陰影在現代文學中相應地籠罩於論語派、現代評論派、新月派、學衡派、京派等的研究上。

　　當然，過於依賴自由主義這把鋒利的解剖刀，有時不免會陷入某種勉為其難的尷尬處境。資產階級自由主義思潮在五四中濫觴，推動啟蒙運動的發展，整個二三十年代的文學變革都未脫離這一思路。自由主義文化價值理念在西方畢竟有著強大的政治經濟背景與深厚的公民法治社會基礎的支撐。因此即使是考察像胡適那樣一些自覺以西方現代政治和社會視野的自由主義理念為參照系，並欲將之與中國實踐相結合的現代中國自由主義者，也都必須考慮這些理念在具體的社會和政治中的變形和轉換，何況大多數並不徹底的自由派文人。有人將周作人、林語堂等看做是與歐美派相對照的「本土型」，這種區分身著長衫的隱士名士與西裝革履的紳士的二分法似是而非，難以通達實質。本土型自由主義有時用以指稱那些將自由主義的基本理念與中國特殊國情和問題結合得更為緊密與實際、並身體力行地將之付諸實現的知識分子似更為合理；或許也可以英國思想家柏林的消極自由和積極自由的提法來區別周作人們與胡適們，這種區分表面看似頗為合體，柏林的消極自由意味著「免於強制」的自由，而積極自由，指的是「去做某些事的自由」。但是，簡單地將前者理解為某種形式的自在無為，後者理解為積極有為的政治權力、政治參與意識仍然有望文生義的嫌疑。西方的自由主義是流派叢生，政治、哲學、法學與經濟學密不可分的形態多變、面目模糊的學說，「在自由主義的標籤下，互不相容的雜七雜八的目標都混在一起，亂成一團，其混亂的程度，

是任何別的主要政治意識形態，甚至包括社會主義在內，都無法與之
比擬的」[6]，而現有的研究，既缺少對自由主義價值理念在中國現代
具體的社會和政治中的變形和轉換的細緻辨析，也缺少對交織在大多
數並不徹底的自由主義知識分子身上的種種差異性的比較。因此，更
細緻地辨析五四後知識分子思想與文化價值觀的複雜性，尤其是中
西文化傳統在他們身上的或深或淺的影響，有助於此前研究的深入與
拓展。

　　近三十年來現代文學研究界對周作人、林語堂、郁達夫、老舍等
作家的研究成果極多，但將他們放入論語派的語境裡進行比較論述的
較少，對周作人、郁達夫、老舍乃至豐子愷這幾位聲名顯赫的散文家
能否歸屬論語派，也一直存在分歧。一旦將他們並置其中，論語派知
識分子所表現出來的向傳統文化尋找價值資源的傾向，由此而引發的
晚明小品熱，便成為研究中相當突出且不可繞過的問題。這裡存在兩
個層面的問題：一在文學層面上，一九三〇年代在更激進地引入現代
主義文學的同時，也出現了明顯地向傳統文學尋找資源的思潮，後五
四文人在對待文學遺產的問題上已較《新青年》時期更加寬容，不再
視之為鐵板一塊；二是在如何對待現代與傳統的關係這一大問題上，
論語派作家也更為深入、更為理性地顯示出對五四形成的二元對立思
維模式的反思。他們保持著一種文化姿態：既非文化激進主義者的決
絕否定，也非文化守成主義者的中體西用。這種為當時新興的左翼文
人所批評的文化復古，實際上還是以「現代」的眼睛看待文化傳統，
既識別傳統中殘留的野蠻印跡，也從傳統中發現具有現代意義的精神
資源。論語派作家十分典型地代表了二十世紀初期在中西古今文化潮
流大融合中，既承載著傳統文化的深重輻累，又汲取了現代西方思想
文化精髓的知識分子的選擇，這是以周作人、林語堂為代表的知識分

6　〔英〕安東尼・德・雅賽：〈重申自由主義序言〉，《重申自由主義》（北京市：中國
　社會科學出版社，1997年），頁11。

子所發展出的另一種現代性，當然也是論語派在中國現代文學史中重要價值的體現。基於這樣的文化立場，論語派作家大多在政治傾向上，對暴力和激進革命採取了躲避的態度。當然，他們也不是通常意義上的保守主義者，按余英時的說法，中國沒有保守主義，只有程度不等的激進主義。這樣的判斷，用在論語派身上也是合適的。

　　早期研究中那種因思維方式單一，理論資源匱乏，以及不願或不能全面占有研究對象的全部資料，或對史料的處理有明顯偏差的情形，在一九九〇年代以後已有很大改觀。但是對論語派的流派特徵、流派的實質及其意義，研究中的分歧仍然存在。閱讀、梳理期刊的演變與發展或搜集第一手資料本身並不困難，即使是一九八〇年代的林語堂研究、論語派研究中，著有《林語堂論》、《林語堂評傳》的萬平近先生、或編選過《論語派作品選》的莊鍾慶先生，或對魯迅、周作人、林語堂雜文小品文理論進行過概念辨析、理論評述的俞元桂先生主編的《中國現代散文史》[7]，在史料鉤沉、流派活動的梳理、以及對林語堂及論語派小品文成就的評價上，都力求更加客觀嚴謹。對這樣一個老題目想要有所突破，停留於一般的、哪怕看起來羅列了更多材料的歷史敘事，我以為都是很不夠的，如何展開學理的闡釋，以新的理論視角整合、剖析論語派內在的層層邏輯，在一個流派研究中更為重要。把論語派期刊、論語派散文、小品文理論，以及論語派中最重要的一批作家，納入到一九三〇年代文化文學思潮、文學生產機制以及流派生成的立體結構中，可能發現這一流派的一些奧秘，也可能就此窺見五四以後持中間立場的一批知識分子的精神狀態。具體說來，要對既往論語派研究有所突破，需要追索探源論語派的知識譜系，釐清流派內部成員在文學思想、人生觀、創作傾向上的異同，重

7　萬平近：《林語堂論》（西安市：陝西人民出版社，1987年）；《論語派作品選》，莊鍾慶編選（北京市：人民文學出版社，1995年）；俞元桂主編：《中國現代散文史》（濟南市：山東文藝出版社，1988年）。

新判斷論語派向傳統文化尋找價值資源的努力等等。論語派與其所處的社會、文化與政治生態具有怎樣的互動關係，論語派的價值系統、感情系統、符號系統的內在構成及聯繫如何，都應獲得更具有整合意義的探討。或許我們應該明智地考慮到，面對歷史上這樣一批中西文化教養極高，受過西方現代民主、自由思想薰陶，不愁衣食溫飽的布爾喬亞知識分子身上的眾多矛盾性和複雜性，任何簡單化的研究方法，都是「於事無補費精神」的。

二

　　早有人下過這樣的結論：林語堂「在中國文學史有一定的地位，但他在文學史中也許是最不容易寫的一章」，[8]實際上他所代表的現代某一類知識分子，都共有不易寫就的這一章。這與長期困擾著人們的、與現代文學發展息息相關的幾大難題可能發生以下關聯：

　　其一，如何解決個人主體的獨立性與文藝的非功利問題。二十世紀的文學無法與政治文化脫離干係。論語時期，政治文化開始對社會生活發生普遍控制，一九二七年後國民黨在文化上施行棒喝主義，但政治上的高壓往往削弱自己在思想上的統治地位，國民黨文化建設上的疲弱無力使這一時期反而成為五四後新文化界又一次「中興」，文藝與政治的聯繫由於左翼文學發展的強勢而日益緊密。儘管文學界對於國民黨文化專制有著普遍的或明或暗或強或弱的反抗，但在左翼文學日漸成為一九三〇年代的一股文學主潮時，自由知識分子群體與之的對峙也已出現，巨大的意識形態與文藝觀的分歧已然存在。在言志與載道的問題上，文學史上聚訟紛紜的士子傳統的歷史記憶再次出

8　徐訏：〈追思林語堂先生〉，施建偉編：《幽默大師——名人筆下的林語堂，林語堂筆下的名人》（上海市：東方出版中心，1998年），頁26。

現，並與近代哲學思潮與美學思潮不期而遇。值得注意的是，論語派作家的討論顯然並未著眼於美學理論層面，他們以「不革命也不反革命」的信條開宗明義，宣布自己對文學自由主義與個性主義的執著及對左翼主流文學的消解，將一批既不願成為政府的座上賓也不願冒險成為階下囚、既不能認同集團主義的「宏大敘事」又不願將自由主義個人主義棄如敝屣、既要遠離政治又不能在現實面前閉口閉目閉心的知識分子收納其中。論語派中最具影響力的作家多為身歷五四新文化運動、但漸漸生出中年之感的文壇前輩作家。豐富的人生經驗與對社會、歷史、文學的複雜認識，對五四啟蒙運動的現實幻滅及國民黨鉗口政策的怵惕，引起他們對歷史重來、教訓無用的劇烈痛感，自然也喚起他們對傳統士子避禍保身姿態的遙相呼應。他們對古代帶有異端思想的作家的重新詮釋，是為解決現實人生的困惑。對晚明小品的提倡，則有意為不被正統文學史所認可的「旁岔伏流」做翻案文章，表明與現實中文學的「正統派」、「載道派」、「賦得派」的分立。在左翼文學強大的輻射場下，他們並不像京派文人潛心創作，執意於在文學的園地裡「超脫現實，消除苦悶」，而是力圖設一個自己的「域」，以「饒舌取得立場」。在這個「域」內，由於周作人、林語堂的文學地位和筆墨功夫，他們對主流、正統、一統的解構能力顯得十分了得，決定了其精神領袖與主帥在多數時間內將左翼文學當成了自己的頭號論敵，他們既站在對個性主義與自由主義護衛者的立場上對五四啟蒙運動的利弊加以反思，實際上又以「個人的筆調」、「自我」、「性靈」來維護他們所認定的五四新文化運動最重要的核心。儘管論語派的作家總是聲稱「與政治無關」，但他們的文藝思想、小品文理論和創作實踐恰恰對左翼文學、對國民黨的專制都具有的或顯明或潛隱的政治對抗意識。因此，文與道關係的重新提起，表明某種被壓抑因素的掙扎。

　　其二，如何認識「幽默閒適」與文學現代性的內在關係和矛盾。

早有人慨歎：「『幽默』文學和『小品文』兩個都是難題目。」[9]由於儒家文化的主流地位，由於近代以來中國知識分子的現代性焦慮，論語派力圖將人生選擇與其政治理想和文學理想獲得同一，便成了逆潮流而動的姿態。正如此，由論語派所引發出的種種文化現象和話題是值得重新思考的。他們的「中年」情懷與「放逸」氣質，叛徒與隱士的雙重個性，賦予了小品文深刻的隱喻意味，作家們對此文體理論的闡釋總體看來，都極力突出了其邊緣性、思想異端、充分的個人自由等特點，我以為，這些構成幽默閒適思潮的系統性、邏輯性和自足性的統一。

幽默閒適思潮的興起與論語派鼓噪個性主義與自我表現相關，它逸出了主流思潮對於實際的政治與社會生活的專注與凝視，從容返顧內心，從而接繼起現代文學與傳統「閒適」文學的流脈；與此同時，知識分子在二十世紀初期面臨的是價值觀人生觀的重新選擇與定位，是傳統的社會文化秩序消失後所帶來的心態上的巨大裂變。作家們那一顆顆本來安頓在傳統農業文明社會中的心靈已開始為現代都市文化和工業文明的潮汐所震盪、所迷幻並啟動，因此，在現代化進程中出現焦慮、躁急和功利心態時，在政治上的極權與思想上的一統帶來理想的幻滅之際，在資本主義物質社會漸漸顯出其生存競爭的無情法則及帶來的人性殘缺等種種「現代病」時，作家們不免在反思之餘也提供他們自認為有用的救弊藥方。論語派作家對傳統文化中追求獨立的、邊緣的、隱士式的「個體自覺」的承繼和現代發揮，對粗礪的日常生活和平庸麻木的現代人心靈的反省，對精神世界與審美情感的凝視與關懷，是與他們對中國古代思想傳統的重新理解和發掘聯繫在一起的。而受過新思潮浸染的「現代隱士」、「田園詩人」畢竟與古人相去也遠，他們的人生情懷、生命感悟、對個體存在的形而上思索及在

9　仲子：〈小品文半月刊〈人間世〉〉，《文學》第3卷第1號（1934年7月）。

文學上的「頑強的自我表現」都打上了現代文明與思想的深刻烙印。[10]
我們固然不能無視它在三〇年代的歷史語境裡顯示出的高蹈、羸弱及
其所造成的消極影響，但對於其中的「現代性的痕跡」──與現代人
的生存危機的關係，在改造人心、怡養性情上所表現出的人類宇宙意
識的深沉高遠同樣不可忽視。

　　當然，小品文與幽默閒適思潮興起可以說明當時一批自由知識分
子的境遇與歷史細節，但並不夠說明幽默閒適小品文所具的學理本身
的價值。這類文體本身獨立的審美機制及其在現代中國散文史上成熟
發展的內在必然性，它與中外文學傳統的聯繫，至少須從文學尤其是
散文發展的內部規律上去探求這一理論與創作思潮的成形。因此將人
類生存境遇的歷史關懷與文學作品的審美機制聯繫起來才是完整的和
有說服力的研究。

　　其三，客觀地認識在文化工業時代裡，文學文本的生產過程所受
制的諸多因素，有助於擴展論語派的研究視域。圍繞論語派文學思想
和文學創作傾向產生的種種駁詰辯難，表明傳統的主流文學對大眾文
化的興起及其無孔不入的滲透懷有深層隱憂與排拒。大傳統與小傳統
互滲，精英文化與大眾文化共生，市民社會的一些基本特質露出端
倪，幽默閒適文學的發端看起來是文學主體對政治文化被動反應的結
果，實際上它也迎合了一般都市大眾的社會文化心理和讀者的審美需
求，因而有了可供其生存與運作的社會文化心理基礎。思潮，是一種
動態發展的思想過程（thinking），而非靜態的理論觀念與內涵
（thought），[11]只有在各種正與反的爭論中流傳開來，流波所及並對

----

10 可參考晚近出版的孫康宜、宇文所安主編的《劍橋中國文學史》，在論及三十年代
　　周作人隨筆寫作時，認為「周作人借助隨筆寫作的文學和審美體驗，建立了一個中
　　國國民的獨特視角，肯定個人的重要性，反對甚囂塵上的國家民族主義。」《劍橋
　　中國文學史》（下卷）第六章〈1841-1937年的中國文學〉（北京市：生活・新知・讀
　　書三聯書店，2013年），頁573。
11 參見高瑞泉：《中國近代社會思潮》（上海市：華東師範大學出版社，1996年）。

當時的社會生活、民眾心理或文學形態發生影響，並進而可以向上溯
源，向下追蹤，方可具備思潮的特徵。文學思潮的基礎往往不只限於
文學領域，它在內容與形式上體現社會、思想、文化美學的豐富內蘊
和深刻影響。文學流派本身並不一定都伴隨著思潮的生成，或者在一
種思潮的導引下，往往產生數種不同的流派。當非政治的主張、閒適
的姿態與幽默小品文構成穩定的三位一體，並成為海上的流行和時尚
時，思潮與流派便緊密地聯繫到一起。論語派所掀起的幽默閒適文學
思潮亦當作如是觀。恰如茅盾所言：「『幽默』的成立，大都跟『時』
『地』『人』有重要的連帶關係。」[12]而這裡的「人」，不僅指喜愛幽
默小品的市民大眾階層，也指文學創作主體從五四時期的精英和啟蒙
型知識分子轉為市民型知識分子。因此，與其把幽默閒適思潮視作
「不合適宜」，不如去考察提供它生長的「適宜」的季候與土壤；與
其一味指責論語派對語絲精神的「背叛」，不如先探討《語絲》何以
走向終結。論語派「不談政治」從左翼立場上看是一種消極傾向，但
其中也可能蘊含著中間派的知識分子對社會政治文學生態的另一種反
抗力量。有時一種相對主義的態度可能更有助於我們探討上述既與文
學有關、又溢出了文學範圍的問題。

　　值得注意的還有論語派作家在當時的文化與政治語境中，也頗有
一些與其「幽默」不相吻合的矛盾和苦衷。看起來，無論如何超脫，
這些以自由相標榜的文人都無法與中國追求現代性的文化和文學語境
相分離，無法與中國現代自由知識分子對自我的期許和定位相脫離。
論語派因其主要成員在五四及三十年代思想與創作上的獨特性而發生
著重大影響；在廁身於主流或自處於邊緣時與主流文學思潮爭論以至
於背逆，糾結著種種是是非非；它帶有「封建士大夫情趣」的「雅」
至今為人詬病，而閒適小品文在與期刊結合而大量生產的過程中，又

---

12 茅盾：〈論「健康的笑」〉，《茅盾全集》第十六卷（北京市：人民文學出版社，1988
　年）。

時時受到文學批評家「欲速」和「懶惰」的指責，有一種與現代文化消費及市民文化取向「同流」之重大嫌疑……這些矛盾如果不能獲得全面的、具有整合意義的深入探討，那麼研究仍然是皮相的。論語派研究最有價值處也許正在於此：他們體現了近現代以來一種具普泛意義的中國知識分子的價值形態；他們的精英心態與啟蒙意識或多或少地兼備自由主義、保守主義、激進主義等多種成分，甚至心儀社會主義的理想。這些複雜成分交織於一身，其結果是，他們從未以任何系統而堅實的理論形態將自己武裝起來；他們總是一群書生與文人，在世紀初歐風美雨浸潤下，脫下了傳統士子的長袍向「現代知識分子」轉型，在他們身上既與五四的現代血脈相通，也無法脫去母體裡帶來的中國文化傳統，由此注定了其複雜性與矛盾性。用周作人的話來說，他們的意見總是新的以為舊，而舊的以為新；用老舍最通俗的話來說就是：他們都是「悲劇裡的角色」，「幾乎沒有一位快活的」，「他們對於一切負著責任，前五百年，後五百年，全屬他們管。可是一切都不管他們，他們是舊時代的棄兒，新時代的伴郎。」[13]在處理個人與時代、傳統與現代、個人性與社會性等關係時，他們自認為握有五四自由思想與獨立判斷這一利器，而一旦時代主題轉換，整個話語系統改變時，他們則陷入了「據牛角以負隅」的兩難和「戲臺裡喝彩」的尷尬。

三

　　論語派是現代文學史上重要的散文流派。任何時代都有文學流派的生成，當文學流派爭相出現，無論是比肩而立還是互相對峙，都可

---

13 老舍：〈何容何許人也〉，《老舍文集》第十四卷（北京市：人民文學出版社，1989年），頁54。

視為這一階段文學繁榮的標誌。儘管文學中的「流派」之說在中國文學傳統中早已存在，但今人多接受現代西方文學理論對「文學流派」的界定，如《中國大百科全書》中的定義：「文學發展過程中，一定歷史時期內出現的一批作家，由於審美觀點一致和創作風格類似，自覺或不自覺地形成的文學集團和派別，通常是有一定數量和代表人物的作家群。」[14]「流派是時代精神、文學時尚和作家美學追求的結晶。」[15]在現代文學的概念與術語的系統中，這算是普通的、常識性的概念了。二十世紀二、三十年代正是這樣一個新文學社團紛湧，文學派別百舸爭流的時代，但是，近些年一些論文對論語派的界定，卻反倒有些模糊與草率。人們對作為「流派」的論語派起於何時，似乎沒有太大異議，而它終於何時，研究中出現了一些似是而非的判斷，特別是一些以林氏期刊為研究對象的論文，將刊物的沿革與論語派的存續劃等號，這就抹淡了論語派在特定歷史階段裡最重要的特徵以及在文學流派史中的地位。

　　《論語》一九三二年九月創刊時，自稱「論語社」，這是林語堂有心模仿「語絲社」並有意要在上海灘上複製《語絲》同人間那種令他十分著迷的「放逸的空氣」的結果。林語堂將《語絲》中原已有的諷刺、幽默、以雜文隨筆為主要文體的特點，保留下來，推而廣之，在《論語》、《人間世》、《宇宙風》等刊物中，一次次地運用周作人三十年代初「新文學源流說」的影響力，加上個人已經成竹在胸的幽默理論，在與文壇各方的討論、辯論中，形成了幽默閒適的文學觀（小品文觀）、確立了以周作人為精神領袖、林語堂為流派核心的地位；林語堂主編的系列刊物之所以能夠聚集一批文學趣味較為相投、能互相呼應、唱和、同氣相求的文人作家，與主編在文壇上的資源、精心

---

14 中國大百科全書總編輯委員會編：《中國大百科全書‧中國文學Ⅱ》（北京市：中國大百科全書出版社，1988年），頁952。

15 劉揚忠：《唐宋詞流派史》（北京市：中國社會科學出版社，2007年），頁2。

策劃以及編輯的努力經營有著很大關係；同時還將刊物上的著名作家的創作加以分類、精選，以「論語社」的名義劃定本社作家、將刊發的作品結集出版以顯示作家的創作實績，凡此種種，都可視作論語派作為文學流派存在的標誌。這裡，刊物與流派確實密切相關。但是，隨著林語堂赴美、北平淪陷、上海「孤島」形成、周作人附逆、作家星散，論語派生成與發展的文學時代發生了歷史性的轉折和變化，文壇原有的文學流派拆解或重組，幽默與閒適小品文在戰時幾乎喪失了它生成與存在的合理性，與林語堂有關的一些期刊有的停刊、有的維持，有的分化成甲刊乙刊、或轉移到其他文學區域（如《論語》、《宇宙風》、《西風》等），撰稿人也有了新動向與新選擇，此時，即使原有的刊物一息尚存，或者出現新的面目，但時過境遷，人事變化，失卻了精神領袖與核心人物的流派，在孤島時期漸入尾聲。上海淪陷時期出現《古今》等文史期刊，原論語派刊物編輯周黎庵、陶亢德接受《古今》發刊人朱樸的延請參與了編輯工作；周作人則在《古今》上發表了不少「大」文章，但《古今》與論語派無涉，《古今》的壓抑、沉重與黯然更與論語派期刊氣息判然有別。此外，一九四六年十二月邵洵美重刊《論語》，戰後提倡幽默文學，偶有不錯的「專號」出現，但在人心紛亂的知識界與文學界，未能成功重啟論語派；而徐訏一九五三年在香港創辦了幽默期刊，[16]無非是要借鏡林氏期刊的辦刊經驗。最重要的是，作為一個文學流派的「時代精神」、「文學時尚」、「美學追求」等基本要素都不復存在了。當然，研究《論語》作為一個現代文學名刊的發展過程未嘗不可，但籠統地稱為論語派刊

16　一九三四年四月五日，《人間世》創刊，徐訏與陶亢德受林語堂邀請擔任刊物編輯。《人間世》終刊後，徐訏創辦《天地人》半月刊，十期後終刊。《天地人》一般被認為是林氏期刊的旁系刊物。另，吳義勤、王素霞在《徐訏傳》中寫道：「徐訏到香港後創辦的第一份雜誌是一九五三年創刊的《幽默》半月刊，內容和風格上受林語堂《論語》影響較大，主要刊發幽默小品。」（上海市：上海三聯書店，2012年），頁239。

物，恐怕難以自圓其說。在這一點上，後期京派文學研究或可作為參考與借鑑。[17]

　　論語派研究應包含著這樣的內容：一、重心應是由作家、創作、刊物組成的本體部分。具體而言，即通過討論論語派作家的心態與行為方式、小品文的理論建構和實踐、文學理想與人生理想在三十年代文學潮流中的成形、反應、意義，進而準確把握流派的特點和幽默閒適思潮的內涵。二、將論語派置於由同一時空的流派或作家構成的文化與文學生態中加以考察。論語派不是孤立的流派，在整個文化或文學網絡中不同的群體與個體，總會產生直接或間接、有形或無形的關係，因此研究者不能撇開與論語派同生共處、並立或對立的其他流派或作家的批評或反應，正如不能無視魯迅對論語派「幽默」、「閒適」的批評，不能繞過阿英「逃避主義」與「幽默主義」的價值定性，不能不傾聽沈從文對三十年代的散文創作發出的不滿等。如此才能在互動而非孤立的關係中，展示一個時期文學或文化的基本形態。三、對於論語派的考察，並不只是重新下結論的問題，而是對一系列判斷和命題的前提重新考察或有所反思。如此從更廣闊的五四以來文學現代性話語實踐的進程中去定位論語派，或許不失為一種饒有意味的角度。論語派是否參與了文學現代性的進程？它在中國文學現代性想像中呈現出怎樣的面目？對論語派的批判話語以及論語派抗辯話語之間存在怎樣的張力？在五四以後建構起來的現代性思維控制下，是否可以認定還有另一種現代性在生成，哪怕它看起來並不強大？

　　五四新文化運動作為一個歷史的巨大轉捩點引領中國文學走上了現代之路。在中國文學的現代性話語中涵括的不只是文學的問題，它寬泛地與思想文化的現代性追求密切相關，因為支撐著它的正是先覺者對亡國滅種的民族焦慮及民族振興與富強的現代化熱望這一宏大背

17　參見周仁政：〈論後期京派文學〉，《文學評論》2001年第5期。

景。五四作為一場思想解放運動，全面啟動了知識界對於現代性的信念，現代人文思想的濫觴、個性解放與自由主義理念、啟蒙主義思想，更具體些，即是人們耳熟能詳的「國民性」問題、來自西方的代表「新思想」「新潮」的「民主」與「科學」、社會進化論與文學進化論以及徹底的反傳統態度等等。儘管此後新文學陣營分化，所謂五四態度的同一性不復存在，但三十年代不管是左翼文學興起抑或是自由思想者的獨立超然，都仍不出文學現代性思維方式的深刻控制。當年文壇的紛紜爭論表明，對於文學的現代性，人人都有著自己的迷思與想像，時代的名義高於一切，一往無前的線性發展的時間觀深深地植入了二十世紀追趕著西方現代性的中國知識分子的思維意識中。

產生於歐洲的現代性概念，首先是指一種時間觀念，一種直線向前、不可重複的歷史時間意識。歐洲的文藝復興、宗教改革等歷史事件標誌著「現代」的開始，它總是與「時代」、「新時代」等詞聯繫在一起，「它體現了未來已經開始的信念。這是一個為未來而生存的時代，一個向未來的『新』敞開的時代。這種進化的、進步的、不可逆轉的時間觀，不僅為我們提供了一個看待歷史與現實的方式，而且也把我們自己的生存與奮鬥的意義統統納入這個時間的軌道、時代的位置和未來的目標之中。」[18]當五四的先驅者開始宣布一個有別於傳統的新時代開始時，「現代」即成為一種圖騰，現代文學具有了求新求變追趕世界潮流、振興民族的令人振奮的宏大主題。從近代以來，進化論思維方式在文學史中就有深刻烙印，於是傳統現代、新舊、中西、古今、進步落後便在斬釘截鐵的二元對立模式中獲得了一份價值判斷。這種思維模式在五四時期發揮了巨大作用並深深滲透進向前看的人們的骨髓之中，即使他們是屬於完全不同的政治、社會階層和陣營。它引導人們以逐新為己任，人們總是遺憾著不夠「現代」，不夠

---

18 汪暉：〈中國社會思想的世紀末分化〉，《天涯》1999年第1期。

「西方」，於是可以為在短短十年間將西方二百年來的文學歷史匆匆
演歷一遍而自豪，而對於本土文化傳統，自然無暇反顧。這種思維方
式和心理定式，在三十年代與無產階級革命文學的倡導相結合，於是
左翼作家通行一套以「前進」或「沒落」、「積極」或「消極」的話語
模式來評判對政治採取不同態度的作家，很典型地體現了現代性話語
對新文化人深刻控制的結果。對於新的追逐，對於國家光明未來的預
設，意味著將過去與傳統拋開，二十年代末以前進自許的知識分子把
普羅文學作為五四文學的替代，那麼就須在理論上確立革命文學的合
理化地位。說時代已經走向新的階級對抗和集體性的運動與社會實踐，
以這一宏大敘事話語宣判五四文學已經過時，取而代之的集團的、階
級的革命文學的生存和發展便順乎了歷史的必然性，依此標準，仍然
把五四的思想啟蒙看做是時代主題便有落伍之嫌，把民眾作為啟蒙對
象的知識分子則成了與新時代格格不入的「二重反革命」。這是一個
新時代對文學發展的必然要求，在他們看來，這是進化的、進步的、
不可逆轉的，在這已經到來的新時代裡，文學的階級性和文學家的立
場決定他是舊的還是新的人，可見，五四一整套個性主義與自由主義
的話語已為階級性話語所替換。能否實現「普羅列塔利亞」的「奧伏
赫變」（Atfheben，揚棄）的要求，進行「意德沃羅基」（Ideologie，
意識形態或觀念）的轉換等等，成為決定作家進步或沒落的根據。

　　正是在這樣的時間現代性的認識框架下，堅持啟蒙理念的知識分
子，便被視作消極的、沒落的、退伍的，文學創作上的閒情逸趣被看
做貴族的、有閒的、小布爾喬亞的低級趣味，因而不可避免地要被
「奧伏赫變」。而血與淚的反映無產階級對抗資產階級的文學則是適
合時代要求的、為未來光明的感召而作的新文學。時代的名義高於一
切。當周作人以藹理斯的「明智的人」自勉，認為自己不過是一個過
渡時代的人：既不願如那些熱心的人那樣想攀住過去，或者想攫得他
們所想像的未來時，胡風便譏諷這種認識不過是欲與時代脫節：「這

真是一個超凡的境地──生為血肉的身子而要用上帝底眼光來看這個世界，生在光明和黑暗搏戰的塵世卻以為對於過去與未來都不能有什麼架打。」[19]一往無前線性發展的時間觀深深地植入了二十世紀追趕著西方現代性的中國知識分子的思維意識中，成為最具力量的理論依靠。時代樂章要求「新」的主題以社會性的階級和集團為號召的宏大敘事將個人主義排除於現代性話語之外，以此將一批不願「奧伏赫變」的五四人指斥為「落伍」、「頹廢」、「沒落」便是題中之義。五四那具有豐富意義的個人主體遂成不復的前塵舊影。這種思維方式在五四時期曾發揮了反封建反傳統的巨大威力，某種程度上也仍控制著今天的人們，面對一批五四時期的激進分子「向傳統復歸」的現象時，很難作出更具學理性的結論。

　　將論語派放置在中國文學現代化追求的歷程中，可以獲得較為開闊的視域，有助於發掘長期以來被遮蔽或被誤讀的一些東西。三十年代論語派的精神領袖和主要作家們主要扮演的是對文學現代性的反思者形象，他們反省自己的精英心態和啟蒙理念，對五四以來知識界「奔競躁進」的思想動態產生質疑。但論語派所進行的這種調整與反思本身就是在現代性的框架中進行的。周作人、林語堂等人自認為真理在握，這源於他們對以現代的文明觀、科學與理性構建自己的人生理想和文學理想的自信，他們從未真正喪失對五四以降文學「現代性」進程中基本前提的認可與承諾，現代理性與科學懷疑精神成為其反思的主要培養因。現代性是以個人主體的自覺為標誌的，自許為自由思想者的論語派作家把個人主體的自覺貫穿於他們的人生價值取向和文學理想中，與此同時，他們卻又大大消減了其中的社會性。但如果過於誇大社會性，否定自我意識，那麼這又是對現代性個人主體的背離。在中國現代文學發展進程中，這種情形無法獲得解決有其深刻

---

19 胡風：〈藹理斯・法朗士・時代〉，《太白》第1卷第12期（1935年3月）。

原因，有一點值得考慮，即論語派鑽進牛角尖的個人主體性，恰恰是在愈演愈烈的個人性服從社會性的過程中形成的，反思意義由此而來。由是論語派可以看做這樣一種文學現代性的反思者：游離於「普羅」與「法西」之間，徘徊於文化激進主義與文化保守主義之間，奉行著自由思想原則，思考著文學現代性進程中那些並不「現代」的偏頗。他們要打破的是現代性話語中現代傳統的二元對立的思維定式，在傳統中尋找反傳統的力量，他們返回傳統，本意卻在「現代」，絕非將中國文化看做抵抗現代化的唯一堡壘，林語堂對中國長衫的喜好與辜鴻銘執著地拖著長辮的復古顯然不可同日而語。論語派的這種在「歷史矛盾與文化衝突」[20]間輾轉無定的二重性，可以說在那一代有著極深厚的中西文學修養的五四自由知識分子中很具普泛性的意義。

西方的現代性理論既為現代化實踐提供了與之相呼應的文化觀念與價值體系，同時又在高度的物質文明中生發出對這一套理論與實踐的深刻反思，十九世紀中期後興起的文化上的現代主義即「採取了同資產階級社會結構的敵對狀態」。[21]二十世紀上半葉中國現代化的歷史實踐在戰爭的頻仍中步履蹣跚，文學的現代性內容和表現形式必不可免地有自己的歷史規定；但根本上並未脫離他們欲與之接軌的世界文學潮流，儘管人們也發現中國的現代主義思潮始終側立於現實主義文學主潮之外，但卻很難排除某種與文學審美現代性息息相通的思考人的存在的潛質深入到了一些作家們的骨髓。中國資本主義經濟的有限發展帶動都市文化的繁榮，尤其在文化中心南移後的上海，商業化程度之高令世人瞠目。這個在西方人眼中彷彿一夜間出現的繁榮大都市的文學風氣大異於厚實沉悶的北平，「九一八」後的上海灘上大小刊

---

20 趙園：〈郁達夫：在歷史矛盾與文化衝突之間〉，《論小說十家》（杭州市：浙江文藝出版社，1987年）。

21 〔美〕丹尼爾‧貝爾：《資本主義文化矛盾》（北京市：生活‧讀書‧新知三聯書店，1989年），頁32。

物一時茁起，人們驚歎著雜誌年和小品文年的出現，都市在現代主義作家筆下呈現惡之花般搖曳興盛之景觀，各派的文學爭執你萬唱罷我登場，一幅波譎雲詭的中國社會與文化景觀，一言難盡的種種知識分子心態，都是這一特定的歷史情境的產物。

　　三十年代的上海無疑具有與老中國社會迥異的特性，論語派的幽默閒適不能不迎面與它相遇，所具有的內涵顯然遠大於自古以來對所謂隱逸文學的界定，其中隱隱透出對工業社會人性異化的密切關注。論語派不少作家熟稔西方文明，他們敏感於西方社會在現代化過程中出現的嚴重的社會危機，這使他們看待中西文化時必然與文化激進主義和文化保守主義有不同的認識，對現代化產生某種反思，更是必然。幽默閒適思潮的興起便寄寓了論語派對人生情感與審美情感價值的理想重構，是他們人生哲學調整的結果。論語派作家對傳統文化中追求獨立的、隱士式的「個體自覺」的承繼和現代發揮、對粗礪的日常生活和平庸麻木的現代人心靈的反省、對精神世界與審美情感的凝視與關懷，是與他們對中國古代思想傳統的重新理解和發掘聯繫在一起的。而受過新思潮浸染的「現代隱士」、「田園詩人」畢竟與古人相去也遠，他們的人生情懷、生命感悟、對個體存在的形而上思索及在文學上的「頑強的自我表現」都打上了現代文明與思想的深刻烙印。我們固然不能無視它在三十年代的歷史語境裡顯示出的高蹈、羸弱及其所造成的消極影響，但也不應對於其中的「現代性的痕跡」──與現代人的生存危機的關係，在改造人心、怡養性情上所表現出的人類宇宙意識的深沉高遠等不加重視，或語焉不詳。在文學創作與觀念上可能並不具備形式上的「先鋒性」、「實驗性」品格，但對現代性的審視同樣可以發生，因為知識分子在二十世紀初期面臨的是價值觀、人生觀的重新選擇與定位，是時代的劇變所帶來的心態上的巨大裂變。

　　以下三方面將以另一種現代性，即文學現代性的反思者這一定位，揭示論語派價值系統、情感系統和符號系統中內在的邏輯聯繫：

一、如果說依據「進步」及「時代」的話語構成對自由主義知識分子
的壓抑性力量，表明文學現代性的思維方式對現代作家們的支配與控
制，那麼論語派作家本身的行為方式、心態特徵、文學思想的變動則
顯示出他們對於文學的現代性業已產生屬於他們自己的看法，他們游
離於集團主義的宏大主題、徘徊於反動專制與新興革命之間，對於時
代與個人的關係，對於文學與政治的關係，對於傳統與現代的關係，
都不惜與當時的文學主流有所悖逆，甚至抵抗和顛覆。二、以閒適的
餘裕對奔競躁進、汲汲於功利、一往無前的現代性特徵進行反思，以
幽默對抗現代物質主義、機械主義對人靈智的異化，重申自我表現的
空間，構成論語派幽默閒適的現代性審美精神內涵。但現代文人對傳
統的強大趨同力，使其審美主義向隱逸文化靠攏，其審美現代性由此
大打折扣。三、中年情感與閒適氣度直接促成論語派散文基調的調整
及主題的大幅橫移，在趣味、遊戲、幽默、閒適中改變了二十年代散
文「問世」的徑路，從意興湍飛的激揚文字走向了沉潛適世的生命關
懷與日常人生的吟味與咀嚼。

　　文學思潮和文學理念都要落實到具體的文學創作中。從散文本體
來看，論語派的小品文理論主張和小品文創作實踐既有聯繫又有區
別。一九三○年代以魯迅為代表的「掙扎與戰鬥」的雜感文與標榜
「閒適」、「性靈」和「個人筆調」的小品文成為現代散文的兩大主
潮，而閒適小品（身邊瑣事、山水遊記、尺牘筆記、人物志等）在題
材、體製、語言、審美個性諸方面的拓展與創新及現代散文發達的
「內應」與「外援」都值得全面深入地探討。正是在圍繞廣義的論語
派閒適散文的爭論中，現代散文完成了從內容到形式，從語言到文
體，從繼承到引人的重新自我定位和轉型。同時，周作人與林語堂作
為論語派的理論主將建構起了「幽默」、「閒適」、「性靈」和「自我」
一套話語系統，這套系統是堅持個人主體性的自由知識分子們高度自
覺和執著的美學選擇。周作人為現代散文溯源，強調了明末公安文學

的歷史價值及其與五四新文學的關係，在對抒情言志小品文的提倡和闡發及對功利主義文學觀的否定中進一步將他的文學自主的文藝觀具體化。他的文學觀（散文觀）是一個自足的圓，個人的而非集團的、即興的而非賦得的、言志的而非載道的構成其精神核心。林語堂的「四大理論支柱」則扎根於如下中西小品文文學傳統：明清之際，袁中郎和金聖歎的小品文，孔子、陶淵明等的閒適、幽默小品，英國的艾狄生、司梯爾、蕭伯納，甚而是尼采的小品文傳統。總之，他們的文學觀念觸及相當廣泛複雜的中西文化傳統。實事求是地說，林語堂不是嚴謹學者，在構築他龐大複雜的現代小品文理論體系時，常常「饑不擇食」、「取其一點，不計其餘」，常有「六經注我」、急功近利、不擇手段之嫌。林氏小品文的四大理論支柱是「自我」、「性靈」、「幽默」、「閒適」（還有美國販來的表現主義）等等，其中既有相當精確的驚人之論，也有偏執和糊塗，有「良苦用心」，但也留下太多破綻，予以批評者以口實。周作人、林語堂的「幽默、閒適、性靈和自我」既是小品文創作的理論基石，更是他們在特定文化環境中的人生姿態。他們反對文學帶上宗教的狂熱、道學的虛偽，反對載道的功利主義文學觀，主張抒情言志的文學自由等，都有其歷史存在的合理性，又有其歷史存在的偏限性。所具有的「歷時性」的東西和「共時性」的成分，對於人們總結當代文學思潮也有比照、啟示與教訓意義。

　　只有把握住上述論語派一層一層的內在邏輯，才能開掘出研究的新天地。韋勒克有言，有關文學思潮和文學運動的術語不是語言學的標籤，不是先驗實體，也不僅是對某種文學風格的指稱，而是包含著自己的規範和價值體系的，有自己發生、發展和消亡過程的時期性概念。[22]對論語派的研究，正是要確定此流派的「規範和價值體系」。論

---

22 參見〔美〕R・韋勒克：《文學思潮和文學運動的概念》（北京市：中國社會科學出版社，1989年）。

語派並不只是作為一個純粹的掀動過一種倍受側目的思潮的散文創作流派才具有研究價值。我們的研究目的也不在於將一塊在文學史中一面已被烤焦的燒餅翻過來，用同樣的火力來烤另一面。要評價這個文學（主要是小品文）流派的歷史功過、理論和創作是非，今天要做的不僅是全面占有史料，或發現新史料，而是，如何將流派的生成植入文學現代性的發展進程中，更系統地探究論語派知識分子思想與心態發展的歷史脈絡，從縱深處發掘論語派散文的美學邏輯，理清在小品文文體、幽默閒適思潮、自由主義與個性主義思想理念、文學的現代性追求及相隨而來的現代性反思等等之間所構成的內在的張力和深層的邏輯性，揭示其各個層面的特點，梳理其豐富而複雜的內在關係，摒棄那些陳陳相因的陳詞濫調和帶著意識形態偏見的研究思路，才能揭示論語派和幽默閒適思潮的「規範與價值體系」的豐富和複雜內質。在比較全面地占有論語派材料之後，站在文學批評的制高點上，對於知識界新的理論成果和焦點的關注，將啟發我們對於文學史的重新認識和深入思考。當然，文學與文化、審美與邏輯、感性與理性，都應建立在長期對文獻史料、作家文本的關注與沉澱的基礎上，沒有這個屏息靜氣的過程，一切的抽象和結論都將如沙上之塔。

第一章
從《語絲》到《論語》

　　「從《語絲》到《論語》」，並非新命題。早在二十世紀三十年代，批評家、作家們便有所議論，如人們將周作人所走過的路，濃縮為「從孔融到陶淵明的路」；胡風在《林語堂論》中下了這樣的結論：林語堂終於從他的「黃金時代」（即語絲時代）走到了論語時期的「個性的拜物教徒和文學上的泛神論者」時代。而曹聚仁同情地說，《論語》創刊，「這是《語絲》停刊以後的文壇一件大事」，並以「言志派的興起」概括之。[1]蘇雪林說，《語絲》是「在那火辣辣時代裡提倡『閒適』和『風趣』，以自由思想相標榜的文藝刊物」，而《論語》「可說是由《語絲》的『個人主義』、『情趣主義』一個道統傳衍下來的，不過更加一個大題目，便是『幽默』的提倡」。[2]實際上，早有研究者把《語絲》先與《新青年》相聯繫，尤其是文體上的相似。木山英雄認為：「這個雜誌上被稱為『語絲文體』的文章特點，最鮮明地表現在以『隨感錄』、『閒話』每期末尾的短評欄中。很明顯這是繼承了《新青年》『隨感錄』的傳統，甚至《語絲》本身，也可以說是位於《新青年》『隨感錄』之延長線上的。」「然而《語絲》不喜歡《新青年》式的高談闊論而選擇了輕鬆的週刊形式，僅從這種趣向上觀之，它變成了比《新青年》更為短小的，筆調較曾有的一般性啟蒙更為具

1　曹聚仁：〈言志派的興起〉，《文壇五十年》（上海市：東方出版中心，1997年），頁267。

2　蘇雪林：〈《語絲》與《論語》〉，《蘇雪林文集》第三卷（合肥市：安徽文藝出版社，1996年），頁381、383。

體，常常是論戰的形式。」[3]而《語絲》上突出的文學自我表現的欲望，以及個人的趣味，又正如蘇雪林所說，成為了林語堂《論語》、《人間世》所要繼承與發揚的傳統。從新青年派到語絲派，從語絲派到論語派，由於周氏兄弟的文章和思想，形成了一條內在的脈絡。

　　但是以「論語派的緣起」作為命題，還可能提示另一些問題。論語時期，社會政治文化語境對於文學的影響，與一九二〇年代語絲時期相比發生了許多重大變化，諸如文化中心的南移，新文學的出版業中商業化因素的加強，都市大眾文化的興起對文學樣態的改變，自由主義思潮從二十年代的普泛性到三十年代的邊緣化等等，都是自由主義知識分子思想和文學創作上發生「變風」的不可忽視的外在促力，也是《論語》等刊物改變了《語絲》原有的精神氣度和文化取向的不可或缺的原因。因此，當我們將論語派作為有個性的文學（文化）流派，探討其文化品格的生成和文學審美形式的獨特性時，不妨以文學、社會學的眼光，對促其生成的結構條件進行全面的認識，而不是預先將「語絲精神」設定為唯一的價值刻尺，將語絲派當作利器擲向論語派，或使之成為照出論語派之「小」、「沒落」、「頹廢」的一面鏡子。如此論語派的文化個性方能得到客觀公正的論述。

第一節　語絲時代的終結

　　社會學家認為，知識分子的身分要獲得承認，必須「經常與自己的聽眾進行交流、和自己的同事維持交往」：他們對聽眾宣講自己思想，以獲得心理上和經濟上的滿足；他們與自己的同行進行交流，以形成並檢驗自己的思想。近代以來，滿足或影響這些條件的特殊制度，不外乎沙龍和咖啡館、科學協會和月刊或季刊、文學市場和出版

3　〔日〕木山英雄：《文學復古與文學革命——木山英雄中國現代文學思想論集》（北京市：北京大學出版社，2004年），頁72-73。

界、政治派別、波西米亞式的場所和小型雜誌等等。中國向現代化轉型與發展的過程中，知識分子的活動同樣與這些制度化環境呈互動關係。換言之，在文學的生產、流通、消費機制、演變和實踐中，既有作為制度化環境的文學期刊、文學市場和出版界、書報檢查制度、現代的大學體制等的影響，又有作為文學場（借用布爾迪厄的概念）的成員（作家、批評家或編輯等）的活動，兩者發生著相輔相成、生生不息的種種聯繫，構成了一個網狀與活動的「文學場」。其中的因素若發生變化，「場」的狀態也隨之改變。[4]

　　三十年代前半期的文學場，後五四時期的現代知識分子經歷了政治和文化的大動盪後，在思想上各有別擇，站隊或重組便導致各方爭端不斷。我們借《語絲》和《駱駝草》兩個刊物的命運即可大致窺探到：一九二七年移植上海的《語絲》在一九三〇年宣告終結；同年，由周作人做「老老闆」的《駱駝草》在北平靜靜開張。刊物的生生滅滅原是十分正常的事，但兩個刊物間千絲萬縷的聯繫，卻凸顯出一種意義：語絲時代的終結。

　　文化中心的南移帶來現代知識分子的生活場所的重大變化。二十年代初中期，自由知識分子開闢了自由活潑和生動的話語空間。北平作為政治文化中心，其文學生態特徵很典型地反映了那個時代的獨特面目。歷史學家的研究表明，在將近二十年的政治分裂中，軍閥黷武主義「所促成的不統一和混亂卻為思想的多樣化和對傳統觀念的攻擊提供了大量機會：使之盛極一時。中央政府和各省的軍閥都不能有效地控制大學、期刊、出版業和中國智力生活方面的其他機構」。[5]由於

4　參見以下書目：〔美〕劉易斯‧科塞：《理念人》（北京市：中央編譯出版社，2001年），頁3-4；〔法〕彼埃爾‧布迪厄：《藝術的法則》（北京市：中央編譯出版社，2001年）。

5　〔美〕費正清編：《劍橋中華民國史》上卷（北京市：中國社會科學出版社，1994年），頁356。

官方意識形態的無所作為，五四以後的知識分子利用相對寬鬆的言論
環境，以批評為職事，各種或激進或保守、或先鋒或平和等面目各異
的期刊報紙，便成為現代知識分子的生活場所中最重要的一種。章清
在比較中西自由主義思想傳統的差異時，發現，西方自由主義思想傳
統中，「重要思想家的著作班底往往是體現該時代自由主義精神的媒
介」，而「中國卻反映出頗為特殊的歷史情景，往往是以人文刊物而
不是以個別人物的作品，為特別基礎及分水嶺」。[6]對於社會、政治的
各種問題，知識分子雖然僅僅停留於思想解剖的層面紙上談兵，而非
付諸法律、制度、政策的實施，卻借助期刊報紙等各種智力形式，促
進了思想的繁榮。

　　彼時，現代文人們既有西式高雅的活動範式，如文藝沙龍、俱樂
部、午餐會，也有東方式的以茶會友、小型聚會，或是大學校園內的
學術活動，但刊物始終是向大眾和自己的同行發言、傳播信息、發表
思想的重要媒介，它們成為紛繁忙碌及各種文學的社團流派生生滅滅
的標誌，營造了現代知識分子以思想或創作交流論辯的有機環境。一
九二二年，文化保守主義文人以《學衡》加強了對新文化運動的攻
戰；[7]而胡適也以《努力週報》宣傳自己的改良主義思想，帶有西方
濃厚的紳士趣味、紳士作派的新月社則以聚餐會和俱樂部形式活動
著，並懷著在政治、思想、文藝上打開一條新路的勃勃雄心。[8]一九
二四年底出現的《語絲》派和《現代評論》派則進一步發展成知識界
自由思想者的典型存在。不管是帶著對新青年時期的戰鬥意趣和精神

6　章清：《「胡適派學人群」與現代中國自由主義》（上海市：上海古籍出版社，2004
　　年4月），頁33。

7　參見沈衛威：《回眸「學衡派」》（北京市：人民文學出版社，1999年）；高恒文：
　　《東南大學與「學衡派」》（桂林市：廣西師範大學出版社，2002年）。

8　參見沈衛威：《自由守望：胡適派文人引論》（上海市：上海文藝出版社，1997
　　年）；章清：《「胡適派學人群」與現代中國自由主義》（上海市：上海古籍出版社，
　　2004年）。

風貌的深深眷戀，還是持有對未來中國政治、思想、文化的熱情與建設性憧憬，或對剛剛過去的新文化運動產生批判性反思，無論如何，知識分子以渴望「發言」的熱情和欲望，執掌著自己作為「理念人」所擁有的話語權力，像園丁一樣相信自己能刪雜除莠，改造社會和人類的本性。一幕幕現代知識分子頻繁的交流活動，營造出一幅草長鶯飛的繁榮圖景，各種期刊和大小群體互相刺激，加入到政治、學問、道德和思想論戰的中心。儘管其間也時常出現政府「禁售」、「禁看」的諭令，卻收效不大。語絲派文人多以大學為棲身之地，他們密切關注學生運動，所論人事多與學界相關，而學生的敏感與呼應也使得精英文人不至於有「戲臺裡喝彩」的無聊和孤獨。對軍閥鎮壓學生暴行的憤怒，對各種荒謬的整頓學風文件的冷嘲熱諷等，使《語絲》在貼近現實中獲得極大影響，不僅在北平的高校中流行，也為外地的學生所喜愛。章衣萍曾興奮地報告：「語絲行銷一年，居然風行全國，銷數之多竟與所謂水平線以上的『大報』相伯仲。近據『北新』老闆以及老闆奶奶說，上海某處學校學生四十餘人，竟每人訂語絲一份。這也難怪教育家們要慨然了。」[9]語絲時期的知識分子，身處的是一個典型的「學生社會」，《語絲》期刊主要靠著這種知識界而非市民社會的傳播方式而產生轟動效應。如此種種提供了知識分子以現代批評為職業及批評活動的生動範式。《語絲》的「不倫不類」、「大談特談」、「要說什麼都是隨意……」、「自由言論」、「閒閒出之」等，指陳了發言心態的自由，但同樣關乎發言環境的相對自由；《語絲》的出現看似偶然和不經意，卻與二十年代初中期文人結社、刊物林立、學生社會等等文化特徵密切相關。

　　一九二七年十二月，《語絲》移至上海出版，成為周作人所稱的「滬版語絲」。這不過是一個信號，提示了持續數年的文化和思想風

9　《語絲》第58期（1925年12月）。

氣將發生實質性改變。看起來最直接的原因是張作霖政府以「有傷風
化」查封北新書局，《語絲》遭池魚之災。早在《語絲》南遷之前，
北京作為文化中心的位置已經動搖，政治上，軍閥走馬燈似執掌政
府，從段祺瑞執政府的「整頓學風文件」，「三一八」大屠殺，到安福
系倒臺，「狗肉將軍」張宗昌上臺，對文化人的迫害接踵而至。匆匆
組成的攝政內閣所代表的北京政府，不僅政治上黑暗，經濟也衰弱到
極點：「財政總長沒有錢。交通總長無鐵路可管，因為鐵路全在軍隊
指揮官的手中。教育總長總該管理公立學校，但這些學校被關閉，因
為不能支付公用事業的費用，教員也領不到薪金。」[10]一九二九年，
周作人在一封信中提到：「北平一切如故，北平大學無錢亦如故，李
書華因女子學院問題無法辦理，又因教員索薪，乃一溜煙逃往南京，
如此頑鈍之人所未前聞，北平教育界人大有回想章士釗劉哲時代不勝
今昔之感之慨云。」[11]政治經濟文化的混亂，迫使大批文人南下尋找
安全的棲身之地。魯迅、林語堂等避禍南下，「居士」章衣萍去了上
海：語絲社友幾乎走完，「現代諸公在東南甚得法，新月書店又已開
張」[12]大小出版社及各種刊物的紛紛南移。周作人不免感歎：「苦雨齋
中不知怎的漸漸寂寞起來了，常來夜談的幾個朋友相率往南邊跑
去」，北京「在反動與投機的空氣之中」、「有點安靜下來」、「苦雨齋
便也蕭寂得同古寺一般」。[13]社友星散、刊物遷移、編輯更換（包括後
來魯迅請當時並不出名的左翼年輕作家柔石做編輯），一層層地挫傷
了《語絲》在北平時所有的批判鋒芒與淋漓元氣。以知識和思想自命
不凡的自由派文人過去念念有詞地要「隱逸」，盼望著樹蔭下的涼

---

10 〔美〕費正清編：《劍橋中華民國史》上卷（北京市：中國社會科學出版社，1994
　　年），頁351。
11 黃開發編：《知堂書信》（北京市：華夏出版社，1994年），頁161。
12 參見周作人：〈致江邵原信三十一封〉，黃開發編：《知堂書信》（北京市：華夏出版
　　社，1994年），頁139。
13 周作人：〈通信──致章衣萍〉，《語絲》第4卷第29期（1928年7月）。

意，而今當他們真的失去了太陽下的熱氣，竟有幾分無奈。

政治文化環境已塵埃落定，南北統一，國民黨定都南京，政治重心重新確定，「黨治」與「訓政」的陰影隨即籠罩全國。如果說政治權力總是要千方百計地佔領文化權力以加強意識形態統治的話，那麼國民黨一九二七年以後的訓政、一系列文化政策的出臺和民族主義文學口號的提出，具體到文化控制上嚴格的書報檢查制度等，都說明作為主流的意識形態挾持政治權力，以國家和秩序的名義來清除前一階段的思想自由空氣，以求得政治重心與文化重心的合二為一。它帶來的是道消勢長的局面，知識分子分明感受到言論環境的日漸窘迫，一部分文人遁入純藝術的世界或學術的世界。南方國民黨的「清黨」開始後，周作人敏感到已無一個能夠容納言論自由、思想批評自由的言論空間，以知識和思想來與政治權威相抗衡的想像幻滅了。他曾經把南北之戰設想為「民主思想」與「酋長思想」之間的戰爭，現在則把國民黨的清黨和討赤稱作「以思想殺人」的棒喝主義，於是宣布過去那個「跳舞於火山之上」的自己已經斃命，從此「不食周粟」改為隱逸。

一方面北平文人對五四啟蒙的力度與效果深感失望，而摒棄了對時事和政治的熱情，另一方面原有聽眾、讀者離去，知識分子公共輿論領導權幾近喪失，邊緣化成為事實，兩者原是互為因果的。文化中心的南移並非僅是一種地理環境的移易，在感受到「冷」與「靜」時，他們還分明感受到了「熱」與「動」中的南方文壇正以無可置疑的優勢宣布著新興的文藝話語。借助文化中心的大轉移，激進的革命文學倡導者也以新、進步和時代精神的強勢話語撕開了與五四母體的血肉聯繫，並將五四的遺產置於「奧伏赫變」的位置。本來，文學場上文學競爭的中心焦點就是文學合法性的壟斷，左翼文學話語的核心便是斷言五四個性解放主題的衰微及無產階級文學主題的推進和轉變。宣布五四個性主義的落伍和過時，目的是凸顯自己的先進性和進

步性。而首當其衝受到創造社衝擊的，是語絲派中的周氏兄弟以及茅
盾等人。北平「駱駝草」式的「有閒」成為三十年代南方文壇的審判
對象，他們幾乎每一次發出「無產階級革命文學」的宣言的同時，都
宣布著五四「主張個人主義自由主義的浪漫主義，都已過去了」；幾
乎每一次對於「過去」了的作家的宣判，都直接點出新興文學的「敵
人」便是魯迅、周作人和語絲派所代表的思想傾向；幾乎每一種譏諷
的調子都對準語絲派「以趣味為中心的文藝和以趣味為中心的生活基
調」，針對魯迅而發的三個著名的「有閒」也成為語絲派的主要罪
狀。如果《駱駝草》從一個側面映現出北平文壇的蕭條和北平文人的
沉潛的話，滬版語絲的命運恰恰表明在上海這個忙亂的文化場上嚴重
的心律失控，作為回應，它也運用種種新話語，討論著時下的焦點話
題，嘗試著融入新的話語圈中，但最終還是在時時受到政府的警告、
浙江當局的禁止、後期創造社「革命文學家」的圍攻及上海心浮氣躁
的商業化氣息下隕落。時代思潮轉向中知識分子正在進行新一輪重
組，對思想歸宿再次選擇。

　　一九三〇年出版的《駱駝草》並非北平第一個透露出無奈的純文
藝取向的刊物。一九二八年十一月二十四日發刊的北平《新中華報》
在其文藝副刊的發刊詞中這樣寫道：五四以後的政局陷入了「不清不
白」之中，「那些既以碰得頭破血流而又走投無路的青年們，豈不應該
在那染了血腥的草原上，閉上眼睛，或者抬起頭來，望望星月，聽聽
夜鶯的歌聲了嗎？」該刊不時感歎北京正如沙漠一般灰色，如四月的
墳墓般岑寂。而周作人、馮至、楊晦、李霽野、徐玉諾等均有文字在
上面發表。[14]接著便是《駱駝草》。它的醞釀實際上還早於《語絲》，
「駱駝社」的名稱也一直在小圈子裡存在著，一九二六年七月二十六
日，孕育了兩年的《駱駝》文藝週刊出刊，只出了一期便停刊。[15]到

---

14 轉引自馮并：《中國文藝副刊史》（北京市：華文出版社，2001年），頁358-359。
15 孫玉蓉：〈談駱駝社、《駱駝》和《駱駝草》〉，《新文學史料》2000年第3期。

了一九三〇年五月十二日，馮至、林庚、馮文炳等編輯、發刊《駱駝草》週刊，共出二十六期，周作人為特約撰稿人，實際上是刊物的主心骨，「老老闆」。在滬版《語絲》結束的一九三〇年，在《論語》尚未出世的時候，這個同人小週刊作為一種過渡，使周作人作為北方文壇盟主的地位漸漸凸現出來，此時距離《人間世》創刊號刊登「京兆布衣知堂周作人先生近影」、周作人〈打油詩二首〉以及一干名流學者的和詩，還有近四年時間。

　　讀者很容易將《駱駝草》這個沒有北京官氣、沒有上海喧鬧的刊物，連同刊物上一群黃連樹下彈琴的「苦茶翁」、「吃蓮花者」，與一個塵埃落盡後寂寥的古都形象疊合起來。《駱駝草》越過文明批評和社會批評的語絲時代，一下子進入在「文藝方面，思想方面，或而至於講閒話，玩古董」及「關乎學術」的無可無不可狀態，學究者的「暮氣」，趣味迷戀者的文化沉醉，純文學創作者的心無旁騖，年輕一代淡漠的語絲情結，其讀者對象也多為安靜校園中的文學愛好者，不再喧鬧的文化古都與大學校園，為北平原語絲文人棄公共話語而走入「藝術之境」的私人話語、走入學術性的知識主義話語提供了條件。他們自己劃定了大學教授的文學活動與象牙塔之間的等號，學院成為高雅文化的保護地，但遠在上海的魯迅已失望地看到它「也沒有《語絲》開始時候那麼活潑」，這是必然的。由於地域之隔，上海報刊的焦點與熱點到達北平時，往往已失去時效，當然也就失去了與文壇密切交流的時機，不再具有對讀者的思想衝擊力，也不再擁有互相交流或對抗的語境，即使美麗也只能孤芳自賞，低徊把玩。

　　《駱駝草》文人與三十年代初的氛圍格格不入。一大批新文學作家在滬定居，普羅文學大旗的揮舞吸引了人們的注意力，鏗鏘有力的批評語氣、歐化拗口的時髦詞彙、革命加戀愛題材、帶著某種病態的革命者形象以及一種開始崇尚「力」的美學風尚，成為二十年代末最流行的批評模式和創作傾向。大本營南遷之初的混亂、嘈雜，使一般

讀者不可能也無興趣去靜心聆聽那已被時代大潮淹沒了的聲音，潛隱著的思想鋒芒，已不為浮躁和激進的青年所了然。

　　從《語絲》到《駱駝草》傳達出這樣的信息：思想專制、話語權旁落、啟蒙心情頹喪，是導致大批自由知識分子在二、三十年代的社會與文化轉型期間「改變作風」的一個原因。《駱駝草》的韜晦使人們一再感慨《語絲》的「天真勇敢」不復存在，指責五四一代文人的暮氣沉沉，這些指責都過於強調作家在「革命」之後個人心理意念的改變，而忽視了這樣一個基本背景，一個可以追求思想的超越與自由的時代已經過去，但對於如何自處，徐祖正尚在「文辯滔滔」地談論「文學運動與政治的相關性」，廢名則言「在一切生物當中自己願駱駝」、「不然我們談什麼呢？空虛得很，沒有著落，也無從談起」[16]，這或是「莫須有先生」的由來，俞平伯照舊要對「那些普羅文學家」說一些「頑皮話」，《駱駝草》作家們對新的時代思想與文學中出現某些新型病症仍然要說些自以為是的「老實話」，這些都成為後來論語派的先聲：宣布自己「不談國事」，「立志做『秀才』」，是對民國政府專制政治的不滿；瀰漫於中的文藝情緒的高蹈，是要以「孤孽子」的「精雅文學」與「革命文學」區別開來；至於開始「論八股文」，包含周作人借此「談一談中國的奴隸性」[17]的文化隱喻。孤立地存在於北平文化荒漠中的《駱駝草》，有意使自己與大眾、官方意識形態、左翼文藝主流乃至與自己「過去的生命」分離開來，強調文學的審美價值與社會政治的價值處於兩個端點，可以互不干涉，各自為政，這種清高的遺世獨立，一度遭遇了北平純文學「無處可賣」[18]的窘迫，

16　鶴西、廢名：〈郵筒〉，《駱駝草》第3期（1930年5月）。

17　周作人：〈論八股文〉，《駱駝草》第2期（1930年5月）。

18　直到一九三二年，刊物少仍困擾北平文人，周作人在寫給上海《現代》的主編施蟄存的回信中特別提到：「有李君廣田在北大英文學系，亦從鄙人學日文，作散文頗有致，賣文苦學，而北平近來無處可賣。」見周作人：〈致施蟄存〉，《周作人集外

但也很快被三十年代的林氏期刊當作珍稀的文化資本，並在新的文學場中產生了重要影響。

第二節　「變風」

上述所論語絲派的形成、發展和解體，可以看到，在社會、時代、政治和文化所施以的各種力量作用下，制度化環境的改變對知識分子行為和心態將產生深刻影響。論語派的生成同樣離不開外力的推動和擠壓。比較起京兆布衣及其京派追隨者僻居北平相對單純的文化空間而言，論語派出現在一個更複雜的時空中：一九三〇年代文學的生產、流通、消費機制，即文學市場和出版界開始發生新的變化；較之前十年知識分子相對自由的批評形態，國民黨政府以文化專制和嚴厲的書報檢查制度，大大縮小了知識分子的話語空間；較之語絲時期的文人多有公共職務和大學教職，尤多以傳道授業解惑為生存根本，一九三〇年代上海文人文學職業化程度大大提高，作家、批評家或文學編輯等進行的活動，既參與了文學作品的生產，也通過與文學市場的密切聯繫推動著消費者生產。另外，依據法國社會學家布迪厄關於「文學場」的「占位的空間」理論，占位空間的改變取決於知識場與權力場之間的關係變化，當一個新的文學或藝術集團在場中推行開來時，整個空間都會發生變化，原有的占統治地位的產品可能被推到次等或其他的位置上去。[19]三十年代的情形很典型地印證了這一理論，但是知識場與權力場及新的文學集團之間的關係，卻顯然要複雜得多。這種複雜性尤其體現為，國民黨政府的文藝集團並未隨著其統治地位的穩定而占據主流文學的位置，反而是其對立面的左翼文學思潮

文》下集（海口市：海南國際新聞出版中心，1995年），頁429。

19 參見〔法〕彼埃爾·布迪厄：《藝術的法則》（北京市：中央編譯出版社，2001年），頁281。

隨著在世界範圍內的勃興，在整個中國現代文學空間裡確立了其主要
位置，而原先作為主潮的自由主義文學退至「次等」。因此，每一種
文學現象的出現不僅是與其他文學形態產生互動的結果，也是受到來
自政治、商業、文化空間中各種因素交叉作用的結果。

　　就政治空間而言，靠思想的禁忌與規訓來建立自己的政治權威，
反而導致文化人對政治權威的離心力增強，而權威一旦失去文化的支
持，也失去其合理性，歷史上便常有道消勢長的情形發生。國民黨訓
政後實施嚴格的報刊檢查制度，並對異己文化人進行暴力鎮壓，試圖
以這種強有力的異化手段，以思想專制和輿論控制來制止知識分子的
大逆不道。然而，書報審查制度同時也使知識分子與統治階層的意識
形態發生更大更快的離異，由於知識分子對此前進行的清黨已經在驚
懼之後感到失望與厭惡，那麼，種種舉措除了加速將經過五四洗禮的
知識分子逼向自己的對立面外別無益處。左翼文學興起後，左翼作家
們很快將鬥爭的矛頭指向專制政體。同時受到政治審查與道德審查雙
重脅迫的郁達夫更不乏「義士紛紛說帝秦」的詩句，直刺國民黨政治
運作和文化政策。至於眾多報紙雜誌開天窗、文人鑽文網、字裡行間
冷嘲不斷、雜文興盛等，更是文壇頗具政治意味的圖景。三十年代報
紙雜誌的大繁榮表明：「審查制度造成了始料不及的後果，它啟動了
自由事業與智力活動的現代聯盟。」[20]立場各異的作者們在同審查官
的較量中有可能達成一個共同體。

　　上海作為高度發達的文化中心和商業中心而非政治中心而存在的
歷史位置，也使政治的威嚇力與官方的主流文化在穿透多元與多層次
的市民文化和商業文化網絡後總是難以維持原樣。三十年代的上海的
文學生產、出版、流通和消費機制，尤其是報刊出版等傳播媒介的發
達、租界特殊的法律與政治制度，為各式文人建立自己的話語空間提

---

20 〔美〕劉易斯·科塞：《理念人》（北京市：中央編譯出版社，2001年），頁96。

供了有利條件。北方文壇的興衰總是與政治的鬆緊發生反應，當它在政治中心失陷後步入冷寂沉靜時，上海的文學作坊卻因為有著北平所不具備的發達的工商業經濟和更現代的市民社會，而可以源源不斷地生產出各色文學作品，上海「文攤」上，當然也熱烈地販賣著性質各樣的文學商品：被新文學視作低級的缺乏藝術價值的消遣性小報，海上才子們主筆的文藝副刊，左翼文學的激進思想和現代化都市中先鋒藝術家的頹廢感情等等，都能成為文化產品而提供給自己的消費群體。廁身於這種都市文化環境中，連自視甚高的新文學也有意無意地兼顧了軟性文學的娛樂功能和閒適格調。上海文壇的多元景觀，其意義不在於一種和睦共存的狀態，相反，來自各方的力量都圍繞文學的合法性這一焦點，爭奪著自己的話語壟斷權，每一種文學話語都意味著對其他話語的規訓。這種顯性的文化特徵在世紀之交的上海再次出現，當當代文化研究者發現九十年代的文化與文學的娛樂性以及大眾文化的多樣性，與三十年代的上海頗為相似時，他們將兩個時代並置比較，從中得出了一些富有啟發性的結論。[21]

在如此複雜的政治文化、商業文化同構的文學場上，《論語》最初發刊時，作家們的心態很有普遍意義，下面的擔心很可以理解：「我們只消看看自九一八事體發生後，一時大小刊物的茁起，確大有雨後春筍之觀。而這些一切大小的刊物，大部分又都像在演京戲似的；有前臺的唱演，有後臺的擺佈，有大鑼大鼓的號召，有男女觀眾的叫好。我們在這鑼鼓喧天，人聲龐雜的時機，僅僅憑幾位清唱的腳

---

21 如陳思和在一九九〇年代提出的「共名」與「無名」說：「從大陸的文學史發展來看，只有三十年代前半葉有過繁複多元的文學無名狀態；而在九十年代的前半葉，又似乎出現了類似的狀態。」並舉周作人的小品文觀念為例。見陳思和：《中國新文學整體觀》（上海市：上海文藝出版社，2001年），頁83。張頤武也以三十年代的「閒適」「隱含知識分子的啟蒙欲望」來批判九十年代「閒適文化潮」的空洞。張頤武：《閒適文化潮批判》，《文藝爭鳴》1993年第5期。此外，「頹廢」一詞隨著賈平凹《廢都》的熱炒而在人文精神大討論中被反覆提及。

色，要是一時嗓子太低了，還不是一點喚不起大眾的注意。就算是嗓
子高的話，誰又保得住沒有一些意外橫禍的飛來？」[22]這段表白相當
生動，包含了論語派作家的縝密心思：複雜的而帶危險性的政治禁忌
無法遏制人們說話的欲望，新的社會文化結構又在某些方面提供了人
們發言的機會，所要考慮的只能是如何發出自己的聲音，如何在文學
場上站穩腳跟。

　　論語派的「變風」，指的是它繼承語絲派而來，卻又改變了語絲
派原有的風貌。無論在政治立場、文學立場還是雅俗文化立場上，都
體現出論語派在三十年代文化語境中的「中間性」。

　　首先是政治上採取的中間立場。這是自由主義者在言論不自由的
政治環境中所選擇的主要話語策略，它也決定了論語派刊物的定位和
文化傾向。施蟄存憶及自己創辦《現代》這一大型刊物時，有意走一
條「中間路線」。而林語堂對《語絲》的記憶和想像也堅定了《論
語》的辦刊路線，無論《語絲》週刊當年如何無所顧忌，從整體上
看，它仍是以「有教養的語絲體評論，避免過激的立場」[23]為主要態
度。經歷了北伐幻滅的原語絲派文人林語堂還是感慨著「時代既無所
用於激烈思想，激烈思想亦將隨而消滅」，經歷數年「如枯木似的，
一點蓬勃的氣象也沒有」，只有「太平人的寂寞與悲哀」的「沉寂」、
「麻木與頑硬」[24]後，他開始適應上海商業實用主義和嘈雜的生存環
境，在這種環境中，北平《駱駝草》文人那樣過一種蟄居或隱逸的藝
術化生活顯然不可行，於是一股「靜極思動，頗想在人世上建點事
業」的浮躁情緒湧了上來。可以說，林語堂對五四知識分子以批評為

---

22 怪力：〈子不語〉，《論語》第1期（1932年9月）。

23 〔美〕費正清編：《劍橋中華民國史》上卷（北京市：中國社會科學出版社，1994
　　年），頁529。

24 林語堂：〈翦拂集序〉，《林語堂名著全集》第十三卷（長春市：東北師範大學出版
　　社，1994年），頁3、4。

職事的時代始終滿懷感情，因此三十年代文壇知識分子批評環境和批評形態令他感到強烈不滿，於是頻頻出聲呼籲。一九三〇年在寰球中國學生會上發表「論現代批評的職務」的演講時，林語堂認為「現代的文化，就是批評的文化」，但中國批評界卻因思想一統而陷入了思想衰落、文章昌明的不良狀況。在林語堂看來，文人在強壓之下可能有學術卻無思想，「對於現代思想，現代政治，或現代文學，仍然懵懂，這就有負於我們對於一般讀書人的期望了」；而思想饑荒的結果是遍地出產「調文弄墨」、「浮華浪性」文人。他滿懷熱情地重申自由批評對於改良政治和社會的意義：

> 我們同時要知道現代人已非思想界的權威所能支配，不但是已死的聖人，不能支配我們，就是新起的任何思想家，也不能霸統思想界，造出清一色的局面。[25]

收入這篇演講的《大荒集》，成為林語堂「革命」幻滅之後的一部自我宣言，同時也是作為批評者的知識分子在經歷了一番「寂寞的孤遊」後心態發生轉變的自我寫真。在《大荒集》中，林語堂表明了自己作為大荒旅行者的孤遊與那些隱逸遁世者不同：「遁世實在太清高了，其文逸，其詩仙，含有不吃人間煙火意味，而我尚未能。」[26]林語堂的這批文章仍然有一股淋漓生氣，他的現代批評思想，後來並無太多改變。或許可以把《大荒集》視作對北方《駱駝草》式文人帶有犬儒主義逃逸意緒的批評，也可以視為林語堂及林語堂式海上文人將在上海灘的批評場上有所作為的序曲。

---

25 林語堂：〈大荒集・論現代批評的職務〉，《林語堂名著全集》第十三卷（長春市：東北師範大學出版社，1994年），頁123。

26 林語堂：〈大荒集序〉，《林語堂名著全集》第十三卷（長春市：東北師範大學出版社，1994年），頁115。

　　欲在文化場中占據有利的位置，關鍵在於發掘和利用既有的一切
文化資源建立起自己新的立足點。對《語絲》一往情深的記憶，究其
核心，是對一種不受政治文學和階級文學支配的自由批評空氣的嚮
往，它介入了林語堂對新刊物的想像，成為一筆有待他開發的豐富的
文化資源。未必所有參與論語社的文人都有復活當年的《語絲》的念
頭，但林語堂懷有強烈的語絲情結卻是有跡可查。他曾不止一次回憶
《語絲》與《現代評論》的論戰：「說來也怪，我不屬於胡適之派，
而屬於語絲派。」「那裡真是一個知識界發表意見的中心，是知識界
活動的園地，那一場大戰令我十分歡欣。」[27]《論語》對《語絲》的
仿效或師承顯而易見。《語絲》成為《論語》名噪一時的保證，無論
是幽默，還是小品文，都本源於它，而諸如「不革命」也「不反革
命」的中間立場，「不破口罵人」的「費厄潑賴」風度，「不拿別人的
錢，不說他人的話」，同樣有著《語絲》的影子。原語絲作家俞平
伯、章川島、章衣萍、劉半農、孫伏園等如今赫然列上了《論語》的
撰稿人名單，《論語》及稍後的《人間世》能夠快速成為上海刊物中
的明星期刊，利用《語絲》本身的文化資源是一個重要因素。兩個刊
物在文風格調上的一脈相承，使它們所接收的來自社會的某些指責也
頗相似：《語絲》曾一度被人稱為「新晶報」，或被認作「新笑林」而
引來周作人的辯駁；而《論語》提倡幽默更「常引起國人的誤解」，
當時也有人比之為「新笑林廣記」，林語堂只好頻頻聲明《論語》的
「幽默」與西方的《笨拙》類雜誌相比，要「道學氣」得多。

　　《論語》縱然處處可見對《語絲》的記憶、繼承或模仿，但迷戀
《語絲》放逸氣質的林語堂心裡很清楚，上海雖有無限的文化商機，
卻不會再還原一個新的語絲時代，當然也沒有《駱駝草》的文化水

---

27 林語堂：〈林語堂自傳〉，《林語堂名著全集》第十卷（長春市：東北師範大學出版
　社，1994年）頁296、28。

土。在確立不左不右的中間姿態後，林語堂相應地一一拆解《語絲》的原部件，以自己的趣味進行改造和重新組裝，也將自己的叛逆、浪漫、熱情、固執，當然也有對文學商業化的運作心思，以及來自西方報刊的文化理念印在了刊物的每一頁紙上。一方面，為林語堂所不能把握的《論語》所處的時局、世風、環境，來自政治文化與商業文化的壓力，同時構成一股合力，改變了原有《語絲》的內神外形，這固然令人遺憾；另一方面，《論語》與《語絲》相似中有不似處，也使論語派獲得了自己的文化個性。

　　以「說話」為例，《語絲》時期文人們常以「說話」代表「發言」和「批評」，如何說話，在編者看來是關乎刊物的立場和「格調」的大事。《語絲》有「閒話」、「大家的閒話」、「我們的閒話」，周作人的「竹話」、「酒後主語」，疑古玄同的「廢話」等，以自由主義的「任意批評，無所顧忌」為精髓，外在形式上的「滑稽和罵人」則有中國傳統文人的批評特點。《論語》對「說話」的討論遠遠高於《語絲》的頻率，林語堂以「《論語》不過是『評論的話』之文言而已」[28]為「論語」釋名，尤其點出臧否批評的意味：「我們同人，時常聚首談論，論到國家大事，男女私情，又好品論人物，又好評論新著，這是我們的論字的來源。至於語字，就是說話的意思」。[29]此後與「說話」有關的議論、說話、饒舌、你的話、我的話等，均在刊物中反覆討論。刊物的本意是要造成一種自由談話的空氣，使人人「說自己的話」，但在《論語》中，說話已不僅僅是文體格調的問題，而是刊物面對政治和社會的話語策略問題。從一開始，論語派作家們便自覺「自由」是有限的，堂堂皇皇的「十不」戒律雖然頗有些滑稽味，卻毫不掩飾主編者、出版者對雷區的禁忌。於是，與語絲時期不同的是，林語堂在論語時期不得不將自己對西式民主國家的想像安置於一

28　〈編輯後記〉，《論語》第3期（1932年10月）。

29　〈編輯後記〉，《論語》第1期（1932年9月）。

個專制的政府下，因此論語派的批評首先必須在承認政府的合法性這一前提下進行。他以西式報刊話語模式來規定《論語》的方向，「說閒話」本身暗合對英國著名的《旁觀者報》、《閒話報》的傾心。從提出「不反革命」，「不評論我們看不起的人」，「但我們所愛護的，要儘量批評（如我們的祖國，現代武人，有希望的作家，及非絕對無望的革命家）」等「十不」戒律開始，那種「動輒以反革命罪論」的擔心隱約可見，《語絲》發刊詞中所提到的對於一切卑劣進行排擊、反抗和挑戰的意願當然減退了。對「幽默」因素、「謔而不虐」的設計，表明林語堂對現有情勢的清醒或聰明的認識。在林語堂看來，文人在嚴酷的文字獄面前，批評文章或酸或澀或苦或辣，並無助於現實的改變，文人可以在「言者無罪」的前提下指出「政府病」，而不是到處充斥紙上空文、官樣文章、社章公法自欺欺人，這裡暗含著對政府能夠提供一個相對寬鬆的民主氣氛和言論環境的幻想。這一意圖終於在林語堂一九三六年移居美國途經日本時寫下的〈臨別贈言〉（《宇宙風》第二十五期）中表達得相當明確：「在國家最危急之際，不許人講政治，使人民與政府共同自由討論國事，自然益增加吾心中之害怕，認為這是取亡之兆。因為一個國決不是政府所單獨救得起來的。救國責任既應使政府與人民共負之，要人民共負救國之責，便須與人民共謀救國之策。」宣稱「不談政治」的林語堂離國時對於解救國難顯得憂心忡忡：「除去直接叛變政府推翻政府之論調外，言論應該開放些，自由些，民權應該尊重些」。

　　「謔而不虐」的文化批評與社會批評這一傾向，導致左翼陣營和後來的研究者們對《論語》刊物的態度比較複雜。首先，它使當局頗感不適。晚年的周劭回憶說，林語堂曾想當南京政府的立法委員未果，因為「他曾參與過蔡元培、宋慶齡等發起的『民權保障大同盟』和編輯過《論語》，給國民黨平添過不少麻煩」。[30]但是僅僅不適而

---

30 周劭：《午夜高樓》〈前言〉（上海市：上海古籍出版社，1999年）。

已，由於所取的立場和態度與左翼文學不同，他對文化專制所感受到的壓迫也與左翼作家的感受不同。按照注重分析作品的政治社會效果的西方新歷史主義批評理論，實際上統治者或任何權威都無法完全依靠暴力維持其統治，「每一種占統治地位的文化都包含著對它顯見格局和核心價值的否定，這種否定體現為對潛在的對立格局和邊緣價值的默許。」[31]任何政治權力都不可能完全依仗暴力而維持其統治，它必須同時依靠某些文化形式來辯護其合理性和合法性，既利用又控制便是其一般的手段。檢查機關的壓迫固烈，刊物卻大為興盛，上海文化市場出現的這種看似矛盾的繁榮說明，壓抑總是與欲望共生，而任何主導意識形態都必須依靠製造他異，排斥他異來維持自己，沒有邊緣的核心是無法想像的。這裡不妨也引用劉心皇在《現代中國文學史話》中的一段話來說明這點：「政府認為這種幽默，也可以說是譏評和諷刺，還不傷大雅，與左派的直接狠毒攻擊相較，有小巫見大巫之別，遂對之加以優容。」[32]劉心皇是臺灣帶有濃厚意識形態偏見的現代文學研究者，他眼中持批評態度的自由主義者與政治權力之間的關係尚可接受，因為是有彈性的而非對抗性的，政府會予以一定的「優容」來維護自己的合理性，而自由主義者便借著類似《論語》一類的寶地，繼續以發牢騷或借題發揮的本事，滿足自己「有所為」的文明批評與社會批評的責任心。

　　其次，如果說，文學場上的諸種力量在面對政治文化的壓力時進行了一致的聚集，那麼，在文學場上，各種力量實際上又互相產生作用和反作用，論語派的「變風」也是與文學場上其他因素所產生的作用力和反作用力的結果。這裡至少有三種文學場上的力：一是革命文

---

31 參見徐賁：《走向後現代與後殖民》（北京市：中國社會科學出版社，1996年），頁63。

32 劉心皇：《現代中國文學史話》，轉引自萬平近：《林語堂論》（西安市：陝西人民出版社，1987年），頁81。

學的力；二是純文學的力；三是大眾文化的力。三十年代的文學總體
上要對五四時代的文學進行調整、反省和清算，革命文學清算了五四
文學的貴族性和小資產階級特性；純文學的高蹈反省五四文學的功利
性又堅持五四文學所確立的文學審美現代性；大眾文化在受到壓制與
忽略後，隨著上海大都市的崛起而受到不同文學力量的注意。這種清
算，並不只在各自的內部進行，為了維護自己的立場，其間的衝突和
矛盾起落不斷。

　　在這三種力的角逐中，論語派所採取的立場也帶著「中間性」的
特點。林語堂一系列小品文刊物的刊發，並不是因為小品文寫作已經
十分繁榮，恰恰相反，當時文壇正進行的「大品文」與「小品文」之
爭，實際上暴露出文統對散文寫作的輕視態度，以及作家們為追求偉
大藝術而產生的文學現代性焦慮。這種「輕視」表現為尊奉西方文學
理論書上對文類的劃分標準，小說、詩歌、戲劇自然屬於文學的正宗
文類，也是西方文學理論研究的重點；而散文是「純文學」還是「散
文學」的困惑，當年不僅發生在以散文寫作起家的朱自清身上，即使
是魯迅，一開始也不認為散文可以走進「文學殿堂」。散文作為一種
文類，地位相當尷尬。而文學界的「焦慮」表現為在西方文學的輻射
下，中國文學的自卑感反而加重了，比如，朱光潛認為小品文寫作是
一種舊風尚：「實在暴露中國文學的一個大缺點，就是缺乏偉大藝術
所應有的『堅持的努力』」，「拿中國文學和歐洲文學相較，相差最遠
的是大部頭的著作，這是無可諱言的。」[33]在純（嚴肅）文學論者眼
裡，它與小說、詩歌相比，彷彿特別容易，任何人都可以隨手寫作，
小品文成為「成名的捷徑」，由此導致創作態度的輕浮；相應地，他
們追究說，小說、詩歌、戲劇創作之所以沉寂，原因便在於小品文的

---

33 朱光潛：〈論小品文——一封給《天地人》編輯者徐先生的公開信〉，李寧編：《小
　　品文藝術談》（北京市：中國廣播電視出版社，1990年），頁292。

發達，朱光潛、沈從文在這一點上持有一致的態度。唐弢在當時曾寫〈小品文拉雜談〉一文，針對大品與小品的爭論，說：「現在已經有人要把雜文──也就是我所說的小品文逐出『文藝作品領域』了，理由是：現在所流行的小品文非常地雜，內容無所不談，倘加嚴格限定，大多數無法容納於『文藝作品領域』之內。」[34]

因此，林語堂要在三十年代的文壇提倡一種清新逸俊的小品文，一是因為他親身體會到了二十年代以來雜文寫作所受到的攻訐，另一方面他對當時的散文寫作狀況十分不滿。他認為，由於文人受政治因素的嚴重干擾，文章酸辣苦澀味兼具表明在專制面前「不敢直言，乃趨人歧途」，失去了文學所應有的清淡雋永甘美的風味。林語堂當然不否認文學可以擁有多種風格，如左翼文學陣營以魯迅為代表的作家在報刊上發表尖銳卻又隱晦的「射他耳」（Satire），冷峭尖利，令人興奮，但既然缺少幽默文字，就不妨加以提倡；其次，是高闊的議論盛行，「做社論的人太多」，空虛高蹈之風盛行。「文章」開始成為林語堂最愛的一個借喻，藉以批評虛偽矯飾的文風與中國社會僵硬腐朽的思想文化空氣相輔相成，中國國民性中固有的善做文章，大做文章，言行相悖，空言高蹈的弊病隨時發作，無處不在：「小學生不叫他觀察事實，寫敘眼前，而叫他做『自強不息』『鐵道救國』廓大虛空之高論，而全國思想始有此虛偽、矯飾、籠統、糊塗之局面」，[35]特別令人反感的是，充斥著一般報刊的是官方的社論和各種空虛矯情的文章，於是，「十二三歲的學生起碼就要做『救國策』，破題就是『今乎天下』的爛調」，而且，「因為大學研究經濟政治的人太多，書本上的學問既深，主義名詞信手拈來就是一大套」，「政客軍人，一發宣言

---

34 唐弢：〈小品文拉雜談〉，李寧編：《小品文藝術談》（北京市：中國廣播電視出版社，1990年），頁146。

35 林語堂：〈我的話──裁縫道德〉，《論語》第60期（1935年3月）。

通電，又篇篇言之成理，可誦可歌」。[36]在林語堂眼裡，從上到下，舉
國文章要麼以政治性的口號令人生厭，要麼自以為是地以尖銳的、嚴
肅的語氣教訓別人，如此的「文章」，真正喪失了對生活真相的反應
能力。林語堂認為，文如其人，如果文章空虛高蹈，那就是國體政體
「患病」的體現。對此表示附和的邵洵美也專門寫了《談話的衰
敗》，指出談話風氣的衰敗原因，一是以一人為主的演講，「千篇一
律」、「一大串虛偽的套話」；二是官話，「官話講多了，在內室裡談話
也會像辦外交」；三是麻將撲克上的全神貫注，「久而久之，嘴巴除了
吃飯便也失掉其他的效能了」；第三，便是新文學後屢屢打擊卻仍有
市場的風花雪月式濫情與濫調小品文，「所寫不是忠孝節義的濫調，
便是傷春悲秋的豔詞，或是僧尼妖怪之談屑。」而在語言風格上，語
言學家出身的林語堂對西風東漸後「洋白話」的興盛也極為不滿，反
覆提出「中國人請講中國話」[37]，並有意提倡「語錄體」，欲治歐化文
風之弊。

　　林語堂所說的政治性文字，既包括左翼作家的戰鬥性雜文，也包
括通過政府主流宣傳機構而遍佈全國上下的「假大空」文字，它們的
共同之處就是缺乏個性自覺、缺乏文學的審美性。論語派對五四以來
文學偏重功利性的狀況有所不滿，因此提出「無所為」的小品文，削
弱小品文的社會功用價值，將小品文的思維方式、美學品格與批判式
的雜文相區分，這使《語絲》式思想論戰的鋒芒發生鈍化，轉化成為
「言志」與為「自我」而作文；而對於流行全國上下的各種空洞的公
文式口號式寫作，陳腐的道德文章，林語堂認為，是中國「心氣和平
事理通達的中國文化精神」喪失的表現，因而提出以近情的文字，寫
出人生真相。值得注意的是，林語堂並未將小品文寫作「嚴肅化」、

---

36 林語堂：〈我們的態度〉，《論語》第3期（1932年10月）。
37 林語堂：〈不知所云〉，《宇宙風》第3期（1935年10月）。

「專門化」，反倒堅持小品文是一種人人可為的文體，這是論語派在散文美學上與三十年代更為流行的、帶有先鋒性和現代主義色彩的「獨語」式散文的區別。他們對晚明性靈派文學的闡揚，主要揭櫫一種有自我個性的、真情流露的文學寫作精神，倒並不刻意強調晚明小品文如何精緻高雅。論語派上述的表現，表明確立小品文獨立的美學原則主要針對的是文學的功利性寫作；面對純文學的高蹈，則力圖兼顧文學的大眾化原則。這種姿態本身具有調和性。

論語派的話語策略及文學美學意圖，對於一九三〇年代小品文的生長有著重要的作用。專門性的散文刊物大量出現，並刺激不同美學導向和思想傾向的小品文刊物誕生，左翼的《太白》、《新語林》即是有意針對《論語》、《人間世》而創辦的，而《文飯小品》、《逸經》、《談風》、《天地人》等也借小品文的東風，並幾乎吸收了論語派的全部文化資源。其次，小品文刊物的中間性質，不以社會教化功能為主導的小品文理論，使學術性散文、科學散文、各地通訊、特寫等獲得了廣闊的生存空間，文類所能容納的範圍擴大，並與相關的藝術門類相互提攜，如漫畫，開始與小品文並列，成為讀者消費的熱點。林氏刊物上的嘉音兄弟的漫畫、豐子愷的漫畫與幽默閒適小品文彷彿是兩對連體兄弟，一併成為都市市民文學的新寵。論語派的「變風」，最終明確地體現了它與《語絲》對文學接受群體的想像和認識已有很大區別。這將在本書的第五章進行討論。

第三節　文化「習性」

論語派刊物在政治上的不左不右的中間立場，在文學上的既雅化又大眾化的中間立場，在知識分子的責任和義務上，既保持自由主義者的批評立場又維護市民知識分子的個人主義立場等，自然形成了它的新的文化品格。這種文化品格同樣還聯繫著他們特有的文化「身

分」。上述「中間性」的政治立場和「中間性」的美學原則不僅在文本中體現出來，也在作家群體的氣質和品味上得到體現，由此生成論語派特有的文化「習性」。

在中國現代文學史上，一種流派的形成，往往是個人交往方式和情感溝通的結果，是小圈子的「共同的生活基調」（成仿吾語）和文化氣候醞釀成熟的過程。五四以來，以刊物來聯絡感情或呼朋喚友，成為新文壇上流派發育成熟的主要方式。《新青年》如此，《現代評論》如此，創造社的刊物亦是如此。他們一般不拒絕外稿，但主要發表同人稿件。而隨意翻書點字組合成的「語絲社」，也有相似特點：每月有一群社中同人聚會，「從此市場中的某居或飯鋪或一房門外，有時便會看見掛著一塊上寫『語絲社』的木牌」。《語絲》開始有「社」了（魯迅〈我和《語絲》的始終〉），語絲派在社的聚合與刊物向社會的發行中，形成有中心人物，有一批重要作家，以某一文體（如雜文）為主要文體，在社會上開始產生一定影響，一個文學流派因此形成。此時，從刊物的作品中，從流派成員身上，既能發現中國傳統名士派的自由和消散、諷刺或沖淡的寫作趣味，也有魯迅在雜文、回憶性散文、散文詩中的孤鬱頑強和快意縱橫，既有意無意地散發出小圈子中師友的情誼，也有對志趣不投者的排斥，再加上大學生讀者和北新書店這樣的接受群體與發行媒介的支持，一併構成了語絲派的文化內涵。

論語派承繼語絲派而來，相當程度上既是對語絲「習性」的發揮，卻又由於兩者有著不同的文化環境和文化氣候，它的流派聚集的方式、文化意味，作家們獨特的文化氣度、品位、修養，與語絲時期相比已多有改變。如果三十年代文壇有京派與海派之分的話，「京海融合」可以貼切地概括論語派成員組成的特點，當然在文化氣質上也就有南北融合、現代與傳統的融合等特點。以上海為中心的論語派作家也多給人以橫空出世之感，與北平那個周作人為核心小圈子的精神

氣質也有明顯區別；上海文化的混融性、文化背景的亦中亦西、亦京亦海，聚嘯而來的文人各有不同路數，分明使這個流派的形態既開放也鬆散。

在京作家的隱逸氣與上海作家的名士氣的結合，是這個流派強強聯手、組合成群後的特點之一。應該說，作家的人生態度，在小品文這一文體或閒適幽默小品文這一「次文體」的選擇上，得到了集中體現。三十年代個性主義與自由主義被貶斥到邊緣，魯迅所謂有的歸隱、有的退伍、有的爬上了名人的位置等不滿之辭，即針對上述那些曾在五四時期以猛士、戰士的形象馳騁文壇，而後卻改變身分、失落了放言無忌、直面現實的作家們。這種頗具時代性的評價按照自身的邏輯和評價模式，決定了文學中「落伍」者與「前進」者的相應位置與面目。在京的原語絲派的部分文人，在以《語絲》為營壘的群體超越的後五四時代終結後，追隨其精神領袖周作人，以《論語》、《人間世》為新的空間，開始了個體超越的三十年代。他們的小品文表現出堅忍沉潛，自得其樂，以文自娛的特點，消極地守護著個性主義信念和文化批判的旨趣。年齡、氣度、境際使他們極像一家人，借助《駱駝草》的過渡，他們思想前後變化雖大，倒顯得十分自然。劉半農、俞平伯、沈啟無、康嗣群等，都在論語派的名下延續著「被天強派作閒人」後的一段文學生命，在文學史上、在個人的文學履歷上，或濃或淡地被塗抹著「小擺設」、「骸骨的迷戀」、「專事打油」的灰色色彩。前面提及阿英在評論中，將隱逸派與幽默派區分開來，認為論語派中林語堂一類作家，從老京派的陣營中出來，既保留原有的名士氣，又與隱逸氣越發濃厚的「京兆布衣」很有些不同。不過，林語堂在《人間世》上編發廢名〈關於派別〉一文後，卻發出這樣的由衷感歎：「吾讀此文甚得談道及聞道之樂，益發增吾歸北平之感」，林語堂對北平的回眸遠眺大有深意，這正與他激動地將周作人的〈五秩自壽詩〉以及眾多學界名流的和詩，借助《人間世》創刊而演變成一場三

十年代京海兩地的文化大事件一樣，表示了在精神上的尊崇、傾心與
嚮往。此後，他漸漸將小品文的個性與傳統名士、異端思想、性靈等
聯繫在一起。傳統文人的名士風流和中國文化的悠長意韻，構成論語
派最鮮明的語絲記憶，文人那種穿長衫的自由主義知識分子氣質，對
於身為山地之子又洋氣十足的林語堂來說，有莫大的吸引力，使他不
樂意成為胡適文人群中的一員。這當然與林語堂文化身分認同發生變
化有關，多年與中國傳統文化隔膜後，他「發現」了傳統中的一片新
天地，既新鮮又驚喜；同時一個天性不喜拘謹的人，對語絲派文人的
放逸與狷狂的名士風流更表歆羨。他反覆張揚文人的性情規範，毫不
掩飾對「偏見」的喜愛，語絲愛說「偏見」的話，「愛登碰壁人物的
牢騷的習氣」；他們不以正人君子的面目出現，而時時逸出道德規範
或社會戒律之外透透氣，那種興致勃勃地討論民俗學、搜集童話與民
間傳說的熱情與花大量篇幅進行「閒話的咬嚼」源於同樣的個性。好
說「閒話」，是語絲的特點，俞平伯曾自評道：「我在文章中每不免有
滑稽的口吻……這種口吻搖筆即來，驅之不去，為累不淺，真有如宋
玉所謂『口多微詞所受於詩』奈何它不得！」多數論語人身上很有幾
分草根性，他們與樣樣合於規範，無偏無倚，調和為尚的帶著幾分古
典主義色彩的京派文人自是判然有別。林語堂也從不掩飾對自己的同
鄉辜鴻銘的喜愛，因為不趨時、不附勢、有偏見，特別契合林語堂不
願受拘謹的個性。此種將個性標舉到至高無上地位的興致，與他標舉
小品文、幽默閒適而不惜鑽進牛角尖，性質是完全一樣的。

　　此外，在《新青年》上「活潑，勇敢，很打了幾次大仗」[38]的劉
半農，也自承喜愛壯闊，不愛滯膩，當他遍尋書肆而終於搜得那部以
生動的俗話和俚語寫成的《何典》後，簡直如獲至寶，尤其稱許它

---

38 魯迅：〈憶劉半農君〉，《魯迅全集》第六卷（北京市：人民文學出版社，1981年），
　　頁71。

「無一句不是荒荒唐唐亂說鬼，卻又無一句不是痛痛切切說人情世故」[39]。可見即使到了論語時期，劉半農也照舊保持魯迅所說的頗近於草率、失之於無謀的個性；郁達夫偏愛「頹廢」的氣質世人皆知，而俞平伯的迂闊與纏夾氣，也早被文學史家看出他「筆鋒尖銳處頗似魯迅，但不像魯迅的那樣滑稽」[40]；論語社中還有「一位最尖刻，最露鋒芒的李青崖，他是翻譯莫泊桑小說的專家……他那份唯恐天下不亂的情懷，時常使朋友們頭痛。但他的文藝見解有時精到得很，有時鑽人牛角尖，又是十分頑固的」[41]。戰後《論語》復刊，李青崖是原論語派中不多的幾位繼續支持和維護著刊物的作家。大致說來，帶有傳統士子文化個性的放達與狷狂，必然投射到文學觀與人生觀上，不論是言志說，還是個人筆調論，抑或是對晚明小品文所具有的異端性的尊崇、對文學自我表現空間的建構、對個性主義的追求，都是一致的。論語派中許多作家與林語堂的相似處在於，他們可能服膺傳統文化中隱逸的高雅氣度，但在散文隨筆中，倒更多表現出略事張揚的名士作派。

　　名士作派如果是中國傳統的文人文化中一種獨特的表現，那麼近代中國的現代化進程和上海「十里洋場」的全新環境，則為現代文人作家添加了新的線條和色彩。林語堂的長衫加皮鞋，大概可是看作傳統與現代、京派和海派混融的一種形象的詮釋。這是一種新的「身分」印跡。左翼作家強調作家的「身分」及相關的利益和階級性，來自理論上獲得的對資產階級作家和小資產階級作家的敵意，但也有他們對現實經濟地位和文化地位的感性經驗。以左翼陣營為代表的刊物大都帶有反資產階級生活方式的平民化取向，許多年輕的作家盤桓在

39　劉半農：〈重印何典序〉，《半農雜文》第一冊（北平市：星雲堂書店，1934年）。

40　參見王哲甫：《中國新文學運動史》第五章〈新文學創作第二期〉（北平市：傑成印書局，1933年）。

41　曹聚仁：《文壇五十年》（上海市：東方出版中心，1997年），頁206。

亭子間裡，用筆墨揭示著資本主義制度的罪惡和腐朽，在生活價值觀上對於都市生活的光怪陸離、資產階級的墮落淫逸否定並反抗。而論語派刊物的主創人員、編輯及主要撰稿人，卻已時時透露出典型的滬上中產階級生活方式和心態。在《論語》的「緣起」中，林語堂誇張地描繪了一批有著「世代書香」身分的人，其中有「得享祖宗餘澤」的閒人：「冬天則狐貉之厚以居，夏天則絺綌必表而出之；至於美術觀念，顏色配合，都還風雅，緇衣羔裘，素衣麑裘，黃衣狐裘，紅配紅，綠配綠，應有盡有。」文字固然有意幽默，但其中顯然少有困守亭子間文人的辛酸與義憤，也非傳統隱逸文人的內斂與含蓄，倒是一派海上春風得意的現代名士氣。這批對上海商業文化環境頗為適應的文人，大多有著留學國外、長年浸潤歐風美雨的階段，回國後或為大學教授，或為報人、編輯、出版商，在各自的專業或行業中已有相當成就。林語堂享受著《開明英文讀本》等教科書帶來的高版稅，再加上在中央研究院的薪金，及各種編輯費，據說月薪可達一千四、五百元左右，而當時的一般銀行職員不過六、七十元的月薪。[42]邵洵美即被稱作「老闆作家」和「汽車文人」，擁有自己的出版公司。他們率先進入《論語》的聊天室，並無什麼特別的借此起家或成名的打算，謀事與否，不妨隨緣，但思想開放、追逐新異、自我標榜，願爭得風氣之先的品行，卻讓他們對林語堂的「幽默」表示愉快的支持。與此同時，他們還保持自己的相對獨立，忙裡偷閒地經營著自己的園地。邵洵美、章克標，一直是以唯美派作家、獅吼社成員等面目在上海文壇上活動，編輯過《十日談》、《人言》等刊物。章克標稱自己的《文壇登龍術》受到日本坪內逍遙博士的《一唱三歎當世書生氣質》和中國傳統詼諧滑稽遊戲文章的影響，因此對當代文人醜行以反語加以冷

---

42 徐訏：〈追思林語堂先生〉，施建偉編：《幽默大師——名人筆下的林語堂，林語堂筆下的名人》（上海市：東方出版中心，1998年），頁16。

嘲熱諷。[43]這可以作為他走進《論語》的資格。為《論語》寫了不少幽默文章的沈有乾，是留美學者，時任聖約翰大學教授；全增嘏是哲學家，復旦大學教授，後來成為孫科的立法委員。他們亦中亦西，在上海那種中外文化融合的大都市確實如魚得水。多數人有極精湛的英文造詣，平日裡「聚在一起的時候以講英語自豪」[44]。比如，當時報刊介紹了常在《論語》上發表文章的優生學家潘光旦，說他「英漢文俱好，文章趣味雋永，其幽默恐駕林語堂而上之」，這樣的人當然成為了《論語》的第一批作者，並常常在刊物上有滋有味地討論「幽默」。不僅如此，潘光旦還自辦了一份期刊《華年》，「從內容上看來，幾乎純粹以潘光旦為中心，也許是潘光旦個人是研究優生學的人吧，在一本小小的《華年》上，也特別來了一個優生的副刊」，「《華年》還有一個特點，便是，隨處表現他『洋氣十足』」。[45]

一時間，《論語》上的主要撰稿者的身分受到質疑，有人批評說，「在蟄居亭子間寫作的普通作家眼中，他們都是『崇洋媚外』的『高等華人』，中間有一條不可逾越的鴻溝」。[46]衣食無憂，職業體面，生活悠閒，心態也多從容。不僅生活氣度如此，在文章的取向上，似乎林語堂也不迴避作為都會文人的精緻生活。他在介紹論語社「緣起」的文章裡，暗示了論語人的風雅自持、生活怡然狀，將吸煙、啜茗、看梅、讀書的名士風度列入不戒的種種雅致的「癖好」，雖然這裡有遊戲筆法，有誇張有幽默，但在上海的風氣下，那種「游於藝」的才子風雅與世俗化的市民文化人心態確實糅合無間。這批海上文人，在文學觀上當然與帶有濃厚的傳統文化意緒的「京兆布衣」

---

43 章克標：《文壇登龍術》〈後記〉（哈爾濱市：黑龍江教育出版社，1988年），頁207。

44 林太乙：〈林語堂傳〉，《林語堂名著全集》第二十九卷（長春市：東北師範大學出版社，1994年），頁129。

45 〈一般性質的雜誌之檢討〉，《現代》第6卷第4期。

46 周劭：〈姚克和《天下》〉，《讀書》1993年第2期。

們有別，他們以追求新異心理、對文學商業化的迎合及個人主義的標榜與叛逆自由進出論語派。中產階級價值觀，在林語堂的〈言志篇〉中更是歷歷可尋，這是他的生活與藝術的宣言，傳統文人的雅致與藝術化生活是與都市提供的優裕、便捷連為一體的。西方現代個人主義者的生活方式與價值觀顯得既超然又務實，他們甚至成為現代市民心目中的成功人士。當然，此時小品文的「閒適」也開始染上現代的休閒和大眾的趣味，不復是晚明小品文的複製品。

幾分名士氣、洋氣或紳士氣，外加掩飾不住的世俗文人氣，論語派作為一個流派，顯然已不同於一般流派那樣單純和「自覺」。林語堂避開政治文學和階級文學而取「中間」的構想，對市民文化和都市世俗生活的認同，挑起幽默文學的大旗，小品文創作上只講自由和個性，而無太多限制、刊物地盤開放等等，都可能在這點或那點上吸引別有會心的學者和文人。以專欄而聚集起來的論語派成員之雜便很自然。在《論語》上大刮「東南風」、「西北風」的簡又文，是「廣東新會人，字馭繁，號大華烈士，美國留學，三十年代初期，任北平燕京大學教授，是近代研究太平天國史最有成就者」，因為有牧師身分，曾被馮玉祥將軍聘到西北軍中傳道，離開後任國民政府立法委員，住在上海。[47]後來又仿《宇宙風》而辦《逸風》和《大風》等風系刊物。他最擅長在過去的軍旅生活裡找尋各種幽默材料，因此吸引了許多大眾讀者；「東南風」和「西北風」篇幅短小，卻取材廣泛；而談言微中說「京話」的姚穎，至今身分存疑：「有一段時間，每期有南京通訊的稿子，消息十分靈通。此人應該是婦女，有照相為證……但也有人說，這些文章是出於國民黨的一個中委王漱芳之手，相片和女人的名字，不過是煙幕」，[48]編輯當然只管看文章，而不追究人物的背

---

47 謝興堯：〈回憶《逸經》與《逸文》〉，《讀書》1996年第3期。

48 章克標：〈時代書店所經營的三種雜誌〉，《文苑草木》（上海市：上海書店，1996年）。

景，這正是林氏刊物在三十年代地盤開放的表現。由此，帶著幾分憂傷的年輕文人海戈，總是名士氣很濃且敬服著林語堂的周劭，林語堂辦刊時培養的左右臂、刊物編輯徐訏、陶亢德，以及既有編輯才能又有漫畫特長的嘉音、嘉德兄弟，包括畢樹棠、錢仁康、燕曼人等學者，都借助《論語》等刊物的風行一時而博得了更大的文名。上述這些學者作家或年輕才子，都不是思想上的激烈之士，他們既沒有魯迅式的抗擊黑暗的勇氣，在文學上也缺乏京派文人對文學懷有的宗教般虔誠情懷，在人生經歷與學識積累中，又少了周作人、俞平伯、廢名等的出世之雅與真正的傳統式閒情，他們正如晚明作家所樂於成為的「適世者」一樣，對於世俗生活懷有一份溫熱，對於個人主義總有自己的堅持，因此，也是海上文化風氣的真正主人。

第四節　老舍與論語派

在老舍研究這樣一個已取得眾多成果的領域，存在一些顯而易見卻一直未能更細緻深入梳理與探討的問題。這與我們深受文學史既有描述和結論的影響有關，也與我們惰性地、先驗地以文學史為「定論」而少加辨析有關。比如，人們對老舍在上個世紀三十年代不間斷地創作了一批風格趨向幽默滑稽趣味的小品文，總直接冠以「油滑」之名而加以否定批評。但人們很少關注這批小品文出現的語境、情境：老舍與論語派、林語堂的系列刊物以及自由派文人圈子的關係怎樣？這種關係對老舍文名的展播產生過什麼樣的影響？研究者評判作家風格及形成的原因，如果不能以具體細微的材料去重構作家所曾經生活過的感性的、複雜的世界，那就不可避免產生不周全或謬誤。因此，研究者要對既成文學史敘述保持警覺，如果細緻考察那些在作家漫長的創作道路上對其產生過種種影響的生活細節、時代氣氛與文學潮流，考察作家在文壇圈子裡的位置或交際網絡，會發現，它們往往

共同作用於作家創作風格或對主題的選擇。如果為三十年代前半期的老舍畫一個文壇網絡交際圖的話，也許有助於我們思考他創作中某個階段留下的一些問題。

　　一九三〇至一九三七年間是老舍創作生涯中重要的七年，生活安定，創作成果豐碩，文名迅速展播，思想走向成熟，文學風格也不再搖擺不定，創作主張與創作觀念日漸清晰統一。老舍創作中最優秀的中短篇小說如《貓城記》、《離婚》、《牛天賜傳》、《駱駝祥子》以及大量短篇小說、小品文、創作談，是在這個階段發表的。因此，一些學者新近的研究成果開始關注老舍在濟南與青島的生活、文學活動與社會活動，這在某種程度上或可彌補人們對身在山東的老舍與當時出版文化和文學活動之間的關係認識的不足。[49]這些探討也與當下學界關注中國現代文學與現代傳媒關係的視角有關。確切地說，從期刊文化、文人群體以及職業、地緣等外部因素入手，可以獲得重新考察老舍在山東濟南及青島的寫作生活以及與文壇中心關係的視角，也有助於我們進一步理解戰前老舍作為自由文人「身分與角色」的確立，有助於探討其創作的井噴現象和幽默小品文大量出產的原因，有助於客觀看待當時上海的出版界和期刊界對其創作的正負影響，及老舍有別於當時京海兩派的創作獨特性。

　　老舍的「職業寫家」理想促使他在三十年代努力建立起自己的文壇關係網絡。

　　老舍從回國後即從長篇小說創作轉入多種文類或體裁（短篇、詩歌、散文及為數不少的文藝理論與批評乃至翻譯）的嘗試，這種轉變是與老舍對個人寫作前景的重新認定有關。

　　三十年代後的老舍，創作較前發生了較大的變化。老舍在英國教

49　參見張桂興：〈從泉城濟南到海濱青島〉，《老舍論集》（北京市：人民出版社，2010
　　年），頁103。

學時開始創作長篇小說，《老張的哲學》等小說在國內發表後，其文名已開始為人所知。老舍的創作也進入了一個全面展開的新階段。最主要的表現是：一，多文類多文體的寫作。老舍由之前專注於長篇小說的創作，開始向短篇小說、長篇小說、詩歌、散文以及為數不少的文藝理論批評，乃至理論翻譯等多條路向同時進行，且頗有斬獲。其中，長篇和短篇小說以及幽默小品文的創作最引人注目，影響最大。二，老舍的創作發表和出版的頻率較前加快許多，數量不菲。三，老舍借助三十年代出版界的興盛，大大擴展了自己與報刊和出版社的密切交往。這種交往的拓展，使老舍一直滿懷做一名職業作家的希望與熱情。

　　回國以後的老舍，熱烈地嚮往當一名「職業寫家」。老舍說：「在我從國外回到北平的時候，我已經有了去作職業寫家的心意；經好友們的諄諄勸告，我才就了齊魯大學的教職。」[50]四年後，老舍在文壇的地位較為穩固了，但他仍然沒有打消念頭，「我跑到上海去，主要的目的是在看看有沒有作職業寫家的可能。那時候，正是『一·二八』以後，書業不景氣，文藝刊物很少，滬上的朋友告訴我不要冒險。於是，我就接了山東大學的聘書。我不喜歡教書，一來是我沒有淵博的學識，時時感到不安；二來是即使我能勝任，教書也不能給我像寫作那樣的愉快。為了一家子的生活，我不敢獨斷獨行的丟掉了月間可靠的收入，可是我的心裡一時一刻也沒忘掉嘗一嘗職業寫家的滋味。」[51]正因為論語派的朋友們勸告「專仗著寫東西吃不上飯」，老舍一直「忙」，在教學與寫作兩條戰線上奮鬥，到一九三六年，才終於辭去大學教職成為了「職業作家」。

50　參見老舍：〈我怎樣寫《駱駝祥子》〉，《老舍文集》第十五卷（北京市：人民文學出版社，1990年）。

51　參見老舍：〈我怎樣寫《駱駝祥子》〉，《老舍文集》第十五卷（北京市：人民文學出版社，1990年）。

　　老舍萌發「職業作家」理想的背後，有著三十年代中國出版業的
發展背景。最早的三個長篇小說發表後，老舍已經在文壇上有了「笑
王」的名號，也看到了國內批評家對他創作格調和創作題材的關注，
因此，老舍保有對文學創作的熱愛之情以及對自己寫作能力的自信
心，放棄教書職業而做職業作家的想法才會不斷出現。但是老舍總是
離這心願有著一段距離。在此，我們既不能忽視促發老舍的職業作家
理想的外部條件，但也不能對此過於樂觀：從三十年代初期上海出版
業大為興盛的背景來看，一批著名作家因此放棄原本的「教職」而成
為「職業作家」，完全可以以寫作為生。而大量的市民讀者群體的需
求，催生了大量的文學刊物以及報紙的文藝副刊，因此，作家尤其是
有名氣的作家才可能依靠稿酬維持一定的生活水準。最典型的例子是
魯迅到上海、林語堂到上海，放棄或改變了他們原本還以公務員或大
學教職為依託兼而寫作的身分。魯迅的優勢自不待言；林語堂則在上
海兼任報刊編輯，並在英文教科書的編寫方面大獲成功，這為他的文
名和日後專事寫作、編輯刊物提供了保障。和他們相比，老舍雖然發
表了數篇小說，得到過鄭振鐸、浦江清、朱自清等人的肯定或批評，
但在文壇的名聲還不算足夠響亮，因此，做職業作家的願望雖然強
烈，但能否全心寫作來維持一家人生計，前景卻難以預料。老舍最終
還是把一份穩定的教學收入放在首位。這樣，在解決教學與寫作這一
對關乎時間與精力的矛盾過程中，老舍在此時期的當務之急，是拓展
自己在文壇上的人事網絡，以保證寫出來的東西有地方發表，有更多
的人閱讀。

　　老舍曾經說過：

　　　　自《老張的哲學》到《大明湖》，都是交《小說月報》發表，
　　　而後由商務印書館印單行本。《大明湖》的稿子燒掉，《小坡的
　　　生日》的底版也殉了難；後者，經過許多日子，轉讓給生活書

店承印。《小說月報》停刊。施蟄存兄主編的《現代》雜誌為
滬戰後唯一的有起色的文藝月刊，他約我寫個「長篇」，我答
應下來；這是我給別的刊物──不是《小說月報》了──寫稿
子的開始。這次寫的是《貓城記》。登完以後，由現代書局出
書，這是我在別家書店──不是「商務」了──印書的開始。

　　這是老舍與更多的南方文學期刊合作的開始，身居北方這樣的地
理位置，卻主要依賴南方出版業拓展文名。三十年代以後的上海成為
中國的商業和文化中心，出版社、書店以及刊物如雨後春筍般出現，
而老舍從一九三〇年七月到一九三四年秋初在濟南住過四載，隨後在
青島三年。這數年間，寫作的緊迫感與發表、出版的緊迫感時時追隨
著老舍；上海期刊雜誌的大量出現，使各路編輯緊緊地抓住這些日益
出名的作家，並力求通過刊物培養作家、留住作家，使他們更加出名。
老舍突破身居北方的「地緣因素」而進入南方出版中心，他聯繫起了
別的書店，別的出版社以及別的刊物，不再拘泥於商務印書館一家，
觸角伸向極為熱鬧的上海出版界各方，建構起更廣大的出版與發表網
絡。與施蟄存的《現代》、《文飯小品》、林語堂的《論語》、《人間世》、
《宇宙風》及《西風》等海派期刊及上海出版機構的蜜月期開始。
　　另外一個也值得探討的現象是，雖然身居北方，老舍卻沒有建立
起與北京「學院派」的交往關係。蓋因此種聯繫對於老舍而言，誠非
易事。一九三〇後的北京文壇，由於出版機構和文人學士的大量南
下曾一度變得蕭條起來，以致被「駱駝草」社的作家們稱作「荒
漠」。隨著局勢漸穩，京派作家慢慢重新聚集，並在北方文壇上崛
起，北京的文學空氣漸趨活躍，不過，較之上海，學院派的面目愈加
鮮明，端莊嚴肅有餘而靈動活躍不足。從地理空間上看，身處濟南的
老舍更「近京」，而事實上，也從英國回來的老舍在二、三十年代的
創作理念與實際風格，卻與日漸成為氣候的歐美派文人很不相同，雖

為大學學院中人，老舍執著於職業作家的理想而不安於大學教職，且
教學與寫作的矛盾似乎也比其他作家顯得更為強烈。或者這與老舍此
前學歷有一定關係。三十年代的大學，對學歷的要求雖然各不相同，
但並非都能「兼容並包」，新文學作家被聘為大學教師者眾多，而受
到的待遇卻是因人而異。老舍在英國多年，卻非留英學生，原有的師
範學校畢業的學歷文憑不算高，就職齊魯大學教職時，他被安排在國
學研究所，而他的主要精力卻又是講授新文學，新文學的歷史甚短，
作為一門學科來講幾乎是全新的、還在起步階段，因此，時時受到復
古刻板沉悶的學校帶來的壓抑和尷尬、壓力和束縛完全可以預料。這
一點可能也是他對作一名能寫作的「學者」敬而遠之的原因。京派文
人、歐美紳士風和學者型的作家，與老舍的「隔」是顯而易見的，梁
實秋在一篇回憶文章中提到，胡適並不看好老舍的幽默，認為比較做
作。[52]反之，上海出版業雜誌界的繁榮，為各種各樣的文學創作者留
下了相當開闊的空間。老舍既與商務印書館有過合作的經驗，繼續發
展出與上海其他出版公司或刊物的關係，顯得自然而然，水到渠成。
如，從趙家璧而趙景深，從開始在《良友》、《華年》等刊物上發稿到
成為林語堂主編的《論語》、《人間世》、《宇宙風》的主要撰稿人，且
繼續擴大到《文飯小品》、《西風》、《逸經》等論語派周邊刊物上，這
些刊物中的主要編輯以及供稿作家群多互有交叉，刊物風格頗類似
（多數仿林氏期刊而來），作家們並不排斥甚至就是幽默小品文的回
應者和鼓噪者，這樣，擅長幽默文字的老舍被編輯邀稿，或主動投稿
到此類格調相類的刊物上也順理成章。

　　與在英國時期潛心長篇小說創作相比，老舍回國後的寫作時間與
寫作頻率、創作的品種也發生了很大改變。老舍在英國教學時，學院

---

52 「胡適先生對於老舍的作品評價不高，他以為老舍的幽默是勉強造作的。」《梁實
　　秋懷人叢錄》（北京市：中國廣播電視出版社，1991年）。

生活較有規律，教學任務也不重，因此，對寫作最初打算只是「寫著玩玩」。他的寫作時間多集中於假期進行。從創作時間段來看，海外五年，四部長篇小說，幾乎每一部都「差不多費了一年的功夫」。三十年代初到齊魯大學任教，既要適應嚴格分科的高等學府的繁忙教學，同時創作的熱情日益高漲。當他的作品產生的頻率越來越快、越來越密集時，精力體力上的不適也相伴而來。這樣，時間上一方面受著報刊編輯的催促，另一方面，是被嚴格的教學和科研分割走了大部分時間。如此，他創作的種類不可能完全集中於耗時費力的長篇小說，只有短篇小說及散文小品不僅可以較快地應對各路編輯和報刊的需求，而且以它們的短小與發表的快捷，填補了長篇小說在醞釀和成稿中留下的空檔期，而多發作品在一定程度上有助於作家知名度的提高。

當作品受到讀者歡迎時，老舍開始和當時一些熱門作家一樣，忙著給編輯寫回信，這也成了每日必做的功課。趙家璧寫信希望老舍將短篇小說結集出版，老舍回曰：「我向來不大寫短篇小說，可是今春各雜誌徵稿，無法均以長篇為報，也試寫了幾篇短的。最近《文藝月刊》登的〈大悲寺外〉居然得了些好評，在《自由談》上也還有為這篇而起的辯論。本月又寄了兩篇，將分登於《文藝》與《文學》，也還不算壞。好不好再等些日子約六七萬字……我便將以前的選取幾篇，再等寫一兩篇較長的，共湊十來篇，約六七萬字。全聽你的，我沒有主意。」（〈致趙家璧信（之三）〉）老舍在為《趕集》所寫的「序」中坦言：「這裡的『趕集』不是逢一四七或二五八到集上去賣兩隻雞或買二斗米的意思，不是；這是說這本集子裡的十幾篇東西都是趕出來的。幾句話就足以說明這個：我本來不大寫短篇小說，因為不會。可是自從滬戰後，刊物增多，各處找我寫文章；既蒙賞臉，怎好不捧場？同時寫幾個長篇，自然是作不到的，於是由靠背戲改唱短打。」這些話不僅說明短篇或小品文寫作在當時的優勢，而且說明老

舍與當時編輯之間的良性關係。從老舍的書信交往以及老舍《老牛破車》中對創作過程的回顧可以看到，老舍對於各類刊物編輯（尤其是小品文刊物編輯）的約稿、催促以及建議，也有煩言，但多數時候持積極回應和禮貌視之態度，很少輕易回絕。由此而對作品產生的正負面效果也明顯：一，老舍寫作長篇小說的時間，一定程度上被教學所分割，也為各式短篇小說或小品文所佔用，這也是他前面所說的「無法均以長篇為報，也試寫了幾篇短的」。二，老舍利用當時小品文刊物的火熱與文壇關係網絡，提升了自己的文壇知名度與影響力，反過來也為他的長篇小說與中短篇小說的發表吸引更多的讀者；三，老舍自覺或不自覺地從之前無社無派無黨狀態，漸漸融入論語派這一有著自由主義思想特點的文學圈子裡，其創作也不由地被裹挾到當時的文學思潮中。作家總是與報刊有著密切關係，在出版業發展的一些階段，由於特殊的社會與文化形態，某種文類可能會迅速成為熱門的文類，並影響到作家的文體趨向，幽默小品文的盛行即如此。文壇上出現「小品與大品」、「京派與海派」、「幽默與諷刺」等的激烈論爭，都不是單純的文學理論內部的問題，恰恰與文學外部環境的商業化趨勢有著密切關係。老舍此時發表大量幽默小品文，也可以看出他與同時代人一樣，處在這種文學風尚的影響下，他順應了這股文化和文學的風潮。

　　當老舍開始主動拓展更為廣闊的出版與發表的空間，結交更多的文人作家及刊物編輯，他在南方文壇的交際網絡真正鋪展開來。而日漸繁榮的三十年代上海出版界推波助瀾，對於老舍展播其文名，確立其風格起了不可小視的作用，這種關係是互動的、有效的。這些外部因素，從實質上修正了老舍對作家「自我」身分的認識並確立了其寫作風格，同樣，也為他的創作生活帶來了矛盾和困惑。

　　老舍的文壇網絡關係中，最重要的當屬與論語派刊物的關係。這可以從老舍與林氏幾個期刊，老舍與幽默，老舍與「論語八仙」等的

密切關係裡看出來。老舍不少重要的小說和絕大多數幽默小品文，發表在論語派的刊物上，論語派刊物及其領軍人物林語堂的幽默文學觀、小品文創作，以及與老向、何容的友情，對老舍的幽默觀、文學思想和創作產生了不可忽視的影響。與此同時，有了老舍的作品，林氏的幽默小品文刊物同樣別具光彩，當然，在歷史的某些時段，人們對論語派的負面評價也一定程度上影響了對老舍幽默小品文的評價。

老舍與林氏期刊的關係，又涉及他與林語堂、陶亢德及與時代出版公司和人間書屋的關係。在《論語》最初的撰稿人名單中並沒有老舍，《論語》於一九三二年九月創刊，到第四期發表了老舍一篇〈祭子路之岳母文〉。從題目可以看出，因為《論語》刊物的名稱與「孔夫子及其門人」有關，老舍與許多作家一樣，在最初的稿件裡有心加以呼應，實際上是對刊物幽默格調的回應以及溫和的支持。就是魯迅，也曾在十三期時以「何干」的筆名發表過〈由中國女人的腳，推定中國人之非中庸，又由此推定孔夫子有胃病〉這樣一篇題目與孔子有關、看似逗樂的雜文。老舍發去稿件且在與編輯的來往信件裡，採用了遊戲文字的態度，是作者對刊物的「投其所好」。在此後一些小品文裡，老舍把欣賞《論語》的「油抹」當作日常生活中的一種調劑品，在「油滑氣」中有自嘲也有自得。

林語堂以《語絲》時期的名聲和刊物對趣味和個性的用心追求，獲得不少舊友新朋的捧場，刊物本身善拉名人稿件，「小品文」和「幽默」都追求品味雅致，質量上乘，在國內尤其在上海擁有大量讀者。因此，《論語》編輯向一些作家或名人求稿或約稿時，以《論語》和林語堂的名氣，一般的中間派作家不會拒絕。老舍在《論語》出至第五期時，即名列長長的長期撰稿人名單之中，此後與刊物的密切往來一直保持到抗戰爆發。曾任《論語》半月刊編輯的徐訏在其回憶文章中說，老舍在齊大任教期間的某個假期曾到上海，《論語》社曾請吃飯，此後林語堂也專設家宴宴請老舍，因為「林語堂很喜歡老

舍在文章上運用道地的北京話」，認為那種出自北京人天然的幽默感合乎刊物的需要。徐訏認為：林語堂編輯和創辦的幾個刊物都對老舍宣揚甚力。[53]確實，論語派從《論語》到《人間世》到《宇宙風》，隨著這些刊物的大量發行和對作家的廣告、推介，老舍的聲名隨之展播。《人間世》上曾連續發佈過林語堂所心儀所推重的作家肖像，老舍排於周作人、俞曲園、劉鐵雲之後，可見重視的程度；刊物還不時發佈論語派一些重要作家的生活近況，老舍的家庭照生活起居情況也時在刊物上披露。反過來，老舍則不僅將林語堂稱作「語帥」，也把《牛天賜傳》和《駱駝祥子》這兩部堪稱老舍創作生涯中的重要小說分別交給了《人間世》和《宇宙風》這兩個「小品文刊物」上連載，《宇宙風》還連載了老舍最早一批的創作談，即關於《老張的哲學》等六部小說創作過程的《老牛破車》。《人間世》發刊後，論語派創辦了人間書屋，出版的第一批叢書中有老舍的短篇小說集《櫻海集》，而林語堂趁熱打鐵出版的系列「論語叢書」，也將《老舍幽默詩文集》收錄其中。《論語》曾為老舍的小說集作過連續數期的整幅、半幅的廣告。如此種種，老舍在讀者的眼裡儼然是林氏刊物上的重要作家，在人們盛傳的「論語八仙」自然也有老舍的一席。當林語堂全家遠赴美國之際，老舍在一九三六年十一期的簡又文主編的《逸經》上刊登了長文〈代語堂先生擬赴美宣傳大綱〉，這是以朋友和論語社中人代表的身分，為林語堂全家送行。

　　選擇了某一個文學圈子，也就意味著他放棄其他文壇圈子或不被其他文學圈子所接受。與論語派刊物的日漸親和，意味著老舍有意識地靠近了一個他認為文學和思想上都較合意的文學群體。老舍固然在創作上有其執著之處，但三十年代尚處在創作的探索與風格的形成階段，因此，與之交往密切的刊物、編輯、作家和流派，都在一定程度

53　參見徐訏：〈舒舍予先生〉，臺灣《傳記文學》第15卷第3期（1969年9月）。

上對他施以影響。這種影響很重要的表現之一是老舍作為一個自由作家身分的選擇。從地緣空間上看，老舍身處北方，且是保守性較強、新文學風氣並不太盛的大學校園中。但是作家往往通過刊物可以獲得「同氣相求」的認同感。我們今天的教科書一般會將老舍獨立於文學社團或文學思潮之外進行解讀，或籠統冠之以「民主主義作家」之名。實際上作家在某個階段的思想，都會對其作品產生種種影響，何況是那麼重要的七年。在老舍的小品文及舊體詩創作中，小品文與論語派那些不傷大雅的對日常生活的戲謔作品的格調相當一致；而在《論語》兩周年創刊上發表的舊詩，那種對社會政治採取「冷眼如君話冊多」的態度，同樣與論語派知識分子和文人的表情一致；老舍的輕鬆而無太多實質性內容的插科打諢式文字，也與刊物上的其他作品一樣，有著對世俗人情的普遍的溫和的批評。這些表明，在對政治和社會現實的態度上，老舍與論語派作家一樣，每每以婉而多諷的態度，對社會現實和政治作出批評、批判，即便是吐露一腔「悶氣」，也與當時的論語派文人或自由派作家態度並無二致。在文學理念上，他們對幽默、對自由文學觀的堅持，與左翼文化、文學思潮是有疏離的。

借助林語堂等論語派文人的幽默文學思潮，會不會促使老舍在重返幽默的創作途中顯得更輕快、也更自信呢？這一問題，過去的研究也少有論及。從老舍早期的幾部小說的國內反映來看，由於遠離國內文壇，作家的創作完全出於回憶和對故鄉的重新想像，作品讓人覺得清新可喜，在情感的表現方式上與新文學二十年代的思潮和風尚很有些不同。其時他在小說中的幽默風格也未在文壇大行其是，有好評也有批評。因此，當老舍回國後在濟南寫出的《大明湖》竟然已經「沒有一句幽默的話」。不僅取消自己擅長的寫作格調，從題材上看，老舍三十年代的作品也發生了較大改變，與當時的文壇思潮開始接近。《大明湖》與《貓城記》從題材內容上看已經開始切入對國內政治社

會的關注，「戰爭與流血」及底層人的悲劇以及剛回國的知識分子的
批判性眼光介入到作品中。為此他甚至放棄原本熟悉的「北京人
事」，並且也在小說中加入了革命與戀愛的模式或因素，尤其是對底
層受壓迫與貧窮生活的呈現，不能不說沒有當時文學潮流的影響。在
這些轉變中，老舍徘徊於保留還是「杜絕幽默」的兩難中，幽默既為
自己所長，卻又不得不放棄，所以，他對在戰火中付之一炬的小說
《大明湖》，自然再提不起「默寫」的勁頭，而後來頗受爭議的《貓
城記》，他也自認為失敗之作。故意地禁止幽默，是老舍對國內文壇
打量、掂量後的判斷和選擇，當然也是面對嚴厲的批評家對幽默與滑
稽的否定後作家的一種自我規避與保護。但三十年代中期，老舍卻重
新返回幽默，他筆下的人物，既有不脫離文壇主流的貧民生活寫照，
同時上海文壇當時甚囂塵上的幽默熱，為幽默寫作者提供了合理的依
據和有力的支援。

　　作家的創作從來都不是自足的、與外界無關的行為。而老舍幽默
小品文的大量生產，卻可能是老舍自己都未曾想到的產物，是作為生
活與創作網絡運行的潤滑劑而出現，是老舍參與時代的文學思潮的一
種具體表徵。在為林語堂的「幽默」主義及傾向於溫和的政治批評與
社會批評的辦刊方針所吸引而以文會友的作家中，老舍顯然是特別
的。和上述許多作家一樣，他數年在英國教學生活的經歷、天性中的
溫和圓通氣質和相當程度的宗教情懷，使他對於幽默這一來自圓桌國
民特有的素質顯得既熟悉又親切，自有濃厚興趣。一俟老舍參與上海
期刊世界的幽默潮後，老舍創作中的兩難在某種程度上有所化解。論
語派作家在為幽默正名，老舍也借機表達自己對幽默的認知，在老舍
的定義中，幽默是「笑裡帶著同情，而幽默乃通於深奧」（〈論幽
默〉），與林語堂、林青崖、邵洵美、潘光旦等人對幽默的界定是相通
的。他強調的不是幽默的尖銳與諷刺，而是它的同情與憐憫，從理論
上參與了論語派與左翼作家關於幽默的界定和爭論，也是對論語派同

人的及時支持，更是以理性的態度上肯定了自己的幽默才能，因此，幽默作為寫作熱潮的興起，大大化解了老舍對自家幽默風格的緊張戒備和不放心。

　　且不說《牛天賜傳》、《選民》等諸多小說首先在《論語》上連載，創作經驗談《老牛破車》與代表作《駱駝祥子》在《宇宙風》上刊登，抗戰爆發前的這幾年成了老舍一生中最集中地寫作詼諧幽默小品文的時期，由於對《論語》編輯方針和刊物風格的一見傾心，他頻頻送稿，小品文關於「晝寢」、「避暑」、「幽默」等均曾是論語中人的熱門話題，「論語八仙」中少不了老舍的座次。論語社對本門這位出色作家也大力推崇，不遺餘力，尤其在「論語叢書」、「人間書屋」中出版了老舍的《老舍幽默詩文集》、《牛天賜傳》、《櫻海集》等主要作品集，奠定和擴大了老舍在三十年代的文壇地位和影響。魯迅曾擔心林語堂因幽默小品而沉淪，「如此下去，恐將與老舍、半農，歸於一丘」[54]，這句著名的魯迅式不滿，間接說明了老舍與論語派之間的關係。老舍當然要努力在文壇上建立起自己的文學交際網絡，但正如林語堂看中他的北平式幽默一樣，老舍對於「笑」對於「幽默」的認識也是接近論語派的幽默觀的，他那笑中的苦澀，與論語派笑中的淚、淚中的笑息息相關，血脈相連。在〈論語兩歲〉中他發表過「共誰揮淚傾甘苦？慘笑惟君堪語愁！」的詩句，道出了「隱」於山東等地教學與寫作的老舍與《論語》相依相惜、與上海同人籲求呼應的心聲。但是老舍與「彷彿連靈魂都包一層黃土泥」的老向、何容等，在論語派中都是遠離上海、獨處異地的作家，他們的小品文氣味也迥異於其他生活在上海的文人，老舍、老向與中國北方的老市民傳統的關係更近、與老中國的鄉土的氣息更相通，與上海的洋派更遠，他們陪伴論

---

54 魯迅：〈致臺靜農〉（1934年6月18日），《魯迅全集》第十二卷（北京市：人民文學出版社，1981年），頁459。

語派的也只有這麼一段路而已。抗戰以後，三人同赴武漢，並一起編輯出版刊物《抗到底》。同樣，林語堂和郁達夫既有京地人五四的光榮，又有源自南方的文人氣，以及海上「生計已漸充裕者」（魯迅語）那悠閒的心境，便成為溝通、聯結兩地的橋樑。

　　老舍坦然步入「論語八仙」之中後，其京式幽默獲得南北方讀者和《論語》編輯的肯定，林語堂更不掩飾對其京味文字的喜愛，對有著與眾不同的創作個性和語言個性的作家，林氏往往給予扶持和宣傳。因此，在「論語八仙」中的老向、何容，以及有著特殊身分和經歷的「大華烈士」，還有被當作「何仙姑」的姚穎，都因為獨特的幽默風味和獨特的文章視角與特殊的取材，受到林語堂的厚愛，並不惜利用刊物為他們做宣傳推廣。老向、何容此時成為老舍的朋友，老向二十年代開始創作，有著濃厚的北方風土氣息；何容則以《庶務日記》得到論語派諸公及讀者們的認可，「大華烈士」簡又文隨後創辦《逸經》，老舍也是其中的主要撰稿人。老舍與他們趣味相投，當他說何容有著「徘徊、遲疑、苦悶」的性格時，他也照出了自己同樣的精神與心理。

　　當然，我們也要看到，老舍的創作儘管靠「海」而不近「京」，但與當時海派文學的關係卻是既矛盾又同構，既異趣又相通。由於地緣因素的限制，山東的濟南與青島，畢竟與上海文壇的氣象不可同日而語，那裡的封閉與保守，一定程度上擋住了海派作風的侵蝕。老舍對自己獨特的文學個性和創作優勢也相當執守，因此，他的濃厚的「京味」，對北平市民文化精髓的體驗與把握，不僅在作品中呈現出來，也在自己的人格與處世上表現得淋漓盡致。他的守舊、中庸、傳統的底色，都決定了與時尚趨新逐利的海派文化之間的巨大差距。但是，作家的獨特文學個性，恰恰在崇尚多元品味的上海，沒有被輕看，反而以其「傳統」贏得了更多的讀者，這是海派出版文化和寬容多元的魅力，老舍老北平的市民趣味與當時尚新尚變的海派文學形態

就這樣相互依存，少有芥蒂。可以說，在思想和藝術上，老舍保持了在海派文學、京派文學、左翼文學、國民黨的民族主義文學之外的既邊緣又不完全隔絕的位置。

老舍在與論語派刊物的蜜月期裡所創作的小品文，成為他參與三十年代文學思潮的有代表性特徵的文類。《論語》第四期，老舍的幽默文字首次亮相，這是對林語堂的《論語》發刊詞中把孔子及其弟子拿來調侃的一種同題呼應，是典型的「應景文」。同期還刊登了老舍與編輯之間一來一往的信件，讀來也頗滑稽有趣。作家與刊物編輯之間達成友好關係後，老舍的稿子源源不斷。

老舍的幽默小品文創作有意呼應了論語派刊物的題材範圍和討論話題。有時編輯為了刊物的題材有所集中，往往會選擇一個主題，讓作家們在「同題」的範圍內交稿，這種做法起到了凝聚話題的作用，當然也使刊物像圍上了樊籬的花園，既容易讓人辨識出它自家的特點，同時也讓花園裡的各類植物顯示自己的特色。老舍在〈晝寢的風潮〉中提到的「晝寢」就是某一階段論語派作家們常常說到的話題。當然，這種做法對小品文寫作本身產生的既有正面也有負面影響。刊物是一個多聲部的合唱，老舍的幽默小品文在《論語》、《人間世》、《宇宙風》上登載後，這些文字由於有著具體生動的雜誌的情境、語境和背景，便顯得活躍富有生氣；然而一旦將文字剝離刊物，一一收歸至作家的某部文集時，誘發寫作的種種具體情境（包括時間、空間、主題等）變得模糊乃至隱退，那麼，這些小品文也因沒有了左鄰右舍而失去特定的「意味」，有的讀起來甚至有無聊之感。

小品文很快作為老舍日常生活與長篇小說創作中的一批副產品，在實際上充當了作家與外部世界（作家與刊物、作家與作家、作家與讀者等）聯繫的情感潤滑劑，這是老舍以文參與這一時期的文學思潮的一種具體行為，而非完全出於內心對創作的急迫要求。因此，老舍的創作心態十分放鬆，這在很大程度上保證了小品文充分發揮其個人

的幽默敘事和說話的特長。

　　在心理層面，老舍的小品文呈現出片斷與零碎地展示喜劇性的日常人生的特點，這從作者的創作領域看，可以說與小說中整體統一的悲喜劇式的「北京想像」互為補充。在老舍同期的長篇小說和中短篇小說中，呈現的都並非早期那種喜劇色調和頗有民間滑稽意味的市井畫面，而往往是悲苦的帶著諷刺的銳利的氣氛與格調穿插其中：無論是《月牙兒》還是《駱駝祥子》均如是。也有的文本透出些許抒情的感傷，如《斷魂槍》一類，在無法挽回的傳統的失落中，在「想北平」的心理層面上，既有著抒情性也有著反思意味和反諷口吻。儘管諷刺、反諷等同屬於喜劇的美學範疇，但在意識形態上屬於更具意味的文體形式，頗為引人注目。而在小品文中，老舍的創作旨趣卻與此相反：裡面有其樂融融的家居生活描寫，有漫畫式的市井小人物的素描，有身邊小動物們的可愛影像，更有小孩子的頑皮可掬，是作家在生活中的真實心態的寫照。老舍在小品文中，用他同情而寬懷的眼光，展現出日常生活中無處不在的情趣與發現。因此，他的小品文即使也有某些研究者所說的對市民百姓「國民劣根性」的掃描，但實際上，老舍並未對此就此擺出嚴辭冰冷的面孔，反而帶著自我調侃的神情，把自己的溫情一併融匯進去，從而產生了特有的屬於老舍本人的「抬頭見喜」的藝術效果。

　　從文體層面上，小品文也可看作是老舍小說的「前文本」和實驗性文本，有其存在的獨立性。老舍最早的散文創作多為抒情小品，在齊魯大學任教之初，他主持《齊大月刊》的編輯工作，正式開始了他的散文創作。當時大概是為刊物的稿源著想，他著手寫作了第一批與濟南城市山水景色相關的、與自己的日常生活相關的描景抒情、清淺真摯的、在詩情畫意間融合北京口語的散文。或許考慮到刊物也有一定的學生閱讀量，這些文字本身帶有某種示範性作文的味道，有著很濃厚的老舍抒情小品的特點。當我們看〈濟南的秋天〉等散文時，自

然可以理解它們能長期入選中學語文教材的原因，因為這些文字清新流暢而頗為適合學生習作時模仿。不過，這些散文限於刊物的發行範圍，在影響上並不如他後來的一批幽默小品文；另一個重要的原因是，作為抒情小品，曾在五四一批作家手中錘煉得爐火純青，無論是朱自清、俞平伯還是冰心、徐志摩、許地山或者其他作家，都已經將那種或清幽或清新或委曲或語言精雕細琢的抒情小品變成了那個時代散文創作的一種典範性作品。因此，老舍散文創作的意義或許應該在他的幽默小品文中尋找，他雖然在語言的表達上呈現出濃厚的地方色彩，但他作為小說家的敘述與刻畫才能，卻盡在他那些數量不小的幽默小品文中體現出來。如果我們把老舍的小品文與他同期創作的小說放在一起來看的話，可能會強烈地感覺到，老舍部分幽默小品文用上了小說家的筆法，尤其是以片斷與零碎來展示喜劇性的日常人生這一點上。這樣的小品文，與老舍同期創作的那批短篇小說中的人物影像相對照，或可視作一種文學的草圖素描，與其後的細雕精刻也有異曲同工的意味。因此，我們可以說，在文體詩學的層面，老舍創作的幽默小品，並非毫無價值的油滑之作，它們作為小說的「前文本」，有其實驗性意義和存在的價值。

以老舍與論語派的關係為例，不過是要說明，一批著名作家與林氏期刊有著或深或淺的關係，這與林語堂期刊的口號以及精美的刊物有直接關係。緣緣堂主豐子愷與論語派的關係、郁達夫與論語派的關係等，可以看出他們基於共同的文化習性，京滬文人南北呼應，以文會於林氏刊物，造成一種獨特的文學景觀，這些由於文人作家們的個性相異，在文學創作風格上，便呈現多樣的、相容並包的特性。老舍與老向散文中的北平平民氣息，為這份上海灘上的知名刊物抹上了些許本土的醇厚的京味；邵洵美、章克標的唯美實踐，在《論語》上表現並不突出，卻將文章的遊戲味與油滑氣糅合在一起；劉大杰、沈啟無、劉半農多少顯出生於亂世而欲「雅」的作派；新起的年輕作家則

跟著林語堂作著自我調整等等，雖然大體認同幽默與閒適的文學主張，但散文思想有深淺之別，藝術趣味與文章風格更有高下之分，這與《語絲》時期和《駱駝草》時期那種刊物同人同氣相求、有相近的文化底蘊有很明顯的差異，也比不得同時期京派文人在創作隊伍上那樣相對的整齊劃一。但是，論語派作家迥異的個性還是能夠在文學的自由主義和個性主義這一根本原則上得到統一。

　　文學史中所謂「老京派打頭、小海派煞尾」的說法，表明京兆布衣周作人在論語派中的位置是很值得注意的。不可否認，周作人的文學思想與人生態度在特定時期，成為包括論語派在內的中國自由知識分子的精神資源。現今的京派研究者將《駱駝草》視作京派早期的一份重要刊物，其理由並不錯，但是流派的生成或解體，研究者總是很難做出一種俐落乾脆的分野，藕斷絲連才吻合實際。重新集結的新團體也並不鐵板一塊的固定，在相互滲透和影響時也帶有價值的隔離和分歧。京派文人的政治社會理想、創作傾向與文藝觀雖然從周作人的文學獨立性出發，卻在後來漸漸逸出其趣味框架。對論語派的小品文創作進行了劇烈批評不僅是左翼作家，也包括京派的沈從文和後期京派的理論家朱光潛。或許可以作這樣一個類比，當年的語絲派與現代評論派個性上的分野有多大，後來的論語派與京派文人的分野也就有多大。因此，真正將周作人奉為神主，得其精髓，承其衣鉢而大加發揮不惜引火焚身的是居住上海的林語堂。周作人對八股文學、制藝文學的批判，往往都得到林語堂的熱情響應與發揮，因而林語堂也總是代替周作人承擔了左翼文學界更為聲色俱厲的批評。借著〈五秩自壽詩〉及一大批文人的大規模主動唱和，周作人在論語派的馬車上亮了相，並借著林氏刊物在三十年代的廣泛影響，周作人雖自我韜晦卻並不再像二十年代末期那樣有「失語」的孤獨。同樣，林語堂也在周作人文章的啟示下，在三十年代的文壇上，大力推動了晚明小品的出版，為周作人「五四新文學的源流」的傳播以及閒適幽默小品文理論

走向深化，做出了重要貢獻。當然，還不止於理論上的引導，周作人在「抄書體」文章中所抵達的對世俗生活的溫情敘述，他的文章與思想的闊大與自由，更對論語派散文起著示範作用。

第二章
現代性個人主體的堅執

第一節　尋找思想文化的立足點

　　論語派對語絲精神自有一番記憶和想像。但與其說他們的思想理念和人生選擇依源《語絲》而立，倒不如說《語絲》所曾關注的問題以更嚴重的程度復發了。現代知識分子的立足點，是與「政統」相依附而生的「道統」，還是幫忙或幫閒文人，或是一種體制內的「自由」？

　　以思想啟蒙、文學革命為旗幟的《新青年》是中國自由主義知識分子的搖籃與大本營，在它「變相」為政黨的機關刊物後，後五四時期的自由主義者們著手開闢《語絲》、《現代評論》等新的園地，醞釀出自由主義的一個生氣勃勃的春天。這正是現代性發展過程中知識分子憑藉對進步的信仰和以精英自許的優越感，對安身立命之所的重新思考與設計。他們欲擺脫傳統士大夫對政治權力的依附，以近代西方對知識與思想的標準重塑知識分子的基本性格。但內憂外患的艱難時世、自由主義思想資源的貧乏與薄弱及傳統「士」力的強大，使這種轉換的實現值大為降低。

　　「所謂安身立命之處即是現代西方人所說的終極關懷（Ultimate concern），也就是價值的根源」。[1]處在社會與教育向現代轉型期間的知識分子，既要以其所擁有的知識謀生，又要發揮知識分子作為社會一個特殊階層的獨特功能。傳統士大夫兼有知識分子與官僚的雙重身

1　余英時：《論士衡史》（上海市：上海文藝出版社，1999年），頁317。

分，以知識敲開政治的通途，在道統與勢統的分分合合中實際上體現
了政治權威的絕大優勢並受著經世致用觀念的不斷滲透，而現代知識
分子則應該恃知識與思想為唯一憑藉，以堅持自己「思想上的信
念」，而非正統意識形態的承擔者與傳播者。因此，至少在理智上，
二十年代自由知識分子自覺地與「士大夫」的政治取向分道揚鑣，從
而實現向現代知識分子的蛻變與轉型：他們以學術為職業，要求以科
學求真的精神擺脫外在權威的干擾，走向邊緣地帶的努力隱含對中國
「士大夫」心態和精神臍帶的分離渴望，脫離對政治或某種社會勢力
的依附立場可使其成為獨立的社會文化力量，獲得關懷公共事物和批
評的資格。然而，根深蒂固的士大夫價值取向仍潛在地支配著現代中
國知識分子，詹姆森曾一語中的：「在第三世界的情況下，知識分子
永遠是政治知識分子」，「文化知識分子同時也是政治鬥士，是既寫詩
歌又參加實踐的知識分子」。[2] 如此看來，自由思想者的獨立於政治，
只能是相對而言，在廣義的政治視野中，他們無時不陷入與政治的糾
纏中。在自由派文人心目中，以知識和思想來與權力相抗衡是現代知
識分子的安身立命所在，但只有當他擺脫對於政權或政治的依附心
態，才有可能在各種環境和語境中保持知識分子的獨立人格。

　　《語絲》創刊，既帶著對新青年時期思想與文化批評空氣的懷
戀，也透露出對前一階段文化精神的反省。《語絲》「發刊辭」中提出
了「我們只覺得現在中國的生活太是枯燥，思想界太是沉悶，感到一
種不愉快，想說幾句話，所以創刊這張小報，作自由發表的地方」，
語絲人每每言己「本無所謂一定的目標，統一的方向」（魯迅〈我和
《語絲》的始終〉），以同人性質的刊物來提倡思想批評與文明批評，
是語絲要「發言」的原因：「慨自《新青年》、《每週評論》不出以

2　〔美〕弗雷德里克・詹姆森：〈處於跨國資本主義時代中的第三世界文學〉，張京媛
　　主編：《新歷史主義與文學批評》（北京市：北京大學出版社，1993年），頁240。

後，攻勢的刊物漸漸不見，殊有『法統』中斷之歎，這回又想出來罵舊道德、舊思想。」[3]《新青年》的「變相」，在於將五四時廣義的政治化為具體的一種主義，這種廣義的政治以反封建舊文化、舊道德、舊思想，提倡自由平等、個性解放及社會進化為旨歸，在此宗旨下，各種主義與學說盡可百舸爭流，各顯身手。一旦具體落實到一種主義時，所謂「自由」就面臨危機。《新青年》的分化（尤其是成為黨派的機關刊物後）提醒了自由思想者們重新思考知識分子在社會和文化中的身分與作用問題。

劉半農在法國攻讀國家博士，專門寫信為《語絲》週刊祝禱，曰：「就《語絲》的全體看，乃是一個文藝為主，學術為輔的小報。這個態度我很贊成，我希望你們永遠保持著，若然《語絲》的生命能於永遠。我想當初的《新青年》，原也應當如此，而且頭幾年已經做到如此；後來變了相，真是萬分可惜。」[4]周作人則說：「《新青年》的同人最初相約不談政治，那是我所極端贊成的，在此刻想起來也是那時候的工作對於中國最有意義。」[5]這裡所說的政治，不是廣義的政治，而是狹義的、某種主義的代名詞，但是，這條「不談政治」的規定很快由現實人事所打破，由此引發周作人對五四思想革命未能進行到底的遺恨，繼而「從五四運動的往事中看出幻妄的教訓」，「五四運動之流弊是使中國人趨於玄學的感情發動，而缺乏科學理知的計畫」，將「思想改造、實力養成等事放在腦後」，它直接導致「思想言論之自由已由政府民眾及外國人三方面協同迫壓，舊的與新的迷信割

3　周作人：〈與胡適書二通〉（1924年11月13日），《周作人集外文》上（海口市：海南國際新聞出版中心，1995年），頁650。

4　劉半農：〈巴黎通信・致啟明〉，《語絲》第20期（1925年5月）。

5　周作人：〈我最〉，《周作人集外文》下（海口市：海南國際新聞出版中心，1995年），頁762。

據了全國的精神界」。[6]周作人對五四進行的反思來得很快。如此看來，周作人等創辦聲稱「不拿別人的錢」、「說自己的話」的《語絲》與其說是對著來自反動軍閥政府的箝制與鎮壓，以及整個社會的沉悶麻木空氣的主動反應，毋寧說是尋找一個適當的立場和身分，爭取一塊自己的園地。也表明自由知識分子對於寬容和多元的思想與文學建設上的強烈意向，使五四未竟的思想批評和文學批評得以從容展開。這種積極而熱切的身分意識，預示了自由知識分子面對越來越具體的主義與政治，開始採取獨立的邊緣性立場，開始對五四以來的精英心態有所規避，開始考慮為文學尋找一個非政治非功利的空間。當將《語絲》週刊的宗旨確定為「提倡自由思想，獨立判斷，和美的生活」時，那種強調知識者的自我與獨立個性，擺脫政治依附或以某種意識形態為指導，重建一個生動活潑的文化批評空間，「聽憑各種派別思想自由流行，去吸收同性質的人，儘量的發展」[7]的意願，盡涵容於其中。

　　語絲人的三條原則，表面上看與胡適一派宗旨相去不遠，實際上卻造成了《語絲》獨有的氣質與個性，並在與現代評論派的糾葛中得以充分體現、發展。與政治的分離，是自由思想者為自己的批判立場設定的前提條件，但在現實中，不同類型的自由思想者對於國家、政府及知識者所應採取的個人立場卻有重大差異。《新青年》開始充斥政黨的政論，令信守思想自由原則的人不能不望而卻步，本著「不主附合」與獨立精神的現代評論派所創辦的刊物，立論總以政治法律社會為旨歸，在其高頭講章和政論宏文裡精英意識與實用功利之心呼之欲出，令人對之有望成為「王之師」而頓生警覺，林語堂便嘲笑胡適

6　周作人：〈五四運動之功過〉，《周作人集外文》上（海口市：海南國際新聞出版中心，1995年），頁720。

7　周作人：〈文學的討論〉，《周作人集外文》上（海口市：海南國際新聞出版中心，1995年），頁387。

一派想做官。「現代評論派」、「新月社」人是以西方的價值體系和多元的文化思想來建設自己的自由人格，有「學者」、「名流」、「正人君子」的西方紳士態，有足夠的道德勇氣和理性態度來實現其「陳述學理，無所偏倚」的理想。與現代評論派政治上的溫和、保守與調和相比，語絲派的匪氣和流氓氣的激烈、尖銳與意氣，仍帶著新青年時期「攻勢」的充分自由與獨立的心態。不依附政治權威，但不怕談政治，是語絲派的特點，正因如此，語絲派在與現代評論派的爭吵中，很是占了心理優勢。長期以來，人們將語絲人所說的「政治」概念狹隘化，並與他們對於黑暗的反抗精神混為一談，這種錯置導致對於語絲特性的片面理解。孫伏園強調說：「語絲同人對於政治問題的淡漠，只限於那種膚淺的紅臉打進黑臉打出的政治問題，至於那種替政治問題做背景的思想學術言論等等問題還是比別人格外留意的。說得加重一點，倒是語絲同人最熱心於談政治……」[8]宣稱「我最不喜歡談政治」的周作人始終把「假道學，偽君子」、「古野蠻」、「小野蠻」、「文明的野蠻」當作要談的政治，而對所謂「黑狗咬黃狗」的政治及政客的政論則沒有興趣。林語堂不僅視新月社同人「不許打牌與談政治」的規則為「一怪現象」，而且建議擴大語絲的討論範圍，要談「真正政治」，這時談政治是以思想批評和文明批評為旨歸的。承繼英美自由主義衣缽的現代評論派及新月人在軍閥政治下要求自由公正，更為語絲派所取笑與不屑，他們隨手勾勒著「名流」與「正人君子」的種種畫像，嘲笑那種試圖以學術態度溫和地探討與評價的作法，林憾廬在〈談語絲派〉一文中回顧說：「彷彿那時他們對於社會現狀也都取反對的態度，對於官僚政治加以攻擊，對於名流學者也肆意譏笑。大概那時有些名流學者想進而改良政治吧？語絲社諸人覺得和軍閥官僚談改良政治，無異於『與虎謀皮』。」[9]語絲人很難認同那

8　孫伏園：〈語絲的文體〉，《語絲》第52期（1925年11月）。

9　林憾廬：〈談語絲派〉，《談風》第1期（1936年10月）。

種對政治經濟科學文藝的全面設計和指導者的態度，以他們的邏輯，再往前一步，就成了政府的幫閒；書生議政的結局，往往是參政。更不用說在英美派紳士心態中，有時不免露出對平民百姓的鄙夷與高高在上的嘴臉，這種貴族氣是為身上存有「破腳骨」的流氓氣與「生於草莽，死於草莽」、帶著平民意識與草根性的語絲人所排斥的。語絲人認定自己對於權威主義及由此派生出來的各種扼殺精神自由的「專斷與卑劣」的戰鬥精神與自由主義者的「寬容」絕不矛盾。兩派的對抗既是各自不同的自由理想和方式使然，也是自由思想者話語空間的一次具象演示。

語絲人偏愛解構與現代評論派偏愛建構，顯示出兩種自由思想者思維方式的分歧：前者已開始顯露出對中國社會與思想文化現狀的悲觀及對知識分子話語越來越政治化傾向的厭倦，在他們的自由主義思想中有著濃厚的中國傳統名士與隱士文化的沉澱物。周作人在一九二五年〈我最〉一文中表示：「我所在的北京大學，三年以來滾入政治漩渦，連帶我們不要談政治的人也跟著它滾，雖然無從去怨天尤人，總使我覺得極不愉快。」「我真是非立志滾出這個道德漩渦不可」，當社會在他們眼中一無可說時，他們並不願施以援手救之於將傾。只是徹底卸下道德與責任的束縛還有待時日；後者具有熱心建構的精英意識和西方理想主義理念，欲將自己的理論與實踐相結合，一步步地走向心中的理想，將自己視作政治家的顧問，在野的政府後備隊，不免時時退讓，最終成為「王之師」的結局也就不可避免。最具英美文化特性的胡適派文人，儘管以獨立自許，卻因對自由參政和「好人政府」的熱心，反而與傳統士子的濟世抱負、「為天地立命」、「為帝王師」與「內聖外王」精神達到內在貫通。他們對西方具有歷史性與實踐性的自由、將現代人對於民主法制平等的理念和參與意識作了中國式翻版，同時也將身上頑固而深厚的士大夫傳統積澱借助現代的面目表現出來，即傳統的儒士所具有急切於事功主義的思想，他們的「行

道」與「明道」，時時隨著政治形勢的變化及士子地位的安危而發生側重與偏移，一旦行道不利，禍及士子，便以獨善之志圓兼濟之夢。因此胡適總是積極參與現實政治又時時受制受累於現實政治。一九二九年在日記中他為此作了深刻反省：「傅孟真說：孫中山有許多很腐敗的思想，比我們陳舊多了，但他在安身立命處卻完全沒有中國傳統的壞習氣，完全是一個新人物。我們的思想新，信仰新；我們在思想方面完全是西洋化了；但在安身立命之處，我們仍舊是傳統的中國人……孟真此論甚中肯。」[10]這安身立命的傳統，該是「士大夫」的思想傳統。在魯迅、周作人一方，反封建反君師的極端個人主義態度，使他們至少在相當程度上欲分離士大夫之學士與官僚兩重角色，與中國儒士的功利與進取之心分手。今天的人們也可隱隱發現，所謂問題與主義之爭並不像表面上顯得那麼勢不兩立，在本質上兩者可能更接近，不管是胡適派文人，還是左翼激進人士，政治理想和手段不同，激進與漸進有異，本質上倒有一致的地方，即精英知識分子在變革社會的理想與行動中不得不以政治為歸屬。

　　不管其中有著多少無聊的意氣之爭，也不論兩者在許多問題上原是一氣，語絲人抓住了胡適派文人以「道」自重，欲求政治秩序的重建的濃重傳統士大夫心態，但同時也暴露出自身的深刻的虛無主義與懷疑主義。批評社會批評政治而不介入政黨之爭，是中國自由知識分子視作理想之正道的，但卻每每為各種現實關係所扭曲。不過總體而言，二十年代仍是一個知識分子群體自覺的年代，不論語絲人還是「現代評論派」諸君，立場上各自為政，表現出對中國現實政治與文化的「清議」熱情卻是同一的。有人因此戲謔道：從前同現代評論派打架的時候，「他（指周作人──引者注）和魯迅自居於反紳士反正

10　〈胡適的日記〉，轉引自余英時：《論士衡史》（上海市：上海文藝出版社，1999年），頁317。

人君子者，然而在我看起來，也正如兩個紳士相罵，一個面紅耳赤，一個則輕描淡寫而已。」[11]在他們的身上可以發現現代知識分子對「真理、道德和審美」的自我定義與自我承擔，儘管這其中已潛伏著他們自己無法確診和療救的病症。

　　無需懷疑西方現代自由主義思想，諸如思想的寬容與多元、與獨立思想和自由判斷相聯繫的個人主義等在語絲人身上的投射，但是與現代評論派、新月派等相比，語絲派顯然從未在理論上加以系統化和條理化。他們特有的文化品格，便是總能將理智上所接受的理念，以一種不自覺的思路將之轉換成他們十分稔熟的、觸手可感的中國式自由主義，如果要套以西方的不論是古典還是現代自由主義、積極還是消極自由主義、英式還是美式自由主義等便會發現放進框中皆不適，卻可能又在某些點上契合。較合理的解釋是，作為現代文人群體，語絲派仍從五四精神核心上理解自由的意義，即自我與個性的自由和獨立。傳統中國文化中固然處處體現出自我的壓抑與個性的消亡，卻時有異端之士和另類文人的反抗存在，這比西方的自由主義更具體、生動、感性，也更切合他們的文人氣質和文化心態。因此，將他們視作穿長衫的自由主義者，便與穿西服的紳士型自由主義者有了文化特性上的分別。語絲派文人的傳統型自由精神與現代的懷疑主義底色相互依存，而這也是語絲派留給論語派的一個重要的精神包袱。以尖刻的諷刺和散淡的譏誚為主要特徵的「語絲體」、文人集團時而意興風發時而消沉低落的情緒變動，叛徒與隱逸合二為一的人格特性，都是這種懷疑病症的間歇性發作。

　　從話語方式上看，論語派作家確無語絲時期進退裕如、任意而談、無所顧忌的自在心態。同樣宣稱不依附政治，語絲「罔識忌諱干

---

11 向培良：〈關於周作人〉，參見向弓主編：《在家和尚周作人》（成都市：四川文藝出版社，1995年），頁105。

冒宸嚴」的精神已淪為論語派的不能談、不願談政治，如林語堂所
說，走入牛角尖的政治不談也罷。同樣標明「不主張公道，只談老實
的私見」，論語人卻多少擔心禍從口出，「罵急了人，罵出禍來」[12]；
「縱然沒有『反革命』的心，或者免不了反革命的『嫌疑』」。[13]《語
絲》自詡「這班不倫不類的人，借此發表不倫不類的文章和思想」的
「土匪氣」，《論語》卻只能以「中國現在的空氣正是『陰陽怪氣』，
於是人不陰陽怪氣就不能生存」[14]而聊以自慰。《語絲》發刊詞中正面
的自我承擔面目，演變成《論語》上戒心重重的「十不」戒條。對論
語派作家表現出來的「沉寂」以及他們在文化高壓統治下的不滿，最
著名的結論是魯迅作的：「人們誰高興做文字獄中的主角呢，但倘不
死絕，肚子裡總還有半口悶氣，要借著笑的幌子，哈哈的吐它出
來；」（〈從諷刺到幽默〉）；阿英發揮為打硬仗沒有勇氣，實行逃避又
心所不甘，諷刺未免露骨，說無意思的笑話會感到無聊，其結果，就
走向了「幽默」一途的不得已而為之的「幽默主義」；曹聚仁給予
「專制使人冷嘲」的同情的理解。然而種種解釋均將視點集中於統治
者的思想箝制，這固然不能說錯，卻可能是簡單化的結論。由於國民
黨無力控制文化思潮的動向，左翼文化思潮反而在當權者的彈壓下獲
得了自己的話語控制權，而自由主義者普遍表現出的心態「沉寂」除
了對政府的失望外，應還有更重要的原因，那就是他們不再擁有語絲
時期那樣話語優勢，自由主義在思想界的中心位置已被無產階級的新
興話語所替代，以知識和思想指導社會的能力也就大打折扣。

　　三十年代的論語人陷入了這樣的尷尬：他們一邊嘲笑著左翼作家
付之於行動的與政府對抗行為，一邊又嘲笑胡適派學人圈躍躍欲試地
與權力調情的心思，而他們自己呢，不過是想排除文學載道的工具

12　〈編輯後記──論語的格調〉，《論語》第6期（1932年12月）。

13　〈群言堂：關於《論語》（通信）〉，《論語》第6期（1932年12月）。

14　徐訏：〈論陰陽〉，《論語》第35期（1934年2月）。

性，把個體自由當作自由的全部價值，但這麼一來，他們在現實中也就意味著部分地放棄了中國知識分子對社會的義務和擔當，他們提出的各種理由也就不免標的高懸，十分虛幻，並在艱難時世中被迫退居邊緣。當他們一邊自認沒落、退伍、不合時宜，一邊又自嘲自己的堅持不過是「戲臺裡的喝彩」時，那種既無奈又不甘的心理真是昭然若揭。如果說後五四時代的知識分子分化後各自走向不同的政治集團，那麼欲求文藝的自由與獨立的一批作家只能打出不談政治、只談思想的旗號，而在泛政治化時代，他們對文學的自我與個性的堅持，在左翼文學家看來真正是鑽入了牛角尖。論語派散文相比起魯迅風雜文，的確更多地在個人的瑣事與悲歡中，在學術的象牙塔裡，在超然物外的神態中發揮著自己的文學性靈。當新文學在三十年代越來越走向自由主義與個性主義的反面時，退隱者這一線的掙扎是可貴的，而掙扎中的危機與困厄也是顯而易見的。

　　一九二四年創刊的《語絲》，終於在「革命成功，訓政開始」之後夭折。但在自由派知識分子的記憶中，恰是一次濃墨重彩的精彩表演，它與現代評論派的同時出現及一同覆沒，正說明自由知識分子對其安身立命之所的一次主動而積極的構造，而它的（它們的）命——「到處碰壁的命」[15]也預示自由思想者的理想構造不可避免地要在複雜的現實與政治環境中大打折扣或受到扭曲。

第二節　「非政治」的政治姿態

　　一九二七年後，國民黨文化上實施棒喝主義，但政治上的高壓往往削弱自己在思想上的統治地位，「黨治」的疲弱無力使這一時期反

---

15 周作人：〈新年通信〉，《周作人集外文》下（海口市：海南國際新聞出版中心，1995年），頁302。

而成為五四後新文化界又一次「中興」。政治文化對社會生活的普遍控制，文藝與政治的聯繫由於無產階級革命文學發展的強勢而日益緊密，儘管文學界對於國民黨文化專制有著普遍的或明或暗或強或弱的反抗，但在左翼文學日漸豐滿之時，自由知識分子群體與之的對峙也已出現，論語派「不合時宜」的反思表明，巨大的意識形態與文藝觀的分歧已然存在，知識界並未「一統」，「對立」與「共生」的特徵十分明顯。

　　從《語絲》到《論語》，自由思想者們走上了一條從「中興到末路」的不歸途。自由思想者在三十年代的文化語境中集體旁落，他們在文壇上所興起的各種思潮，也處於非主流地位。二十年代知識者集團作戰的情形早已分化，雖然自由主義者仍在努力維護其理念，但普遍的政治化和意識形態化使自由思想者的地位成了明日黃花，通過對自由主義與個性主義的反思或清算成為三十年代初中期反思五四的主要內容。這個時期，作家或文人學者關於自由主義的探討似乎特別集中。在魯迅看來，五四以後整個知識界呈現出疲弱無力的情形：「雖然因為毀壞舊物和戳破新盒子而露出裡面所藏的舊物來的一種突擊之力，至今尚為舊的和自以為新的人們所憎惡，但這力是屬於往昔的了」（〈我和《語絲》的始終〉）。魯迅的「往昔」就是五四一代人所常常慨歎的「三代以上」的往昔。在《現代》一卷六期上刊有署名桀犬的〈自由主義在哭〉一文，也頗有意思，文章寫道：「今天還提起自由主義，這似乎會受人非笑的，在這世界上正有力地發展著的兩端，那一邊都不要這種空泛的口號，它已經和理想主義唯美主義一樣被唾棄了。」他肯定自由主義在二十年代的地位，但如今，「它的使命完成，也就從此不再為新時代大多數人所需要」。作者生動地說，現實是「自由主義躲在牆角裡吞聲哭」。

　　林語堂在發刊《論語》之前，也以一篇英文隨筆參與討論自由主義的問題。一九二七年春，林語堂赴武漢國民政府裡任外交部秘書，

試圖展現自由主義者以行動參與社會實際的積極姿態，但很快他便重回個人的寫作世界裡。國民黨訓政結束後，文壇一片肅然，林語堂體會到正是「那嚴格的取締，逼令我另闢蹊徑以發表思想」[16]，眾人眼裡的自由派幽默與諷刺作家就此找著了在鋼絲繩上手足敏捷、保持平衡的方法。在開始創作那些為免得自己受到牢獄之災而講究「文章的藝術」的小品文之前，他已在《中國評論週報》上發表了一篇帶著他一貫的聰明和幽默語氣來闡述自由主義思想的英文隨筆〈論自由主義〉。在文章中，他高調地讚美著自由主義：「自由主義在廣泛的意義上是真實的，它是歷史上我們不可忽視的少數基本的思想之一。它是歷史上導致進步和改革的因素，是人類思想進步的原因。人類精神發展的每一進步，都由自由主義精神所推動」，也因此，在歷史的發展中，自由主義總是被指責為不道德的東西，被認為是信仰、宗教的敵人，乃至被迫害、監禁、甚至暴死；他把自由主義與保守主義看成是必然對立的兩種思維，但只有「自由的態度是加速人類的進步的積極的原則」。寫作此文時的林語堂，把自由主義描述成一種並不討好世界、但又「對於現代生活的無上重要」[17]的存在，這正是他把三十年代的散文集命名為「剪拂」、「披荊」的重要原因吧。也正是這樣一種莽氣，更引來了左翼陣營的不滿，胡風則代表左翼文藝界，用一篇帶有聲討和定論性質的文章，對林語堂式的個性主義進行蓋棺論定。他宣稱，林語堂是一個不合時宜的「個性拜物教徒和文學上的泛神論者」，「但可惜的是，在這個大地上咆哮著的已經不是五四的狂風暴雨了」。[18]

---

16 〈林語堂自傳〉，《林語堂名著全集》第十卷（長春市：東北師範大學出版社，1994年），頁30。

17 原載《中國評論週報》一九三一年三月十二日，原文為英文，鄧麗蘭翻譯。《域外觀念與本土政制變遷——二十世紀二三十年代中國知識界的政制設計與參政》（北京市：中國人民大學出版社，2003年），頁332-333。

18 參見胡風：〈林語堂論〉，《胡風選集》第一卷（成都市：四川人民出版社，1996年）。

　　二十年代不論何種陣營的知識分子尚能標榜不主附和、無偏無黨，並引以為豪，三十年代自由派文人的態度普遍顯得吞吞吐吐、有苦難言。朱自清在一篇著名的「哪裡走」之問的散文裡，真切地傳達出文人學者與作家們在現實政治「主義」化的年代，徘徊於十字街頭與書齋門口的普遍焦慮與困惑：「現在是力，是權威，如鋼鐵一般。但像我這樣一個人，現在果然有路可走麼？果然有選路的自由與從容麼？我有時懷疑這個『有』，於是乎悚然了：哪裡走呢！」[19]曾經以與政治權力分庭抗禮的姿態宣稱不怕談政治的自由思想者，發現陷入了四周佈滿政治與主義的地帶。由於中國的自由主義一直限於在思想文化領域展開，沒有歐美堅實的經濟政治社會根底，一旦時代的潮流轉換方向，它被連根拔起也十分自然。自由主義與個性主義的失落，意味著自五四以來在思想文化界唱主角的思想寬容、個性自由、文學自主等一些為知識分子所普遍信仰的基本原則和價值觀面臨危機。在自由主義沒落、集團主義興起、左右政治重大威嚇力的重重擠壓下，不談政治只是一顆煙霧彈，因為無論願不願意，政治都成了迴避不了的選題，朱自清所面臨的那種懸在半空中的惶惑，正是三十年代前半期自由知識分子無法確定自己立場的兩難。

　　當一部分知識分子走向與專制政治直接對抗的另一條激進路途時，在自由思想者看來，不過是步入了另一種政治的極端，於是寧願自認為凡夫和懦夫，「知道人生之不再，宗教的希求可以轉變為社會運動，不求未來的永生，但求現世的善生，勇猛地衝上前去，造成惡活不如好死之精神，那也是可能的。然而在大多數凡夫卻有些不同，他的結果不但不能砭頑起懦，恐怕反要使得懦夫有臥志了罷。」（周作人《永日集》〈閉戶讀書論〉）不管是哪邊的政治，「苟全性命於亂

19　朱自清：〈哪裡走〉，《朱自清散文全編》（杭州市：浙江文藝出版社，1995年），頁500。

世」的生存哲學、「臥志」和隱逸姿態，在此是很無奈也頗具苦意的選擇。

　　周作人將「思想不自由」的原因歸結為兩種「獄」：「文字獄」與「信仰獄」，隱逸若是一種反抗，便是對這兩種「獄」的反抗。這與朱自清那樣頗有儒士經世意識傳統、卻只能以「失語症」為代價、在學術話語中獲得慰藉的知識分子相比，顯然更有複雜的內涵。北伐帶給中國知識分子的創傷，促使一部分人將集體主義與階級觀念作為自救與救世的全新藥方，但對服膺於個性主義和自由主義的知識者而言，卻在集體與個人的對立中，深感到如果一個人可以為大多數人的利益犧牲，那麼任何一個人的自由都可以成為集體主義的犧牲品；在一九三〇年代強調作家立場轉換、把文學與階級與政治緊密聯繫的文壇新話語，已然帶上了一統與權威的面孔，這與強調個性自由和文學自主的理念相抵觸。如果說依據「進步」及「時代」的話語構成了對自由知識分子的壓抑性力量，表明五四以來文學現代性的思維方式對現代作家的支配與控制，那麼論語派作家本身的行為方式、心態特徵、文學思想的變動則顯示出他們對於文學的現代性業已產生屬於他們自己的看法。他們游離於集團主義的宏大主題之外，對於時代與個人的關係，對於文學與人生的關係，對於傳統與現代的關係，都不惜與當時的左翼文學潮流有所乖逆，甚至抵抗。他們將自己放在了「在新的聽了以為舊，在舊的聽了以為新」的尷尬位置上，卻相信自己所代表的恰恰是五四以後文學應當走的正途。如此與左翼文學的抗衡，便成了自由思想者在三十年代思想文化陣線上的興奮點。似乎可以這樣說，這種對手相當的爭執，不僅使論語派的個人主義與自由主義在彈壓下反而真正地有針對性地開始了其理論形態的建設，而且使三十年代日趨壯大的左翼文學也獲得了適當的調整與補充。

　　看來，宣稱不談政治者往往熱心政治，林語堂、周作人的隱逸與有所不為，在維護個人主義理念方面卻實在並不消沉，不留情面的辯

詰、反駁，可以視作對話語權的維護。與左翼文人的爭辯，實在不是當年林語堂用「文人相輕」就可輕描淡寫地搪塞過去的，知識分子在新的政治與文化環境下各自的重新選擇，背後有著根本的意識形態的差異，論語派三十年代的「非政治」本身就是一種政治姿態。

這種「非政治」的政治，首先是對「現代」與「傳統」進行重新定義。二十年代的知識分子作為現代的「理念人」是稱職的，不管科學化、專業化進程如何迅急，「在由專家們割據的碎片化了的領地的上方，卻有『如此這般的思想家』的幽靈在遊蕩著：他們為了並依據思想而生活，他們的思想沒有被侷限於特定的功能或利益的成見所污染；他們憑藉著理性和普遍道德法則的名義，向其他所有人（包括文化精英中不同於他們的那部分人）講話，他們保持著這種能力和權利。」[20]各種主義和派別同時勃興似乎是這段話的最好注腳。三十年代新興的無產階級文學開始以「進步」、「奧伏赫變」、「新」的修辭大行其道，被判為「反動」、「沒落」、「舊」、「落伍」的「自由思想者」在一夜之間發現自己幾乎喪失了證明自己身分的那種「能力和權利」，因此他們不得不四下尋找新的發言途徑：一九二〇年代末期，在上海「革命文學」潮聲中，魯迅翻譯著廚川白村那部具有濃厚自由主義傾向的《思想・山水・人物》，藉以打發「不想作文，或不能作文，而非作文不可」的寂寥時光。他特地在〈題記〉中寫道：「那一篇〈說自由主義〉，也並非我所注意的文字。我自己，倒以為瞿提所說，自由和平等不能並求，也不能並得的話，更有見地，所以人們只得先取其一的。」此後他還有中國人談不到個人主義，談不到「主義」，只是個體自由行動而已的說法。[21]魯迅之言正面透露出他思想變動的影蹤。而在北平已有了北方文壇盟主地位的周作人，此時卻反覆

20 〔英〕齊格蒙，鮑曼著：《立法者與闡釋者》（上海市：上海人民出版社，2000年），頁29。
21 參見〈泛黃紙葉留心跡：林語堂日記在滬露面〉，《新民晚報》1998年5月28日。

申明，自己的思想仍是「已經過了時的所謂自由主義，因為現在的趨勢似乎是不歸墨（Mussolini）則歸列（Lenin），無論誰是革命誰是不革命，總之是正宗與專制姘合的辦法」（《永日集》〈關於妖術〉），將新興的主義與反動的專制相提並論，以一種堅執姿態棒打兩頭。兩人態度的差異預示了即將來臨的年代裡，知識分子必須重新確定自己的「政治」姿態：魯迅看重集團作戰時，對具體的政治專制和社會黑暗有更大更強的反抗力量，儘管他不免心存疑慮；而周作人、林語堂也從未如他們所宣布的那樣像瓶子似地閉起嘴來。

　　知識與權力不可分，不願意接受其他知識群體對自己的訓戒、規勸或教化又不甘於被判落伍的論語派作家，由此開始反思五四以後盛行的傳統與現代二分法、支配人們意識的現代性以及機械的文學進化論。他們對「傳統」重新打量，對「現代」重新定義。論語派所採取的話語策略是強調封建與現代的對立而非傳統與現代的對立。「封建」或「舊鬼」，在周作人的文章裡，常以歐洲的中世紀來指稱，對古希臘到中世紀直至近現代史十分了然的周作人，對古代希臘文化中科學（知識學的）精神頗為嚮往，其後中世紀的宗教黑暗正是以思想的統治造成了文化的倒退，西方近代理性的出現便是以對中世紀的蒙昧與迷信的反動而顯示其進步性，因而才有現代性的啟蒙理念發生。因此，對於中外一切思想禁錮，周作人一律視為與中世紀的宗教黑暗同質之物。和魯迅一樣，歷史的循環論提醒周作人以歷史對照現實。在他的《中國新文學的源流》中，文學的發展也與一治一亂的中國歷史觀相似，歷史不再是有序地向前發展，而是時時回頭。周作人不再將重點放在看得見摸得著的政府、政治、教育等機構上，而是回到歷史，以之作為現實的借鑑。許多散文看似與現實和政治無關，但他對歷史人物、事件、人類生活現象的理解往往脫去具體細節的外殼，而揭示一種精神上的聯繫。那些為他所擷取的歷史事件、材料和文本，經過他以自己的思想和批評脈絡重新組織與過濾，最後得出了他「舊

鬼」「重來」理論：過去的歷史從來不因時間流逝而消失，而總是以
這樣那樣的形式存活在現實之中。從他寫的「姑惡詩話」裡可以發現
「思想的明暗，性情的厚薄」（《夜讀抄》〈姑惡詩話〉），在笑話和幽
默的流行中他得出了「這不是什麼吉兆」的結論（〈論笑話〉），至於
吃菜，也有他的「主義」，就是不取道德的和宗教的態度，而以「中
庸為妙」（《看雲集》〈吃菜〉），周作人文章中的種種隱喻都有著很強
的現實殺傷力。借助歷史的鏡子，便能夠發現，看起來「新」的東西
可能並不真的那麼新，或許只是過去的延伸和變種而已。反之亦然，
所謂的「傳統」並不是鐵板一塊，它同樣可能有著與「現代」最接近
的因素。因此即使不免說一些「在新的聽了以為舊，在舊的聽了以為
新」的話，周作人仍然認定自己的思想與「世界的知識」並行不悖。
但是僅僅從歷史中看到現代人愚昧的根基，從現實中發現歷史上「舊
鬼」、「僵屍」的復活，是無從消除自己對所謂歷史進化的虛無感的。
他對希臘文化的嚮往，對現代社會生活枯燥、人心麻木的抨擊，對於
人類愚昧、文化根底野蠻的悲歎，是將整個社會文明放置在一個空間
裡，而不是一瀉千里永不回頭的時間鏈條上。

　　認定現代與傳統間並無一條樂觀的分界線，發現傳統與現代間的
內在延續性，即提示「傳統」將以各種面目在現代人身上遺傳、變
異、重現。因此，論語派作家的「政治」實際上是廣義的政治，他們
遵循五四以來的啟蒙思路，一方面一如既往地抨擊現實文化和社會中
的種種封建復古，認定那是思想界的逆流：「打破傳統一變而為繼承
正統，倫理改革一變而為忠孝提唱（倡），貞操的討論一變而為擁護
道德」，「舊的與新的迷信割據了全國的精神界」；[22]另一方面又在傳統
文化中擇取那一直處於邊緣和非主流的一脈，並賦予其反正統反主流
的鮮明的現代色彩。

---

22 周作人：〈五四運動之功過〉，《周作人集外文》上（海口市：海南國際新聞出版中
　　心，1995年）頁721。

　　以他們對晚明文人的認識為例。用現代和傳統的關係來解釋論語
派與晚明小品文的關係，本來是頗費氣力且令人躊躇的。最主要的問
題是「傳統」本身就包容了複雜的內容。一方面，論語派作家眼裡的
晚明小品，並非一種已經固定為「傳統」或「經典」的東西，如果承
認文學傳統是一種經典的、穩定的、恆一的存在，那麼晚明小品顯然
從未取得它的穩定位置，更未能進入文化的核心，它在文學史上的崛
起是瞬間的輝煌，隨後便湮沒在清代復古主義文學思潮中。不能真正
代表正宗文學傳統，那麼它的影響便十分有限。然而另一方面，在周
作人、林語堂看來，晚明小品是集歷代隱逸閒適文學、言志文學、不
入流的邊緣文學傳統的大成，它對傳統正宗一脈文學硬殼的啄破，它
在雅俗觀念上的巨大變化，它「獨抒性靈，不拘格套」、「信腕信口，
皆成律度」的文學主張等，幾乎與五四的根本方向相一致。奠定五四
文學的歷史位置，不僅要尋找出它的外來影響，同時要找出它的本土
祖宗；不僅要尋出其祖宗，還要確立其在文學史上的一席之地，甚至
使之成為真正的文學經典。否則如何解釋「中國新文學的源流」這
「源流」的來龍去脈呢！

　　基於上述兩方面，論語派以「現代」精神為標尺，申明晚明文學
（小品）就是新文學賴以發生的傳統，它早已在那裡，不過今天露出
地面罷了。按羅崗的分析，周作人在《中國新文學的源流》中講了一
個故事，這個故事「主題就是要讓新文學進入歷史，或從更大的範圍
來看，是要將『傳統』讀入『現代』」。[23]把晚明小品讀入「現代」，隱
喻著將現代功利主義或遵命文學置入「傳統」中，論語派作家既以此
反傳統——反「文以載道」的古文傳統，又以此建立起新的傳統——
建立抒情言志的傳統。因此，與一般文學史討論現代與傳統的關係不
同，論語派與晚明小品文的關係，呈現的不是現代與傳統的對話——

───────────────

23　羅崗：〈寫史偏多言外意〉，《中國現代文學研究叢刊》1996年第3期。

因為對話，意味著一種平等交流和相對客觀的眼光——而是以尚未成為正宗的「現代」的「主義或態度」向正宗的「傳統」挑戰。這樣，那些具有叛逆思想和異端姿態的「士子」人格與向來不入正統和主流的文學傳統，順理成章地成為三十年代論語派精神的補血品和興奮劑。論語派、周作人對中國文化傳統中的異端與叛徒思想乃至文學的發現，為一向處於旁岔伏流的小品文正名，不啻將自己塑造為三十年代思想界的叛逆者。

　　既然歷史時間本身未必能夠樂觀地阻止「舊鬼」復出，新與舊往往同存共生、界限模糊，論語派作家對那些總是憑藉「時代」之名者表示「煩厭」，俞平伯嘲笑匍匐於道統之下，飛奔於時代之前的所謂「進步」舉動，在〈又是沒落〉中頗不平又頗執著地說：「作家喜歡被人讚，沒有例外，可是若把創作的重心完全放在讀者身上，而把剎那間自己的實感丟開，這很不妥。我這麼想，並世上有幾個人了解我，就很不少了。有一個人了解我，也就夠了。甚至於戲臺時喝倒彩也沒甚要緊。創作欲是自足的，無求於外，雖然愈擴大則愈有趣。」五四時期以〈我之文學改良觀〉宣揚「道是道，文是文，二者萬難並作一談……吾輩心靈所至，盡可自由發揮」的劉半農，在被新進青年打入沒落之伍時，依然不改初衷「……一個人的思想感情，是隨著時代變遷的，所以梁任公以為今日之我可與昔日之我挑戰。但所謂變遷，是說一個人受到了時代的影響所發生的自然的變化，並不是說抹殺了自己專門去追逐時代……所謂『抓住時代精神』，所謂『站在時代面前』，這種的美談我也何嘗不羨慕，何嘗不嚮往呢？無如我不願意抓住了和尚丟掉了我自己，所以，要是有人根據了我文章中的某某數點而斥我為『落伍』，為『沒落』，我是樂於承受的。」[24]林語堂認為「時代偉大與否須看這時代的人是否偉大」，「趕熱鬧者」不過是趨

<hr />

24 劉半農：〈半農雜文自序〉，《半農雜文》第一冊（北平市：星雲堂書店，1934年）。

時的人，真正偉大的人則是保持自己個人本位的人，他以三人為例：
「是的，人須有相當的傲慢。辜鴻銘、康有為是傲慢的，不是投機
的。辜、康雖然落伍，仍然保持一個自己」。「因周作人不投機，所以
周作人『落伍』了。然而在三〇年代自身沒落以後，周作人文章不會
跟著消滅⋯⋯所以趨時雖然要緊，保持人的本位也一樣要緊。」[25]因
此宣稱，「我要能做我自己的自由，和敢做我自己的膽量」。林語堂為
倡揚個性而對頑固與守舊者大唱頌歌，對現代人追逐新潮中失去自己
的思想與個性的批評，也不失其片面的深刻。這種看似文化保守主義
者的態度，不過是為了與「趨時者」劃清界限。

　　在論語派的思想邏輯中，既然看上去的「新」東西未必「現
代」，一切以「現代」自封的理論便更值得懷疑，被宣布過時的「個
人主體」、「自由主義」也未必就真正速朽了，潛意識中不願意「沉
淪」的論語派作家由此坐實了自己與左翼作家不同的「義務」。周作
人一方面立志脫下說教的道袍，走下佈道的講壇，聲言自己的薔薇色
夢幻已被現實擊碎；另一方面卻又認定知識者的任務是依據現代的科
學知識和清明的理智來辨明人類的狂妄與虛幻，辨明新與舊、對與
錯；他認為，既不想做頭目，也不想當嘍囉，絕非厭世，只是要與高
高在上和自以為是的「給人家去戴紅黑帽喝道」的權威霸道面目告
別，同時保持自己獨立思考的頭腦。他用「偉大的捕風」一詞，來概
括這種追跡、察看愚昧與狂妄的行為所具有的悲涼況味。他更多針對
急功近利的知識分子自以為是的精英心態與救世主心態進行反思，提
出「教訓無用論」，意在消解主流文化和文學表現出來的種種與啟蒙
理念相頡頏的封建遺留物，這裡的「政治」意味不可謂不激烈，但其
中懷疑者的虛無色彩也相當明顯。

　　「非政治」的政治姿態，更尖銳地表現為對「主義」與革命的

---

25 林語堂：〈時代與人〉，《人間世》第8期（1934年7月）。

「烏托邦」的消解。這是論語派自由主義者鮮明的「政治」態度，也是它長期以來被人們訴病為「懼怕革命」、「反對革命」的原因。但詳加分析會發現結論並不那麼簡單。三十年代自由知識分子更多地從當局者的專制和暴力、從其「革命」與「三民主義」話語中了解「革命」和「政黨」，而令他們最為驚詫的是在政黨國家建立中原本許諾的政治自由和思想自由缺席了。他們同樣也拒絕左翼政治，因為在他們看來，馬克思主義也具有相同的本質，況且暫時處於被壓制的一方，實際上在話語方式及操作手法上，與當權者的主流政治也並無本質差異。這一結論來自於他們現實的教訓和切身體驗。

　　所謂現代，是一個將世界之迷魅加以祛除的理性化、理智化的時代。近代西方的啟蒙以對宗教的「去蔽」為標誌，由此將理性與個人的主體性提高到最重要的位置，「上帝死了」的聲音從此響徹現代的天空。然而，在自由主義者看來，從神話、宗教、迷信中獲得解脫的現代人仍無從擺脫價值失據的分裂，於是種種對於未來的前途與光明的許諾則成為新的宗教來填補人類的精神空白，各種集體性的運動和社會實踐都在這時代與未來的「宏大敘事」的名義下展開。由是，自由的許諾可能變成自由的墓地。從中國歷史而言，秦始皇之焚書坑儒、歷代的文化專制對於文明發展、文化昌盛固然有大的破壞，但以某種信念與主義一統人們的思想，以種種壯麗的口號，動人的話語，美好的理想將人們納入一個軌道中，由此帶來的「一統」比外力壓制更具威嚇力。

　　所謂自由思想者，即一無信仰的人，如此標明了極端個人主義和集體主義之間不可避免的鴻溝。周作人認為可以對各宗各派表示「十分的羨慕」，但卻不能去做某一派的「信徒」，原因是信仰一旦變為迷信，它也就成了蒙昧，也就是非理性。「把靈魂賣給魔鬼的，據說成了沒有影子的人，把靈魂獻給上帝的，反正也相差無幾。不相信靈魂的人庶幾站得住了，因為沒有可賣的，可以站在外邊，雖然罵終是難

免」（《苦茶隨筆》〈蛙的教訓〉）。在自由主義者眼裡，馬克思列寧主義往往是「把辯證唯物主義看作是事實和神話、複雜的經驗分析和簡單的幻想、敏銳的預言和救世主式的夢想的混合物」。[26]周作人及論語人認為馬克思主義就是一種代宗教：「而所謂純正的共產社會也只好當作烏托邦看罷」（《永日集》〈婦女問題與東方文明等〉），它在沒有宗教的此岸世界裡要充當先知，而激進的左翼作家們所扮演的正是傳教士與宣傳員的角色，他們沒有自己的思想。周作人立即將之判為封建的蠻瘤，認為五四以後的「十七年來封建思想正是中華民國的國是」，「其勢力遠在三民主義之上」，「這是一切的病根」。[27]「五四」在理性與個人主體性的建構上不遺餘力，但由於它整體上仍服膺於國家民族的利益與前途，當國家前途岌岌可危迫在眉睫時，「主義宗教」就會出現。周作人則將之比作歐洲發展史上黑暗的中世紀，認定集團主義的興起無異於一場新的宗教，「無論誰是革命誰是不革命，總之是正宗與專制姘合的辦法，與神聖裁判官一鼻孔出氣的」（《永日集》〈關於妖術〉）。把思想的一統等同於封建的專制，等同於一種狂熱的宗教信仰，是二、三十年代周作人雜文中一貫的思路。對任何的禁錮和可能的禁錮保持懷疑與打破的勇氣，也是周作人所一再宣稱的「不能徹底的退讓」，這也是五四一代人打破思想偶像和瓦解權威的典型思路。

　　「主義」話語對思想的壓制是自由思想者們時時警覺的，他們最為疑懼的是獨立思想、自由判斷、寬容和多元這一基本原則將在集團主義興起中喪失。國民黨文化專制自不待言，強調文學階級性的左翼新話語也有了某種咄咄逼人的氣勢，在他們的批評中，總是把主義和信條充當讚美或指責的工具，而非一種文化分析的工具。由此論語派

26　〔美〕Rechard H. Pells：《激進的理想與美國之夢》（上海市：上海外語教育出版社，1992年），頁154。

27　周作人：〈封建思想〉，《周作人集外文》下（海口市：海南國際新聞出版中心，1995年），頁332。

及其他自由主義作家以方巾氣、道學氣和冷豬肉氣等加以反擊，批評那種自以為真理在握的話語方式，處處聲明對「高談闊論」的罵人腔調的厭惡，以及對一種類似宗教裁判所的文學批評的反感。按周作人的話來說，就是必須去除附麗於文藝上的功利性，因為「太教訓的」文學不再具有純然的個人性，它「總要犧牲了多少藝術的價值」，使文學成為一種寓意教訓而不是審美經驗。

　　周作人認為，文學就是文學，如果指望文學具有「宗教」的迷幻意味，那麼與思想專制也可以等量齊觀，都是「與文明相遠，與妖術和反妖術倒相近一點兒罷」的一類（《永日集》〈關於妖術〉）；有時他將之判為舊鬼的復活，視作「現行的禮教權威」；有時則稱為「麻醉品」：「如古來的唸咒畫符讀經惜字唱皮黃做八股叫口號貼標語皆是也，或以意，或以字畫，或以聲音，均是自己麻醉，而以藥劑則是他力麻醉耳」（《苦茶隨筆》〈關於命運〉）。有時則把「禪的文學」和「密宗」的「咒的文學」視作個人主義文學左右兩邊的「燭臺」，並聲言自己「禪的文學做不出，咒的文學不想做」（《看雲集》〈草木蟲魚小引〉）。阿英在〈周作人與革命文學〉一文中特別敏銳地指出，一九二八年的〈文學的貴族性〉是周作人對革命文學較為系統的「正式態度的表明」。[28]此文從文學與社會運動、宗教一樣都是一種「苦悶的象徵」說起，認為社會運動的目的是實現烏托邦理想，宗教則向人描繪來生的天堂樂土，「可是文學則不然，單表現一種苦悶，一種理想，表現的手段與方法完成後，就算盡了它本身的能事，並不想到實行，或解決或完成其理想」。周作人以對革命文學的銳利語氣收結了這篇演講：「而且提倡革命文學的人，想著從那革命文學上引起世人都來革命，是則無異乎以前的舊派人物以讀了四書五經、諸子百家等的古書來治國平天下的夢想。」

---

28 阮無名（阿英）：〈周作人與革命文學〉，《中國新文壇秘錄》（上海市：南強書局，1933年）。

　　堅持自由主義的作家，以堅持個人主體為最「現代」的觀念，它是五四倡導獨立思想的《新青年》尚未能完成的志業。如果缺少了個人主體，現代性也就走向了它的反面。維護意義多元的現代性品質，維護個人的思想自由原則，必然導致這些自由思想者對以任何名義展開的集體或群眾社會運動深感不安。左翼陣營開始奉「群眾」為歷史中的先進階級而頂禮膜拜時，周作人不想推翻自己根深蒂固的對群眾的極不信任：「群眾還是現在最時新的偶像，什麼自己所要做的事都是應民眾之要求，等於古時之奉天承運，就是真心做社會改造的人也無不有一種單純的對於群眾的信仰，彷彿以民眾為理性與正義的權化，而所做的事業也就是必得神佑的十字軍。這是多麼謬誤呀！我是不相信群眾的，群眾就只是暴君與順民的平均罷了。然而因此凡以群眾為根據的一切主義與運動，我也就不能不否認——這不必是反對，只是不能承認他是可能」。(《談虎集》〈北溝沿通信〉)一方面，新文化運動把改造國民性中的奴隸性、從眾心理等當作五四個性張揚的主要任務，因此自由思想者面對無產階級文學的興起，擔憂的是人多勢眾的話語與狂熱將導致理性的失落，而把思想改造、實力養成之事放在腦後。在論語人看來，未經思想啟蒙的群眾仍是庸人、「奴隸」和野蠻者，崇拜群眾將之奉為神靈，與崇拜君師沒有什麼兩樣；另一方面，「現代的社會運動當然是有科學根基的，但許多運動家還是浪漫派，往往把民眾等字太理想化了，憑了民眾之名發揮他的氣焰，與憑了神的名沒有多大不同」(《永日集》〈爆竹〉)，肯定了社會運動依傍著科學的社會知識而具有合理性，又疑惑浪漫派以個人的訴求充當多數人的訴求，藉以群眾名義而發揮自己的用意，那麼這可能導致在現代科學之名下，卻施行封建思想統治之實。如果說魯迅也早就深刻地體認到自己不是一個振臂一揮、應者雲集的人物，深含對於庸眾的失望，但仍然認同知識分子可以用「鐵屋子裡的吶喊」來發揮啟民心開民智的作用，那麼，周作人聲言要在十字街頭建起塔來，意味著與狂

熱的群眾運動的隔絕，也意味著不想成為浪漫的運動家手中被動而無知的「神」。

要保持個人本位，周作人與林語堂借助時代的大變動重新定位了《語絲》尚未解決的知識者的立場與身分。獨立思考與自由判斷何以失去？懷著對大眾的敬仰和忠誠，在將自己的獨立與個體立場迅速轉變的浪漫化過程中，知識分子往往帶著原罪和慚愧，以致失去獨立判斷與懷疑的特性。如果信念與熱情代替冷靜與理性，精神生活服從於政治與社會也就不可避免。在集體與個人的對立中，如果一個人可以為大多數人的利益犧牲，那麼任何一個人的自由也都可以成為集體主義的犧牲品。自由的結果也許是軟弱，但將自己投入「群」中，把個性埋沒於集體中來獲得「新生」，將喪失知識分子的「個人自由」。林語堂一九三〇年的〈論現代批評的職務〉一文，替許多自由主義者作了總體發言，他把現代文化批評情狀描述為「文章昌明」而「思想衰落」，認為「由文章進入思想」的條件是「現代人已非思想界的權威所能支配，不但是已死的聖人，不能支配我們，就是新起的任何思想家，也不能霸統思想界，造出清一色的局面」。他要求人們以自己的批評能力「行去取抉擇的權」。他提出：「批評是應用學術上冷靜的態度，來批評我們的文學思想，生活動作，風俗禮教，以及一切社會上的人事」，「如若批評不能脫離俗見，就沒有真正自由的批評。」[29]林語堂對批評的迫切，是對重新確認自己作為知識分子有自由思想和獨立批評權利的迫切。林語堂則以母豬渡河的故事譏諷失了個人本位的左翼人士，劉半農則表示最不願丟了這一個「自己」，周作人在對八股的批判中，包含對權威的反抗精神和對偶像的消解，幾乎都肯定了個體選擇的合理性。如果說左翼知識分子以變革社會、推翻舊體制的

---

29 林語堂：〈大荒集・論現代批評的職務〉，《林語堂名著全集》第十三卷（長春市：東北師範大學出版社，1994年），頁125。

「宏大敘事」將文學納入了一條預示著未來光明戰勝當下黑暗的路，那麼，周作人以「知堂」名，表明「知之為知之，不知為不知」的態度，又取「言而當，知也；默而當，亦知也」之意，則頗有對非此即彼的話語權威和文化霸氣的隱諷，更包含了自由主義者懷疑主義原則的根芽。

　　從另一維度來看，只有對未來的想像才能推動歷史前進。自由思想者的政治訴求和啟蒙理念固然尖銳，卻的確顯得無力且疲憊，在那樣的時代裡尤顯不合時宜。三十年代的思想動態和後來的發展已表明，「烏托邦自身確實蘊含著生氣勃勃的動力，它能凝聚和增強戰鬥性，每臨意識形態鬥爭的高潮，那些不是烏托邦的都多少顯得疲軟」。[30] 儘管這時烏托邦已經帶上了奴役人的力量，使個體自由難以存在。

　　上述論語派對「現代」與「傳統」的重新認識，對主義與烏托邦革命的消解，其基石在於自由思想者所堅執的五四現代性個人主體理念。儘管在三十年代他們表現得頗為消極，但是在某種程度上比其他自由主義文化流派更加尖銳，只不過，論語派的懷疑主義思路使他們總是隨對手的立場而轉移，或消解，或反詰，或反思，卻難以真正建立起自己的自由主義理論體系。他們所採取的基本上是以現代的文明和理性，反對封建的宗教狂熱這種五四後典型的思維模式：將那些「新」的「革命文學」和「主義」話語，與國民黨的文化專制相提並論，一併視作具有封建倫理性質的思想一統而納入「舊」「傳統」「封建」的思想體系中，以此獲得批判的力量和自我認同。有意思的是，論語派與左翼文學陣營作為論爭雙方，偏頗都是顯而易見的，甚至思路邏輯也十分相似：左翼作家從進化的科學公理推導出以革命和「主

30　〔俄〕別爾嘉耶夫：《人的奴役與自由》（貴陽市：貴州人民出版社，1994年），頁181。

義」才能超越「白費了的五四」，建立現代新型的民族國家的政治訴求顯而易見；而以周作人為精神領袖的論語派對以「新」、「進步」為由的政治「主義」話語及由此引出的激進烏托邦社會行動和文藝的意識形態化帶著深度懷疑，在他們看來，五四的教訓是流於玄學的虛妄，使現代性個人主體的建構半途夭折，而反思和批判新的權威與迷信、思想的蒙昧與專制，重建真正的精神自由與文化多元景觀正是自己新的啟蒙任務。這裡尤其要指出，論語派將自己的批判與反思看做五四「反封建」的一種延續，便不可避免地遮蔽了左翼陣營在當時的歷史情境中作為國家權威話語的對抗者，其文學、政治實踐本身具有同樣的現代性特徵。正如有論者所指出的，在現代性社會理論中，「主義」宗教的興起，本身就是一種現代性現象。「自由主義、無政府主義、馬克思主義等等政治訴求，無不以某種現代型的知識原則為預設。啟蒙的科學『精神』既可與民族社會主義攜手，也可與自由主義為伍。前者成為民族救亡的啟蒙，後者成為個體解放的啟蒙」。[31]

第三節　邊緣化的困厄

五四新文化運動的意義在於，它敏銳而極具超越性地發現了中國思想文化中個人主體性的闕如，並力圖建設起中國文化現代性中的個人主體性。二十年代自由思想者們曾以個性、自我來反抗以抹殺「個人」為特徵的封建倫理觀，以懷疑叛逆的精神打破幾千年的封建愚昧與吃人禮教，以啟蒙姿態來推動思想革命的進行。但自由知識分子的一管毛瑟抵擋不住暴力的槍聲，三十年代個性主義自由主義知識分子的聲音幾為社會革命運動的聲浪所掩蓋，國家、民族危亡的信號使許多熱血知識分子開始不自覺地「躬行著」先前所反對的一切。當我們

---

31 劉小楓：《現代性社會理論緒論》（上海市：上海三聯書店，1998年），頁207。

今天回頭清理五四個性主義與自由理想短暫的過程時，尋找現代文學從個性張揚到自我失落、知識分子從獨立人格走向自我貶抑這一軌跡時，對於旁逸於主流文學思潮的包括論語派在內的自由知識分子不合時宜地固守個人主義的姿態就有了探究的必要。

　　二十世紀文學，一直處於奔競躁進、凌厲激昂的狀態中，在中國人的心靈為國仇家恨、民族危機所填塞得不存一絲余裕時，人們對於處於主流之外、看起來「退隱」、「落伍」、「超然」的一批文人的精神特徵及其他們姿態中隱含的思想性，往往視而不見，或無法出以平和客觀的眼光。這種廣義的「心境文學」（穆木天語）之花既然那樣不合時宜，那麼它未來得及結出碩果即告夭折也是必然的了。善於解構的「自由思想者」們在充滿政治意識形態話語的壓力下，試圖以放棄社會理想的代價來獲得個體超越和自我實現的「自由」，不啻是對中心的逃離。弔詭的是，成為政治的工具，或歸趨於某一新的權威，也是一種被動的不自覺的邊緣化，而論語派的自我邊緣化是一種主動的選擇，因此又是對另一種邊緣化的逃避。那麼是否可以說，從現代思想史總體的發展趨向上看，無論是自由主義者還是左翼激進主義者，無論自覺與否，在越來越尖銳的政治—軍事衝突中都已免不了邊緣化的命運。

　　對自由主義文人而言，三十年代中國尤為殘酷的現實制約了他們的行為方式與心理狀態向理想邁進，在堅持與逃逸的兩重困惑與矛盾中更無法進行徹底的自我價值轉換，從而擺脫精神的困境。出世與入世的交替，新知與舊習的調和，叛逆與退縮的重疊，闊大與狹小的並存等種種分裂與雜色，成為論語派文人思想、心態與創作的寫照。激進的左翼文學不願做，「光磕頭不說話」的啞巴不屑做，所謂自由批評和獨立判斷便只成了個人主體對精神自由的空自期許，而全面和健康的「美的生活」則只能拘囿在變了味的「幽默」與趣味的小天地中寂寞地生長。自由思想者們走上一條日漸狹窄的路，當堅持自由主義

的個人主體性是與放棄知識分子在社會政治方面的主體性與超越的烏托邦精神互為因果時，這些不徹底的自由思想者們的精神困境達到無以復加的程度，政治與文化環境成了堅持與逃逸的直接促媒，他們無法也不願以正面的立場來宣揚自己的主張。「植物被壓在石頭下，只好彎曲地生長」，將魯迅的比喻用在此處；大掙扎下的根芽只能出以彎扭與不健康狀態，這在自由者們自己看來也是頗為悲哀的。

　　這個時代的批評有一特點，無論是左翼的打壓或是論語派文人的反唇相譏，兩者多以道德批評和政治態度為標準，左翼作家為論語派量體度身的形象，是與「戰士」形象相比照的「隱士」與名士。不平與閒適，前進與頹廢，現代與復古，顯示出一整套二元對立的批評標準。阿英批評周作人的閒適路子：「像這樣生活著的人——坐苦雨齋、藥廬、苦茶庵中，玩弄著『食蓮花者』一類的印章，『作稿賺一點小酒錢。』——其不『身心落伍』（作者的話），又怎麼能夠？」[32]還有類似的批評：「他們固然也是精神上受壓迫者，他們也明白這苦悶之來源，可是他們已缺乏反抗之熱情，唯一的想頭就是逃避這現實，寄興於山水之間，談談風月，飲飲苦茶。偶然發幾句牢騷，也僅是慍而不怒的名士風度。其為人是矜高自恃，其為文是飄然灑逸。」[33]當年既服膺於魯迅精神又心儀周作人思想的曹聚仁，以「從孔融到陶淵明的路」來概括五四時有著浮躁凌厲之氣而後卻「甘於韜藏以隱士生活自全，蓋勢所不得不然」的周作人的心態變遷，他以「冷灰下的炎炎之火」來為之辯護，頗費苦心。而為自己辯解者則口口聲聲「迫成隱士」、「被天強派作閒人」、「寄沉痛於悠閒」，無法自比陶淵明，便引袁中郎「用世的熱烈，和他出世的苦心」自況，這就是郁達夫。與老舍天性中的幽默感相比，郁達夫曾經自認是一個「根本就缺少幽默

32 阿英：〈周作人書信〉，《阿英文集》（北京市：生活・讀書・新知三聯書店，1981年），頁202。

33 趙心止：〈隱逸文學〉，《現代》第5卷第4期（1934年8月）。

性的笨者」，他在早期作品中「卑己自牧」又牢騷滿腹的表情，與幽默所要求的恬淡超脫心態不啻相距甚遠。這位五四以來最具名士氣的作家在三十年代大交華蓋運，來自多方的壓迫令其氣悶不已。如果說閒適原是憂鬱的東西，那麼郁達夫在內外交困中與中國名士派文人寄情山水、規避現實的傳統氣度取得了溝通；如果說郁達夫最易視同命運者為知己，那麼論語社的倍受打壓也一定令他動容而生惺惺相惜之心。何況林語堂與郁達夫之間本有深誼，同樣真摯熱切的氣質，同樣自我放逸的個性，相似的中年情懷與名士情結，儘管一個敏感纖細，一個「憨直」、「渾樸」，一個擅長中國清麗的小品文字，一個在文白相雜中潑辣有歐美風。郁達夫翻譯有關幽默的理論《Mabie幽默論抄》，寫了〈略談幽默〉、〈出氣店〉等文章，為幽默與「悶氣」一辯。雖然他服膺魯迅所說的詩與幽默都不是可以大量生產的真知灼見，卻也曾名列《論語》編輯之一。然而這些尚不是關鍵，正是在「同路人」的願望被拒絕、被貶落而「不曾浮起」的失落中，郁達夫陷入了「弄弄幽默，談談風月，苟且偷生」[34]的苦悶與黯然中。不論從哪個角度、站在哪個立場發言，這種話語背後的同一性，都顯示了政治危勢對自由派文人思維方式的影響，對於自己的雙重人格也陷於說不清道不明的混沌狀態。

　　「我不是一個戰士，只不過是一個作家」，郁達夫的話也許代表了諸多作家的共同感受和態度，他們不願像左翼青年那樣，以具體行動成為「既寫詩歌又參加實踐的知識分子」型政治鬥士，而戰士與學者在當時的語境下可以直接表述為政治與學術的關係。現代知識分子向學術的專門化方向發展，並開始有了守住自己崗位的強烈意識，這必然制約他們的選擇。西方社會學家韋伯在《學術與政治》一書中以切身體會闡明學術與政治必須分開，「佈道者」的角色與科學工作是

---

34 郁達夫：〈元旦感想〉，《悲劇的出生》（長沙市；湖南文藝出版社，1996年）。

不相容的，「他越是嚴守自己在概念清晰和價值中立的純理論上的科
學理想，他在生活中的整個立場就越會發生困難。如果他在為自己規
定目標時，不是遵循概念思維的途徑，而是以某種直覺或『直觀』的
方式，然後便肯定它們的價值，那麼他只能做到政治上的積極。當
然，為了使別人追隨他，他必須擔當起『佈道者』的角色。然而他又
認為這同科學工作是不相容的」。[35]這種分裂的雙面人及理論與實踐的
二元論在現代中國更是常要陷入困境之中。「以革新或留學獲得名
位，生計已漸充裕者」如步入中年又是學者的劉半農，他開始撰文批
評當時的青年，或談一些關於讀書的「平常而又平常」的學術意見，
或對當年批判林紓而感到「後悔當初之過於唐突前輩」，這些行為卻
未必就是要抖抖地把守飯碗，更有可能是由於學術身分的自我認可和
自覺約束的結果，知識者崗位意識的確立，學術態度日益沉潛與看待
事物的眼光發生變化，易導致對政治的日益疏遠；科研者必須以科學
的清明理性培植起自己的學術品格，這同時會抑制偏執與非理性的迷
狂。但在二十年代的文化語境下，在魯迅的眼裡，劉半農卻是脫離青
年群體而爬上了導師和名人的位置，意味著鬥志精神的消退和沉淪。
魯迅因此諷刺劉半農等的改變是「自己爬上了一點，也就隨和一些，
於是終於成為乾乾淨淨的名『人』」，[36]劉半農這樣的五四人，多半有
過不憚於前趨的戰士的姿態，而魯迅對於學院派與書齋生活可能帶來
的學術與政治二元矛盾心態，雖有切身體會卻不願寬宥。魯迅的批評
本身是有矛盾的：如果可能的話，他希望學者、教授們能在專業研究
上多出厚重之作，如三十年代他力勸林語堂多作翻譯；他對於北平的
學術環境也時時肯定，也表白過自己很想從現實鬥爭中抽身出來專注

---

35 〔德〕馬克斯・韋伯：《學術與政治》（北京市：生活・讀書・新知三聯書店，1998
　　年）。

36 魯迅：〈趨時和復古〉，《魯迅全集》第五卷（北京市：人民文學出版社，1981年），
　　頁535。

於學術工作，但他終於難以協調主觀性極強的雜文式寫作和冷靜客觀
的學術研究兩種思維方式的抵牾。執著於「現在」的魯迅期望的是
「勇敢而明白的鬥士」，是學者與戰士的合一，才分明感到了與舊友
間厚重的「隔膜」。實際上中國現代的學者們始終非純粹學問家，他
們從不願失去自己作為啟蒙者的身分，一旦現實需要，終會將學術棄
如敝屣。劉半農所說的話裡仍不脫學術可以間接救國的思想：「但我
自己相信，我雖然不能擔著大糞做直接生利的工作，也不能荷著長槍
做直接救國的工作，而對於我自己名下的本分工作，無論在故紙堆中
或新紙堆中，總還孜孜不倦，未敢後人。」[37]知識分子的角色與心態
的變化，或說人們所遺憾的大批作家「改變作風」的情形，離不開三
十年代中國現代社會發展的大環境。事實上，北平良好的文化基礎帶
來了戰前學術成就的全盛期，而文學方面則以遠離商業和政治的京派
純文學成就最大。學院的專業分工與壓力、學術生活的理性與沉靜必
然會減少知識分子參與直接批判社會的熱情。魯迅曾認為北平的學術
環境好過處於浮躁中的上海，更適宜一些學術有心人；周作人寫信勸
過胡適，在「說閒話惹禍祟」的時節，最好的辦法是回到北平，教書
做書，也只有蕭條的北平才是既遠離政治漩渦又可避開「上海的便利
與繁華」、在冷靜與寂寞中進行豐富的學術研究的地方。[38]劉半農獲得
法國國家博士回來後，對專業的執著壓倒了既往的激情，後來頻頻在
《人間世》中發表的「雙鳳凰磚齋小品文」，不過是學術閒暇間的產
物，正如他同時迷戀攝影一樣。至於俞平伯，寫作大概可以視作他專
業自我訓練的一部分了，一邊實踐著明清式的小品文體，一邊在大學
講壇上我行我素地講解著他所喜愛的明清小品文，所有這些與他沉迷

---

37 劉半農：〈初期白話詩稿序目〉，《半農雜文二集》（上海市：上海書店，1983年，影
　印版），頁356。

38 參見「致胡適信六封」，黃開發編：《知堂書信》（北京市：華夏出版社，1994年），
　頁129。

於昆曲、古詩詞、把玩古色古香的書籍裝幀和信箋，構成他清趣十足的日常生活。《語絲》時期的錢玄同從戰壕到學院的「去意」隱約可見，他的理由是：「我是一個中年的學究，新知識新思想，我雖然對它垂涎十丈，可是我跟它分隔雲泥，它成日價滿天飛著，可恨我底腦殼盡往上頂，壓根兒沒有碰著它」。[39]魯迅所謂有的高升、有的退隱、有的前進的情況，表明知識分子角色認同危機的出現，但將「變風」的原因全然歸於對政治的怵惕心理至少是不全面的。一九二七年的政治事件確然是知識分子分化的觸媒，最不可忽視的還有中國社會的現代化進程在經歷多年的軍閥混戰後開始向前發展。在國民黨採取政治文化上帶有濃厚封建色彩的「以黨治國」、「領袖獨裁」、文化專制時，經濟建設上開始將注意力轉向發展資本主義生產，討論知識分子角色變化時不能忽視從近代開始的現代教育與學術制度的轉型。

　　在對中國文化傳統的認識問題上，激進的進步主義觀點將傳統等同於落後和反動。希爾斯說：「認為一種時代精神（Zeit-geist）瀰漫於整個社會，並體現在所有的作品和行動之中，這是錯誤的。這樣一種觀點過分強調了一種時代精神的獨一無二性；它沒看到有多少從過去繼承下來的東西相對來說並沒有發生變化，現在看來是新穎的東西不過是過去的一種延伸和變種。瀰漫一切的時代精神的思想掩蓋了任何複雜社會中傳統的多樣性，以及它們之間針對同一對象的競爭。這樣一種觀點也過分誇大了一種時代精神的內在統一性。」[40]自由主義者寬容多元的文藝觀及對於五四時期浮躁心態的有意刪削，都對傳統採取了更明智冷靜的態度。周作人在小品文中發掘中國傳統文化史與思想史的異端與叛逆的資源，將五四文學革命視作中國的又一次文藝復興，將晚明文學看做五四新文學的源流，已打破五四以來視舊文學

---

39 錢玄同：〈廢話〉，《語絲》第41期（1925年8月）。

40 〔美〕愛德華·希爾斯著，傅鏗、呂樂譯：《論傳統》（臺北市：桂冠圖書股份有限公司，1992年），頁338。

為鐵板一塊的認識，但其中的項莊之意已為新進青年所不屑。林語堂
所謂語錄體的寫法與他發現了晚明文人文章的喜出望外神情，確如魯
迅所形容：「驚服之下，率而宣揚」，及至俞平伯、林語堂對文言小品
和語錄體的骸骨之戀，晚明小品大量刊行，在《論語》、《人間世》等
刊物上，借人物志的提倡，許多在新文學運動中被視作保守派和頑固
派的人物重新登載等，其中固然有幾分逆反心態，但更多的是開始以
平和客觀的眼光對近代文化界、思想界的發展情況進行整理，倒不必
一概視作復古。劉半農以「現在的世界，正是個群流並進、百家爭鳴
的世界」，因而對文藝「只應取賞鑒的態度，不應取宗教的態度」為
由，解釋著自己從反對舊劇、文言文到今天思想變遷的過程：「正如
十年前，我們對於文言文也曾用全力攻擊過，現在白話文已經成功了
氣候，我們非但不攻擊文言文，而且有時候自己也要做一兩篇玩
玩。」[41]劉氏並不否認五四時期以強烈的道德使命代替科學分析的態
度的必要性，卻又委婉地表達了對愈演愈烈的政治道德使命與文藝結
盟的反省。但在左翼作家眼裡，此種態度正是倒退的逃避主義和幽默
主義的表現：「在沉悶的時代中，一部分敏感而卻近視的知識分子，對
於現實雖深感不滿，但因為看不到前途的光明，他們卻又沒有勇氣正
視現實，為真理而奮鬥。於是，有的抱著『懷古的幽情』，有的追求
『幽默』的趣味，以圖離開現實，而遁入無人統制的世界中去。」[42]

　　著重於事功的儒家氣質，看重的是獨善其身的沉默，即使退，也
是以進為目標的。因此，同是被看做「落伍」的京派文人中的沈從
文、朱光潛，對於論語派種種不甘沉默的玩世態度極表非議，對於幽
默閒適思潮的風行擔憂之至，對於周作人這種自由主義的「老京派」
也不免時有微辭。朱自清在無話可說時選擇了書齋學者之路，但對

---

41 劉半農：〈梅蘭芳歌曲譜序〉，《半農雜文二集》（上海市：上海書店，1983年，影印
　　版），頁187。
42 少問：〈走入「牛角尖端」的幽默〉，《現代》第6卷第2期（1935年3月）。

「玩世」態度十分警惕,寧可沉默擱筆,也不願以遊戲筆墨「使人轉
灰其進取之心」。[43]與此相似,最早從語絲陣營中退出的錢玄同一面反
省自己當年的慷慨激昂,一面不滿魯迅作風的深刻冷峭及時行的諷刺
幽默文學,以為容易引導青年走上「冷酷」或「頹廢」的路:「『新孔
夫子』我們固然不歡迎;『新黃仲則』我們也不歡迎。我始終是一個
功利主義者。」[44]在中國這一看重文學教化功能的國度裡,論語派所
謂給青年帶來的消極作用被強化與放大了,「左派說論語以笑麻醉大
眾的覺醒意識,右派說論語以笑消沉民族意識」。[45]

　　左翼作家們一次次地以進化的前進的文學史觀來宣判「有閒階
級」沒落的命運。阿英告誡說:「歷史的車輪是最殘酷不過的,在它
的不斷的進展之中,在它的激烈的震動之下,只要你的手稍稍沒有抓
牢,他就會把你甩到車外,很快的使你連它的影子都看不到。」[46]曾
在五四充當過時代代言人、信奉著進化論的自由知識分子自己同樣或
深或淺地驚懼於落伍的威脅,當人們的一切生存與奮鬥的意義都已納
入了現代性這一時間的軌道,與時代的意義和未來的目標息息相關
時,誰能擺脫它強大的誘惑力與支配力呢?二十年代末魯迅、周作
人、俞平伯、郁達夫、林語堂等就已為文壇新進青年或激進的立場轉
換者宣判為應被打倒的有閒階級、沒落的小布爾喬亞,這種判決曾讓
他們悚然而驚。俞平伯作過〈沒落之前〉、〈又是沒落〉等文,以他特
有的陰謔口吻作出短暫的激烈反應,被貶抑者或為之氣短或難以發言
的情狀正說明了一貫信奉進化倫理的現代知識分子多少默認了新話語

---

43 俞平伯:〈關於〈義戰〉一文〉,《俞平伯散文雜論編》(上海市:上海古籍出版社,
　　1990年),頁520。

44 周作人:〈錢玄同的復古與反覆古〉,《錢玄同印象》(上海市:學林出版社,1997
　　年)。

45 陶亢德:〈答徐敬籽信〉,《論語》第49期(1934年9月)。

46 阮無名(阿英):〈在博士所說的而外〉,《中國新文壇秘錄》(上海市:南強書局,
　　1933年),頁37。

的合理性和代際間的隔膜，不管他們多麼不情願。郁達夫無奈地感
到，一旦在新文壇上被宣告沒落，就連自己「也好像是受了催眠術者
的暗示，一天一天的只在沉沒下去」，[47]這種焦躁與苦悶不難從他的文
字中讀出：「『予豈好辯哉，予不得已也』，說起來倒有點像孔孟之徒
了，但被天強派作了閒人之後，他的寂寞與淒涼，也並不是可以借了
一句兩句的話來說出的。」[48]在以前進自許的青年眼中這些不能走進
集團主義營壘「奧伏赫變」的人，只能是新的敵人，彭康便攻擊郁達
夫所提倡的「大眾」，「其實還是從『小我』出發的『大眾』，而其用
意是在以這兩字偷偷地替換『普羅列塔利亞』來攻擊革命文藝」，「是
用這種側面的陰謝的替換法來打消普羅列塔利亞文藝」，因而這種主
張屬於「反動的文學陣營」，而郁達夫，也是「一個極端的個人主義
者，墮落的享樂主義者」。[49]對革命文學仍抱同情與理解的郁達夫自然
不由怨氣沖天：「近來老覺得似乎將要變成他們的障礙物的樣子」，並
借題發揮，借日本左翼文學陣營中的內哄事件，表明不被理解的「同
路人」心緒。當局的脅迫，為某女作家斥責為「小丑」和黃色作家的
憤怒，加以他那文人「愈不得志愈想偽裝頹唐」的名士心態與自由文
藝觀等多重合力下，郁達夫走向山水小品、讀書雜記和舊體詩。但阿
英仍肯定「即使是記游文罷，如果不是從文字的浮面來了解作者的
話，我感到他的憤悶也是透露在字裡行間的」。[50]的確，大量的舊體詩
和議論性雜文為我們塑造了一個身背「沒落」包袱，「始終未能浮
起」，而「偶談時事，嗒然若失」，「或問昔年走馬章臺，痛飲狂歌意
氣今安在也」的形象，郁氏如唐弢所說並未能脫下五四士子身上那：

47　郁達夫：〈致李勻之〉，《郁達夫文集》第九卷（日記書信71）（廣州市：花城出版
　　社、香港：三聯書店，1984年），頁402。

48　郁達夫：《閒書》〈自序〉（石家莊市：河北教育出版社，1995年）。

49　彭康：〈革命文藝與大眾文藝〉，《創造月刊》第2卷第4期（1928年11月）。

50　阿英：〈郁達夫〉，《阿英文集》（北京市：生活‧讀書‧新知三聯書店，1981年），
　　頁140。

件長衫。與郁達夫相比，林語堂執拗的個性使他單純灑脫得多，但遭到的攻擊更甚，而他倒也樂於在文化的激進與保守、進化的方向與物質文明的弊端、入世與玩世的交叉地帶中呈現自己的「一團矛盾」，激進的左翼青年甚至指責他背叛了自己「三一八」戰鬥姿態、投入了敵人懷抱而成為一味給青年下毒藥的罪人。

　　中國文學史上每每以黨錮之禍標示出士人在懼禍保身心態下從「清議」到「清談」的轉變，隱士與名士也多出現在這樣的時期。儘管歷史跨進了現代，但仍可在自由知識分子的時運上發現歷史的重複。林語堂宣稱不再做清議派而要當清談派，無意中道出了歷史經驗與現實經驗合力下現代士子心理變化的軌跡，內中含義是可供反覆咀嚼的。在中國儒士傳統中，清議始終是士人立言、立身與政治權力抗衡的話語方式。語絲派、現代評論派以群體力量傳達了對社會政治思想文化的批判意志與激情，繼之以清談的出現，則往往標誌著士子在政治險途上道德關懷與批判精神的消解。歷史上的清談，以遠離時事的抽象的玄遠哲理為內容。現代的隱士，或韜晦自守於草木蟲魚，或以「有所不為」求有所為，也不失為堅持個人超越的一途。不願玩世的朱自清等感到「無話可說」的苦悶，林語堂卻是不甘韜晦的士子典型。《論語》發刊辭聲稱：「無心隱居，迫成隱士」，而「經此幾年的修養，料想晦氣已經養得不少，暉光也已大有可觀；靜極思動，頗想在人世上建點事業」。遊戲的口吻裡很有幾分真實。在北伐革命及接踵而來的國民黨的「清黨」和「鉗口」政策下，既不願以頭顱作左右政治的祭品，又不願避世主義，生存機巧便成為在嚴酷的政治現實中實現個人價值取向的基本保證．有所堅持與有所逃逸即是謀略著走一條非普羅非法西的路線：「二定要說什麼主義，咱只會說是想做人罷。」[51]於是邵洵美打出「立志讀書」的招牌，江寄萍闡發「避禍三

---

51 林語堂：〈我的話‧有不為齋叢書序〉，《論語》第48期（1934年9月）。

途」，姚雪垠有〈文人與裝鱉〉，徐訏則作〈「……」「□□□□□」論〉，郁達夫欲說還休，「只道天涼好個秋」。

　　居處上海的林語堂沒有周作人那麼深重的歷史虛無感，「不談政治」不等於不關心現實，論語派作家時時諷刺左翼作家的「趨時」；是將「時代」當作狹隘的現實政治的代名詞。從刊物文本來看，廣義的人生批評與社會批評始終是林氏期刊的主導傾向，只不過他們的確缺乏左翼作家那種嚴正態度和正面反抗立場。刊物上許多文字都不缺少政治的弦，「民國萬稅」的口號，「自古未聞糞有稅，而今只許屁無捐」，「朱湘自殺，個個狐悲兔死；丁玲失蹤，人人膽戰心寒」，「國家尚未分裂，同室仍須操戈」等對聯流布甚廣，「古香齋」、「半月要聞」等欄目及大量漫畫作品謔而不虐，他們充分發揮了中國民間詼諧傳統，打油詩、寓言、竹枝詞、對聯、笑話及文人的遊戲文章，其笑罵風格和隱諷筆法，談言微中、婉而多諷的姿態，以言者無罪的合法主義反抗方式，對國民黨的各種文化政治政策和不抵抗主義，極盡嘲諷之能事，抨擊有加，幽默本含有諷刺與遊戲的分子，「笑」中也不乏忤逆與褻瀆的因子。林語堂欲以幽默和性靈挽個性主義文學之頹勢，周作人則不懈地批判思想一統與文藝正宗，一正一反，一樂觀一悲觀，始終把語絲時期或說五四最核心與最本質的自由思想和獨立批評奉為圭臬。林語堂等人並不像周作人那般以禁忌著對社會制度與道德進行批評的姿態來造起一座「十字街頭的象牙塔」，他們並不以走過大荒後出現新都的十字街頭為懼，這在一定程度上制約了其文字與現實人生的脫離。儘管京滬兩地思想與姿態深淺有別，動靜不同，但能夠融洽與互補的基石正是對個人主體的執著。

　　自由主義思想家伯林曾分析說，當人們以絕對「自主」──「我是我自己的主人」、「我不是任何人的奴隸」來理解「自由」時，一旦真正的自主不可得，就很容易走向「遁世主義」或走向「極權主

義」。[52]與此看法相印證的是卡爾・雅斯貝斯的分析，他認為真正放棄
其政治的可能性，可以沿著兩條對立的道路實現，一種是「迴避責
任」的人，「他們的這種『非政治』態度，即是那種不想知道自己意
願的人的放棄態度，因為那種人除了要在超越塵世的個體自我中實現
自己以外別無意願。他們似乎在時空之外生存。他們以消極忍受的態
度接受人的歷史命運，因為他們的信念是靈魂的拯救」。「另一種放棄
真正的政治生活的方式，是服從於一種盲目的政治意願」。[53]像周作人
那樣宣稱隱逸不食周粟，取文壇之外的立場，欲使自己達到如兼好法
師所說雖遭逢憂患感到悲傷卻「不必突然發心剃髮出家，還不如若存
若亡的閉著門別無期待地度日更為適宜」的境界，這沉默本身就是一
種政治表態。值得深思的是，當人們以遁世之論調責詰於周氏時，周
氏本人卻不遺餘力地對「盲目」作為左翼人士的思想狀態給予譏諷與
消解。仔細推想，西人的說法恰好有似是而非處，周氏曾反覆申說外
國的隱逸多是宗教的，「遁世主義」正是這種情形，以與中國的具體
實情相區別，因而他又一再強調，中國的隱逸是社會或政治的，有隱
遁色彩卻根本是反抗。阿英作為左翼一名重要理論家，提出了知識分
子在社會變革期間針對黑暗現實的壓迫，所可能採取的「打硬仗主
義」、「逃避主義」、「幽默主義」的三大論斷，從社會環境與作家的關
係上討論知識分子的困境。其分析固然相當透闢，但從另一個角度
看，他又顯然忽視了所謂「逃避」仍有其複雜的內容，因而不能認可
論語派作家對個人主義、自由主義和文學獨立性的堅持（當然這種堅
持已有所扭曲），正在這一點上，他們與魯迅及左翼文人產生了嚴重
分歧。周作人對言志載道的發揮，以對八股制藝式文學的譏諷來表明
對封建時代的遺留物──思想一統及文人奴性意識的絕不容忍，林語

---

52 李強：《自由主義》（北京市：中國社會科學出版社，1998年），頁180。

53 〔德〕卡爾・雅斯貝斯：《時代的精神狀況》（上海市：上海譯文出版社，1997
　　年），頁82、83。

堂則將道學氣和廊廟文學視作性靈文學的天敵，將個人筆調的小品文看做是思想自由的表徵。自由主義與個人主義的理念、文學的自由與獨立性的堅持，使一大批作家不能認同集團主義，而與左翼陣營拉開了距離。雙方意識形態上的隔膜造成各自片面的深刻，正如林語堂、老舍等作家對政治理解有其相當膚淺與幼稚的一面，阿英等左翼批評家同樣拿政治標準為自由主義作家們做了簡單化的定性處理。

　　無論褒貶論語派，對於他們在政治現實中的心態與精神、文章中所透露出的諸種苦悶與不平都無法等閒視之。所謂「悶氣」、逃避主義、幽默主義等，成為他們重要的時代表情。這是一個人人都得為「寫什麼文章」而三思的時代，寫評論文便不免「如臨深淵，如履薄冰，危險太甚」，而寫風月文，「人將以爾為敗壞風化之徒，雖不至於殺頭，難免不牽人縲絏之中」；[54]《論語》當年吸引老舍自動送稿、投石問路即是對林語堂那笑中的淚與淚中的笑的「幽默」別有會心。每逢刊物周年大慶，便是論語撰稿人自抒心曲的時機，「國事難言家事累，雞年爭似狗年何？！」老舍的〈論語兩歲〉，抒發出一個幽默家的不平與悶氣，那種「聰明正在糊塗裡，冷眼如君話勿多！」則是典型的論語派人抒發悶氣的方式。儘管以幽默為旗號，人們很容易就發現了旗號也不過是幌子，真正的幽默文學也未如願出生。魯迅肯定了不願做文字獄中主角的人，總要將肚裡的悶氣借著笑的幌子，哈哈地吐它出來；似乎是呼應，周作人說：「我寫文章的毛病，直到近來還是這樣，便是病在積極。我不想寫祭器文學，因為不相信文章是有用的，但是總有憤慨，做文章說話知道不是畫符唸咒，會有一個霹靂打死妖怪的結果，不過說說也好，聊以出口悶氣。」[55]俞平伯、劉半農等似乎沉溺於晚明小品或古版書畫的把玩中了，但俞平伯也有〈廣亡

54　倚重：〈寫什麼文章〉，《論語》第36期（1934年3月）。

55　周作人：〈關於寫文章〉，《苦茶隨筆》（長沙市：嶽麓書社，1987年），頁176。

征！〉這樣充滿憤激反語的散文，劉半農的〈南無阿彌陀佛戴傳賢〉照樣不失其嘻笑怒罵的性格。通常在幽默感方面自認並無天才的郁達夫將《論語》比作巴黎的一種「出氣店」，為幽默和清談文人的命運打抱不平：「總而言之，長歌當哭，幽默當哭，攻擊幽默，閒情也當哭，反正是晦氣了出氣店裡的器皿。」[56]對於現實生活中「負」的一面既無法輕輕放過，那麼也就難怪阿英從郁達夫的山水清音中讀出了那麼多的苦悶與不平，從論語派「以文自娛」的神情中看到「其心也更苦」。至於幽默文學，更是力有未逮，總未能獲得倡導者預期的完滿，原因之一便在於無法擺脫環境對幽默心境的困厄。《論語》上時時有認真追究「幽默」的讀者，便以為幽默文學前途堪憂：「生於可以憤慨之世，當然不能無憤慨之情，所以論語諸公之言外流露憤慨，乃人情之常，正足以見諸君子之『人氣溢然』」，只是這種「由憤世嫉俗而產生的冷嘲」，是不可能產生「最高的幽默」的。[57]或許四十年代的雜文高手、語言學家王力所言最能直探「幽默家」的文心：「世間盡有描紅式的標語和雙簧式的口號，也盡有血淚寫成的軟性文章。瀟湘館的鸚鵡雖會唱兩句葬花詩，畢竟它的傷心是假的；倒反是『滿紙荒唐言』的文章，如果遇著了明眼人，還可以看出『一把辛酸淚』來！」[58]不過這已是四十年代另一種情勢下的後話。

　　論語派知識分子笑中有淚的時代表情，根本表明他們無論怎樣消解著所謂「大的高的正的」，怎樣有意拆除佈道者的講壇，身上始終未能脫下知識分子那件啟蒙的長衫。本來，逃逸，是為了尋求新的安身立命之所，歷史時時提醒著士子在政治危勢裡採取韜晦與隱逸姿態，魏晉與晚明文人也為後世提供著種種自我保全的經驗，而老莊哲

56　郁達夫：〈蒼蠅腳上的毫毛〉，《論語》第55期（1934年12月）。

57　常燕生：〈論語與我〉，《論語》第54期（1934年12月）。

58　王了一：〈《生活導報》和我（代序）〉，《龍蟲並雕齋瑣語》（北京市：中國社會科學出版社，1993年），頁5。

學及田園詩人的文采風流更為不願汲汲於功利的現代人提供了開掘不盡的思想資源，如果說五四的人文精神裡蘊蓄著中國士子儒家傳統的入世功利的心態，那麼在擊碎傳統儒學桎梏的過程中也為現代自由知識分子走向個體超越提供了另一條思路，尤其當他們不願因納入政治現實的軌道而犧牲自由個體的時候。然而，苦悶、困厄、堅持與逃逸等等，卻表明在「士」之憂生傷世強大傳統的籠罩下，抽象的個人主體的難以為繼和虛幻性。最終自由思想者所預期的價值轉換未能實現，個性主義與自由主義則隨著國事的嚴峻、知識者日益向集團政治和人民大眾屈尊禮拜而漸漸式微。三十年代的淚與笑，是現代自由主義者的典型表情。

第三章
「小品文」的文化隱喻

　　晚年的周作人曾談到當年要提倡閒適一路的散文,「我想把中國的散文走上兩條路,一條是匕首似的雜文(自注:我自己卻不會做),又一條是英法兩國似的隨筆,性質較為多樣」。[1]這話說得看似頗輕描淡寫,但大抵也是事實,只不過在「小品文」最興盛又最受非議的時候,「兩條路」便是不同的理想文學與人生觀的標識。在大品文和小品文的爭論中,魯迅由雜文是否是純文學的猶疑,到充滿自信地認為自己的雜文終將成為「詩史」──既以其藝術價值侵入高尚的文學殿堂,更以其春秋筆法承繼不虛美不隱惡的史家精神,以其「小」中有「大」而自豪。而彼時,剛在上海發刊的《論語》卻說:「在目下這一種時代,似乎春秋比論語更需要,它或許可以匡正世道人心,挽既倒之狂瀾,躋國家於太平。不過我們這班人自知沒有這一種的大力量,其實只好出出論語。」[2]周作人則指斥「匕首似的雜文」才是供奉在政治祭臺上的「小擺設」,以回敬其兄銳利的批評,[3]但他對「英法兩國似的隨筆」的熱情比不上對中國晚明小品的褒揚。

　　過於黏著於當事人的某些意氣之言,可能很難真正認識「兩條路」所代表的散文思維方式的分野。陳平原在中國散文史的研究中,力圖從「師心使氣」和「把酒賞菊」兩條路尋找周氏兄弟散文不同的

1　轉引自柳存仁:〈知堂紀念〉,陳子善編:《閒話周作人》(杭州市:浙江文藝出版社,1996年)。

2　〈編輯後記〉,《論語》第1期(1932年9月)。

3　周作人:〈十竹齋的小擺設〉,《周作人集外文》下(海口市:海南國際新聞出版中心,1995年),頁406。

傳統資源，以避免重蹈那種明顯的政治倫理思路。[4]本文認為，現代雜文與閒適性、知識性、趣味性小品文在三十年代的對峙與分流，表明現代知識分子角色認定的差異及對現代人文理想不同方向的建構。論語派在小品文的理念中，突出了現代散文發達的主因，即卸下文章載道的重負，退居邊緣，以個人筆調為主心骨，又將散文美學趣味的變化與現代社會文化變動、王綱解紐後社會世俗化的過程聯繫在一起。他們對閒適性散文的美學原則、思維方式的建構，並非只是服從於一時的兩派對峙之需，而與現代散文發展的內在規律相通，也是中西文化交流融合後的產物。我們或許不能完全撇開周氏兄弟「文學上的主義和態度」對其散文觀念的影響，但更應該探討在散文理論的建設上，「小品文」隱含了哪些令人深省的文化隱喻，如何體現出現代知識分子對文學「現代性」的追求。

第一節　八股的反動與言志的自由

布爾迪厄曾經說過：「現實的鬥爭，幾乎總是不得不從反對詞語的鬥爭開始」，[5]這是極有啟示意義的概括。五四人在反封建反傳統的個性解放思潮中，一開始就進行了對詞語的鬥爭，他們將千百年來的「文以載道」納入了自己的批判視野。與此同時「選學妖孽」、「桐城謬種」的詞語命名，著實使他們獲得了話語的主動權，現代散文不再是《文選》或桐城派古文承載六經之旨，維繫世道人心的工具，知識分子同樣也不再是封建道統的維護者與詮釋者。傳統價值信仰的解體引起了語義中心的解構，由此話語方式也必然發生歷史性遷移。五四

4　參見陳平原：〈現代中國的「魏晉風度」與「六朝散文」〉，《中國現代學術之建立──以章太炎、胡適之為中心》（北京市：北京大學出版社，1998年）。

5　〔法〕布爾迪厄：〈社會學危機與爭奪詞語的鬥爭〉，《文化資本與社會煉金術》（上海市：上海人民出版社，1997年）。

正是這樣一個關口，當人們熱情而不無暗示性地使用著「小品文」或「小品散文」的名稱時，它已成為一個被賦予了現代內涵的文類概念，表徵著千百年來占據中心地位的文章道統的崩潰，並向邊緣轉型的過程。

　　儘管「散文」、「雜文」、「隨筆」、「小品文」等各種名稱混用著，但從周作人、林語堂的倡導來說，他們心目中的散文概念，比古代的小品文概念要寬泛得多。借助西方散文的介紹與引入，散文更擴大了其疆域，周作人早在《美文》中，即有心引導人們寫作西方式的隨筆。在編輯《中國新文學大系・散文一集》時，他的選擇標準是文章好、意思好，能代表作者作風的不論長短都要：「我並不一定喜歡所謂小品文，小品文這名字我也很不贊成，我覺得文就是文，沒有大品小品之分。」[6]文章長短，題材小大都決定不了其價值高低，以此標準，周作人編選的《散文一集》很是寬泛。他在《大系》有限的篇幅裡，放入了俞平伯的〈重過西園碼頭〉和顧頡剛的〈古史辨自序〉，這兩篇都是萬字以上的長文。在形式上，更是「雜」體紛呈。後來周作人在〈談俳文〉、〈再談俳文〉中借著對帶有俳味的張岱小品文的評價，強調說，文體叫什麼名稱並不重要，重要的是：「他的特色是要說自己的話，不替政治或宗教去辦差，假如這是同的，那麼自然就是一類，名稱不成問題，英法曰essay，日本曰隨筆，中國曰小品文皆可也。」[7]林語堂則對現代散文的發展有十分準確的認識，認定現代的散文文體，「與古人小擺設式之茶經、酒譜之所謂『小品』，自復不同……且現代小品文亦與古時筆記小說不同……今之所謂小品文者，惡朝貴氣與古人筆記相同，而小品文之範圍，卻已放大許多，用途體

6　周作人：〈《中國新文學大系・散文一集》編選感想〉，《周作人集外文》下（海口市：海南國際新聞出版中心，1995年），頁404。

7　周作人：〈再談俳文〉，《周作人文選》第三卷（廣州市：廣州出版社，1995年），頁155。

裁，亦已隨之而變，非復拾前人筆記形式」，[8]這是相當明瞭、到位的界定，但他與周作人一樣，認為文體不只是文體問題，還有更深的意義：「小品文」的範圍很廣泛，西洋散文的引入，已擴大了傳統散文的疆域；「小」也並不在形式，而是有意以之對抗空疏無個性的歷代「大品」文章。

　　大多數作家對散文或「小品文」文類性質的理論梳理都顯得十分隨意而不確定，但都關心如何通過詞義褒貶的變換來凸現歷史價值觀的轉換，這才是他們的本意。如果說五四人以「選學妖孽」、「桐城謬種」一類的命名，將千百年來的「文以載道」脫冠去冕，那麼當左翼作家指責「小品文」專於幽默閒適趣味而益顯其「小」時，論語派卻有意以其「小」來消解「載道」文學的宏大敘事。這「小」，一面表現為現代散文不再是文選派或桐城派古文承載六經之旨、維繫世道人心的工具，這便意味著知識分子也不再是封建道統的維護者與詮釋者；另一面就文學傳統而言，「文章」一直占據文學正統地位，而現代文學各門類中「散文」的成功，卻有賴於「卸下載道的重負，退居邊緣」。因此小品文的興與衰可以作為歷史的教訓、批判與反省的鏡子，也可以作為現實經驗成為最有利的論辯依據。「小品文」由是成為一個被賦予消解功能、具有現代內涵的概念。

　　自言其「小」的言志文學對載道文學的反動，是論語派及周作人頗具成效的話語策略。在他們看來，左翼文學的興起表明文學的載道模式根深蒂固，揭示載道文學的「封建」色彩，可以順理成章地將「言志」納入個人主體這一「現代」的框架中。一九三〇年四月，周作人寫了一篇叫〈金魚〉的文章，他在篇末點出文章本意，一如既往地言簡意賅：「文學上永久有兩種潮流，言志與載道。二者之中，則載道易而言志難。」並暗示新文學目前的時髦款式就是「非多講某一

8　林語堂：〈論小品文筆調〉，《人間世》第6期（1934年6月）。

套話不容易出色」。[9]〈論八股文〉一文，他將「載道」文學比作新式八股，認為它是中國本位文化的結晶，也就是中國奴隸性表徵：「幾千年來的專制養成很頑固的服從與模仿根性，結果是弄得自己沒有思想，沒有話說，非等候上頭的吩咐不能有所行動」。「八股」、「制藝」、「時文」，都是沒有思想，奉命說話，做賦得文章與遵命文學的代名詞，是缺乏文學的獨立價值的。儘管五四文學中，白話文確立了其地位，但是，用白話寫「美文」等新文學的成功，並不表明白話文前途光明：「古文者文體之一耳，用古文之弊害不在此文體而在隸屬於此文體的種種復古的空氣，政治作用，道學主張，模仿寫法等。白話文亦文體之一，本無一定屬性，以作偶成的新文學可，以寫賦得的舊文學亦無不可；此一節不可不注意也。如白話文大發達，其內容卻與古文相差不遠，則豈非即一新古文運動乎。」[10]諸如此類的言論，遍佈各類序跋文中，以《中國新文學大系‧散文一集》導言及《中國新文學的源流》為主幹構造成一個自足的體系，支撐這個體系的是自由思想者意識深處非主流非正統、言志為高、個性至上的價值取向，於文章正統中深究中國根深蒂固的文人傳統，周氏實際走上了為改變話語方式尋找歷史根據的途路。因此，總是能夠直探文心的廢名在〈周作人散文鈔序〉中，點明了周作人文章中所隱含的「項莊之意」：「方中國的普羅文學運動鬧得像煞有介事的時候，一般人都彷彿一個新的東西來了，倉皇失措，豈明先生卻承認它是載道派，中國的載道派卻向來是表現著十足的八股精神。」[11]懷著向新進青年「進一

9　周作人：《看雲集》〈金魚〉，《周作人文選》第二卷（廣州市：廣州出版社，1995年），頁8。

10　周作人：《苦茶隨筆》〈現代散文選序〉，《周作人文選》第二卷（廣州市：廣州出版社，1995年），頁214。

11　廢名：〈周作人散文鈔序〉，止庵編：《廢名文集》（上海市：東方出版中心，2000年），頁119-120。

言」的實際目的，周氏那種「對準倡說革命文學的人而發的」[12]意見，帶有法郎士印象批評的影子，而不是講求學術研究的客觀公正、概念的清晰界定和邏輯的嚴密，因而以「言志」、「載道」的起伏消漲來定義文學史的流變時，不免讓愛鑽牛角尖的作家、嚴謹拘束的學者（如當時年輕的「鍾書君」）感到作者「立意恐怖」。[13]周作人的定義雖不無漏洞，但無法否認其中思想的尖銳與相當的超越意識，他的中心旨趣恰恰不是或不完全是指向純文學或美文建設的，而是通過小品文表達了自由主義者對文學「現代」特質的認識，也是對現代文學的基本要求。

　　論語派作家從各方面闡發了周作人的理論訴求。林語堂、俞平伯等對周作人借助小品文對知識分子五四以來的文化策略的用意幾乎都能心領神會，他們對小品文的看法是他們三十年代文藝觀的集中體現，而小品文本身也已散發出與他們急於作出的人生選擇相關的某種隱秘氣息。小品文在他們眼裡成為反體制、反一統、反功利主義文學的英雄，成了異端思想、叛徒精神的代名詞，雖然也不免有為自己打氣的成分。重申小品文的重要意義，如個人文學的尖端，王綱解紐中的一個潮頭等，也就是重申五四的自我表現與個性主義文學主張，其中首先寄寓了一如既往反封建的決心，可又並非純粹的五四版本。五四時期，他們在啟蒙神話的玫瑰色夢幻籠罩下，曾經也接受了正面的、自足的、義正辭嚴的話語方式，首先受到他們自己的質疑，它是否仍未脫離宗教式佈道的思維軌跡？至少，五四時期所顛覆的只是載著封建意識形態之「道」的文，而始終未對「載道」形式本身作出反省。真正突破載道模式，有賴於對傳統道德文章和一切功利文學觀的否定。

---

12 周作人：〈文學的貴族性〉，《周作人集外文》下（海口市：海南國際新聞出版中心，1995年），頁296。

13 錢鍾書：〈寫在人生邊上的邊上〉，《錢鍾書集》（北京市：生活・讀書・新知三聯書店，2001年），頁207。

　　論語派作家從歷史源流上為小品文正名。在正統文學觀念中它無法占據一席之地正是文學的功利心使然。何以是「小品文」擔任起消解「載道」的文化隱喻？前提條件既與傳統文學中「文章」占據中心地位有關，也因現代文學各門類中「散文」是最早成功的一體，前者作為歷史的教訓成為批判與反省的靶子，後者作為現實的經驗成為最有利的論辯依據。在正宗與非正宗、體裁的價值與尊卑等問題上，中國文學傳統中對文學功能的認識決定了小品文在一整套「大小偏正高下」的規範中處於不足一哂的稗官小道、遊戲文章的地位。文學本身劃出了正統與非正統兩股流脈；而即便是正統文學，在立德、立功、立言「三不朽」中，立言的文學也居於末流。從曹丕「文章者，經國之大業，不朽之盛事」到劉勰原道、宗經、徵聖的思路，終於完成了以「明道」、「載道」為文學核心的價值規定，於是負載著道德批判功能的文章，以個人主體的缺席維持著千年一貫制的「文以載道」、「為聖賢立言」。居於中心地位的正統文學成為廊廟文學，與言志文學的最大分別在於，它與政治道德結成了不解的姻緣。歷代文人在此具有強大控制功能的文學觀念與審美標準下，將載道之文當作進身之階。於是，在俞平伯眼裡，千人一面千文一調的死氣沉沉的面目，造成了中國文壇上的黯淡空氣：「千年來的文章道統，不過博得幾種窠臼而已」；在林語堂眼裡，千百年來的文士「只在孔廟中翻筋斗，理學場中撿牛毛」。與此相反，自古以來，能夠以清新面目示人小品文放大了對文學的適意與抒情功能，展示最真實的自我個性，不能不觸犯「天地君親師」這五位大人，偏離了文道合一的標準，被貶抑為旁岔斜出的小道自屬必然。

　　論語派作家一方面發掘古代小品文的資源，一方面將「文章道統」的問題歸究於文人的態度。他們認為，從歷史上看，即便存在著一些有意逸出正統和偏離正路去寫作小品文的古人，他們對於小品文的態度也是二元的：即「一方面做一種文章給自己玩，一方面做另一

種文章去應世」[14]，這種可笑的原因是，文人們只將小品文當成遠禍保身的精神休憩，或一種不能入世時的遊戲文章，而一旦有了轉運之機，他們便要做正經文章以應世以入世。俞平伯認為，傳統文人身上這種自信不堅、壁壘不穩、缺乏勇氣等等表現，恰恰表明了正統觀念是如此根深蒂固；也表明傳統文人心目中始終有著把文章藏諸名山、傳之後世的欲望，有著立言不朽的欲望，因此不能不因循禮教之規、步趨於道統之後，任何游離都可能是短暫的或失敗的，這就是二千年來中國的文章之道：「所謂文者，務為有補於世而已矣」（王安石〈上人書〉），文學的觀念與審美標準由此得以以穩定堅固的形式代代相傳，而代代文人的真實自我也便在這道統中消失殆盡。論語派作家為小品文做翻案文章，反封建禮教和道學、要求個性解放的思想意識十分突出。

　　論語派作家認為文章正統深深地影響了近現代文學的發展。在他們看來，小品文在近現代的發展中隨時有可能回到道統之中。在正宗與非正宗、文體的價值與尊卑等問題上，近現代文學借助外國文學思潮的力量，將本來被視作稗官野史的小說、戲曲等文類扶成了正宗，但是言志小品文卻仍然是倍受側目的文體。晚明出現小品文的繁榮，但為正統文人譏為「晚明習氣」，始終很難抬起頭來。小品文的自我定位總是搖搖擺擺，隨時遭到來自中心主義傳統文化觀和引自西方正統文學理論者的攻擊和排擠。朱自清肯定現代散文學的發展「確是絢爛極了」，但認為此種現象並不正常，「真正的文學發展，還當從純文學下手，單有散文學是不夠的」，[15]散文是否是純文學暫可不論，傳統的文章退出中心卻已成定局。然而，小品文仍未走上其發展的坦途，

---

14 俞平伯：〈近代散文鈔跋〉，《俞平伯散文雜論編》（上海市：上海古籍出版社，1990年），頁323。

15 朱自清：〈背影‧序〉，《朱自清散文全編》（杭州市：浙江文藝出版社，1995年），頁32。

由此正說明文人個人自覺的艱難程度。最令俞平伯不平的是，在五四文學運動中自我表現的文學也只是曇花一現：「當時何等轟轟烈烈，想把旁行斜出抬舉起來，化為康莊大道，曾幾何時，遭逢新古典派與普羅階級的夾擊，以致壁壘沉沒，隊伍嘩散，豈不可歎可羞！」[16]尊卑高下觀念無異說明，「正統的種子」仍源源不絕，小品文的命運正表明中國文學的命運：「把表現自我的作家作物壓下去，使它們成為旁岔伏流，同時卻把謹遵功令的抬起來，有了它們，身前則身名俱泰，身後則垂範後人，天下之才智之士何去何從，還有問題嗎！」[17]於是，他頗為固執地說：「我們雖不斷斷於爭那道統，可是當仁不讓的決心，絕對不可沒有的。」[18]話說得不免迂闊偏激，為小品文爭得正宗名位顯然也不是目的，但俞平伯清晰地表達了這樣的意思：遵命文學、制藝、時文、八股的盛行，是小品文的不幸也是中國文學的不幸。

　　論語派最終開出的救治之方是「說自己的話」。言志載道的原則性對立是周作人以「文學自主論」反抗集團的文學功利說，它緣於周作人意識深處對封建奴性的警覺，他對公安派文人「能夠無視古文的正統，以抒情的態度作一切的文章」表示讚賞，並將之視為中國新文學的源流，起決定因素的不是公安派小品文的藝術價值，而是文人「真實的個性的表現」的態度，是文學基本功能的確定：一種一元論，既非純粹的遊戲與消遣，更非「文以載道」，而是「本於消遣」同時「也就傳了道了」（〈雜拌兒跋〉），是自由思想家借助對傳統文論概念的現代轉換而獲得高屋建瓴的銳利視點；而林語堂的「言志」則

16　俞平伯：〈標語〉，《俞平伯散文雜論編》（上海市：上海古籍出版社，1990年），頁328。

17　俞平伯：〈近代散文鈔跋〉，《俞平伯散文雜論編》（上海市：上海古籍出版社，1990年），頁323。

18　俞平伯：〈近代散文鈔跋〉，《俞平伯散文雜論編》（上海市：上海古籍出版社，1990年），頁323。

以個人的文學與現代文學的浪漫主義精神取得溝通，追求文學的自我表現。林語堂以「說自己的話」追求個性的真與誠，直接服儕西方的「自我表現」的現代精神，相比之下更注重現代哲學與美學的根據。兩人的側重點雖稍有不同，但二者都表現出了個人主體性的絕對地位。將西方的表現說與袁宏道的性靈說融為一體的林語堂，認為載道文學以某種「道」統轄並窒息個人的獨特發現，必然造成文學的虛偽、矯飾、僵硬，最終與人生分離，他以表現即人生，人生即表現，說明虛偽矯飾的文風正與中國社會僵硬腐朽的思想文化空氣相輔相成。「文章」便成為他最愛的一個借喻，中國的文章是中國國民性的體現，在文風上體現為「直到今日之武人通電，政客宣言，猶是一般道學面孔」[19]，「無奈中國文章向來是如此做法。此種思想習慣已經養成」[20]；而現代小品文是與「文章」相反動的，代表著誠實近情的現代人生觀，它的使命就是「叫人真切的認識人生而已」[21]；劉半農一向聲稱：「至於文藝，它根本不是理智的，是情感的」，「當然就不能有什麼客觀的標準，只能看作品中的情感，與我自身的情感是互相吸引的或者是互相推拒的！」[22]俞平伯早在一九二五年就提出文學本乎無用，而無用不是病的非功利認識。文學以情為主，那麼「小品文」所具的近情品格正可以反「儒」；正是文人內心自覺與個體意識的要求，現代小品文才能如郁達夫所說將「作家的世系，性格，嗜好，思想，信仰，以及生活習慣等等」[23]充分展現出來。馮三昧的《小品文研究》也受到周作人的影響，他認為：「中國向來就以文為進身之階

19 林語堂：《行素集》〈論幽默〉，《林語堂名著全集》第十四卷（長春市：東北師範大學出版社，1994年），頁8。

20 林語堂：〈我的話——裁縫道德〉，《論語》第60期（1935年3月）。

21 林語堂：〈今文八弊〉，《人間世》第28期（1935年5月）。

22 劉半農：〈國外民歌譯自序〉，《半農雜文二集》（上海市：良友圖書公司，1935年）。

23 郁達夫：《中國新文學大系・散文二集》〈導言〉（上海市：良友圖書公司，1936年）。

或載道之具，每一提起筆來，總是道貌岸然，像煞有介事的，只有寫小品文時，輕快自由，才顯得出作家真正的面影。故小品文在歷來文人中，雖被看作雕蟲小技無足輕重的東西，其實卻是正統派文字的一大解放。」[24]

　　每每受到正統派圍剿並被主流文學貶為「小道」和異端的小品文，給予了作家們充分的想像空間，使林語堂等不免將古今中外具有叛逆與異端個性、「有骨氣有高放」的思想家和文人都引為小品文的同道。尼采的叛逆在林語堂的小品文中時時閃出，林語堂甚至直接翻譯和模仿尼采的文筆和文體。蘇軾、李贄、金聖歎等人的異端思想，被論語人賦予小品文旁逸斜出最傑出品格的代表。中國的禁書、閒書也引導他們搭摸傳統小品文的命脈，他們標榜自己愛讀閒書：「所謂閒書者，大抵屬於古文品外，不列於正宗派一類之書籍是也。尤其對於六朝和明季人的作品覺得更是親切有味，」「明朝人雖沒有六朝的那樣情致風韻，卻自有一種活氣，即使所謂狂，亦復有趣，譬如一切詩文集子公然以小品題名者，似乎也是從明朝人才開頭的」。[25]從極力闡揚小品文的自我表現來看，林語堂與魯迅實際上十分相似。林語堂的性靈、幽默都是要打破「文以載道」的枷鎖，因為在中國：「稍有新穎議論，超凡見解，即誣為悖經叛道，辯言詭說，為朝士大夫所不齒，甚至以亡國責任，加於其上。」[26]他比喻那些有思想有骨氣的人為長頸鹿，而講中庸的中國人自是無法容忍。魯迅同樣也有類似的說法：「我覺得中國有時是極愛平等的國度。有什麼稍稍顯得突出，就有人拿了長刀來削平它。」[27]但兩人的個性主義卻有寬窄深淺、外向

24 馮三昧：《小品文研究》（上海市：世界書局，1933年）。

25 沈啟無：〈閒步庵隨筆〉，《人間世》第2期（1934年4月）。

26 林語堂：《行素集》〈論幽默〉，《林語堂名著全集》第十四卷（長春市：東北師範大學出版社，1994年），頁8。

27 魯迅：〈且介亭雜文二集‧徐懋庸作《打雜集》序〉，《魯迅全集》第六卷（北京市：人民文學出版社，1981年），頁290。

與內求方向上有著很大區別。林語堂幽默觀和個性主義極力向心靈的淡然自適延伸，五四所建立起來的個性主義之社會性內涵被大幅刪削，他自然不能認同魯迅將諷刺投向社會現實、能使不是東西之流縮頭、「要使他抓耳搔腮，熱刺刺的覺得他的世界有些灰色」的主體人格，在林語堂眼中，那恰恰是失了幽默溫厚之旨的憤與嫉。在論語人眼中，晚明作家彷彿有著一張張以天真、性靈、童心、自適為特徵的面孔，而背後當然也有憤激、嘲弄、難言隱痛和掙扎，結合起來，就是「寄沉痛於幽閒」。

第二節　從英雄心態到凡人哲學

一個散文流派能夠成立，在於此流派作家的主體人格在散文中有著某種較為一致的投射。「說自己的話」只是「言志」的前提，是散文創作的必然要求，小品文既然以表現個人情思為己任，言志主體便決定了說什麼與怎麼說的問題。認定小品文的面目是智者、凡人、庸人的「人情物理」而非道德化、功利性的國家民族類的宏大敘事，便在理論上與魯迅式雜文那種戰士的品格區別開來。認定自己不過是過渡時代的人，也便有意疏離那肩著黑暗閘門的英雄姿態。這種調整，帶來另一種對散文中主體人格的設計，其實也是對五四後散文經驗與教訓的一次重要總結。只是當時的中國正面臨重大危難，在周作人等對精英心態反省同時，一種更加英雄化的期待也正在冉冉地發展升級，對於大多數作家而言，身邊瑣事說來「到底無謂」，嚴肅的氣氛籠罩在人們心裡。那麼此時以「小」、「凡人」自許的閒適小品文主體的現代性是否還能夠存在呢？

近代中國瀰漫著失敗與落後煙雲，精英的浪漫心態、理想主義精神和英雄的自我意識開始反向膨脹，強化了人們對於傳統士子懦弱人格的反省而趨向對振臂一呼、應者雲集的英雄人格的崇拜。現代性的

宏大敘事帶來的烏托邦情懷，士子們傳承悠遠不斷的儒家興邦濟世傳統，即使是暫時獨善其身也不忘家國之憂的入世精神，二者結合在一起，譜寫了早期散文激烈慷慨凌厲之篇章。在《新青年》、《新潮》、《少年中國》上的多數文章，都有大論、宏文的色彩，顯示了五四時期破舊立新、重建思想文化格局的氣勢與豪情，其中雖然不乏後來為周作人所檢討的導師心態、教訓者的口吻和獨斷的粗暴。隨之而起的語絲文體，將諷刺、幽默融於一爐，「有時很像笨拙，其實卻是滑稽」，高濃度的諷刺性成分，造就了嫉俗憤世的主體形象，這種形象與那些為語絲人所不屑的正人君子形象、公理家形象成為鮮明對比，也可以看作三十年代魯迅雜文中不平則鳴的「真的猛士」的前身。隨著國難陰影加重，浪漫的理想主義和民族主義激情越發高漲，不過分化也是必然，隨著周作人等一批五四文人漸漸從啟蒙英雄的光圈裡走出來，五四個人主體性的多重含義慢慢被純化為個人主義。在對政治的迷幻、精英的自大和文學工具論消解的同時，他們把自我的退卻當成了療治狂熱、激進、褊急的藥方，試圖走一條「從孔融到陶淵明的路」。

　　散文主體形象發生調整，首先是對英雄和精英形象的消解，這與周作人對於載道與言志發生的歷史時空的確定有關。在這個意義上周作人所說「我鹵莽地說一句，小品文是文學發達的極致，它的興盛必須在王綱解紐的時代」並非鹵莽之辭，「在朝廷強盛，政教統一的時代，載道主義一定占勢力」，這表明在文化向心力極強的時期，個人可以在與集團社會的步調一致中實現自己，因而也就將個體自我融入時代的「大我」中，個體的人只不過是政治倫理機制中的一個元件罷了；而在「頹廢時代」裡，「處士橫議，百家爭鳴，正統家大歎其人心不古，可是我們覺得有許多好思想好文章都在這個時代發生」，則準確地說明了個人在與社會分離、價值失範之際，向內心退回，將個體自我的主觀感受放在了第一位。也將個體自由擺在了第一位。原有

的理想、崇高和神話都在離心力作用下分崩離析，集團與英雄時代的
大一統局面瓦解後迎來了「日常的散文世界」。周作人將載道與言志
看做是一種交替起伏的發展，帶有機械論與循環論的嫌疑，但反過來
證實了他自己的立論，從英雄心態回到凡人的位置，就是對個體自由
和感性生命的重新發現。

　　接著，周作人為散文主體設計的是凡人、庸人的形象。與語絲時
期拐彎抹角的攻擊或連篇的反話相反，三十年代，「庸人的閒談」替
代了及時的時事反應：「我們固然也要聽野老的話桑麻，市儈的說行
市，然而友朋間氣味相投的閒話，上自生死興衰，下至蟲魚神鬼，無
可不談，無可不聽，則其樂益大，而以此例彼，人情又復不能無所偏
向耳。」[28]閒話的主體既不想做頭目，也不想當嘍囉，是要與高高在
上和自以為是「給人家去戴紅黑帽喝道」的權威霸道面目告別。不過
所謂庸人，卻是那種能夠保持自己獨立思考的頭腦、斷絕了一向為之
蔑視的「祿蠹」之途、撤離戰壕、走下講壇、成為田間樹下或書齋裡
的智者，是讀者的友人而非導師或敵手。這種散文主體性質的確定，
與周作人對「人」的要求有關，凡人或庸人的哲學在最根本的理論意
義上，包括了兩個相反的層面：一方面是從佈道的聖壇上走下來，反
省五四時期的精英心態，以清明的理性摒除與之相悖的狂熱與偏執，
將自己降回到凡人、庸人的位置，也即蛻去個人身上一圈英雄的救世
主的神光。在周作人看來，先知總是與宗教的狂熱聯繫在一起。這與
五四新文化運動中「人的解放」和平民文學的主題仍是合一的。另一
方面，在這種由神化的個人向非神化的回歸中也可能轉而墮入非人
化，因此他的閒適與中庸，在另一層面上必須涵容道德上的意義：從
神回歸於凡人，從人生的飛揚處回歸人生的日常生活，從人類的終極

28　周作人：《中國新文學大系·散文一集》〈導言〉，《周作人集外文》下（海口市：海
　　南國際新聞出版中心，1995年），頁422。

關懷到現世關懷，但要防備一頭墮入另一極端的信念頹敗者庸俗享
樂主義的濁泥中。當科學和啟蒙為世界除魅之後，以什麼去填充人們
業已空虛的心靈？韋伯說：「我們這個時代，因為它所獨有的理性化
和理智化，最主要的是因為世界已被除魅，它的命運便是，那些終
極的、最高貴的價值，已從公眾生活中銷聲匿跡，它們或者遁入神秘
生活的超驗領域，或者走進了個人之間直接的私人交往的友愛之
中。」[29]宗教的末世論已不再能夠指導人們現世的生活，也不再能夠
約束人們日常的行為，那麼所謂清明的理性，就是周作人反覆強調的
「以科學常識為本，加以明淨的感情與清澈的理智，調和成功的一種
人生觀」。這是現代閒適觀的根本，它杜絕那些走入下流的過度頹
廢，專心於個人的內面的修養。至此周作人規定的「志」是現代人的
志，也仍有一個「道」，即現代的科學思想，如此，方能成為現代的
愛智者。早期即提倡靈肉一致、有著清醒的人道主義精神的周作人為
小品文規範了人情物理的深刻內涵，也即明智的人生觀。他曾引蔣子
瀟《游藝錄》中關於「文以載道」的一段話，「夫文以載道，而道不
可見。於日常飲食見之，就人情物理之變幻處閱歷揣摩」，接著他發
揮為現代的人情物理：「以科學常識為本，加上明淨的感情與清澈韻
理智，調合成功的一種人生觀，以此為志，言志固佳，以此為道，載
道亦復何礙。」[30]用於世又一本正經，周作人的所謂凡人與庸人形象
實際上是清平的明智者身形，這種智者非先知或聖人，也非唯科學或
唯方法理論是尊的所謂通人，只是明白常理，通達人情，敘事抒情不
悖於科學常識與現代思想。看重傳統淵源的周作人持有健全的歷史意
識，他看到了現代人文意識在小品文中的投射，而古人即使能出色地

---

29 〔德〕馬克斯・韋伯：《學術與政治》（北京市：生活・讀書・新知三聯書店，1998
　　年），頁48。

30 周作人：《中國新文學大系・散文一集》〈導言〉，《周作人集外文》下（海口市：海
　　南國際新聞出版中心，1995年），頁423。

敘事物抒情緒，但在今天的人們眼中，「其涉及人生觀處則悉失敗
也」，其原因就在於雖有了儒道二家，卻沒有「唯物的科學思想」。

　　人情物理說並不只關乎散文內容，與林語堂的近情說也有區別，
儘管玩世與享樂主義多反抗正統對情的壓抑，但周氏在強調晚明人對
於禮法的反動時，有意忽視了他們享樂主義和顛狂自任的放縱形態。
他對散文現代性的要求，最強調以科學的人生觀打底的生活及趣味。
很少針對幽默發表意見的周作人在批評「上海氣」時，認為人們對
「幽默」的一般看法實際上是不確的，「幽默」並不是無條件的，它
之所以不是那種「過了度的」，也就是惡俗的「上海氣之流亞」，是因
為「一有藝術的趣味，二有科學的了解，三有道德的節制」，「幽默在
現代文章上只是一種分子，其他主要的成分還是在上邊所說的三項條
件。我想，這大概就從藝術的趣味與道德的節制出來的，因為幽默是
不肯說得過度，也是 Sophrosune——我想就譯為『中庸』的表現」，[31]
它們決定了散文裡酒後茶餘的談笑、花草蟲魚的閒話甚至為道學先生
所不恥的猥褻話等的現代內涵和格調。論語派作家誇示著晚明文人的
個性與性靈的解脫，卻未將頹喪之季的放任不檢、個性的狂妄與墮入
感官享受的流俗一併取來，歸根結底，還是為現代的理性與風致所制
約，顯示出現代文人的思想要求，所謂現代散文受西洋影響更大的根
據就體現在這一「現代化的痕跡」。因此，五四以後的人的覺醒，不
僅僅是晚明「適我情性」的個性解放思潮的原地重複，而是在一個全
新歷史基點上的超越，這也是朱自清所說的，雖然「小品散文的體
制，舊來的散文學裡也盡有；只精神面目，頗不相同罷了」。[32]

　　規定了人情物理所應有的現代意識，現代知識分子即便在閒適性

---

31 周作人：〈上海氣〉，《周作人文選》第一卷（廣州市：廣州出版社，1995年），頁
　 478。

32 朱自清：〈背影·序〉，《朱自清散文全編》（杭州市：浙江文藝出版社，1995年），
　 頁30。

散文中，也隱含著現代的啟蒙意識，尤其在日常生活經驗的展示、在身邊瑣事的抒寫中，也表現出對話語深度模式的追求。胡適當年在《五十年來中國之文學》中稱讚的「用平淡的談話，包藏著深刻的意味」，也即說明了小品文對思想深度的追求，具體體現在，題材看似與現實和時事無關，卻仍保持對生活的批判性的距離感；態度雖然沖淡閒適，卻因為有了尖銳的思想鋒芒，而不違背「我愛紳士的態度與流氓的精神」的宣言。比如，林語堂從來不認為小品文的內容可以與現實人生無涉，他反覆號召，只有觀察現實，才能發現真正的幽默。儘管論語派散文的創作傾向與其理論設定還有著一定的距離，但按林語堂的「以閒適為格調」的要求，「小者須含有意思，合乎『深入淺出』『由邇及遠』之義，由小小題目，談入人生精義，或寫出魂靈深處。近間市上所謂流行小品，談花弄草，品茶敘酒，是狹義的小品，使讀者毫無所得，不取。無論大小，以談得出味道來為準」，[33]又反覆強調「開卷有益，掩卷有味」。要讓讀者有所得，即便是閒談也不能不含有知識者的啟蒙寓意，這按周作人的說法，就是在消遣的同時傳了道或聞了道，或實踐著「藝術的載道」。當然，關鍵是這個「道」必是在自我言志的體系內。

論語派作家放棄不了啟蒙的潛在欲望，這一點，還可以用邵洵美對林語堂的幽默文章及對前期《論語》風格的批評作為反證。邵洵美說：《論語》「每篇小文章，總喜歡要含有大意義。所以《論語》雖然一再說明『幽默』的態度，但是即連林語堂也不少所謂『譎辭飾說，抑止昏暴』的文字，無心中自擬於淳于、宋玉之輩，大有愛國不敢後人的樣子」。「因為處處要『微言大義』，於是範圍便顯得狹窄，而群患『幽默』之不得長久了。」[34]研究者每每以此斷定《論語》講幽默

33 《我們的希望》，《人間世》第22期（1935年2月）。

34 邵洵美：〈幽默的來蹤與去跡〉，《論語》第96期。

就是為了避免諷刺引來災禍，但邵洵美譏評論語派散文還不夠「幽默」，過於強調反映現實，卻也說明論語派刊物上仍然以諷刺居多。這還不是最重要的，重要的是，進行社會批評與文化批評，始終是自由主義文人們雖然在左與右之間頗感為難、在入世與出世間矛盾重重，卻最終沒有放棄的方向，無論是幽默還是婉而多諷。在此意義上，周作人才能夠嚴肅地說：「文學是不革命，然而根本是反抗的」，自己的文章或打油詩，即使有俳味，也意在正經。周作人、林語堂看重陶淵明的閒適，其實是以陶淵明自況，因為在魏晉時代陶淵明是寂寞的、不被理解的，而論語派作家的思想，同樣可能不被激進的青年們所明瞭。儘管在周作人的漸近自然中已有陶淵明思想影蹤，在俞平伯的散文裡依稀可辨六朝文人的出世氣息，在幽默閒適論中隱約可見儒家的性情涵養與道家的超然智慧，但論語派作家畢竟生活在現代的時空，他們的思想軌跡與現代性的追求相通，如果他們的散文與魏晉時期、與晚明時期那種末世的狂歡和頹廢有不同的話，那是因為現代的土壤裡已經有了不同的養分，生長的季候也不一樣，自然很難結出與從前一樣的果子來。論語派散文理論對作為主體進行的設計與要求，與五四文學對人的現代化的追求方向一致，周作人所說的「偉大的捕風」，便是為散文主體規範了應有的「疾虛妄」和「愛智者」的人格取向。

對散文主體的調整，還可以從另一個層面進行認識。淡化理想主義色彩和衝動，從救濟蒼生的精英心態回歸於生活中的常人心態，從英雄和佈道者的形象轉化為日常生活中的凡人和庸人，這種與主體人生哲學的調整有關的轉換並不是孤立的，它獲得了現代社會俗世化進程的支撐。西方學術界認為世俗化意味著一種科學理性的精神，而不是宗教迷狂式的權威崇拜和「克里斯瑪」情結，它還以一種現世精神告別了宗教式的來世追求和信仰。近代市民社會的壯大，傳統的士階層日益平民化，道德力的控制弱化，現世享樂主義的湧動都在背景上

支持著英雄心態的消解。資本主義文化發展中，以廣大中產階級和市民階層為對象的文藝發展傾向日益明確，閒適格調對日常生活忙亂心態的調劑需求，使閒適小品文借助現代社會的俗世化過程獲得了一席之地。現代的平民立場使小品文即使尚有傳統士人的雅，這種雅也具有了俗世的品質，它以近情、平淡、自然吻合了現代人的心態與要求。當論語人對晚明小品文的興趣勝過對六朝小品的關注時，可以說明晚明時期資本主義的萌芽、近代化的社會進程、市民階層的壯大已傳達出文學從貴族化向平民化轉向的趨勢，六朝小品的玄學品格則並不與此趨勢相符，因此我們會發現，即使崇尚六朝文章，周作人也更欣賞在玄學之外的陶淵明、顏之推的詩文裡的平實。五四後，散文能夠成為當時最有成就的文類，表明卸下載道重負的小品文真正成為了一種承載日常生活與人情物理的文體，身邊瑣事和個人情感的抒寫為小品文的繁榮贏得了廣闊的空間。

　　耳目之內，日用起居，將個人的經驗和情感提高到最重要的地位。即使單憑對日常人生的關注，論語派的理論家們也促使人們承認了個人瑣碎的欲望、內心的細枝末節作為散文內容的合法地位。如果結合近代「現實主義」的藝術觀念，那麼在散文題材內容上的變化與確定，也可說是與那以人為本、以細節真實為底、以日常生活風俗為對象的所謂現實主義潮流相合拍的。林語堂強調「真」，於是貼近物態人情，在日用起居和身邊現實中也能引發審美興趣，不論是心儀晚明小品文，還是傾向於西洋雜誌文的平民趣味和世俗傾向，都反覆提倡「暢談人生」、「文必近情」的主旨。林語堂對散文主體的要求，實際上是對周作人所設計的帶著歷史智慧和新文明觀的智者的補充。他要求言志主體是一個溫和、有個性、閃爍著心靈智慧的友人和普通人形象。〈論幽默〉等文章裡說：「我所取孔子，倒不是他的莪莪如也，而是他燕居時之恂恂如也……我所愛的是失敗時幽默的孔子，是不願做匏瓜繫而不食的孔子，不是成功時年少氣盛殺少正卯的孔子。」在現代西洋

雜誌文裡，占主導地位的是普通人的日常感興，很少教訓意味的高頭典章，即使是議論文字也往往帶有自然、活潑的個人性的奇特而美好性格。林語堂受到現代西方的雜誌文的啟示，西方雜誌文，是工業時代、商業時代、市民文化的產物，在崇高與悲劇性的深刻與衝突日漸被放逐的同時，大眾對於喜劇性與閒暇的要求也日益高漲。林語堂對幽默與閒適小品文的提倡、林氏刊物在當時的大上海一紙風行，與這一社會文化背景的暗示和特定的環境密切相關。以他個人的散文來看，他的閒適之氣也是傳統士大夫文人情趣與現代人追求現世享樂的結合體，比如他在〈言志篇〉中傳達出的那種閒適，並非傳統雅士的超凡脫俗，而寄託的是現代中產階級忙中取閒以及現代人將工作與生活享樂相結合的樂趣，「文章可幽默，作事須認真」一向是林語堂的工作準則，也是他為商業時代的市民知識分子所進行的精神塑形。

第三節　反修辭與「平淡的談話」

論語派對散文美學的建構首先體現了一種反修辭的寫作精神。如果考慮到「散文本身的定義就差不多是演講和歷史……有意識地，指示性的使真理更有力」[35]時，這種反修辭精神在充滿革命鼓動與狂歡的二十世紀裡顯得格外特殊，也格外沉重。修辭話語的範圍在亞里士多德時代主要有五大基本主題：財政、戰爭與和平、國家的防衛、進口與出口，以及立法，其典型的情景是關乎正義和非正義的「法庭演講」、道德的和知識的、現實的和精神的「宣講」、「訓誡」，其使用者為鼓動者、政治演說者、擁護者、佈道者、宗教上的狂熱者，甚至是江湖騙子和救星，於是上述的修辭話語便體現出「裝腔作勢的語言；

---

35 〔美〕唐納德・C・布賴恩特：〈修辭學：功能與範圍〉，《當代西方修辭學：演講與話語批評》（北京市：中國社會科學出版社，1998年），頁84。

夸夸其談空洞無物的語言；為掩蓋意義而弄虛作假的語言；詭辯語言；文字修飾及修辭格的研究……」等等特點，以適應一種集體心理或操縱公眾的思想。[36]

　　周作人對那些高不可攀的「古文」的否定，並非要在文學寫作中放棄語句的修飾，他曾在《漢文學的傳統》中認為白話文詞彙少、欠豐富，句法也易陷於單調，因此「並不要禁忌什麼字句」，「至於駢偶倒不妨設法利用」。但是他對「修辭」的政治卻有深刻的認識。在現代語言理論中，語言不僅是工具類的中介，它還決定著人的思維方式與行為方式。古文的樣態與宗法式的生活倫理相匹配，與「現代」的生活倫理和價值觀念則嚴重抵牾，現代平易自由的思想不應再以古典的嚴肅的方式來表達。以個性表現為宗旨，以普通人、凡人為主體，以邊緣為立足點，就必然要有與之相應的語言方式。為聖賢立言的制藝文字，既是思想上的自我萎縮與個性闕如，在表達方式上印上了與其僵硬的思想相配合的文章的程式化，及與其內容的空洞相應的格調氣勢的做作印跡。「詔檄露布等的口氣」讓人感到「迫壓與恐怖」，「切忌勿作論」，則是周作人在讀宋人文章時得出的結論，那種厭惡感其實也首先來自他對語言的感受：「……對於宋學卻起了反感，覺得這麼度量褊窄，性情苛刻，就是真道學也有何可貴。」與之相比，他欣賞周秦文以至漢文的「華實兼具，態度也安詳沉著，沒有那種奔競躁進氣」。[37]他反省自己曾作的罵人文章與吵架文章，也從語言的表現入手：「我覺得與人家打架的時候，不管是動手動口或是動筆，都容易現出自己的醜態來，如不是卑怯下劣，至少有一副野蠻神氣。」[38]

36　〔美〕唐納德‧C‧布賴恩特：〈修辭學：功能與範圍〉，《當代西方修辭學：演講與話語批評》（北京市：中國社會科學出版社，1998年），頁82。

37　周作人：《苦口甘口》〈我的雜學〉，《周作人文選》第三卷（廣州市：廣州出版社，1995年），頁490。

38　周作人：〈關於寫文章〉，《周作人文選》第二卷（廣州市：廣州出版社，1995年），頁244。

去除籠罩著周遭現實的酷戾之氣和思想界批評界一股子霸道氣及躁競心態，叛徒氣流氓氣的根柢是思想的深刻與敏銳，而不是表面的野蠻氣，在這個層面包含對權威、霸氣、狂熱心、態和極端道德論的蔑視。生產話語暴力者的環境是狂熱與權威崇拜、英雄崇拜，講臺是演說家、導師、佈道的牧師、全知全能的教主的用武之地，站上去後人就失去了他的本來面目和心態，種種居高臨下的姿態往往扮演著宗教裁判家、道德輿論家和權威訓誡者的角色，有著不可一世的唯我獨尊的面目。周作人因此將孟子辭距楊墨、韓退之闢佛等被人傳作千古美談的形象搬出來作為範例，指出所謂演說家氣質，往往以一道德罪名將別人罵倒，憑的不是情理甚至不是自身的邏輯力量，而是非凡的懾服人的氣勢，是命令、號召，是霸氣、英氣：「這事須得靠英氣，而有英氣便會太快意太盡，有如講臺上嗔目頓足大聲疾呼，一時博得掌聲如雷，但實在毛病甚多「禁不得日後有人細心推敲也。」提出來的意圖是「借作藥渣，對治我們自己的病」。[39]直到晚年周作人仍反覆說明雜文應去除講臺氣、演說家的架子，保持家常面孔才好。周作人對於精英與道德文章的功利心態有著過於沉重的反思，身懷沉重的道德使命感和挽頹風的文化復興重任的儒士最長於以「危苦激切」口吻做文章，這種表達方式自然要首先被清除出去。他對孟子的霸氣、韓愈的盛氣中的蠻與悍與對桐城派那自命為衛道者的裝腔作勢、搔首弄姿更是深惡痛絕。

　　憂憤深廣者如魯迅，同樣也向傳統尋找著語言上的資源。他的文章既具有魏晉人那種華麗壯大通脫、「師心」、「使氣」的格調，又是司馬遷「不平則鳴」發憤著書精神的一脈相承。值得注意的是，向來唐宋八大家中韓愈、柳宗元論文宗旨中，皆強調取法西漢文章之壯麗恢奇，也都不循常規時俗而力求獨創自家新異，人們將其創作思想與

39 周作人：〈談孟子的罵人〉，《周作人集外文》下（海口市：海南國際新聞出版中心，1995年），頁500。

審美理想之交合點，簡要地概括為「遷、雄之氣格」，它具有一種以
奇崛超越平常和中庸的品格。在中國文學史上，重此「氣」者，發此
聲者，往往都是壯懷激烈、關懷「世道人心」、極富進取與抗爭精神
的人。[40]那麼將魯迅放在這條中國文學中最重要的、有著鮮明主體意
識的「不平則鳴」的鏈條上不是十分自然的麼？魯迅曾自認作文常不
免有「氣急呲隁」[41]的時候，尤其「每遭壓迫時，則更粗獷易怒」[42]，
這正是書寫胸中不平之氣的最好自白。魯迅後期雜文更加從容不迫，
是火候已到，有風骨有氣韻的結晶。此時的周作人則將自己放在陶淵
明、顏之推溫潤平和、文詞淵雅的傳統鏈條上，他推崇把「記述各人
的談話，寫日常平凡的事情」以求「軒軒笑語，殆移我情者是也」
（《秉燭談》〈浮世風呂〉）的平淡自然和顏之推所主張的「去泰去甚」
的平實相結合；加上他更早些時候所提出的散文應有簡約、朦朧、有
澀味、餘味曲包、可令人回味與咀嚼等美學趣味，以及「這所謂趣味
裡包含著好些東西，如雅，拙，樸，澀，重厚，清朗，通達，中庸，
有別擇」的趣味說，已經明確地將現代的閒適性散文與魯迅風式論戰
式雜文在思維方式與表現方式上加以了區別。正如陳平原所說，「魯
迅追求的是反抗與獨立。博識儒雅的周作人，則更傾向於思想通達性
情溫潤的陶淵明」，「師心使氣」與「把酒賞菊」是周氏兄弟不同的思
想傳統與相異的語言歸宿，其分歧之大是值得細加考究的。[43]

　　語言及文體的問題還與現代自由主義知識分子講求個性、自我與

---

40 參見韓經太：《理學文化與文學思潮》第一章（北京市：中華書局，1997年）。

41 參見曹聚仁：〈小品散文的新氣息〉，《文壇五十年》（上海市：東方出版中心，1997
　　年），頁363。

42 魯迅：〈致林語堂〉（1934年5月4日），《魯迅全集》第十二卷（北京市：人民文學出
　　版社，1981年），頁401。

43 論及周氏兄弟的文章資源，可參考陳平原：〈現代中國的「魏晉風度」與「六朝散
　　文」〉，文章將周氏兄弟的文章趣味概括為「師心使氣」與「把酒賞菊」。參見《中
　　國現代學術之建立》（北京市：北京大學出版社，1998年）。

寬容的思想密切相關。在某種程度上林語堂身上的浪漫派叛逆氣質與所謂「生於草莽、死於草莽」的自我描繪顯然更多些單純、固執與真率，對幽默和對小品文筆調的提倡，都是他認識到個性伸展的重要意義的結果。正是因為每個人都應有自己的個性伸展的方向，他所提出的「個人筆調說」實際上否定了將文風固定為某一種格調的結論，無論是「以閒適為格調」，或周作人式的平和沖淡筆調，還是西方的隨筆傳統或小品文的幽默姿態，都是以自我的完全表現為要求的，只要是表現真實個性，那麼這種表現本身就有了意義。可以說，幽默與閒適小品文的外延與內涵都具有廣闊而非狹窄的意義。這決定了論語派及相關的散文作家們個性的多樣化。即使是在周作人影響的覆蓋圈裡，論語派作家的筆調面目也各有不同。劉半農說：「看我的文章，也就同我對面談天一樣：我談天時喜歡信口直說，全無隱飾，我文章中也是如此；我談天時喜歡開玩笑，我文章中也是如此；我談天時往往要動感情，甚而至於動過度的感情，我文章中也是如此。」[44]而俞平伯一改二十年代散文的繁縟穠麗，三十年代小品文有六朝玄風的簡約古奧，又有晚明小品文的奇僻深秀，特別喜愛嘗試純文言小品，當然也時有文白雜糅的小章。林語堂欣賞莊子的豪氣與天馬行空，尼采、李贄、金聖歎的狂態，袁中郎的風流自適，於是他的散文中也追慕起搖曳多姿的性靈才氣。只是，就作家個人的選擇來說，在總體上憤世嫉俗者化作婉而多諷和謔而不虐，更接近中國喜劇傳統中的談言微中，或史筆中的春秋筆法，或委婉富於溫情與幽默的語調。如此種種，都在平易的談話風文體的範圍內，而魯迅式的奇崛意境在論語派作家中就比較少見。

　　語言問題其實是與身分角色問題緊密聯繫的。周作人以「政教統一時代」和「頹廢時代」來看言志與載道的變化，發現了語言或話語

---

44 劉半農：〈半農雜文自序〉（北平市：星雲堂書店，1934年）。

的變遷與不同的文化時期思想和社會狀況的緊密關係。林語堂對於這一問題也有相當自覺的認識，他最讚美中國春秋戰國時代和希臘時代，因為那是百家爭鳴、處士橫議的時代，也就是談話小品文產生的時代。文化思想一統則意味著與獨白的話語「一道同風」，而對話或眾聲喧嘩則往往與社會處在大轉型的背景相關聯。二十年代廚川白村關於談話風的一段文字風行一時，為現代散文家們頻頻徵引，周作人的言志說與林語堂的小品文筆調，嚮往的是江邊清茶與爐邊庸人的閒談氛圍與「身邊只有知心友，兩旁俱無礙目人」的絮語環境。娓語筆調總體上都是對所謂板面孔文學，也即對教訓式文學的牴牾而對對話式氛圍的嚮往。「一長篇闊論，冠冕堂皇，然其朝貴氣早就令人討厭。猶如貴婦脂粉氣太濃叫人不好親近。談話卻如見淡抹素服的小家碧玉」，[45]論語派對談話風散文一往情深，與傳道為業的權威面孔的分別正可以在這裡體現出來，於是陳叔華說：「理想的文學，應該是一種紙上談話」[46]，陳煉青〈論個人筆調的小品文〉則將「我國小品文之不發達，佳者幾寥寥無幾」的原因歸於中國人沒有娓娓清言的環境和機會，[47]姚穎〈談閒話〉嚮往閒話時的悠然自得和虛懷若谷的情趣，林疑今譯〈小品文作法論〉闡述著同樣的意思。談話，有一種溫和的眾聲喧嘩的性質，它往往與平等的氣象、寬容開明的氛圍分不開，表明身處文化專制時代的自由思想者們潛藏著對「對話」可能產生的抑止專制與蠻橫的作用的傾心。談話風文體因而寄託了論語派的人生理想、文學理想甚至政治理想。

　　散文文體的自覺是以審美意義上帶風骨與力美的雜文和沖淡閒適的小品文的同步發展為標誌的。以上種種分歧實際上表明小品文與魯迅式雜文兩種思維方式上的難以調和。卸下載道面目的小品文轉向個

45　林語堂：〈論談話〉，《人間世》第2期（1934年4月）。

46　陳叔華：〈娓語體小品文釋例──小大辨〉，《人間世》第28期（1935年5月）。

47　陳煉青：〈論個人筆調的小品文〉，《人間世》第20期（1935年1月）。

人性的閒適筆調，也為散文自身的發展機制所決定。從近代報刊業的
發展來說，近情親切的文筆正迎合了它的需要。現代小品文既要適應
現代社會民主化、平民化的發展趨勢，那麼「一粒沙裡看世界，半瓣
花上說人情」的智者與友人的形象，與文章家韓愈式高頭講章的浩然
之氣，道學先生的冬烘氣，秀才文士的酸腐氣比較，前者更以平易姿
態動人。小品文須以個人筆調，即自我表現和言志為最高宗旨，以現
代人文思想支撐起散文主體的內在精神，以對日常生活的關注為內
容，以平易近情的談話風為格調，這是論語派進行的散文理論建構。
三十年代的散文發展與這樣的理論建設和理論總結是分不開的。

第四章
審美情感的價值重構

　　二十世紀開始，中國知識分子在現代性追求中，遭遇了中西思想價值理念的緊張所帶來的分裂。對審美化的個體自由人生的追求便是這種分裂的結果，它以現代主義審美主義精神對政治經濟制度的現代化過程進行了持續的對抗。從王國維、蔡元培、梁漱溟到宗白華，審美的人生態度和藝術代替宗教的訴求一直是中國現代審美主義思潮的基調。儘管這一思潮的攻擊力在強勢的現代性追求中顯得十分有限，但它不絕如縷，並在文學思潮中得到應和與迴響。林語堂晚年的自傳《從異教徒到基督徒》中曾這樣說：「我最關心生命的理想及人類的品性。」[1]就所謂理想與品性而言，現代自由主義文學流派大抵都表現出程度不同的文學審美烏托邦情懷，論語派文人的幽默和閒適，在日常生活中處處烙上鮮明的泛藝術化痕跡，以東方式審美主義重構了自己的人生歸屬和藝術選擇。就他們提出的「幽默和閒適」，人們一般從散文文體、語言、題材等方面進行評價，但是從美學的價值評價和審美追求來看，幽默和閒適應不僅僅體現為一種文學風格（即「文調」、「筆調」）的要求，而是與作家們的人生態度、審美理想緊密聯繫在一起，前者如果是「用」，後者便是「體」。或者可以說，論語派作為現代文學史上一個具有相當文化特色的流派的意義的發掘，有賴於對其「體」的內在性作進一步揭示。

1　林語堂：〈從異教徒到基督徒〉，《林語堂名著全集》第十卷（長春市：東北師範大學出版社，1994年），頁86。

第一節　焦慮與反思

　　目標閒適而追求平淡自然的人生境地，首先源自對整個近現代社會思想界與文學界充滿焦躁與急切空氣的反省。[2]當「國家主義者」、「熱狂的宗教家，風化禮教家，武力統一家，公理維持家」熙熙攘攘充斥於市時，周作人大抵是「很警畏的」，[3]在他看來，「像現今盛行的各色新運動，大都充滿著輕躁、浮薄和虛假，這正是與堅忍相反的病，也只有相反的堅忍的一味苦藥才能醫得他好」；[4]林語堂〈今文八弊〉中則憧憬著：「我想文化之極峰沒有什麼，就是使人生達到水連天碧一切調和境地而已。我生不逢辰，處此擾攘之秋，目所睹是狼藉之象，耳所聞是噪囂之音，想國事至於此極，我同胞的心靈已經混亂了，柔腸已經粉碎了。神志已失其平衡，遂時時有顛倒夢囈之言，躁暴狂悖之行。」這種反省在今天看來還有它的前瞻性意義。但林語堂的文化憧憬看來並未化作現實，二十世紀末和新世紀之初，盤點中國文化或中國文學精神時，有研究者仍舊如林語堂一樣，痛心疾首於二十世紀中國文化與文學中存在「對『暴力』的迷戀，或曰撒旦主義」[5]的傾向。

　　這種焦躁與峻急的空氣，隨著國民黨的黨治訓政的開始，隨著民

2　朱曉進認為：「三〇年代的文學在審美風格上有一種對粗疏之美，力度之美的追求。」「這種追求力度甚至崇尚粗疏而忽略精、雅的文學追求，在三〇年代的確成了一種文學風尚。」〈從30年代對文學傳統的反思看兩種不同的文學思路〉，王風等編：《重回現場：五四與中國現當代文學》（北京市：北京大學出版社，2014年），頁81。

3　周作人：〈黴菌與瘋子〉，《周作人集外文》下（海口市：海南國際新聞出版中心，1995年），頁111。

4　周作人：〈英雄崇拜〉，《周作人集外文》下（海口市：海南國際新聞出版中心，1995年），頁446。

5　李潔非：〈對「暴力」的迷戀，或曰撒旦主義——20世紀文學精神一瞥〉，《文學評論》2001年第1期。

族危機的出現而變得愈加濃厚。國民黨一九三四年開始「新生活運動」，打著復興中國文化與民族現代化的旗幟，蔣介石提倡忠孝廉恥，紀律整肅，文化上封建復古，政治軍事上則以日、德、義等法西斯國家一統思想的極權主義為榜樣。文化政治的專制與整個社會在國難陰影籠罩下的陰鬱之氣相絞結，政壇上下褊窄與苛酷的指責，政治家互相推諉、欲卸亡國之責於清流，被俞平伯譏為「民生三主義，國難一名詞」的畸形政治愈演愈烈。文壇開始出現的普遍情形是以明季的政治暴虐作象喻，歷史循環論雖已為現代人的歷史進化意識所替代，卻似乎擋不住作家們末世之感，從國難當頭聯想到明末的亡國景象，從文化專制的酷戾聯想到明末的政治暴虐，從現代士風想像到明末各種士子行徑，三十年代讓知識分子們對明末社會開始產生強烈的重新認識的欲望，古今兩個時代在精神氣質上的相通也使「借古諷今」幾乎成了文人發言的一種基調。士子文人一旦發現個人對政治文化狀態有一種無力感，便會基於「士文化」的要求而展開各種論爭，論爭者又往往站在各自的立場上，對其他「士」之處世方式與心態進行重新認識與評價。在三十年代知識分子的論爭中，包括對五四種種「黴菌」的反省，更不乏律己責人的聲音。

　　由於周作人越來越明顯地讓人聯想起「帶氣負性」的古之隱士，左翼批評家阿英開始在《夜航集》裡說隱逸，縱談明末山人文學，且以明季士子暗諷周作人及論語派作家；郁達夫卻以「避嫌逃故里，裝病過新秋」，來呼應古名士的政治怨恨；而魯迅早在二十年代就提到過明季的殘酷，發出「偶看明末野史，覺現在的士大夫和那時之相像，真令人不得不驚」的憤慨。[6]其他援引歷史上的文人處世方式來規訓或警示今人者更比比皆是：吳宓有典型的儒士風範，他對士子人

6　魯迅：〈致鄭振鐸〉，《魯迅全集》第十三卷（北京市：人民文學出版社，1981年），頁11。

格的要求是「竊以今日中國之時勢比擬明末，則我輩文人所以自處之途徑：（一）上應學顧亭林，為正面之奮鬥；（二）下則效吳梅村，為旁觀之悲歡」，[7]這是一個新人文主義者的道德立場；周作人恍惚於自己是明末什麼社裡的一個人，「手拿不動竹竿的文人只好避難到藝術世界裡去」成為論語派以及一批自由派作家游離於左右翼文學之間、發出愈來愈重的隱逸氣的理由；以直面現實為精神特徵的魯迅等一批革命的左翼文化人發出「酷的教育，使人們見酷而不再覺其酷」，「所以又會踏著殘酷前進」[8]的激昂聲音。不同陣營的對峙與苛責，傳達出知識分子在艱難時世裡反省的酷烈與精神的極端困惑。

　　無論是五四浮躁凌厲的精神，還是三十年代知識界普遍的對國事的哀感和失望，其根由都只有一個，即現代知識分子追求民族國家現代化的焦慮。處在一個政治獨裁、文化專制、軍事外交上失敗的時代，固屬不幸也不得不然，一向以「道」自任、富於精英意識的知識階層普遍的反應與諷喻，「氣急敗壞」與「心焦氣躁」的各種爭執，知識者的一次次自我反省與自我貶抑，種種「士風」對現狀不由自主的反應，酷烈的政治環境造成的精神畸變，也一同參與營造著那樣一個苛刻矗利的時代氛圍。左翼文學批評中業已流行密集的政治批評術語和教條詞句，甚至批評話語中隱含不容冒犯的霸氣，也不是不可以視作政治文化結下的病態果實；政治的力量強大到滲入人們的日常生活的各個方面，充分意識到自我和個性的人不能不感到國家政治等公共生活的壓迫。在追逐和迷信著民族的現代化和文學現代化進程中一波波的新湖湧動，文壇上掀起的一次次論戰，是普遍的時代焦慮的體現。如何救治，卻是各有想法，周作人在藥方裡開出一味堅忍的帶著憂鬱與苦澀的「閒適」，林語堂的幽默和近情說，朱光潛的「靜穆」

7　吳宓：〈二十四年我的愛讀書〉，《宇宙風》第8號（1936年1月）。

8　魯迅：〈偶成〉，《魯迅全集》第四卷（北京市：人民文學出版社，1981年），頁584、585。

論、遊戲說，宗白華的美學「藝境」，甚至沈從文欲建構一個供奉人性的小廟，都不僅僅限於一種文學理論主張，均可在這一意義上重新認識其內涵。

　　審美烏托邦者往往把文化理想的重建放在人的「內面」建設上，在重建中國現代文化、改造國民性、尋求政治和社會制度的合理性方面，自由主義知識分子並非保守主義者，他們面對「中國之現實實如鬼話國中之阿鼻地獄也」時充滿憤慨，也充分了解中國國民性改造的艱難與必要，在總體上認同五四以後的激進主義思路，但這不表明他們認同三十年代不同的政治群體發展出的直接社會制度的顛覆與變革主題，以暴易暴的方式從來不為看重審美情感建設的自由知識分子所取。一九二二年，周作人在〈詩人席烈的百年忌〉中比較席烈（雪萊）與拜倫時就說：「拜倫的革命，是破壞的，目的在除去妨礙一己自由的實際的障害，席烈是建設的，在提示適合理性的想像的社會……席烈心中最大的熱情即在消除人生的苦惡……但是他雖具這樣熱烈的情熱，因其天性與學說的影響，並不直接去政治的運動，卻把他的精力都注在文藝上面。」後又抄譯了一段《解放的普洛美透思》序中的話：「或若以為我將我的詩篇志作直接鼓吹改革之用，或將他看作含著一種人生理論的整齊的系統，那都是錯誤的。教訓詩是我們所嫌惡的東西；……我的目的只在使……讀者的精煉的想像略與有道德價值的美的理想相接；知道非等到人心能夠愛，能夠感服，信託，希望以及忍耐，道德行為的理論只是撒在人生大路上的種子，無知覺的行人將把他們踏成塵土，雖然他們會結他的幸福的果實。」這種以審美取代政治革命，以尋求人類個體內心解放為重心的途徑，代表了許多知識分子對政治厭倦後的人生理想。最厭惡政治的老舍對於現代政治帶來的功利主義熱狂，情緒的嘲諷，幾乎成了他早期創作中無可避諱的傾向。對學生學潮的諷刺已多，在《貓城記》中更不客氣地將政黨一律稱作「哄」，喻其毫無理性與價值。另一部小說《新愛彌

爾》則以反諷語調描繪了從小培養「革命戰士」的過程：「說真的，在革命的行為與思想上，精神實在勝於邏輯。我真喜歡聽愛彌兒的說話，才六七歲他就會四個字一句的說一大片悅耳的話，精煉整齊如同標語，愛彌兒說：『我們革命，打倒打倒，犧牲到底，走狗們呀，流血如河，淹死你們……』」，「這是一種把孩子的肉全剝掉，血全吸出來，而給他根本改造的辦法……只有這樣，我以為，才能造就出一個將來的戰士。這樣的戰士應當自幼兒便把快樂犧牲淨盡，把人性連根兒拔去。除了這樣，打算由教育而改善人類才真是做夢」。[9]老舍看來，「抽象名詞」與「標語」類政治狂熱話語一旦成為生活中的「日常言語」，幼小的心靈便被裝配上了殘忍而褊狹的樊籬，不會哭，不會笑，「吃飯」也是「革命」，這表明當時的老舍對政治與暴力革命的認識既有一般文人的片面膚淺的一面，但又是以文化視角和道德視角對人性生成的一種深刻洞察。這種看似誇張的描繪後來在「文革」期間便成了最普遍或人人認為理所當然的現象，二十世紀九十年代在《天涯》的雜誌上，即展示了大量「民間語文」，在當年一般人（包括青少年）的書信、日記甚至情書等隱私性文本中，充滿了人們耳熟能詳的流行政治話語，那正是畸形政治時代的產物。

標舉獨立的自我與心靈自由的人，總是把眼光從外在的政治變革和社會改造、從集團的壓迫與被限制的個體轉向個人智巧和人的內面發展，欲為新的個人價值危機尋找出口。這種個人價值危機，是二十年代暴躁凌厲時代結束後的產物，有一些知識分子在積極尋找新的突破口，另一些人則走向自我的內省一途。早在二十年代初期就在〈玩具〉中提出「仙人掌似的外粗厲而內腴潤的生活是我們唯一的路」的周作人，開始重新設置自己的精神世界，著手清除對外在社會改造的薔薇色理想；郁達夫從不是甘於閒適之人，但他尋找文學衰落的理

9　《文學》第7卷1號（1936年7月）。

由，卻開始改變他曾經一直強調的外在文字獄的壓迫或社會問題：
「其實當重壓之下，文學也何嘗不可以產生？……所以我以為自由不
自由，與文藝的興起，關係還不頂大；現代中國文學衰落的絕對理
由，卻是在一般人的沒有一個堅固的信念。」他認為「國民信念搖動
的空氣，不單是在東方一隅的現象」，而「叫囂，淺薄，橫暴，遊
移……人類智巧的日趨於纖弱」[10]正是普遍危機。這種看法顯然在論
語派文人中極為普遍，林語堂嚮往的「大國風度」而今「早失了心氣
和平事理通達的中國文化精神」，取而代之的是「各走極端，無理的
急進與無理的復古」[11]的局面，在他幽默理論中包含的寬容、靜觀、
同情乃至閒適，都無法不回到生命本身，要求生命從一切重負中獲得
自由，達到高度和諧；周劭此際受林語堂影響甚深，〈論風度與人
情〉以古人泱泱大國風度比照今人的講空論，少實踐，無蠻氣、富媚
骨，東家給錢可以對付西家，作事可以無中生有，也可以推波助瀾，
發財登龍心切，則賣野人頭，互相標榜，或拉作招牌，叫囂胡鬧，於
是大國之風盡失等等現象，並解釋「其實懷古和復古不同，我懷的是
古人的心情和風度，決不是峨冠博帶，行動遲緩的古人」（〈春天的虎
丘道上〉），思慕古人不過是借此表達對理想人情風度的嚮往；對現代
生活中日漸消失，的「大量，義氣，慷慨」等道德古風人性光景的依
戀之情在老舍的某些小說裡往往是最有魅力的篇章。在他們眼裡，固
有的國民性病根與西方精神文化帶來的價值失衡，使現代文化在舊病
上又添了新疾。

　　把閒適與幽默看做救治之良方的論語派文人，在個人氣質、相對
溫和的生活態度與宗教情懷方面很有些相似。在老舍對成長過程的回
憶中，有著對宗月大師的深情，印有基督教文化韻深刻影響，他那種

---

10 郁達夫：〈文壇的低氣壓〉，《郁達夫文論集》（杭州市：浙江文藝出版社，1985年）。
11 林語堂：〈臨別贈言〉，《宇宙風》第25期（1936年9月）。

欲以愛、同情、寬容來接納這個並不完美的世界的「笑的哲人」態
度，在論語派中顯然為數還不少，他們溫和超脫與心靈調適的要求本
身就蘊含著類似宗教的情緒：出身鄉村牧師家庭的林語堂「是一個受
外國教育過度的中國主義者，反對道德因襲以及一切傳統的拘謹自由
人」（郁達夫語），從小即有一份達觀入世認真向上的清教徒性格，而
從不爭第一的思想彷彿成了其為人的準則，儘管他在生命後期才宣稱
皈依基督；豐子愷深受弘一法師的影響；俞平伯對佛教文化的喜愛滲
入了許多小品文中，考察佛經的文章與他清新的散文並存於文集之
中；大華烈士（簡又文）則有一個牧師的身分……三十年代他們中的
有些人或許稱不上真正的宗教信徒，但宗教情感卻可能在某種程度上
化解個人的不平和痛苦，而避開尋求過激的革命行動。

　　論語派作家的宗教情結還從一個側面提示，論語派在建構自己的
文化理想和人生理想時，西方文化的影響是深刻的。面對五四以後人
們對中國文化危機的焦慮，論語派作家開始了自己的重新思索。一方
面，深受西式教育的作家，一段國外求學經歷和生活體驗直接影響他
們對中國現代化理想狀態的構想，視野寬闊，在將英美世界與中國社
會進行對比時，潛伏著他們以西方的政體、國體和社會制度實現於中
國的願望；另一方面，他們卻又在相當程度上脫開了「從文化上根本
感覺不足」的自卑，高度看重中國文化的潛在能量和與西方文化的異
質性，尤其著重發現民族文化傳統中的「現代性」因素。兩方面的結
合形成這樣的心理局面，他們認同西方的啟蒙思想，對於理性主義、
人本主義與進步觀不僅未產生根本懷疑，而且在現代文學史中他們總
體上是出色的懷有啟蒙幻想的作家，他們期待以現代文明思想改造中
國社會現實，但他們同樣敏感到西方社會發展中無可解救的弊端，對
於中國現代化進程中的負面現象不能不產生某種疑慮，於是借助中國
文化調整他們反思現代化的思路。與其說是對現代化的反抗，毋寧說
本質上是另一種形態的啟蒙，最終仍以人的現代化為旨歸，這是他們

與在中體西化或物質精神上爭論不休、或欲復興中國儒家文化的文化
保守主義者的區別；當然也是他們終未成為對抗資本主義的「現代主
義詩人」的重要原因。在他們看來，人的內面世界的培養是人類所共
須的，也是現代化的必然要求。對於民族文化的自信心並不意味著他
們認可回到現代之前的社會文化形態中，某種向傳統回歸的趨勢也不
過是為了解決現代性三重「異化」的焦慮──在政治文化中人性的異
化、在西方文化面前「感覺不足」的自卑、在物質主義盛行時代智靈
的固弊。與其將閒適與幽默看做講求溫和寬容的自由思想者在激烈現
實鬥爭中退避的反應，不如視為他們面對奔躁競進的現代生活生出的
重重危機感與應對之策。確切地說，它來自對急功近利的現代化的反
思，來自對現代政治社會的低氣壓和越來越整肅的時代表情的反抗，
來自對粗鄙浮疏的機械時代「這十五年來中國文藝界已經有了顯著的
變動和相當的進步，就把我們這班當初努力於文藝革新的人，一擠擠
成了三代以上的古人，這是我們應當於慚愧之餘感覺到十二分的喜悅
與安慰的。」[12]劉半農自我定位的自覺，表明他對現代性一往無前的
時間觀的充分認可。錢玄同也曾以人到四十就該槍斃的著名戲言自
嘲，並自歎道：「我是一個中年的學究，新知識新思想，我雖然對它
垂涎十丈，可是我跟它分隔雲泥，它成日價滿天飛著，可恨我底腦殼
盡往上頂，壓根兒沒有碰著它……」[13]表達了意氣漸失及激烈心態隨
時間而發生微妙變化的某種落伍者心緒。儘管人們從不諱言這些五四
人身上存在傳統文人作派的投影，但彼時多少為他們前驅的面目所掩
蓋，一旦在新時代被目為落伍者，即成為顯性特徵，即使思想中含有
合理因子也會被看做逆流與毒素。

　　一旦將自己在文學潮流與時代潮流中的位置看清，也許就不再向

12　劉半農：《初期白話詩稿》〈序〉（北平市：星雲堂書店，1933年）。
13　錢玄同：〈廢話（廢話的廢話）〉，《語絲》第40期（1925年8月）。

文壇中心投以熱切的目光或勉力附和文學主流，儘管這其中仍不免有
些悻悻然。語絲時期，周作人尚在「樹蔭下閒坐」與「曬太陽」這二
者間自我檢視與徘徊，因為他同時承認褊急脾氣的人，生在中國這個
時代，實在難望能夠從容鎮靜地做出平和沖淡的文章來；林語堂的幽
默尚運息於神秘的不可言說的境界裡，而未走向人生的靜觀與超然。
那麼自二十年代末年齡境地的改變，被打入時代的另冊及與新興政治
和革命話語的難以溝通，有著傳統文化的深厚浸潤而當年為激烈凌厲
的五四潮流所抑制的許多精神輜重此時重現出來，原先處於萌芽狀的
也許已長成了繁枝茂葉，原先的猶豫與模糊則在滄桑備歷後變得透徹
清晰，在思想家頭腦中生根的悲觀主義與循環論的歷史觀往往得自時
間與現實教訓的賜予，與那些輕鬆地使用著新的詞彙迅速調整步伐去
適應時代主潮的新興一族產生嚴重隔膜應是不爭的事實，正如魯迅在
給林語堂的信中指出的：「先生所謂『杭育杭育派』，亦非必意在稿
費，因環境之異，而思想感覺，遂彼此不同，微詞育論，已不能
解。」[14]看來，兩人的話語已經在不同的頻道上了。對於林語堂這類
作家來說，要避免陷入失語症或「秋行春令」的錯位與尷尬，那麼確
定人生座標上的位置，完成一種新的人生姿態，調整出另一種精神空
間，擺脫文學沉重的倫理和道德重壓，摘下載道的面具，展示自我的
思想獨立，既是自為的，也是不得不然了。這些從《新青年》和《語
絲》一路走來的文人，不至於否決當年言行思想的激烈，但也願意享
受「漸趨純熟練達，宏毅堅實」、「正得秋而萬寶成」（林語堂〈秋天
的況味〉）的四十歲人生，願意享受自己作為歷史「中間物」的悲與
喜了。

---

14 魯迅：〈致林語堂〉，《魯迅全集》第十二卷（北京市：人民文學出版社，1981年），
　頁400。

第二節　閒適主義與幽默主義

　　力圖由幽默主義和閒適主義達到審美情感和人生哲學的價值重構，暗示了對於個體生命的豐富多樣性可能在追逐集體國家民族的現代化宏大敘事中湮沒與消失的隱憂。這種憂懼直接導源於中國的政治文化根性，從古至今，閒適即意味著與外在的道德承擔不同的方式來表現個體的存在，卸載了一切外在的道德負重，不管是傳統的還是現代的「宗法道德秩序」。「閒適」論者以閒適為自己提供了某種自由的想像，他們的目的在於重新定位人與社會與群體的關係。

　　周作人是現代「閒適」的始作俑者，中國隱士何其多也，以陶淵明為尊，顯然對於「隱逸」、「閒適」之品格自有別擇。我們應當注意到，周作人的隱逸並非始於二十年代末期，而是早在他仍然作著「浮躁凌厲」的雜文時，就時時地「不知怎地總是有點『隱逸』的」，這樣可以避免草率地得出一個簡單的結論，即認定周作人正與千百年間的中國儒士一樣，無法實現自己的政治抱負而身不由己地退隱江湖、獨善其身。如此便忽視了周作人的「隱逸」中的思想深度以及作出主動自由地選擇的行為方式。《後漢書》〈逸民傳〉序所述「隱」之義，是「不事王侯，高尚其事」，「或隱居以求其志，或迴避以全其道，或靜己以鎮其躁，或去危以圖其安，或垢俗以動其概，或疵物以激其清。然觀其甘心畎畝之中，憔悴江海之上，豈必親魚鳥樂林草哉，亦云性分所至而已」。但被譽為「古今隱逸詩人之宗」的陶淵明在他的時代卻與一般隱士相異，陳寅恪在討論陶淵明與魏晉清談的關係時，超出了一般史學家所謂田園詩人和隱士的定位，將陶淵明稱為大思想家，高度讚揚了其思想與行為不只是一般的歸隱，而是確立了自己的安身立命之所；李澤厚等在其美學史中並不認為陶是思想家，但充分地肯定了他在平凡的日常生活中超越的審美情懷與人生境界，「在對

人生解脫問題的探求上，陶淵明找到了他自己所特有的歸宿」；[15]當代海外學者葉嘉瑩則以馬斯洛的理論論證陶淵明的思想與創作達到了自我實現的最高層次。周作人在魏晉文人中唯獨推崇陶淵明和顏之推，以「漸近自然」作為人生的最高境界，無疑也想在現代確立一條與時代潮流有別的思想徑路。他的漸近自然，已不可能如陶淵明那樣真的「歸園田居」，與自然相親，他所說的「自然」，是一種向內在自我的回歸，也可以這樣理解，他認為自己從前曾經有過一段對自我的疏離，如今他寧願不要再做打架文章，尤其要刪減文章中的講臺氣、教訓氣、蠻與悍以及霸氣、英氣，因為那樣表現出的往往是扭曲而非真實的自我；他向世人推出明末公安派，但公安派的閒適雅趣固然遠離了儒家「溫柔敦厚」的詩教傳統，卻又未止於道家的超然圓滿和諧，而時時放達至於沉溺聲色，這在周作人看來，也是舊的文人雅士在人生觀上的失敗。以現代的科學思想和文明意識來建設自己的精神世界，便是立足日常人生，了解人情物理，避免中年的老朽和對色與利的汲汲迷悟，方使人的內在世界更加豐富。周作人對另一種思想、人格與生活態度的設計，是尋求「得體地活著」，作一個思想通達性情溫潤寬容同情的「愛智者」，這一點將自己放在了陶淵明以降一個思想傳統的鏈條上，並得到了同時代諸多自由派文人的尊崇。在這一思想鏈條上，一切並不取決於人是否以一種外在的實現方式證明自己的歷史使命感和責任感，而是將完美的道德人格的實現作為改造社會制度和人類生活等外在行為的替代。它體現著現代另類思想型知識分子對精神自由傳統的承接及現代超越。

有意刪削或修正身上的焦躁之氣，論語派與五四時期的《新青年》以及二十年代的《語絲》很不相同的，主要體現在，作家面對外

15 李澤厚、劉綱紀：《中國美學史——魏晉南北朝編》上（合肥市：安徽文藝出版社，1999年），頁362。

部世界的紛紛紜紜時，一種精神氣質的自覺追求開始出現。在周作人、俞平伯等人的閒適中，「超然」是一個重要標識。這個當年左翼青年用以批評論語派的重要概念，在精神分析學上代表著一種離眾的表現，它以自給自足、隱居、優越感為主要需求，由此拒絕了人的責任、義務、合作、競爭，以達到個人獨立性的完整。這裡自然不是分析病理上消極的「神經症超然」，儘管「『象牙塔』和『非凡的孤獨』之類的詞彙就是超然和優越感幾乎永恆地聯繫在一起的佐證」，超然的人「對待自己所持的是同樣的『旁觀者的態度』，而這也是他們總體上對待生活的態度」。[16]但精神分析家同樣承認人生觀上的超然與自我實現是富有意義的一種渴望。周作人力求解釋「四十而不惑」，那是「可應用經驗與理性去觀察人情與物理，即使在市街戰鬥或示威運動的隊伍裡少了一個人，實在也有益無損，因為後起的青年自然會去補充」（《看雲集》〈中年〉），而俞平伯則大大發揮了導師的「漸近自然」，為自己言「老」而辯：「所以以老賣老固然不好，自己嘴裡永遠是『年方二八』也未見得妙。」（〈中年〉）戰士卸甲也獲得了聊以自慰的理由，儘管閒適的結果是產生一種更大的憂鬱，和莊子似絕對的人生解脫終究不同，但只要有真正內心的寧靜，駐留於十字街頭的塔上，處身於車馬喧聲的人境之中也無妨，超然事外而非超然世外，帶著靜觀的淡然恬適。周作人借助陶淵明而有意「自立門戶」，從本土多元與複雜的文化傳統中重新發現並挑選出不悖於現代文明的生存方式，這是其他作家達不到的高屋建瓴的思想高度。對郁達夫、俞平伯來說，他們重蹈了傳統士子在入世與出世間輾轉無定的覆轍，前者不免多些「臨風思猛士，借酒作清娛」的名士悲憤，後者則更多「閒閒出之」的名士超脫。

---

16 〔美〕卡倫・霍爾奈：《我們的內心衝突》（上海市：上海文藝出版社，1998年），頁43。

　　由於南北文化語境不同，北平以周作人為代表的閑適者所取的姿態，是帶著對一切政治話語的潛在敵意；而在海派那個帶有牛油氣的地方生長出的幽默論者，則往往將幽默在對抗現代物質社會的急進與功利所能發揮的作用提高到無以復加的地步。前者強調了個人主體與社會性的政治倫理、道德倫理的衝突，以反正統的「內聖外王」和社會功利意識為中心，反覆檢討生命的枯乾和心靈的荒漠化；後者則著意於文學訴諸內心的要求，提出要以幽默開啟浪漫主義自我表現的心靈空間，以「性靈」開發人的自由精神和獨立意志。前者無法脫離從古至今「一切隱逸都是政治的」這一前提，欲擺脫外在的功利和觀念意志而達到物我兩面的「真」；後者的幽默宗旨從二十年代末反抗封建的道學和禮教對性靈的桎梏這一線路，日益轉向以超脫和閑適來抵禦物質文明對人性的疏離、科學的理性主義對感性生命的箝制、人作為現代社會的工具和儀器而存在的機械狀態、不斷向前的現代性對人的自我意識和生命獨立性的重大威脅的思路。

　　幽默論者的思路顯然與現代西方的審美現代性的出發點和表現極為相似。林語堂也愛說「真」，這「真」是表現自我主觀情緒與意志之真，是近代以來自由主義人性論的要求。聚集在上海的論語派中人，與北平沉潛寂寞的書齋氛圍多有區別，他們熟諳近代西洋物質文明及其弊端，在享受著現代物質生活的便利時也深深體會到現代理性化文化結構帶來的人性異化和分裂，對於西方出現的世紀末日般的虛無悲觀及非理性思潮感應甚切，現代反物質主義思潮在上海這樣一個中西雜混、新舊並存的半封建半殖民地的商業都會，顯然會有很好的生長土壤。

　　郁達夫經過一段觀察後相當明確地說：「西洋的物質文明，比我們中國進步得快，所以自從十八世紀以後，像盧騷，像卡拉兒，像費趣脫、尼采諸先覺，為欲救精神的失墜，物欲的蔽人，無不在振臂狂

呼，痛說西洋各國的皮相文明的可鄙。」[17]論語社中重要的作家如邵洵美、章克標等，都是上海灘上致力於現代主義唯美主義詩歌創作的作家，他們騰出部分餘力於所興趣的幽默時，不免滲透著對西洋物質文明和機械人生觀的複雜情緒與反動精神。而反反覆覆絮叨著幽默是「心靈的光輝與智慧的豐富」的林語堂更無須贅言。陳叔華也直截了當地說：「文明愈進，人便一天一天愈近於『機器人』，在一定的時候辦公，歸納入幾條一定的定律的封套以內，萬不許有熱情存在。於是性靈再也抬不起頭來了。」[18]徐訏將幽默作為醫治人的懶惰、苟且、麻木和社會的沉悶枯燥的最有效的丸藥，詩意盎然地寫道：「幽默是在碰壁的時候轉出一條路來，在沉悶空氣中開一扇窗，是熱極時候一陣風，窘極時候一個笑容。」[19]

　　當然，幽默論者時刻駐足於中國文化的現實狀況，他們把審美主義對資本主義機械主義種種桎梏的反抗轉化為對中國傳統禮教的反抗，看重主體的智慧與刻板人生的對立，尤其看重幽默的「近情」品格，它可以反「儒」：那種宋明理學空氣中的褊狹、苛酷、僵硬、自命衛道的方巾氣與道學氣；當然也可以復還長期被扭曲的「儒者」的本來面目：最為論語派作家津津樂道的是「論語」的雙關含義，他們往往聲言自己最愛讀的是孔子的《論語》，那裡有未被後人聖化僵化的真實性情，「哭而慟，酒無量，與點也，三月不知肉味，皆孔子富於情感之證」。[20]論語人對孔子的興趣頗堪玩味，從林語堂〈子見南子〉始，他們從未停止過以幽默和反諷對儒家正統進行文本的潛在顛覆，最有成效的幽默便是將神轉化為普通人，他們選擇了《論語》中

---

17 郁達夫：〈靜的文藝作品〉，《閒書》（石家莊市：河北教育出版社，1995年），頁109。

18 陳叔華：〈幽默辨〉，邵洵美編：《論幽默》（上海市：時代書局，1949年），頁59、65。

19 徐訏：〈幽默論〉，《論幽默》（上海市：時代書局，1949年），頁70。

20 林語堂：〈說浪漫〉，《人間世》第10期（1934年8月）。

最富於抒情含義的一段，在這一段裡，孔門子弟不再汲汲於國家大事的宏大計畫和野心，而是充分抒展其性靈，文中迴旋著孔子閒詠浴沂之趣，孔子的「吾與點也」之志，閃耀著寬厚有人情味、幽默又時而自我解嘲的凡人而非聖人孔子的可親面目。善作政治諷刺文章的姚穎有意嘲諷當時的尊孔讀經逆流：「這不僅饒有風韻，而且在冉有子路公西華等大談國家大事的時候，公然與人獨異，尤為難能可貴，孔子大加稱讚，我以為更可崇拜，我們尊孔，我以為要從這些處去尊」。[21]

　　將幽默生發開去，則變成對正統、正道、正義、載道自居者的否定。林語堂們將匡正世道人心的文章視為空言高論，將肩負經世致用、濟世救國的文章概念改寫成閒適的日常生活的言志小品，而歷史上向來「無視古文正統」、「反抗禮法」的異端的遊戲文章則被發掘出來，指為以抒情的態度作一切文章的典範。如此，論語派的「幽默」與「京兆布衣」的「閒適」同樣具有對緊緊控制或強加於人們身上的「大的高的正的」意識形態和道德判斷的強大消解功能。從幽默的起點出發，林語堂從袁中郎的自適、適世說，到發現蘇軾「隨物賦形」的性靈自由，到老莊道家學說，終將閒適與幽默聯姻，這其中有著內在的哲學邏輯聯繫，蘊含浪漫主義者主體精神自由的高度期許。

　　西方現代化發展過程中衍生出以現代主義和審美主義對現代化的工具理性和唯科學主義的反抗，尼采的日神與酒神精神、超人哲學及佛洛伊德的自我本能的抉發等等。發達資本主義抒情詩人以現代性的審美精神來完成所謂「極端現世」的反抗，表達啟蒙主義者理性大廈和信仰家園崩頹後對存在的酷烈反思，他們「力圖以文藝對人生意義的重新解說，來取代宗教對社會的維繫和聚斂功能，填補宗教衝動力耗散之後遺留下來的巨大精神空白」。[22]現代化的程度有多高，美學現

21　姚穎：〈南京的春天〉，《宇宙風》第13期（1936年3月）。

22　〔美〕丹尼爾·貝爾：《資本主義文化矛盾》（北京市：生活·讀書·新知三聯書店，1989年），頁15。

代性的反抗即有多烈。如果說現代主義作家往往走向對人性分裂的揭示和對社會的惡意的話，幽默和閒適主義者在審美情感的重構中索求的是人性的和諧與心靈的寧靜。對閒適的要求與對性靈的倡導，都來自它們在人生中的深度匱乏。文學現代文學中諷刺性文體的興盛及它長期以來所獲得的高度評價便是令人深思的現象，即使是幽默與閒適論的提倡者，也幾乎全是諷刺的高手，他們力圖閒適，也不斷企望「美的生活」，卻仍然不斷灑出諷刺的鋒芒。這表明，近代以來的民族災難使人心深處流淌著一脈深重的懷疑與不信任，魯迅聲稱自己時時疑心，周作人承認自己總是「不肯消極，不肯逃避現實，不肯心死」，與閒適沖淡心境實在相去甚遠。沈從文指責當「諷刺的氣息注入各種作品內」，「每一個作者的作品，總不缺少用一種諧趣的調子、不莊重的調子，每一個作者的作品，皆有一種近於把故事中人物嘲諷的權利，這權利的濫用，不知節制，無所顧忌，因此使作品深深受了影響，許多創作皆不成為創作，完全失去其正當的意義，文學由『人生嚴肅』轉到『人生遊戲』」，[23]他顯然以純粹的嚴肅文學立場發現了人心深處的焦灼感。這是陷入自我生存困境作家的必然反應，對於心靈深處的不安、焦慮、痛苦與衝突，魯迅進行了深刻的內在自我拷問與批判，而論語派作家則力求自我排脫求得精神的寧靜與安全。

　　閒適者達到超然，幽默者則普遍認可幽默是一種人生觀，也許可以用讓‧貝爾對幽默這一術語的界定來說明這種人生觀的主旨：幽默是「變成內含著寬容的處世哲學和嚴肅的世界概念意味的一種獨特的喜劇性形式：既洞見到世界的重重矛盾又原宥世界的種種愚行」，可說是「最開闊最明達的世界觀」。[24]論語派作家每每強調健全的人性和

23　沈從文：《沫沫集》〈論中國創作小說〉，《沈從文文集》第十一卷（廣州市：花城出版社、香港：三聯書店，1984年），頁1821。

24　〔美〕雷納‧韋勒克：《近代文學批評史》第二卷（上海市：上海譯文出版社，1997年），頁130、133。

心態是與幽默的寬容、同情、諒解、溫和、善意有關。老舍常說，幽
默「這種態度是人生裡很可寶貴的，因為它表現著心懷寬大」，「褊
狹，自是，是『四海兄弟』這個理想的大障礙；幽默專治此病」。[25]邵
洵美反覆解釋幽默與諷刺和詼諧的不同，認定幽默不帶野心而「藏著
體貼與溫存」，「每想達到知足常樂的境界」。[26]遵奉我佛慈悲的林語堂
便將尖酸刻薄的諷刺清理出幽默門戶。林語堂三十年代中期寫作《生
活的藝術》，高度讚賞陶淵明愛好人生、達到生之和諧的最高人格。
林語堂眼中的陶淵明，積極人生觀已經喪失了愚蠢的自滿心，玩世哲
學已經喪失了尖銳的叛逆性，人類的智慧則達到了成熟，這正是他心
目中大幽默者。林語堂筆下有大幽默的陶淵明，當然與周作人所說的
「漸近自然」的陶淵明不同，但異軌亦可同途，都帶有文人們對現代
審美情感進行重構的理想。論語人將個性與自我塑作骨架，將閒適幽
默搏為血肉，將幽默當成人生的超拔之態，認為它將幫助個人心靈在
失意世界裡進行自我修復。受著中外幽默理論對人性的補缺與救助觀
的影響，幽默的作用被林語堂提升了，認為可以調救中國缺失的人
心：「大概論語所代表，不過是一種精神態度而已，我們所提倡的是
健全者的笑，所反對的是柔弱者的悲酸」，「論語就是想矯正中國人的
好呻吟及好哭」。[27]企望人性的和諧統一，從來都是人類的理想，而在
現代性的擴展中卻逐漸失落與被遺忘，論語派作家的幽默觀中便蘊含
了人類對溫和、同情和憐憫的內在需求。

　　無論是閒適論者或是幽默論者，進行審美情感的價值重構都是具
有超越性意義的，帶有背逆時代與主流的尖銳性和叛逆性。某種程度

---

25 老舍：《老牛破車》〈談幽默〉，《老舍文集》第十五卷（北京市：人民文學出版社，
　　1990年），頁235。
26 邵洵美：〈一位真正的幽默作家〉，《論語》第84期（1936年3月）；〈幽默真諦〉，《論
　　語》第90期（1936年6月）。
27 「群言堂」之「編者覆信」，《論語》第29期（1933年11月）。

上與現代審美主義達到溝通，即人對自我意識的希望，企望擺脫一切
政治文化職業的外在束縛，棄絕一切壓迫，包括最大可能地專心於內
斂的退隱生活。現代性向人們指出了一條不斷進取永不停止的進步之
路，但它那只為結果的努力卻妨害了圓滿的個體性的發展。近百年來
西方審美主義者警覺並反思的正是與現代性體系產生的肯定性相伴隨
而來的否定性，如倭鏗所指出的：「對將來的不斷考慮，會使那種激
烈的運動不斷地向前復向前。還會威脅著要去摧毀對現存（The
present）、對所有自我意識和生命的獨立性的全部欣賞。」[28]但是當他
們幻想著可以超於社會環境之上來達到個體獨立，而不是直面各種矛
盾去加以超越，那麼這種主體不受限制的心境最終不過是素樸、自由
的想像罷了。現代審美主義者曾提出這樣的要求：「去給予生命以獨
立、內容和價值，去充分生發起生命的力量，去加緊使憂鬱煩悶的否
定轉變成愉悅暢快的肯定，去減少生存的單調乏味，去對個體的全部
領域加以組織以使其充分地明朗澄澈」。[29]幽默主義和閒適主義者則以
俯視人生來超脫與旁觀，這在哲學高度上有著讓自己的個性獲得充分
舒展的意味，但實際上也可能是對自由的某種錯覺。林語堂等一面看
到社會失調與人性失調互為因果，一面又將救治失調的藥方寄託在
「個人心理」的調節上，這種失之於行動意義的理論便是虛幻的與烏
托邦的，這種價值重構固然意義重大卻也相對單純，如果說審美主義
的精髓和最高價值是使生命在重重矛盾的掙扎中、在價值失據的困惑
中、在與無靈魂的荒唐展開不懈的鬥爭中抵達存在的深度和生命的力
度，那麼幽默與閒適者所缺乏的正是這種精神的深度內涵。真正能夠
探問存在深度的仍是魯迅，當論語派的幽默閒適開始通向陶淵明的心

---

28 倭鏗：〈審美個體主義之體系〉，劉小楓主編：《現代性中的審美精神——經典美學
　　文選》（上海市：學林出版社，1997年），頁349。

29 倭鏗：〈審美個體主義之體系〉，劉小楓主編：《現代性中的審美精神——經典美學
　　文選》（上海市：學林出版社，1997年），頁357。

理境界時，魯迅何嘗不是與他的同代人一樣「苦於背了這些古老的鬼魂，擺脫不開，時常感到一種使人氣悶的沉重。就是思想上，也何嘗不中些莊周韓非的毒，時而很隨便，時而很峻急」，[30]但他從不以儒家的修身獨善或道家的橫奔遁世來化解那巨大的生存的矛盾和心靈的掙扎。

　　對於主體審美情感的構造，論語人顯然更傾向於平淡之中的大憂鬱以及幽默中的悲天憫人這類更具有東方特點的情懷。周作人對日本民間滑稽性文藝頗多讚辭，卻很少正面論及幽默。但早期評魯迅〈阿Q正傳〉的諷刺筆法時，透露了他的重要見解，其中的某些內涵日後得到發揮。他認為魯迅的「主旨是『憎』，他的精神是負的，然而這憎並不變成厭世，負的也不盡是破壞」，「但其結果，對於斯拉夫族有了他的大陸的迫壓的氣分而沒有那『笑中的淚』，對於日本有了他的東方的奇異的花樣而沒有那『俳味』。這一句話我相信可以當作他的褒詞，但一面就當作他的貶詞，卻也未始不可。」婉轉表明了自己對「笑中的淚」和「俳味」價值的看重。此說與老舍、林語堂、陳叔華悲天憫人的幽默心境說並無二致。老舍即多次強調自己的「悲觀」，它的特點是「不起勁，不積極」，「不能板起面孔」，「我笑別人，因為我看不起自己」，「我不教訓別人，也不聽別人的教訓」（〈又是一年芳草綠〉）。論語人明白，在危時亂世之中，他們不得不咀嚼「閒適原來是憂鬱的東西」，領悟「幽默」的危險：「浪漫的人會悲觀，也會樂觀；幽默的人只會悲觀，因為他最後的領悟是人生的矛盾」[31]，一批以閒適自許的現代隱士展示了他們充滿希冀又因不合時宜而悲觀無奈的審美情懷。

---

30 魯迅：《墳》〈寫在墳的後面〉，《魯迅全集》第一卷（北京市：人民文學出版社，1981年），頁285。

31 老舍：〈「幽默」的危險〉，《宇宙風》第41期（1937年5月）。

第三節　閒逸靜趣與生活的藝術

有人在論述古代中國審美文化的總體背景時指出，它既「美得如此可愛」又「美得如此可怕」，中國的審美文化如一幣之兩面，一方面，它絕對是頑強耐久的，因為中國古人精微的審美感受能力和高明的藝術結構技巧，至今仍然抵抗著時間的風化而向我們顯示出令人陶醉的永恆魅力，並且構成了中國人之文化向心力和認同感的主要內核；另一方面，它又絕對是脆弱不堪的，因為具有詩人性格的民族從來就競爭不過具有獵人性格或商人性格的民族，因此在弱肉強食的惡劣生存環境中，他們天真的文化成果只能像孩子所搭的積木那樣經不起外力的輕輕一推。[32]

論語派作家的審美主義追求，儘管其構成之中有著現代性的審美精神因素，卻在最終熟落時，基本沒有走向西方現代主義者走向分裂的、孤獨的、渺小的個體審美現代性反抗，而是落入中國傳統審美文化的框子中。這並非因為他們未曾體驗到那種內在分裂的痛楚，而是因為，對統治資本主義社會數世紀的理性主義的徹底反抗只能出現在資本主義高度發展的西方。當東方國家在緊追不捨的現代化過程中發生文化的焦慮和危機時，大多轉而向東方「靜」的文明和文化和諧理想中尋找暫時的解脫。以廚川白村為例，他對日本明治維新後走上西化、現代化之途，最引以為憾的是「日本人的生活和藝術相去太遠了」，「五十年來，急急忙忙地單是模仿了先進文明國的外部，想追到他，將全力都用盡了，所以一切都成了浮滑而且膚淺。沒有深，也沒有奧，沒有將事物來寧靜地思索和賞味的餘裕」。[33]因此培養「以觀照

---

32 劉東：〈審美文化類型的形成和熟落〉，《學人》第八輯（南京市：江蘇文藝出版社1995年），頁241。

33 〔日〕廚川白村：《出了象牙之塔》〈觀照享樂的生活〉，《魯迅全集》第十三卷（北京市：人民文學出版社，1973年），頁246。

享樂為根柢的藝術生活」和餘裕心境，對繁忙的日常生活作超脫、旁觀、同情觀照，成為心靈超越的方式。這種藝術與生活的和合，在東方民族中有著極其悠遠深厚的傳統積澱。與傳統文化有著很深親和力的作家如郁達夫在〈靜的文藝作品〉裡對此有所反省：「頭腦清晰一點，活動力欠缺一點的名作家，也厭惡了現實生活，都偏向到了清靜無為的心靈王國裡去。而我們中國人裡，本來是就有這一種傾向潛伏在大家的心裡的……」。[34]

　　傳統審美文化在崇尚「力的美學」的三十年代，終於參與並轉化了已步入中年的這代人對人生理想和審美情感的重建初衷。有研究者指出，「傳統」具有一種「更特殊的內涵」，「即指一條世代相傳的事物之變體鏈」，「圍繞一個或幾個被接受和延傳的主題，而形成的不同變體的一條時間鏈。這樣，一種宗教信仰、一種哲學思想、一種藝術風格、一種社會制度，在其代代相傳的過程中既發生了種種變異，又保持了某些共同的主題，共同的淵源，相近的表現方式和出發點，從而它們的各種變體之間仍有一條共同的鏈鎖聯結其間」。[35]所謂「現代隱士」正是處在古今這條從來未曾真正中斷的鏈條上。一旦社會與政治呈現相似的氣候或土壤時，人們很容易從傳統中直接獲得想像與經驗，「中國的隱逸都是政治的」是其一，他們以傳統士子的種種不出仕的方式來證明自己的存在，而對於在大規模風馳電掣般的追逐西方之「新」的浮躁心態的反思，自然更使他們向本土傳統那種寧靜和諧的心靈境界頻頻回顧。當新文壇開始批評文學中頹廢的「復古」傾向時，周作人便曉曉為之辯解，認為它有新的內涵，絕不是去維護古老的傳統與權威：「本來復古也是一種革新——對於現在的反抗運動」，

34 郁達夫：〈靜的文藝作品〉，《閒書》（石家莊市：河北教育出版社，1995年）。

35 傅鏗：〈譯序：傳統、克里斯瑪和理性化〉，〔美〕愛德華・希爾斯著，傅鏗、呂樂譯：《論傳統》（臺北市：桂冠圖書股份有限公司，1992年）。

它並非要保存國粹，而是帶著趣味去賞玩去利用，「因為現在人除極少數外，對於理想的將來未必能有十分的信託，也未必能得多少的慰藉，所以他們多捨棄了未來的樂土而傾向於過去的夢境。他們覺得未來不能憑信，現在又不滿足，過去當然不見得可以留戀，但因其比未來為實而比現在為虛，所以便利用他創造出一剎那亦即永劫之情景，聊以慰安那百無聊賴的心情」，周作人肯定現代唯美主義和頹廢主義在表面上雖很頹喪，其精神卻是極端現世的。[36]以激進著稱的左翼批評家阿英，對「現代田園詩人」的代表周作人的散文也仍然給予了「處處可以看到現代性的痕跡」[37]的中肯評價。

「姑妄言之姑聽之，豆棚瓜架雨如絲」，這為周作人所喜愛、為林語堂取作《宇宙風》專欄名的詩句便傳達出一種適中冷靜、不再汲汲功利、但也不是對人事完全冷淡的「文學的心情」。周作人在「中年意趣」裡探問「窗前草」，三十出頭的俞平伯少年老成，逃禪意、隱逸情與牢騷不平的閒話相交織，他強烈的中年之感，是一條疾疾下山的路（而非上進之途）！郁達夫的舊體詩和散文中總有「舊夢豪華已化煙，漸趨枯淡人中年」的歎息，在〈懷四十歲的志摩〉中，他借題發揮，所謂「情熱的人，當然是不能取悅於社會，周旋於家室，更或至於不善用這熱情的」，「悼傷志摩，或者也就是變相的自悼罷！」表達著中年後對人生的哀矜。無獨有偶，年屆中年的老舍最能理解同人何容的性情，他們「差不多都是悲劇裡的角色」，「而其基本音調是一個——徘徊、遲疑、苦悶」（老舍〈何容何許人也〉），何容豈不就是他本人的鏡子？文壇上四十而作傳的風氣甚至盛行一時。由此，具有濃厚的隱逸文化氣息的《人間世》著實成為一本中年人的讀物實在

---

36 周作人：〈新文學的兩大潮流〉，《周作人集外文》下（海口市：海南國際新聞出版中心，1995年），頁348。

37 阿英：〈俞平伯小品序〉，《阿英文集》（北京市：生活‧讀書‧新知三聯書店，1981年）。

不奇怪，編者之一的徐訏在回答朱光潛的指責時多少有些無奈：
「……以讀者論，大概都是長我一輩的人，我已經是快到中年了，長
我一輩的自然是中年以上的人，中年以上的人，在中國這樣的環境
下，大概胃口的確與青年人不同了，他們愛清淡的口味」。[38]

　　正是在年齡的問題上，表現出了論語人作為「過渡人」和「中間
物」的全部歷史矛盾和文化矛盾：那是一種脫離了生氣勃勃的群體性
和集團性活動的「大荒旅行者」的心態，儘管無從知道前面是怎樣的
山水景物，卻也自有樂趣。林語堂自行比較，早期的文字披肝瀝膽、
慷慨激昂，而經思想上的嚴格取締，使他不得不發展饒有含蓄滑口善
辯的含有眼淚兼微笑的散文藝術，這背後，是中年人在嚴酷的生活中
學會了保住頭顱之道。周作人對半農筆墨前後期的評價是：「清新的
生氣仍在，雖然更加上一點蒼老與著實了。」（〈半農紀念〉）孫百剛
將東京時期與論語時期郁達夫的生活態度區分為：「上一次他像一個
戰士，荷戈奔赴前方；這一次他像一位老僧，焚香靜參禪理。」[39]移
杭後郁達夫的心情的確像遲桂花一樣，濃淡相宜的秋天況味減滅了早
期小兒女的生死悲歡。至於那位年輕時以夢視真的俞平伯已到了以真
視夢的年代，真實的世界有的是荒謬乖訛，面對它無須認真，不妨幽
默。或許有意要打破東方傳統思維知天認命的消極性，廚川白村在
《出了象牙之塔》中強調中年是又一次面臨擇路，「青春的熱情時代
和生氣旺盛的壯年期已將逝去的時候，在四十歲之際，人是深思了自
己的過去和將來，這才來試行鎮定冷靜的自己省察的；這才對於自己
以及自己的周圍，都想用了批評底態度來觀察的。當是時，他那內部
生活上，就有動搖，有不滿，而一同也發生了劇烈的焦躁和不安」。
他指出，四十不是不惑而正是「惑」，人們解開這「惑」的出路無非

---

38 徐訏：〈公開信的覆信〉，《天地人》創刊號（1936年3月）。
39 孫百剛：《郁達夫外傳》（杭州市：浙江文藝出版社，1983年），頁47。

兩條:「向著超越逃避了俗眾的超然的高蹈底生活去;否則,便向了俗眾和社會,取那激烈的挑戰底態度:只有這兩途而已。」[40]不論是哪種選擇,中年都是人生重大的分水嶺,尤其是那些與傳統文化血脈相通的士子,是很難以理智清除去那根深蒂固的在中年尋找「自然人生」的歷史與文化記憶的。論語人的中年之感,並不僅僅是生理年齡,而是心理與精神上屬於傳統中國的中年文化審美範疇。如此不由讓人想起語絲時期提倡的「美的生活」——在《語絲》創刊號上周作人提出「生活的藝術」:「把生活當作一種藝術,微妙地美地生活」——只是越發削減曾有的熱情與積極,「美的生活」本是可以與放言無忌直面現實相提並論的,而在百事俱感其非的當兒,當年的激情已連同圍繞它的一切外部現實都成了粗鄙的日常生活和乾涸心靈的一部分,論語人要的是文學的心情、心靈的美感和溫潤的情懷。所謂生活的藝術,即是源自中國傳統文化中最成熟與豐富的部分,一種對生活的鑑賞與享受的態度,它既是精神放鬆的一種表徵,又是傳統文人慣用的規避與排解超脫的法門。

論語派作家在人們眼中幾乎成了新式的文雅之士。廚川白村曾指出在日本文壇上與現實生活的主潮相反動的正是那「鼓吹著餘裕低徊的趣味,現出對於現實生活的遠心底逃避底傾向」的夏目漱石一派的藝術,這種沖淡的氣氛分明顯示出東方傳統文化和古典文學的積澱。不少人都為周作人散文的趣味所著迷,因為其中有「普遍趣味」:「在路旁小小池沼負手閒行,對焚火出神,為小孩子哭鬧感到生命悅樂與糾紛,用平靜的心,感受一切大千世界的動靜,從為平常眼睛所疏忽處看出動靜的美,用略見矜持的情感去接近這一切,在中國新興文學十年來,作者所表現的僧侶模樣領會世情的人格,無一個人有與周先

---

40 〔日〕廚川白村:《出了象牙之塔》,《魯迅全集》第十三卷(北京市:人民文學出版社,1973年),頁334、335。

生相似處。」[41]論語時期，文人傳統的隱逸趣味愈發裝點著論語人隱
士氣、名士氣十足的文學心情。豐子愷公然標榜趣味：「趣味，在我
是生活上一種重要的養料，其重要幾近於麵包」（〈家〉）；劉半農的
《雙鳳凰磚齋小品文》，是各種野史舊聞、藏書題識、民歌謠曲、笑
話等「東抄西襲」的雜覽閒談，是學者業餘趣味的集中，頗可見出學
者之外的另一副趣味至上的名士面孔；俞平伯多有一種名士的蕭散與
灑脫，為文一派自得其樂神情，深得傳統文人雅士的趣味真諦。三十
年代中期當閒適的明清小品大受白眼之際，俞平伯正在清華大學教大
一國文，他選用的教材便是自己所喜愛的《秋水軒尺牘》，不失將個
人趣味視作個性表現的書生積習和狷介氣。周作人向來喜愛在日常生
活中進行審美觀照，用無用的遊戲和享樂裝點生活，嚮往那種「包含
歷史的精煉的或頹廢的點心」，「焚香靜坐的安閒而豐腴的生活」[42]。
中國源遠流長的雅文化積澱賦予了中國現代文人清雅趣味和審美鑑賞
的能力，也讓現代文士的趣味多少蒙上了幾許歷史的舊塵和暗淡。林
語堂曾戲擬了一則相當幽默的廣告登在《論語》上，廣告十分傳神地
點染出這樣一幅北平文人的精神天地：

　　　北平友人，越來越闊。信箋是「唐人寫《世說新語》格」的，
　　請帖是琉璃廠榮寶齋印的，圖章是古雅大方的，官話是旗人老
　　媽調的，這本用珂羅版印的《初期白話詩稿》，也是一樣精緻
　　可愛的。深藍的封面，灑金的紅簽，潔白的紙質，美麗的裝
　　潢，都令人愛惜。[43]

41 沈從文：《沫沫集》〈論馮文炳〉，《沈從文文集》第十一卷（廣州市：花城出版社、
　　香港：三聯書店，1984年），頁96。
42 周作人：〈北京的茶食〉，《雨天的書》（長沙市：嶽麓書社，1987年），頁46、47。
43 《論語》第13期（1933年3月）。

　　如果審美的態度、精神的愉悅已上升到需要「闊」作後援的程度，便有故作姿態的嫌疑。在中國傳統的靜趣這一美學選擇上，與西方的日神和酒神精神、現代主義的叛逆性和反抗性確有著重大不同。

　　遊戲自娛自古以來就是脫離或暫時脫離正統正經軌道的文人特有心態的體現，古代文人嬉戲人生、追求現世生活質量的手段就是遊戲，往往也是在遊戲文章中，他們可以脫下中規中矩的寬大衣袍，使性靈的曲線活潑潑地展現出來，擺脫刻板的日常生活和各種有形無形的倫理道德約束，從文藝中獲取自足與愉悅。如此他們標舉「不為無益之事，何以遣有涯之生」作為沉迷的理由，劉半農以「桐花芝豆」四物「打油」，以「雙鳳凰磚」誇雅，甚至產生了剃度出家的歸隱之念，或念佛之餘來講音韻或談幽默這種「當是人生一樂」的想法。舊體詩、打油詩、文言小品文加上林語堂的「語錄體」，幾乎成為論語派的標籤，這中間或有不少附庸風雅的行為，但無可否認，一種割捨不去的「骸骨的迷戀」著實存在。舊瓶裝新酒不是他們的目的，更不是要以傳統文學形式來取代新文學，而是那些古文學中爛熟的形式、典故、意境使他們獲得了在負有沉重使命感和嚴肅空氣的新文學中無法體驗到的遊戲快感。不過就論語派文人而言，除了林語堂認真地實踐著他的語錄體外，郁達夫、俞平伯、劉半農等在文章中顯示出的對古典美的沉溺及賞玩古骨、舊書、詩詞小品，多少帶著有意的「表現」，劉半農便說知堂的「五秩自壽詩」實際上「撒了一大堆謊」，而郁達夫則為林語堂辯護，認為他的「耽溺風雅，提倡性靈」，實際上是「時勢使然，或可視為消極的反抗，有意的孤行」。[44] 不以社會關懷作為文學最中心情結的論語派文人，很難認同左翼作家的批評，左翼作家批評他們在文藝中的消極態度時，周作人便用譏嘲的口吻反駁

---

44 郁達夫：《中國新文學大系・散文二集》〈導言〉（上海市：上海文藝出版社，1981年，影印版）。

說：「有兔爰爰，雉罹於羅云云，感傷身世，可謂至矣，現今的人讀了更有同情，在載道派則恐要一則指摘其不能積極地引導革命，次則非難其消極地鼓吹厭世，終則或又申斥其在亂世而顧視雉兔加以歌詠也」，「以此談文學亦未免貽譏」[45]，他強調說，文學中的感傷也好，俳諧也罷，其中有著更正經的意思在內。

鼓吹一種東方化的生活藝術也成為論語派散文中的重要內容。林語堂等作家將東方文化看做現代生活必不可少的充實精神和調劑心靈的內容，這與他們在上海開始的歐化的生活方式、優裕的中產階級經濟地位、西式的工作倫理精神實際上也有一定關係。以「作事須認真」自勉的林語堂曾在《東方》雜誌「個人的夢」徵文中表達「在這埋頭編輯應接不暇之際」，不免做著「換上便服，攜一漁竿，帶一本《醒世姻緣》，一本《七俠五義》，一本《海上花》，此外行杖一枝，雪茄五盒，到一世外桃源，暫作葛天遺民，『領現在可行之樂，補生平未讀之書』」之願望（《披荊集》〈個人的夢〉）；在郁達夫日記中大量記載著疲於應付各種文稿的匆忙和窘迫，畢竟這已不是承繼祖蔭悠閒耕讀的年月而是賣文為生的時代，即使懷揣著西湖邊上「風雨茅廬」的詩情；也不能不隨時掐指盤算一筆似很敗興的出入帳。郁達夫理智上認為應該遠離「靜的遁世文學」，不過，「對於爭生存爭麵包忙得不（得）了的現代人，於人生戰場上休息下來，想換一換空氣，鬆一鬆肩膀的時候，拿一冊來讀讀，也可以抵得過六月天的一盒冰淇淋，十二月的一杯熱老酒的功用」。[46]由於現代生活對人性靈的種種禁錮，林語堂十分看重晚明文人的「真」，這種真，在道家思想中往往指剔除盡外在觀念和制度對人的種種束縛和藩籬，而獲得人的自足本

---

45 周作人：〈論伊川說詩〉，《永日集・看雲集・夜讀抄》（長沙市：嶽麓書社，1988年），頁192。

46 郁達夫：〈靜的文藝作品〉，《閒書》（石家莊市：河北教育出版社，1995年），頁110-111。

性與淳樸生活的「真」，但林語堂更欣賞袁宏道的「真」：既有本性的自由瀟灑，又有著近代自由主義人性論的核心，即人在獲得精神欲求的滿足時同時也獲得物質欲望的滿足。因此，他模仿袁宏道《錦帆集》中〈龔惟長先生〉，來書寫自己的〈言志篇〉，全文筆調恣肆放縱，似乎要將自己審美化的人生理想全部付之於文，表達出對現代物質文明的認可，也充盈著人生的意氣和生活的樂觀精神。而對於以理學的條條框框壓制人性，以道學的面目斥責閒情逸致，以冠冕堂皇的大論指點江山等偏重道德的批評，林語堂譏之為「冷豬肉氣」和「方巾氣」。

雅到極致，俗也到極致，文人好謔，本就是閒適文化的一大特色。在大傳統與小傳統的交流中，中國文人向來不缺少把民間的傳說、歌謠、笑話等當作趣味、遊戲與賞玩的對象，因為其中有著民間俳諧的樸野生氣，接受了西方人類學知識的知識分子一開始把民間傳說視作「半遊戲的工作」，一方面通過它了解人類的發生發展，另一方面民間文學「樸壯生逸」的特點帶給人生氣與活力，甚至其中的「猥褻」、「粗俗」也有壯健的一面，「與早熟或老衰的病的佻蕩不同」（周作人《苦茶庵笑話集》〈徐文長的故事〉），有助於士子人格的重塑。民間諧謔中也自有鋒芒，帶著對世態人情的針砭，在以俗為雅的過程中，文人內心的苦澀出以自嘲或嘲人的笑，從中化解鬱積，不失為保持健康的一法。但在這一過程中，終不免時時帶有一股舊式文人玩世與遊戲的頹廢氣氛，蘇雪林在評價《揚鞭集》時認為以方言擬作的民歌，「只是劉半農先生的一種文藝遊戲」而已。[47]雅可落俗，儘管論語派文章尚未走入明末小品文的自我放縱與享樂主義中去，不過魯迅的「小擺設」之譏是直刺論語派痛處的，批評劉半農「不斷的做打油詩，弄爛古文，」「則生今日而欲雅」，而對於現代隱士，承認他們

---

47 蘇雪林：〈《揚鞭集》讀後感〉，《人間世》第17期（1934年12月）。

「但讚頌悠閒，鼓吹煙茗，卻又是掙扎之一種，不過掙扎得隱藏一些」，只是「泰山崩，黃河溢，隱士們目無見，耳無聞，但苟有議及自己們或他的一夥的，則雖千里之外，半句之微，他便耳聰目明，奮袂而起，好像事件之大，遠勝於宇宙之滅亡者」，此時隱士的大名昭昭更是一個笑柄（〈隱士〉），同樣也擊中論語派要害。

　　趣味有著個人性與主觀性，同時還有豐富的社會性，受社會集團、民族、地區、時代的風俗習慣和文化模式的影響，但專注於趣味的審美主義從來是掙扎於生存的人們的奢侈品，無怪乎左翼作家不斷批評那些文人的考據、文人的小品和文人的幽默都是無益於大眾生活的御用品。但從美學上看，趣味要求超越現實生活的一切欲求，專心致志地感受自然與藝術的美，趣味能力發揮作用的前提，是一種非功利的審美態度和純粹的精神活動。論語派文人審美趣味顯然有其同一的傾向，並影響他們對美學境界的追求。澀、樸、拙、氣味等與古典美相聯繫的語言經驗及語錄體、文言小品文實踐便成為展示名士作派的體面方式；陶醉於古典美之中時所選擇的不是慷慨悲涼的建安風骨，不是莊周的陽性幽默，不是司馬遷不平則鳴的憤火，不是大江東去的悲壯，不是氣盛言宜的儒者理趣，甚至為他們所喜愛的蘇軾，也不一概恭敬，畢竟蘇軾在他那表現生活情趣的小品文以外還有許多序記論策奏議類文字；他們所企望著的是古典清淡飄逸的隱逸氣，是小品與詩詞中不著不離的境界，是亦莊亦諧的自在意態，是對生活的鑑賞與享受的態度。這種態度曾被劉半農推到純藝術的高度：「從前蘇東坡自己不能喝酒，卻喜歡看別人喝。這是中國文士了解人生，玩味人生的最玄妙而又最高超的表現，我敢說中國文藝中，有無數極有價值的作品是從這一點推化出來的。」（《光社年鑒二集》〈序〉）怡情山水，書齋靜趣，閒逸之態，則使他們排斥了反抗的剛硬狂狷之氣，嚮往著更具有隱秀之美的隱士風範與名士風流，那種最基本的出發點，是對個體的獨立與超然的追求，實現這種追求，人生才能進入完全的

審美狀態。孫百剛這樣描繪遷杭後的郁達夫：「他喜歡遊山玩水，寫幾段流利輕鬆的遊記；喜歡低吟淺酌，做幾首清新雋逸的詩詞；收集不少地方誌書；雅好各種線裝古籍。從前那種桀驁不馴的露骨牢騷，也變為含蓄蘊藉，謔而不刺的言辭。」[48]郁達夫將三十年代的讀書筆記類散文冠以《閒書》之名，彷彿要向「過去的生命」作一個總結，他與欷窮嗟苦的「野」告別，歸附恬淡之「正」，在浙閩山水間印遍了自己的屐痕。借助明末小品文的大量刊印，明末文人中的生活形態與審美形態成為論語派文人在現代都市生活中實現「高人兼逸士」之夢的直接範本。林語堂的認同基於他對人生現世的享受態度，在他看來，把自己侷限於精神的清高本身會導致鬱積難解，以「天下最不緊要人」的自適與性靈解脫，以白蘇風流中「袖手何妨閒處看」的樂閒人自許，那麼魯迅那種無法與生活和解的意志在他眼中便過於勞神而傷肝傷肺傷心了。林語堂從中國文人傳統中尋找到了自己的知音，完整地規劃了一條閒適之路，在這條路上，個體從社會與國家的責任中分離出來，強調了自我的安頓與歸隱，卻也免不了因世故與玩世而露出幾分膚淺。魯迅尖銳地批評了論語人對傳統持無批判態度「老病復發，漸玩古董，始見老莊，則驚其奧博，見《文選》，則驚其典贍，見佛經，則服其廣大，見宋人語錄，又服其平易超脫，驚服之下，率爾宣傳」的沽名的老手段，[49]是否名利心驅使可另當別論，但魯迅話中肯定了傳統文化具有令人不禁作「蕭然出塵」之想的巨大同化力。林語堂對中國傳統文化的「驚」服與發現，是因為他在古文學方面學殖尚淺，很難如魯迅那樣感受深切。而周作人等中國五四一代知識分子的矛盾與最具魅力處正在於，在追逐現代性的急切心態下，他們曾激烈地批判中國文化傳統中的靜、安、定、止，將萎縮、懦弱、退卻

---

48 孫百剛：《郁達夫外傳》（杭州市：浙江文藝出版社，1983年），頁48。

49 魯迅：〈致楊霽雲〉，《魯迅全集》第十二卷（北京市：人民文學出版社，1981年），頁402。

等視作現代人格成長的重要障礙，表明這是與現代性格格不入的文化根性；但這種古典文化的「毒氣」從來沒有徹底被清除出去，一旦他們面對現代化、西化的浮躁囂利而感到四顧茫然時，就適時地以無可抵抗的安撫力量佔領他們的心靈空地，儘管論語人對於傳統文化仍揣有某種理性的警覺，終究無法抗拒。

現代士子面對人的內心困境尋找的不是判斷正誤或最終的解決、了斷，而是規避。面對種種解不開的苦結。在內心十分不安寧之際，寧可放棄對自我生存狀態的拷問，從對心靈的逼視中跳脫出來，回到那條時時支配他們的審美習慣、內在渴望的軌道上，甚至可以「心外無物」，品茗飲酒，賞花看雲，觀柳聞鶯。或許可以現代自然知識作底，不至於再寫出些昏話笑話來；或許現代人的苦澀與熱心腸已足夠敗壞那種純粹的雅興，如郁達夫每每以自嘲和頗為低俗的詞語消解那滿紙的山水之雅，如周作人文末總是明白地說一句破題的話，將人從沉迷陶醉中喚回。但那種傳統文人規避的根柢還在，正如俞平伯在探討人生真諦時，「浮生若夢」的傳統士人的風流倜儻，深歎人生多難而公式無用的「塵露之感」，因人在天地間的渺小而引發的悲觀主義的黯然等，他們小心翼翼地避開了現代性的審美精神，既無浮士德的外在超越和文化力量，也沒有奮力探究著內在的分裂、破壞、自我毀滅的尼采精神。當他們玩味著自然與生命的低徊趣味時，他們逃逸了內心的困厄，卻也失去了對深層自我的抉發機會和對主體生命的激揚。

其次，適世之情將在某種程度上縱容庸俗與無聊。本來，對於生命與人生的關懷自然不能付諸闕如，但在一個讓人舉足無措的大時代裡，身邊瑣事已使朱自清等感到「到底無謂」，而所謂不配談中日邦交國家大事則成了論語派「留心小草」以作茶餘酒後談資的最佳理由。既要說些不至於頭痛的話，實際上便很難深入地追究生命本身內在的情緒湧動。如果有，那麼也在那些爛熟的典故的運用，清明澄靜的藝術境界，飄逸的神采、幽靜的審美情感裡被融化了。他們以相當

高貴的姿態拒絕了外在的社會責任義務的拘束，蹲守於內心的一隅去尋找個體的自由，在個人趣味裡抉發幽隱的自娛自得，其結果越發地疏遠了身外的世界，很容易向，著唯美主義和玩世主義的方向發展，從而也與人的存在的嚴肅命題擦肩而過。傳統文化的幽靈在現代天空中做了最後一次遊蕩，也在那些晝寢，早起，蚯蚓，貓狗等話題中讓性靈成了黃茅白草彌望皆是的新套路，成了把無聊當有趣的瑣碎平庸，向偏愛它的現代士子開了一個玩笑。

　　時代的主流洶湧澎湃，蟲草的低吟聲被湮沒實屬正常。林語堂欲糾正現代文人的紙上談兵，虛假空洞的口號文章，而將清談娓語當作治病之方，無疑也抓住了現代雜誌文的重大病症，於是「談風」盛行。甚至有了專門的《談風》雜誌。於是他們興味濃厚地以「談話」為業，以種種「逸話」、趣話、「幽默的聯話」、「我的話」、「你的話」來「開緘論心」。儘管這是一個讓論語人做不成「天下不緊要人」的時代，卻不妨尋找三五好友密室閒談：「我們同人，時常聚首談論，論到國家大事，男女私情，又好品論人物，又好評論新著，這是我們的論字的來源。至於語字，就是說話的意思。」[50]憑藉自己的性情愛好，與古書古人交談，幾乎是每一個讀書人為自己設定的情境。不過讀什麼書，他們顯然自有別擇，既以名士自許，那麼晚明至清初的性靈小品文便成為他們的最愛，他們幾乎人人設立了晚明小品文的專櫃，非如此不足以表達其嚮往與渴慕。至於在讀書中，看到的是名士氣和隱逸氣而少見其中的抗爭與不平，也在情理之中。這種談，既是書林漫步者悠閒氣度的體現，是閒談者的娓語清談，就不能不將嚴肅的理性說辭，尖銳的論辯色彩，明確的社會政治態度，即林語堂所稱的「酸」、「辣」、「苦」、「鹹」味的散文圈出了他們的框子。

　　如何談得有「味」，如何話中有「我」，如何真的「開緘論心」，

50　〈編輯後記〉，《論語》第1期（1932年9月）。

卻是論語派在理論上重視而實踐上無法解決的問題。邵洵美接編《論語》後，曾發過一段針對林語堂「說話」的議論，他舉了林語堂的專欄「我的話」的存廢，引申開去：「你只要神經稍為過敏些，便會發現一個極有趣的時代背景。原來當時正是『只許有我的話，不許有你的話』的時代，以是語堂的文章雖自心底發出，而印上紙去，卻多少已打了個折扣。幸喜他生性倔強，題目始終不改，總算保持得一些幽默。此後『我的話』停止，恰巧世上也正是『你也無話，我也無話』的時代……明白了這個天機，因此我便從即期起特辟『你的話』一欄……蓋而今乃『只准有你的話，不敢有我的話』的時代了。」[51]邵洵美的話中強調了一時局環境對論語人說話的影響，卻未道出包括他自己在內的論語人其實從不曾達到如他們所企望的自由表達，原因不僅在於嚴厲的審查制度，還在於嚮往閒適自由的作者們從未能夠擺脫這樣的疑慮：當他們有所規避時，當他們考慮著自我保全時，即便有自由空間，是不是也仍然無處自由？所謂宇宙之大，蒼蠅之微，為他們提供了可以馳騁的題材的廣闊天地，但真如此，又何必限定命題？就小品文的創作狀況來看，似乎每個人都在發揮著「性靈」，展示著「自我」，其實總體上看又顯然有著一種高度的形式統一：所有的人都在重複著相似的動作，說著大同小異的話。即使不能說大多數小品文「陷入浮淺，纖巧，哀鬱，卑劣，俏皮，刻薄，尖酸，衰弱的呻吟」，何嘗又有他們所希望的「瀟灑，偉大，雄渾，涵蓄，優美，爽利，深沉，慷慨，健全」的境界？關鍵或者不在於題材的大小，而是論語人追求在有限的現在中所享有的自由，看似合理，實際上一種自欺自慰的空談了。

　　無論是趣味、遊戲，還是靜觀、超然、適世，都是主體對自我心靈完全自由的要求。對於絕大多數選擇閒適幽默者言，正是在內外交

---

51 邵洵美：〈你的朋友林語堂〉，《論語》第94期（1936年8月）。

困中心態的焦慮與分裂產生的要求。可惜平庸瑣碎的世俗化人生，對於真正進入精神的自由狀態產生了極大限制。同樣，沒有大痛苦與大歡樂、理想與激情作底的「閒適」最易流於膚淺的感性與表面的自由而失去感染力，而輕易地以傳統文化的模式和古典原則化解了內心的衝突，其結果正與他們的原本願望相反。自我不是獲得解放而是自我壓抑，自我逃避，自我疏離，最終與一種內在無限性的人格力量失之交臂。林語堂便時時為沒有幽默真諦又大量生產的無聊小品而失望，因為這其中缺乏最重要的自我生命體驗，缺乏直面自我生存的拷問。論語派的自我受到各方的壓制，最直接的卻是源於他們自身，使自我本身出現某種虛假性。當幽默與閒適在商業社會中化雅為俗，則可能出現新流弊，把「談午睡，提倡抽鴉片煙，和用語錄體寫山居筆記」當作雅致與閒適的全部內涵，論語人不能不重蹈晚明人有所物寄的覆轍。當然美學原則的確立，從來不可能脫離社會與時代而在真空的環境裡生成，論語派對「個人」與「心靈」的關注固然有著堅實的美學基礎，卻生長在一個外患加劇的時代。民族的危機使家國擁有了理所當然的優先性，閒適與幽默、個人與心靈不僅要被排擠到邊緣，還要承擔道德的歸罪。

　　與新月派、京派等孜孜講求文學對於人性的重要性的作家有別，周作人及林語堂等論語派作家不僅在小品文的範圍內講閒適與幽默，不僅以之抗拒「講政治」的價值立場，而且始終將審美態度與人生態度、生活方式、情感方式取得同一性，成就了另一種既有別於激進也有別於放蕩頹廢的姿態與表情。看似閒適的論語人不是沒有暗潛的叛逆與反抗，他們溯源追宗，將源遠流長的名士風流和隱士風範視作個性與性靈的傳承，為自己安上一頂清高又合體的帽子。我們從「月旦精華」、「人間世」、「一夕話」等專欄名上，可追索到刊物的編輯者們對超脫的名士風範的嚮往，那種月旦人物，自許文才，愛鑽牛角尖，總以雋語謔詞展示個人優越性的作派。然而對魏晉清談與名士風流的

嚮往，正是因現代士子無法獲得心靈解放的缺憾而生。那種華麗壯大
通脫的氣勢，那份自我放縱與曠達的狂狷姿態，在古時候是個體自由
與超越的符號，在二十世紀三十年代則成了心靈焦躁與空虛的外套，
時代的焦慮與政治的低氣壓，工業社會下生存壓抑與緊張，日常生活
空間的了無餘裕，國難陰影下的末世狂歡，這其中有著多少苦意與悶
氣呢？

　　一九三五年《人間世》創刊號上周作人的近影與〈五秩自壽詩〉
的意義不僅在於周氏正式確立了自己「現代隱士」的形象，而且早在
人們視線中顯得灰色而沉寂的五四一代文人借此進行了規模頗大的集
結，「吹擂太過，附和不完」[52]的另一面，也許正是感慨良多、惺惺相
惜，五四一代文人作家學者多年韜晦的心態經由周作人打油詩而引發
出了某種程度的興奮與傾泄。對比於緊張現實下浮躁粗獷的人心，他
們在和詩中展露了婉而趣的詩情、遊戲之中的「謹厚之氣」和「猶有
童心」、隱含著的「諷世之意」、彷彿游離著的另類神態。這種頗具規
模的集結，成為三十年代思想界和文學界重要事件，同時又具有深切
的象徵意味，表明那種在五四文學中曾受現代性壓抑的、一直徘徊於
文學邊緣的名士氣、隱士氣與傳統文化的深厚積澱，在此時，都化作
名正言順的人生情愫。正如林語堂所喜愛的初秋季節：春的爛漫與柔
嫩已成過去的回憶，夏的茂盛與浮誇如消逝歌聲的餘音，只有象徵著
圓熟與智慧的柔和而憂鬱的秋天，在這個季節裡，它斑駁豐富的色彩
最是耐人尋味。

---

52 魯迅：〈致楊霽雲〉，《魯迅全集》第十二卷（北京市：人民文學出版社，1981年），
　　頁402。

第五章
日常感興與快樂主義政治

　　我們長久地用一種陳舊而褊狹的思路，指責論語派散文對於日常人生的注目與玩味跟「時代」脫節，我們無數次貌似公正地得出「以自我為中心，以閒適為格調」具有一定合理性又十分「不合時宜」的結論，我們以為那只是一個短命流派的趣味和格調，因為，在我們的想像中，「時代」高高地懸在我們上方，期待著「更分明的掙扎和戰鬥」的文學，除了介入生活的嚴峻和生活的激情中別無他路，論語派散文那種個人的感興，只能證明「一隻渺小的關於紫羅蘭的歌是不能為一個巨大的瀑布伴奏」[1]的說法罷了。而實際上，如果我們承認論語派散文的幽靈至今在大多數期刊散文中出沒，它的子孫，在世俗化的社會進程中似有綿延不絕之勢，就不免要疑惑，最大程度地表現普通人在時代巨變中的生活感興何以就與時代無干？在什麼樣的時代裡，個人性才能放出其活潑的性靈，平凡庸常的日常生活才能擁有其一席之地，普通人的生存偏好才能躲開種種道德的歸罪？

第一節　具體主義者的感覺樣態

　　丹尼爾・貝爾認為現代技術社會帶來了一場「感覺革命」，在這場革命中，數、相互影響、自我意識、時間定向等因素形成了個人對世界產生反應的方式。退隱、反叛、冷漠、異化、順從等，「這一切

1　〔丹麥〕勃蘭兌斯：《十九世紀的文學主流》第六分冊（北京市：人民文學出版社，1997年），頁330。

都格外清晰地蝕刻在文化的表面上」。[2]這一切同樣清晰地蝕刻在文學
的表面上，人們對外部世界的細緻描繪和考察已退居其次，而多層次
多角度卻無既定答案地呈現現代生存樣態成為文學現代性最突出的特
徵：思想的片斷、浮泛的場景、人生的零碎雜糅一體。亢奮和頹廢、
敏感和浮躁、細膩和粗糙、怪異和諧謔須臾不可分離，無一不是個人
對世界反應方式的表徵。更重要的是，在「除魅」了的現代，文學所
扮演的角色也與古典時代相去甚遠。它不滿足於作人生的教導員或指
南針，更不願成為某種唯一真理的注解，它只是一門「關注生活世
界、勘察個人的具體生存的學問」，是當每個個體承受傷痛時，在其
左右的陪伴者和傾聽者。[3]

　　這正是周作人這句話的意思：作家「唯留存二三佳作，使今人讀
之欣然有同感」而獲得些「微末情分」，「這恐怕是文藝的一點效
力」，[4]按周作人的意思，文學應放棄任何影響歷史進程或哪怕是人類
生活日常行為的權利。同樣，論語派所謂散文須「以自我為中心」，
所謂散文表現「個人底人格的色彩」，[5]所謂小品文在王綱解紐後總是
站在個人文學的潮頭，都試圖表明，在傳統的宗法式生活倫理、道德
秩序和意義結構被「現代」所瓦解後，散文不再是政治人倫世界裡關
乎「王政興衰」的載體，它今天存在的理由即如周作人所言「只是結
點緣罷了」。它與每個孤獨個體的生存結緣，用私人化的語彙和個性
化的情感表現方式、傳達出每一個個體的生命感覺，展示著每一個人
的生命碎片，如此而已。論語派散文的實踐便預示著這樣一種現代人

2　〔美〕丹尼爾・貝爾：《資本主義文化矛盾》（北京市：生活・讀書・新知三聯書
　　店，1989年），頁139。

3　參見劉小楓：《沉重的肉身》（上海市：上海人民出版社，1999年）。

4　周作人：〈結緣豆〉，《周作人文選》第二冊（廣州市：廣州出版社，1995年），頁
　　558。

5　〔日〕廚川白村：《出了象牙之塔》，《魯迅全集》第十三卷（北京市：人民文學出
　　版社，1973年）。

的生存感覺、價值偏好緊緊糾結在一起的現代性，它放棄了以揭示人生終極意義為目的的努力，在世俗生活中尋找趣味；它載滿小人物日常感興、歡喜與歎息，承認生存中的悖論和道德的相對性，安撫現代人的失意；它的瑣屑細微，偏好感性最終以反體系和反修辭的文體面目拆卸散文傲慢的大一統的中心骨，而貼上完全個人化的標籤。這是寫作者對自己及對讀者的許諾。

　　當林語堂及論語派作家的散文大多無涉宇宙而只關乎「蒼蠅」，大多清淺有趣卻不追求深刻的思想時，又何足為怪！一個中產階層人士為何不能對怎樣買牙刷發生著濃厚的趣味，既然它已闖入了個人的生活（林語堂〈我怎樣買牙刷〉），「握手」事雖小，卻也關乎著中西文化的大事（林語堂〈論握手〉），還有林氏刊物上那些層出不窮的「談鬼」、「家的徵文」、「談癖好」、「說睡眠」一類題目，林語堂甚至直接以〈煙屑〉、〈談螺絲釘〉為自己的欄目命名等等──這些從小談起的方式再好不過地表明，生活並不是由抽象的概念、理論所構成，瑣屑、具體、感覺才是生活的本來面目，才能突出生活毛茸茸的質感。於是大量的物質化細節的衍生，堆砌起了論語派小品文的空間，甚至在「談話風」概念的確定上，最深入人心的廚川白村的定義裡，感性的物化細節產生了強烈效果，「暖爐旁邊」的「安樂椅上」、「披浴衣」、「啜苦茗」，欠缺概念和邏輯意義卻生動感性有形。如何命名這樣的感性偏好？從二十年代起，人們便將「趣味主義」的封號給了這些低頭檢視身邊瑣屑、咀嚼心靈的細枝末節的人，或許還可以借用人們對十九世紀英國隨筆家蘭姆散文的界定，蘭姆散文擴散著「具體主義者」的氣味，因為作家所看到的全都是事物的具體特徵，看到的全是與個人趣味發生關係的東西，卻排斥著數世紀以來偏重抽象的道德教誨的文章傾向；[6]無獨有偶，人們在中國的晚明小品及明代小說

6　參見黃偉：〈蘭姆隨筆：英國商業時代的精神造型〉，《外國文學評論》1998年第2期。

中，發現了作家對「日用起居」的生活之「奇」的關注，它「標誌著
這種真正以人為本、以經驗現實為對象、以生活細節描繪為基礎的近
代『現實主義』的新型藝術觀念的誕生」！[7]具體主義者和趣味主義
者在近代日常世俗世界裡如魚得水，正表明現代人對時俗世事、物態
人情的關注，對生活的豐富性、多樣性懷著不可抑止的熱愛與信仰。

　　具體主義像一個功能良好的攝像機，將社會各種人事圖景事無巨
細統統納入自己的視野。論語派散文運用對於美感形象細摩至極致、
體味入微的語彙，揭示出藏匿於生活中的感性、直觀和情趣特徵。散
文話語便常常用某種類型的編排方式，有時他們喜愛鋪排羅列，細繪
慢描。邵洵美觀察到的「睡眠」，有最正式的與最舒服的、紳士的、
官派的與小職員式的、真的和假的、講究的和誘惑的，甚至還有一種
幽默的睡眠：「你說他是醒著，他明明在做夢；你說他是睡著，他明
明什麼東西都看得見、什麼聲音都聽得到，還有睡著會走路的，並且
從來不跌跤」，不一而足；金克木的〈知識〉裡是有關「煙」的知
識，鴉片、旱煙、水煙、紙煙再加紳士的煙斗，只談有趣的，不加褒
貶，真正妙趣橫生；有時他們樂於歸納分類，豐子愷寫中國人天下第
一的「吃瓜子」技術，咬瓜子的「聖手」中有一手指夾著香煙、一邊
吃著瓜子，交談從容自由的少爺，也有伎倆更加美妙的女人們小姐
們；江寄萍的「避禍」可以有三途，朱自清的「無話說」「卻『有』
許多種說法，各具各的意義」，作者最後給你的定義是「不知所云」。
生活之流令人暈眩，無從把握，那些既定的「終極意義」、抽象的概
念、思理或認識，在複雜的生活面前竟顯得那樣無力和令人生疑。

　　舊有的和諧與千年來的圓滿秩序已然消失，曾經掌管著人們生活
的許多通用的道德原則已被放逐，現代世界在人們的眼裡已非一個整
體而是分裂成無數的碎片，人們只能通過敏感與細膩的感官表達每一

7　李旭：《中國美學主幹思想》（北京市：中國社會科學出版社，1999年），頁232。

個體的獨有的生命感受。在具體主義的探頭下，細節、味覺、視覺、感覺因為各個人的不同而具有不同的面目，人們對「感覺」的貪饜似乎從未像今天這樣高度擴張：感覺的新奇才意味著變化，感覺的實有代表生命的存在，感覺的不同證明著與眾不同的「自我」。具體主義者捕捉現代人的感覺樣態，那種零散、片斷和浮泛，只需停留在現象的表面，而無需執著追究事物的本質或核心，只需觀看，而無需冥想。變化無常、轉瞬即逝的生存狀態，導致飄浮不定、破碎的和暫時的感覺形態。劉大杰感歎酒的好處「就是心的微醉」，「酒飲到微醉，在那裡就有詩，就有藝術的精緻。若大醉時，則一切妙處全失去矣」（〈喝酒〉）；何容在「西化的理髮」的搔癢難耐與「中國本位的剃頭」的疼痛難忍間比較體會（〈理髮〉）；林語堂細細體味戒煙過程中喉嚨口裡似癢非癢的感覺；甘永柏在「牙痛中」發覺「擁著溫衾的人也突然感到了一點冰寒」（〈牙痛〉）；而老舍在「小病」中找到了精神的勝利，找到了平時不能享受的「幸福」和「自由」，這種病於是可以浪漫地稱為「小品病」（〈小病〉）。小人物將感官的每一個毛孔張開到無以復加的地步。盧梭將古典主義者的「我思，故我在」修正為「我感覺，故我存在」後，「人們對自我的關切已勝過任何客觀標準」，[8]倘若沒有這些身體感覺之「輕」，人們如何證明自我的存在？在選擇散文話題時，論語派作家對各種「沉重」——現代生活的壓力，道德倫理的擠兌，時代巨輪的碾壓，集團與政治話語——紛紛逃離，只餘「生存感覺」之「輕」，在睡眠、醉酒、談鬼等「輕」「小」話題裡，真切地藏匿著種種切膚的痛感、癢感、快感、哀感、恐懼感——它們證明著個人實體的存在，也暗示了中心話語權威的失落。

　　不僅如此。在變動無居且無「神」主宰的世界中，感性的、細節

8　〔美〕丹尼爾・貝爾：《資本主義文化矛盾》（北京市：生活・讀書・新知三聯書店，1989年），頁184。

的、瑣屑之物並非只是附著於人生表象的碎屑，其內在的意義更在於通過所描繪的具體圖景，傳達出某種通達精神的潛在欲望。當人們為每一片碎屑注入某種文化內涵時，當具體主義者對於細節和感覺上升到一種審美意味時，趣味主義者便出現了。那種以繁複或迅捷跳躍的眼光去捕捉生命感覺的每一脈跳動和外在生活的熱騰，在他們看來，多少是浮躁、輕逸甚至是粗礪的，而悠閒的心靈、把玩的目光、平和的思緒造就了趣味主義者的基本特徵。在他們眼裡，那些大自然的風霜雪雨芍日常生活中的茶酒點心、古今名物，在經過於百年文人沉澱陶冶後蘊含著豐富而精緻的文化內涵，他們於是「故意入清茶淡飯中尋其固有之味」，以此作為審美對象才能契合他們對腴潤心境的追求，也只有他們這代人才具備那種久經訓練、足夠精微的感官，可去領略去玩賞那些文人的清品。

此時就連洋味十足的林語堂也很快領會了中國文人的雅趣：「在人生上最享樂的就是這一類的事。比如酒以醇以老為佳。煙也有和烈之辨。」他比較著雪茄與香煙的不同吸法，想像鴉片煙燒著的情形，細品其中的詩意：「大概凡是古老，純熟，薰黃，熟練的事物，都使我得到同樣的愉快。」與郁達夫泛舟西湖、舉家廬山避暑，甚至於領略煙花館裡的名妓風情，均被他視作了解中國文化和中國人「生活的藝術」的必要步驟。讀者從中或許獲得不了什麼明確的結論，卻能依了自己的感性經驗將生活中的各種情調變成令人愉悅和沉醉的審美對象。周作人在街上傳來各式各樣的市聲裡，感到的不是對勞動者寒苦生活的同情，而是喚起很愉快的幽鬱的情緒（〈《一歲貨聲》之餘〉）。「在鴉片床邊和牌桌邊，嘩啦啦的牌聲與呼嚕嚕的煙槍響卻也給了旁觀者不少的快樂，這倒是旁觀者的旁觀者所不能明白的了」，金克木興致勃勃地細細摩寫著：「抽鴉片的滋味我敢說是說不出的好」，「要自己熬好了自己燒成泡，用自己的十年老槍，對著七拼八補的破煙燈罩，再配上一杯濃得發黑的苦茶，味道才十足。到聽到腹內咕嚕一響

時，一功德圓滿，賽過登天了」。與當時的魯迅風雜文相比，這裡沒有生發出東亞病夫、弱國子民的痛心疾首，反而在輕鬆自如的情緒中談「知識」和個人的情趣，這種「知識」由於浸入了趣味主義之「味」，已非傳達專業學識或生活常識，而是可以落實到由感官獲得的一種人生樂趣。

　　不過，現代世界可能讓現代趣味主義者的雅士之趣頹然落空。山水庭園、林泉高致本是蕩滌浮躁、開闊心胸的最佳去處，但古代隱士與名士的風神已無處追尋，充斥山間水湄的，也許是政府要人的別墅嬌妻，也許是仕途上謀官求職之徒，更多的是世間的紅男綠女，難怪姚穎對於避暑山林的行為要輕聲一問：可有山林氣？周劭的蘇州一遊打破他十餘年來蘇州的迷夢：「除了對著書本生生懷古的幽情以外，更叫我做些什麼？」（〈蘇臺懷古〉）現代人無法回到過去的時空，卻可以以趣味的心態，回味某種「俱往矣」的氣息。懷舊是對於過去的收藏，步入現代社會的人們借助或依賴那些無足輕重的細節，盤點古舊的「收藏品」，賦予現在的關懷，包蘊未來的期待。他們顯然比觀察現實的具體主義者更願意打開過去的生命之門，風俗人情、飲食男女，均是可供回憶和玩味的題材：郁達夫發表了〈飲食男女在福州〉、〈北平的四季〉等有著他個人蕭散閒淡的散文；周作人、老舍等筆下的同類風物小品也以最世俗具體的生活與濃厚的文化氣息融合在一起，「物」裡充盈著文事文心。老舍對北平的眷戀如氤氳的白氣飄浮於老城牆、太極拳、溫和的香片茶和可愛的小動物中（〈想北平〉、〈小動物們〉等）；老向的泥土氣息則來自農村日常生活、古樸的婚嫁風俗和民間信仰（〈糖瓜祭灶〉、〈偷龍王〉、〈村婦罵街賦〉等），他的〈故都黎明的一條胡同兒裡〉，以趙家廚子的眼睛看早晨胡同的動靜，一幅悠閒的人情風俗圖，令人為其中平民生活的鮮活味著迷；何容在〈過年歷程〉中憶歲時土俗，有著濃厚的鄉土氣息；宋春舫對早已消失的「老家」的戀戀不捨：「然而一種不可思議的、神秘的魔

力，老把我的一部分靈魂，暗中管束著！」（〈從「家」忽然想到搬家〉）現代文人是世俗化平民化的，他們的雅不會到不食人間煙火的地步，那些看似最世俗的飲食男女話題中寄寓了他們對生活本身的實際願望與熱情，傳達著文人們對日常人生的享受態度。也許這樣說還不夠，現代人飄泊與無根的焦慮才是懷舊感生成的原因，鄉土的氣息和依戀感懷中，「過去」與「現在」總是構成對比，童年看過的戲讀過的書，浮世繪一般令人生出哀感的市井舊街，甚至一種很難再吃到的好滋味的點心，幾聲街上叫賣的「市聲」、「貨聲」、「呼聲」都一再進入他們的想像中，一包雪白的精鹽讓許欽文從四川灰色發青的鹽巴，想到監獄中「泡鹽湯」，喚起的是童年時對「鹽」有聲有色的記憶：

> 在我幼小的時候，家中是常常買大批的鹽的：當時還便宜，一塊錢有滿滿的一籮，兩塊錢可以挑一大擔了。用鹽的地方也多，吃梅子，做麥醬；殺雞殺鴨的時候，總是從廚房裡在刀面上帶出一撮鹽來的；因為是大批買的，藏得久了，成為「瀝松鹽」，也就很乾淨，白白的顆粒放進鮮紅的血碗裡去，是很醒目的。在冬天，曬肥大的魚乾，要先用鹽同硝一道擦得透。還有做醃菜，在高大的七石缸裡，放一批青菜撒一回鹽，鹽粒觸在菜葉上，颯颯作響，是很清脆動聽的。不過這種都是大規模的事情，我家衰落以後，再也沒有舉行過。

這與周作人的〈談酒〉的筆墨情調多麼相似：

> 做酒的方法與器具似乎都很簡單，只有煮的時候的手法極不容易，非有經驗的工人不辦，平常做酒的人家大抵聘請一個人來，俗稱「酒頭工」，以自己不能喝酒為最上，叫他專管鑒定煮酒的時節。……據他說這實在並不難，只須走到缸邊屈著身

聽，聽見裡邊起泡的聲音切切察察的，好像是螃蟹吐沫（兒童
稱為蟹煮飯）的樣子，便拿來煮就得了；早一點酒還未成，遲
一點酒就變酸了。但是怎樣是恰好的時期，別人仍不能知道，
只有聽熟的耳朵才能夠斷定，正如骨董家的眼睛辨別古物一樣。

在這些最平常的題材中找不到時代的波浪或崇高的境界，人們不
過依戀著一些注定要消亡的東西，以溫厚的能夠撫平現實浮躁和困頓
的情趣，表達對人情偕好的珍惜和生命本身的關切與愛。周作人曾讚
張岱是一個「都會詩人」，「他所注意的是人事而非天然，山水不過是
他所寫的生活的背景」（〈陶庵夢憶序〉）。隨時間流逝，張岱小品文國
破家亡的背景日漸遠去，而他作為一個文化收藏者，其文章的魅力卻
越發清晰。具體主義者和趣味主義者都是一點點自我經驗的還原者，
隨著社會變動步伐的加快，他們在文化回憶的碎片中重新建立起了自
我的世界與自我的形象，說這樣的文字有著後現代的端緒，會不會突
兀呢？

「一粒沙中見世界，一朵野花裡見天」，與其說是散文作法，不
如說揭示了一種宇宙觀，講求一種不即不離的況味，由此構成在極微
與極著間的獨特調和。從每一個個體的生存出發，呈現生命的多樣性
和物質世界的豐富性，這是具體主義與趣味主義散文的意義所在。更
具意味的是，那些作為名物的草木蟲魚、那些瑣碎渺小的感官細節的
本身還可以探討生活意義與精髓、體味觀照人情物理，從而通達永恆
的人類意識與更徹底的宇宙意識。此時，將極微與具體的感性抽象與
昇華，在靜觀中達到對生命大層面的反思，保持著某種超越主義的企
望，還有誰比得上愛好禪思哲理的俞平伯呢？從五四時期的多彩辭章
和繁文縟句的鋪排，到論語時期那種不黏不滯、以心冥境的心境，甚
至走向枯淡，都與他越來越趨向對人生彼岸世界的探索樂趣有關。他
自信著「以一言之微，而關於生命之氣候者甚大」（《槐屋夢尋》〈說

窩逸〉），但又與完全的玄學路子相去甚遠，他的哲思建立在日常最細微處，卻彷彿與日常生活相隔重山。如果說超然的人「經常可以成為自己內心活動的優秀觀察者。一個很好的例子就是他們經常顯示出對夢中的景象有著不可思議的理解力」，[9]俞平伯便是一個寫夢高手，只是此時夢不過是可以把玩嗟歎之趣味一種，並非從前「深閨夢裡人」對將來所懷有的一份虛幻，三十年代後作「三槐」，在日常飲食、棋樂、斷詞殘詩、文字遊戲中說「窩逸」人生，已有別於我們通常所說的自我表現，而追求自我的安頓，蘊含對超越日常生活意義的企望。豐子愷的小品文恰好走著相反的路徑，他的散文充滿日常生活中「可驚、可喜、可悲、可哂」的滋味和感興，但在觀察點上另有自己的位置。〈談自己的畫〉一文在描繪妻兒在弄堂門口等待他回家的情形時揭出這點秘密：「當這時候，我覺得自己立刻化身為二人。其一人做了他們的父親或丈夫，體驗著小別重逢時的家庭團圓之樂；另一個人呢，遠遠地站了出來，從旁觀察這一幕悲歡離合的話劇，看到一種可喜可悲的世間相。」對童真的種種描繪，表達人的智靈純真將隨著年齡的增長而日益凋落，因而對於童心尚存的孩子一顰一笑的摹寫中便有著成人的淡淡悲哀。了悟世間的常與變的豐子愷，與他那些「畫中的小品」漫畫一樣，小品文也在「美而幽，靜而玄」的詩意與溫情中透出禪思。對人生的體悟與玩味，表明現代人對生存困境的時時自覺與時時反省，包括政治或國事在內的文化變動、社會變動、人心變動，都使種種無從消除的陰鬱化為另一種向內的促力，去體會生命的脈動。他們深諳內心平衡原則，將人生作為觀察和把玩的對象，對人生保持一定距離，入乎其內又出乎其外，彌補了將目光放在社會現實層面而缺乏對人的存在本身進行追究的左翼作家的偏頗，在某種意義上具有了現代的審美意識。

9　〔美〕卡倫・霍爾奈：《我們的內心衝突》（上海市：上海文藝出版社，1998年），
　　頁43。

第二節　小人物的快樂主義政治

　　把論語派散文中所體現出的具體主義和趣味主義走向，看做是一個散文流派的短命或狹隘的低徊顧盼、自我流連，是認識上的偏差。它們確實少有煽動性、鼓動性語調，少有令人扼腕歎息、盪氣迴腸、潸然淚下的感染力量，卻並不完全如阿英所說，緣於一部分知識分子向前的生命力的衰弱或閒與雅的文化拘束，而是現代人對其所生存世界的真實感受的表達。

　　對感性和細節的追求，對大一統思維方式的消解，是社會和文化巨大轉型之際，踩在農業文明與現代都市文明分界線上的文人們前後失據、淒淒惶惶、嚅嚅難言的選擇。知識分子原有的身分在現代剝離、取消、改變後，他們既興奮於一個新的現代文明世界的到來，又要向傳統的詩意的穩定的農業文明心理惜別，於是不免兩相顧盼，矛盾重重。朱自清曾專文談到傳統宗法式社會向現代社會轉型後，文人「雖然還有些閒，可是要『常得無事』卻也不易」[10]的世俗化過程：「這時候寫作新文學和閱讀新文學的，只是那變了質的下降的士和那變了質的上升的農民和小市民混合成的知識階級。」[11]傳統士大夫階層所謹守的傳統宗法式道德信念不再為現代世俗化社會所接納。向上與向下的雙向交融中，知識階層的血統不再純粹，他們不再擁有一個界限分明的特權區域，當然也不再有什麼唯一的真理必須謹守。於是，懸浮在空中的現代「無根」知識分子，無時無刻不在士林文化與世俗文化、本土與西風、精英意識與凡俗人生間，發生著選擇的焦慮。

10　朱自清：〈論書生的酸氣〉，《朱自清散文全編》（杭州市：浙江文藝出版社，1995年），頁386。

11　朱自清：〈論百讀不厭〉，《朱自清散文全編》（杭州市：浙江文藝出版社，1995年），頁375。

　　儘管歆羨追慕著傳統文人的生活的藝術，儘管《論語》、《人間世》不時以晚明小品的集成裝點自己，儘管西式幽默最後似乎皈依東方閒適，但若指認論語派作家就是隱士加名士，卻仍未識盧山真面目。對於林語堂來說，傳統文化趣味是他後天覓見的一件長衫，與西式皮鞋相配，是率性無拘謹的個性體現，又頗合時尚。林語堂的這種表現或許可以引申為論語派作家對現實生活的二重態度，他們膠著於現代生活的平面、膚淺、即時性、片斷性，在其中厭惡著又迷戀著，煩惱著又怡然著，幻想著又滯留著。他們在現代生活的飛速發展中哀感著過去生活的沒落，也在生活的喧鬧中津津有味地品嘗著生活的豐富性和複雜性。如果說現代文人面對具體、豐富、複雜、趣味橫生且已「無神」統治的世界裡，有的在尋找著、創造著新的「神」，有的向過去的「神」招魂，以儘快確定人類生活中共同的價值基礎。那麼，論語派作家模棱兩可的態度，卻足以讓他們自己在眩暈與模糊感中沉醉。這種模棱兩可，意味著他們將隱匿著的懷疑主義與相對主義的潛流浮出地表，他們的散文放棄了某種善惡分明的道德原則，不再把建構抽象的品格或提煉著終極的意義作為目標，更拒絕自我承擔為道德的牧師，而是以幽默和滑稽，以審醜和褻瀆的快感發抒自己的不滿，同時又安放了自己情感上的認同。

　　隱現著玩世謔笑態度、富有現實動感和生活鬧騰勁的散文，反映著現代人心靈的浮躁和雙重分裂：一方面領略著都市生活空間的狹窄和商業化社會生存法則的殘酷，掙扎在生存的瑣屑與感性、膚淺與蕪雜、凡俗與困頓中，他們在變動不居的都市化物態人情世界裡，在日漸擴大的生活容量與紛亂雜陳的生活場景中眼花繚亂，手足無措；另一方面他們又接受了、認可了社會的現代性發展帶來的新型價值體系，在商業社會的生存法規面前調適自己。都市現代生活改造著人們的生存方式、精神氣質和感覺樣態，「自我」發生的種種變動包括混亂和缺失，都流瀉於作家筆端。錢仁康曾檢討「衛生」這一與現代生

活密切相關的詞，發現「生長在資本主義的工業社會中的人民，其身心的健康程度，遠不如『日出而作，日入而息』那種原始農業社會中的人民為高」，今天人們熱衷於講「衛生」，不是因為人們在科學的幫助下進步了，而是「因烏煙瘴氣、眼花繚亂的都市生活所引起的病症，如近視眼、肺結核、神經衰弱、歇斯底里、多重人格（Multiplepersonality）、病態情緒（Morbid Emotion）、初期衰退（Dementia procox）等，毀壞了無數人的健康，戕害了無數人的生命。防疫殺菌的運動，和毒氣炮、毒瓦斯炸彈的製造形成了極端矛盾的對立」。所謂進步與發達，不過是道高一尺、魔高一丈罷了（〈衛生的限度〉），文章對物質文明的發達帶著幾分警覺，幾分困惑，也有幾分嘲諷。物質文明的發展帶來的還有刺激、享樂、光怪陸離的新事物與各種欲望的誘惑。最有意思的是，在《論語》刊物以〈春〉為題的徵文中，北平古槐下的俞平伯〈賦得早春〉還充盈著古雅的情趣，彷彿亙古而來的「春」都如此；而李之謨的〈春〉卻已在哀歎著大都市的春天，哪裡有什麼春，人們擠軋著，「春服未成，遂反而感到了春的壓迫」，代替大自然「春天」的，是西化的男女們社交酬酢、茶會、舞會、交際花的派對等都市新潮景觀製造出的撩人的「春色」。

　　如此一來，論語派散文著實成為一種本質上與農業文明漸遠，與工業文明漸近的現代都市散文。新月一派以古典浪漫情懷排斥著都市的嘈雜，視之為墮落的淵藪而頻頻回望鄉村優美的田園風景和原始單純的人情，他們的散文世界不脫都市里的鄉村情境。論語派散文卻散發著世俗文人對現代物質文明所懷有的一份相當曖昧的情緒，本身與都市膠著著而非隔膜著。廣告、電影、咖啡館夜生活和海濱或山間的假期避暑，在日常生活中或許沒有很大的分量，卻以熱鬧、新鮮、時尚刺激著人的欲望；電話、「保險」、電車、旅館、公寓則成為生活中主要的話題；而都市快節奏、公務員點卯日子的單調與呆板，公債市場上的投機和冒險，又帶給人從未有過的焦躁與不安。沈從文一類作

家以「鄉下人」自豪,可並非所有文人打心眼裡覺得泥濘的鄉間小路一定比梧桐成蔭的水門汀馬路更具詩意,嚮往歸隱山林、寄情山水之心或有,卻已多少有點矯情造作。三十年代的周作人、俞平伯等雅致閒適的文字影響雖大,卻未必代表了論語派散文的總體取向。論語派的更多數量的散文,是海派的,是市民文人的手筆,他們承認生活的本相,抹開雅俗界線、公共話語與私人話語的界線,將自己最平常甚至是凡庸的面目展示在人們面前。頗有文名的老舍拒絕了作家稱號,自稱不過一「寫家」,家庭、孩子、寫作生活與常人一樣瑣碎無奇,〈婆婆話〉、〈有了小孩以後〉、〈我的理想家庭〉自嘲所謂理想與現實的背離:「人生的矛盾可笑即在於此,年輕力壯,力求事事出軌,決不甘為火車;及至中年一心理的,生理的,種種理的什麼什麼,都使他不但非作火車不可,且作貨車焉。」受著經濟和時間的支配,老舍乾脆戲稱要將避暑之地選擇在床下和浴缸裡;林語堂對理想家庭和理想住宅的設計,不過是中產階級衣食無憂的生活理念,絕非山林裡的高人雅士或都市大隱;而郁達夫將「屐痕」印遍青山的遊趣沒有公路局的贊助恐怕難以成行,這位曾浪漫於青山處處可埋骨的遊子一旦「求田問舍」,也不能免俗地要時時做著中獎券的夢。

　　從前可以優遊山林、依戀林藪的傳統山人、布衣文人、離群索居之士,成了平民文人。市民文人,能夠像古名士那樣自許風流、閉戶讀書或宴坐山水間的少而又少,與傳統文學有深厚血緣關係的作家:日益向古典美的意境歸趨,發揮中國傳統文學中審美經驗與日常經驗的同一性原則,即使他們處理的是民間的或俗世生活的題材,也往往化俗為雅。但更多的論語小品則以日常生活瑣屑與都市俗世氣息來通達人情,與那種以文自娛、本於消遣、聊以解頤的文人遊戲相區別、與帶貴族味和「濃得化不開」的新月散文相區分,甚至是承繼五四身邊瑣事一脈。那種曾經瀰漫於朱自清散文中的醇厚詩意也所存不多,晚明文人的放達自適是論語人的榜樣,可是在論語派散文裡,這種人

生的放達情態卻時時讓位於中年人對現實生活的俯就順從、無可無不可。除卻了對美麗人生的憧憬，少了對理想的執著，多了交換「不怕老婆的害處」的話題，他們談論家庭中的杯水風波，忙於應付日日瑣屑無聊的生活「功課」。他們只能懷想前現代士子傳統的種種清高和「溫馨」，但一旦要在喧囂擁擠的生活環境中營造回歸自然的條件和氣氛時，卻可能適得其反，反而透露出其中夾雜著的追逐物質主義與享樂主義的俗庸。邵洵美〈談睡眠〉、劉大杰〈喝酒〉、陳叔華〈且莫說怕過夏天〉、春風〈瀋陽消夏錄〉、林語堂的〈游杭再記〉，還有一大批談晝寢談釣魚談狗談種花甚至於談蚯蚓談關於閒談等等，都不再是傳統經驗中的閒雅之文。閒或有之，雅則未必，僅僅是城市中層階級生活方式的炫耀，甚至時有才子惡調出現。在談話風及閒適的口號下，論語派散文還販賣了那些不入雅之規範的個人生活，癖好習性無妨入文，往往點染出求雅不得欲雅還俗庸人自擾的神情。劉半農〈和周作人五秩自壽詩〉裡那種連妻子臉上多少麻子都要入詩的所謂「寫實」，即不免帶來北平蘑菇氣的無聊；老舍有〈檀香扇〉一文，以東西方體味不同作譔，嘲笑西方女子，不免油滑過頭而落人低俗。題材本身不是決定文章高下的主要原因，論語派作家也許並非有意落俗，現代生活的粗糙與無餘裕，現代士子謀生的艱辛，現代市井生活與平民化的身分，早使文人們失去了古代雅士從容的心態和講求精緻的耐性，缺乏見識和才性的身邊瑣事可能流於瑣屑單薄，透出一股小家子氣。

　　烙刻著市民文學的印跡，論語派散文與超拔的都市現代派小說絕非處在同一風景線上。現代主義的詩人們描繪著一個令人目眩神迷流光溢彩的華麗頹廢的物質都市，他們極力撇開舊城區舊文化的牽扯和干擾，孤獨地立在摩天大樓上，只將大都會的線條和輪廓收入眼底，營構自己的空間想像；他們步行在人來人往的街頭，感受著現代速度和聲音，按照本雅明的說法，那是都市的遊手好閒者。可是論語派作

家們恰恰站在新與舊的交界處，徘徊穿梭於深彎錯綜的弄堂、嘈雜擁擠的公寓內。在那裡，現代派誇張和富於戲劇性的幻覺被永恆的煩瑣的生活之流洗刷後，變得平靜而真實。「人是一天天的迷惘而且麻木了！生活緊迫著你，一切美的詩意，倘若有這麼一星星的話，都只能在過去裡尋找。這過去倘若是愈近，也就愈使你感到『井中』和『鉛色』」（趙景深〈記魯彥〉），灰色和狹隘，的確是世俗文人的生活寫照。一些貌似高雅的題材，便在絕不高雅的過程中發生陷落：遊山玩水，本是文人騷客抒寫「念天地之悠悠，獨愴然而涕下」、唯我與天地同在的大好時機。但論語派作家偏寫乘興而去，敗興而歸，他們不僅缺乏全身心投入的熱情，且在左顧右盼中指指點點，出言解頤，裹挾在杜甫草堂的人流中看到庸婦們叩頭許願，便不免「替杜先生捏一把汗」，深感「名人之不好做，在生時誠常有被各色人等利用、要求、勉強的機會，就連死了也會被人纏繞不清，不得安寧」（〈人日遊草堂〉）；他們記下的多半是旅行中無數闊佬的排場與平民們的「平生五恨」——旅館、車、船、腳夫和衙門，歷數身受「五行氣」；他們寫著「元旦擠車記」，寫著黑店宰客的高招伎倆，記錄一路發生的奇聞怪事；當政界要人、社會名流紛紛上盧山避暑之際，平民們也在享受著種種避暑法子：在浴缸裡、在床底下，最上等便是進泳池了。林語堂的〈冬至之晨殺人記〉寫著現代人的不堪困擾、惡意頓生，筆意雖輕鬆，卻顯然帶有現代都市人對人事的冷漠。這種日常感興是對無意義的日常生活零敲碎打後的產物。他們描述著一地雞毛式的日常生活，無法賦予這種現實生活以崇高的意義，有時甚至不加區分地將無聊的生活當作原料煮成一鍋，產出一批〈無腦縣長〉、〈低能校長〉、〈我所認識的怪人〉之類的東西，一副滑裡滑稽的古怪模樣。但你能說這不是他們睃尋到的世態真實和生活真相麼？

　　如此，論語派發凡「幽默文學」，並不是憑空而來的靈感，而是其來有自的。政治的無聊、市井商情的澆薄，生活的凡庸，舉國上下

高調虛蹈的作派，懷疑、嘲諷、幽默、自我諧謔成為一種屬於市民知識分子的快樂主義政治，它的出現再正常沒有了。幽默者的生成、對幽默所進行的界說，大概是上個世紀最紛繁又最勞而無功的事情。人們或說它既關乎人的體液和「肌肉抽搐」等生理反應，又是高於具體內容的抽象形式；人們總是在諷刺、反諷、荒誕、滑稽等數位面目相似的兄弟中盡力判斷它的圖像；人們還說，在熟悉中發現陌生、在笑中含淚、在「偉大」與浪漫中看到真實與平常時，幽默就現身了。一九三〇年代時勢的緊迫感更使眾人反覆強調幽默的不合時宜，認為只有諷刺性的暴露才是必然。但幽默能夠存在恰恰表明，正因為並不是每個人都有一個貌似極端強大的「自我」，能夠使自己在極端的環境中產生出足夠的衝擊力量，世上的多數人只能以旁觀者的幽默讓自己向痛苦與失敗妥協，他們「在這個世界上生活，好像又不是在這個世界上；尊重法律，可是又高踞於法律之上；占有，『好像又沒有占有』，放棄，好像又沒有放棄──高度的人生智慧所喜愛和經常提出的這一切要求，只有幽默才能去實現它」。[12]執著地追問論語派散文達到怎樣的幽默境地並無太大意義，但發凡幽默本身並非全無根據，無論如何，幽默不與聖人同行，而與弱者相親，大時代中的小人物能有什麼作為？正因為如此，左翼「力」的文學家是嫌它無力的，純情和雅正的新月派，是蔑視它的，現代派的華麗和孤獨，更是遠離它的。

　　市民知識分子快樂主義的語言方略表現為雅馴中的閒筆。諧謔中的奚落、反諷、戲擬、反語等諸種頗具「褻瀆」意趣的態度，它們共同參與著論語派作家對日常生活的，感覺遊戲，表達著追新逐異中的複雜心態。都市的侷促讓人失去了與自然親密接觸的機會，著想學者古人發抒春意，便只能推開窗子，在櫛比的樓盤間領略對面牆上「反射來的春光」，在「色如松煙，臭如屎，石發生焉，毛不長」的池水

---

12 轉引自陳家琪：《浪漫與幽默》（南昌市：江西人民出版社，1998年），頁203。

邊吟詠庾信的詩，在觀察鴿子飛出飛入時才有一絲「關關雎鳩」的懷春之意，當然浴池裡的戲水可以想像為在大海上搏擊（〈春假紀遊〉）。徐訏發現照片上的自己漂亮得如美國電影明星，簡直可以做大減價時的贈品，荒誕與惶怕頓然升起，「我要我自己的像」，與其被明星面孔置換，寧可換成一隻猴子的面孔也能更像「我」自己（〈我的照相〉）。《論語》中有人談吸煙的好處，就有人論晝寢的佳妙：「如果黑天睡覺是吃飯，那麼晝寢就是小吃；睡覺是家花，晝寢就是野草；睡覺是黃面老婆，晝寢就是外面相好，它的好處都在不言中。」（春風〈論晝寢〉）這些滑稽調侃之語，有著從生活中來的活氣卻也不乏俗趣，更顯得輕狂放任。連儲安平那樣的京派人物，因為「去年七月吃了論語社幾位朋友的飯」，文章也帶上了滑稽調侃的「論語氣」：本來無大病，但如果「要做一個現代中國的要人」，就得學會在必要時生病，而養病的地方也有一番考慮：「因為匡廬我雖想去，但已有了林主席；香港即使沒有胡前立法院長，我也嫌他與我的根據地江蘇太遠，有鞭長莫及之慨；妙高臺不消說更有蔣委員長在那兒；莫干山周家雖有淵源，無奈憑空又飛去了汪行政院長……原來在中國，我們都必須各據一方，才好做手腳，才能培植自己的聲勢」（《來京記》）。全篇以「要人」為中心，戲仿奚落，無所不用，令人解頤。

　　恣發奇論大抵是論語派散文以另一種眼光看世情、表達「偏見」的結果，也是一部分論語派作家蒙上「幫閒文人」蓋頭的原因。章克標曾寫過《文壇登龍術》的小書，在書中，人們有時很難分清嘲諷與誇示的界限，也不免對其輕佻的態度發生厭惡；姚穎在林氏刊物中的專欄當時最為大眾讀者喜愛，可是她的婉而多諷，多是以小人物眼睛看官場。與其將之提到「新官場現形記」的高度，不如還原她所代表的市井小人物的立場，有慨歎、蔑視、幽默與反諷，又多少混合了羨慕、諷刺、不屑又安然的態度。有人在〈談世故人情〉裡對「道義之

交」進行限定:「道義可以作為一種門面和彼此談話的標榜,因為如此一來,大家覺得不為利害所囿,高雅得緊,但當利害發展到相當程度時,實際的打算,或許較道義的考慮為高。」也有人作〈反世態炎涼論〉:「世態之有炎涼,正如一年之有冬夏,是很自然的」,「君不見天下以市道交乎?女子出賣色相,男子出賣脅肩諂笑、出賣人格、出賣朋友,高尚的出賣口舌講學、出賣文章混錢」。這樣的牢騷和不滿最終是以市民生活通行的準則進行解釋,體現出對現代實利主義的同感和輕鬆態度,而缺乏道德上的嚴正。忌諱高論的林語堂〈一篇沒有聽眾的演講〉,不再以浪漫的愛情來煽情,通篇大實話:纏綿的情書可以焚掉了,小女生桃色的癡夢也該醒了,懂得夫婦之道才能維持婚姻的長久。五四時期出走的娜拉們的決絕的悲壯和浪漫,顯然已被他看得過於飛揚而不踏實,他所持之有據的不過是生活的常識。無疑,論語派散文與二十年代身邊瑣事題材一脈相承,內質早已似是而非。二十年代即使是瑣事,也關乎人的個性解放與思想啟蒙,即使風花雪月,也暗含以新的文明和道德律對舊道德倫理體系的否定。處在商業時代的小人物產生了與現實既排斥又同謀的心態。排斥,是小人物屢屢遭挫而生的不平壓抑和失望;同謀,則是對社會的基本準則的肯定,認同人的欲望和奮鬥。於是在滿足中有失落,投入時又疏離,宏大敘事者前瞻的激情和頹廢者後視的叛逆一併失落。專注於傳達具有偶然性的個體生活事件,不提供解決問題的途徑,或給出什麼標準性答案,論語派的小品文寧願是心靈的蒸氣浴,是精巧的創可貼,撫慰著陷在生活泥塘中的孤單的個人,包括他們自己。

　　日常生活的快樂主義政治,是市民知識分子以承認生活的多樣、豐富和互相矛盾為前提而採取的應對方式。在閱歷漸深的眼睛裡,不能容人的諷刺鋒芒漸漸為幽默和諧謔所磨鈍,於是老舍說:「一個幽默家的世界不是個壞鬼的世界,也不是個聖人的世界,而是個個人有個人的幽默的世界。」(〈滑稽小說〉)這裡所提出的不僅是幽默的心

態，而且在價值判斷上已不再有非此即彼的絕決和斷然。老舍三十年代的許多小品文總有幾分讓人難以捉摸、無從判斷的地方，那是因為作者即使在微諷小市民的行為與作派時，所遵從的也並非五四啟蒙主義者的「愛憎不相離」的「哀」與「怒」，這種幽默俳諧是與底層人生活的苦澀相聯繫的，老舍把自己的脾氣與家境聯繫：「因為窮，我很孤高，特別是在十七八歲的時候。一個孤高的人或者愛獨自沉思，而每每引起悲觀。」（〈我的創作經驗（講演稿）〉）為論語派作家最推崇的英國幽默隨筆家蘭姆也不過是倫敦的一個小職員，倍受生活的打擊，因此他總是在散文中表達出自己「不完全的同情」的情感立場；[13]另一個也常出現在論語派作家筆下的幽默典範是加拿大幽默諷刺家李柯克，他以平民的眼光觀察生活中瑣碎又可笑的事與人，笑笑別人也笑笑自己。缺乏力量改變生活的小人物往往要借助幽默排遣鬱積而與生活達成和解，老舍那種滿人的謙卑與自我保全，小人物的無可奈何，以及作為一個平民文人對高高在上的精英腔調的反感，都使他將自己寬忍的處世原則投諸人間。論語期間的小品文不過實踐了他所謂「幽默指出那使人可愛的古怪之點，小典故，與無害的弱點。他是好奇地觀察，如入異國，凡事有趣」的理論。雖文名大小不同，對於幽默的表現力也有高下之分，但現代市民作家的心態和相對主義眼光與老舍相比並無本質差別。論語派刊物上的大量散文，多以小市民的平庸、凡俗作為嘲笑的對象，而他們在新舊交替時代表現出的道德上種種愚頑淺陋，大凡都得到作家的容忍與同情。有人以〈藍襪子〉為題對都市小資產階級女性心態的摹寫，與四十年代錢鍾書對女學者或女權主義者的智性調侃頗為相似，可是語氣緩和多了；中國的名人在歐洲旅館的深夜裡仍保持他高聲談論的本性，不得不讓人對中國的國民性刮目相看（華五〈說旅館〉），但這種對國民性的批評還是與尖

---

13 參見黃偉：〈蘭姆隨筆：英國商業時代的精神造型〉，《外國文學評論》1998年第2期。

銳的抨擊和一針見血的諷刺大有不同，原因在於，無處不在的自嘲，
生出了諸般容忍和同情。

懷疑主義即判斷的「不確定性」，而相對主義立場，意味著不以
思想的界定者和裁判者自居，意味著一種道德上的兩可立場，意味著
對人為的道德審判臺的撤除。這固然與論語派要求文學疏離特定的政
治立場的主張有關，更是現代化進程與時代的劇烈震動下心靈裂變的
結果。論語派當年最受詬病的是他們所自詡的「反映現實」，陳叔華
將之提高到現代氣息的高度，認為論語派小品文的高明之處是，「明
朝的小品不會寫出現代廣告術的欺騙；也不會暴露要人辭職都得裝
病，亦稱『政治病』；也不會揭穿私運煙土的大秘密，也不會寫出第
一商埠的上海不適宜於住家……」，「這些都是在提倡幽默，解放性靈
之後，參透道理，妙悟人情，揭穿真相之作，很有辛辣的現代氣，雖
然表面頗溫和」。[14]周劭在〈論語三年〉中總結道：「五十期以後，關
於暴露的文章多起來，……從幽默到暴露之路即是論語從虛淺到貼近
人生之路」，似乎如此。《論語》中曾有「現代教育專號」、「中國農民
生活專號」。《宇宙風》中也有大量對於社會黑暗、民生多艱的寫實性
題材，各地通訊往往帶給人們中國大地上的洪災、饑荒、日軍的轟
炸、逃難、監獄的黑暗、官場的醜聞。從某種意義上說，它們保留了
當年中國社會與政治的面影，也帶著針砭世態人情和揭露社會黑暗的
諷刺意味。「生長農村，服務農村，以其縝密之觀察，將農民日常生
活，悲歡苦樂，寫成本集（指〈黃土泥〉——引者注）」[15]的老向則感
同身受著農民的無奈與認命，〈播種者言〉說出了農民的「淚與血」：
「我們彷彿走上一條死路，越走越死；彷彿年年在挖自己的陷阱，越
挖越不能自拔」，在兵匪稅迫壓下辛苦生活著的人將希望寄託在「換

---

14 陳叔華：〈幽默辯〉，《論語》第79期（1936年1月）。

15 見「人間書屋」之普及叢書廣告：〈黃土泥〉，《宇宙風》第6期（1935年11月）。

一換年頭吧」，此時他也就將潛在的「官逼民反」的呼聲傳達出來。

　　來自北平、南京、成都的通訊中，官場的情形、平民社會的多艱，來自飄泊途中的青年所傳達出的流浪者的傷感與國難當頭的悲哀，甚至是來自國外的政治、社會、戰爭見聞等都遵循了「取材之豐富，文體之活潑，與範圍之廣大」的辦刊路線，為林氏刊物添增了如許人生社會的厚重感。到了戰爭在即時的「家的專號」，「北平的專號」裡，已籠罩了國破家亡的陰影。就是遊戲筆墨，也有「微言大義」存焉，這些文字至今讀去也有令人感歎的價值關懷。但把這裡對社會現實的不滿、牢騷滿腹、潛在的抗議看做其散文的本質特徵，又顯然不得要領，胡風便嚴肅指責論語派散文的最大問題是「對於社會現實是觀照（『公平』地肯定）而不是批判」，[16]這是有識者之論。以馬克思主義理論為指導的左翼雜文，站在理論批判的高度發現民生疾苦，揭露社會的黑暗與不公，其目的當然是為了動員革命，力求對社會制度進行總體變革。左翼文學也有日常生活的圖景，但那個世界善惡分明，他們最終要進行的是有非凡意義的社會批判、消除、解決至少是反思，而為人們建構起遠方的「另一種生活」。而在拒絕以某種社會理論指導生活、且缺乏行動力的自由派作家看來，與其進行理念的建構和道義的說教，以崇高的道德使命和社會責任感對生活進行絕對的價值判斷和道德判斷，不如讓位於生活和道德立場的多樣化。他們只取物態人情中的炎涼冷暖，尋找衣食住行、人際交往、工作娛樂、精神肉體發生的「現象」，雖然疑問著、懷疑著，卻無法也不願給予什麼絕對明晰的答案。他們將左翼作家眼裡的種種殘酷社會圖景變成對社會街景、世態人情的輕鬆品談，對現實人生取旁觀者「看戲」心態。因此，即使越來越多的遊戲筆墨也無妨：「人生是這樣的

16　胡風：〈略談「小品文」與「漫畫」〉，《小品文和漫畫》（上海市：上海書店，1981
　　年，影印版），頁175。

舞臺，中國社會，政治，教育，時俗，尤其是一場的把戲，不過扮演的人，正正經經，不覺其滑稽而已。」[17]看穿把戲，便失聲而笑，拒絕劍拔弩張，或義憤於形色的寫作姿態，在觀照的視角中始終是一個局外人。如此，魯迅那種讓不是東西者之流縮頭的尖銳性在論語派同人們筆下，就成了在一旁「好喝坍臺」和「拆穿西洋鏡」。這種平面的展示，既達不到幽默者心智的高度，也沒有魯迅似的「熱心人的讜論」的思想深度，更缺乏嚴肅文學對生活的超越性批判精神。要求文學應該具有震撼人心的深度與厚度的人對此自然不會滿意：「近年的幽默文學，其不負責任之處，其輕輕把過失往別人身上一推，自己隔岸觀火地嘲笑的態度和以前的那種譴責文學並沒有多大差別。」[18]只是，小人物的懷疑主義與道德相對主義立場，那種以世俗、實利和平庸、遊戲為主導的審美趣味，那種消除形而上意義的探尋，淡漠對人生的崇高境界和終極關懷的追求等等，既是隨著社會和時代的變動而來，那麼責任恐怕也不能全由作家承擔吧。

現代散文的諸種樣態，其實都是現代人浮躁心態下採取的種種舉措：一種選擇是，從大處著手，撇開具體的生活細節，把握住時代的大方向與潮流的大趨勢，讓躁動的心靈搭上時代的脈搏一起跳動，由此調整出適應潮流的節奏感與滿足感。第二，像沈從文一類京派作家，在審美的途路中將目光越過現有的一切，回到詩性的鄉土中國，寧靜而致遠。第三種，像三十年代的論語派或四十年代的張愛玲那樣，「對於物質生活，生命的本身，能夠多一點明瞭與愛悅」。[19]第一種沉湎於「大敘事」的樂觀，順應著社會政治的選擇，所需要的是非常人所能有的「力」，這便難以為以個體為中心、又缺乏尖銳叛逆性

---

17 林語堂：〈我們的態度〉，《論語》第3期（1932年10月）。

18 張夢麟：〈中國現代文學的動向〉，《天地人》第2期（1936年3月）。

19 張愛玲：〈我看蘇青〉，《張愛玲散文全編》（杭州市：浙江文藝出版社，1992年），頁260。

的世俗文人所接受；另一種「詩意的棲居」只執「宇宙」的一端，他
們遠離世俗，只能是少數人高蹈的心靈實驗。

第三節　反體系的文體意味

　　或許沒有哪一派作家比論語派更強調一種有意味的文學體式，在
他們眼裡，小品文最合適承載自由主義者的精神氣質和現代人的思維
方式；它具備一種反體系特徵：它「不為格套所拘，不為章法所
役」、它「小」「輕」「片斷」、它重感覺的豐富性而非邏輯和條理性，
都與義正詞嚴、宏文大論、高頭講章相區別。它妥帖地以個人的感覺
偏好來安慰現代人的心靈，恰好展示了個人在生活與思想矛盾中的左
奔右突的難堪境況。這種反體系主義，不僅將論語派小品文的文學性
推向更現代性的審美維度，還以雋永的富於生活情趣的細節，可感的
生活氛圍，幽默、哲思與智慧，為讀者提供了最鮮活的感性的汁液，
且吻合著上面所說的懷疑主義和相對主義的思維特點。

　　文章可以棄傳統宗法式倫理為中心的世界而去，這意味著對指導
生活的「神」的驅逐。「切忌勿作論」，是周作人讀宋人文章得出的結
論。但論語人聲稱他們愛「論」，只是他們更樂於將這「論」置換為
一種「抒情的散文」，恰如朱自清所說的：「此外，以人生為題的精悍
透徹的——抒情的論文，像西塞羅《說老》之類，也可發展；但那又
得多讀書或多閱世。」[20]與傳統「古文」的「論」相比，「論」的目的
和心態發生了根本變化，不再是身懷沉重的「挽頹風」的道德使命，
不再是以文化復興為己任的儒士最擅長的那種「危苦激切」的表達方
式和正經的教訓，也不是行文載道、專求渾雅正大和雄沉氣象的秦漢

---

20 朱自清：〈什麼是散文？〉，《朱自清全集》第四卷（南京市：江蘇教育出版社，
　　1990年）。

大文，而是對平常世態的觀察，對日常生活情趣的玩味。它以情為主，林語堂以「說自己的話」追求個性的真與誠，直接懾服於西方「自我表現」精神，表現即人生，人生即表現，而現代小品文代表誠實近情的現代人生觀，它的使命也就是「叫人真切的認識人生而已」。[21]劉半農一向聲稱：「至於文藝，它根本不是理知的，是情感的」，「當然就不能有什麼客觀的標準，只能看作品中的情感，與我自身的情感是互相吸引的或者是互相推拒的！」[22]「小品文」所具有的近情品格正可以反「儒」，建立在自我表現基礎上的個性主義打通了封建傳統理性對人感性生命的重重壓制。

有了每一個活潑的個性在內，論語派要「論」，但不作攘臂扼腕的宏文大論，而是參透人生的智慧之果。在這樣的散文中，要排除的是嚴肅刻板、中規中矩的人生教條，或可作為人生座右銘的什麼格言警句，而追求每一句話都是通達人情世故、旁徵博引、妙趣橫生的隨隨便便又富有藻韻的情趣文字，是隨時散發出的一股奇妙的空氣。這才是西方幽默隨筆的靈魂所在。如果說俞平伯、豐子愷身上更多些東方哲人的思辨色彩的話，那麼西方哲學同樣也對中國現代文人的思維方式進行著潛移默化的滲透，這種「論」，可以發抒對人生獨具隻眼的認識，是含笑談真理或進行紙上的散步的文章，有著灑脫的智慧和博雅的知識作底，如理論家所說：「隨筆作家以其特殊方式充當人生的解說員，人生的評論家。他觀察人生，不像歷史家，不像哲學家，不像詩人，然而這些人的特點他又都有一點兒。」[23]如林語堂所強調：「幽默家視世察物，必先另具隻眼，不肯因循，落入窠臼，而後

21　林語堂：〈今文八弊〉，《人間世》第28期（1934年5月）。

22　劉半農：〈國外民歌譯自序〉，《劉半農雜文二集》（上海市：良友圖書公司，1935年）。

23　〔英〕亞瑟・本森：〈隨筆作家的藝術〉。轉引自姚春樹：〈創立20世紀中國雜文美學的可能〉，《藝文述林》（現代文學卷）（上海市：上海文藝出版社，1997年），頁144。

發言立論，自然新穎。」[24]四十年代錢鍾書則給了一個最恰到好處的題目「寫在人生邊上」。林語堂談中西文化，郁達夫「說肥瘦長短之類」，錢仁康談「忙與閒」；還有徐訏〈談人間苦〉、〈談美麗病〉、〈新年談憶舊與懷新〉，俞平伯談生老死及父子，更多的是談靈感，談浪漫，談寂寞，談玩與遊戲，談家庭與婚姻，他們不在意於說出的是否真理、至理或得出什麼值得記住的結論，只要能夠揭發出人間的隱情與內心的真誠，既風趣俏皮而使人不至於頭痛，既傳達知識又有趣味，既可以笑笑別人又不妨笑笑自己，那麼是非曲直甚至荒唐佻達也由它去，更不妨將公道家、演說家或正人君子的面目完全拋開，於是那些來自現實政治的勞神傷心的大題目與民族國家類的「正論」、那些符合傳統「溫柔敦厚」的政教倫理之論自然就被逐出「論」的領地。

　　論語派作家最推崇的談話風體式，既承載了那些帶有智性的「論」，更相宜的還有那些漫無邊際的隨想和閒談，他們總能相得益彰地將反體系的思想方式盡顯出來。儘管周作人有意將中國文學傳統中那些華彩具實的文人和文章引入現代散文中，但從西方而來的「談話風」那種非體系的零散的思想片斷和話語方式，對於鄙視喊口號，不願做道德演講，不屑於條分縷析，以自由交流和寬容氣息反專制主義的論語人來說，無疑有著更大的吸引力。廚川白村散文情境的描述吸引了不止一代的散文家，其魅力在於既有東方人對於悠閒的經驗和底子，又將西式自由交流的氣息傳達給了拘於個性、情感、倫理道德束縛的中國文人。在有關談話風的文體和理論上，論語派譯介最多，用力最著，實踐最豐。《人間世》一方面加強對晚明小品文的品賞，同時也看到這種傳統文體必須進行現代的改造，因此在「譯叢」欄裡發表一些譯介性文章討論近現代隨筆的發展，林疑今譯亞里山大·史密斯（Alexander Smiss）的〈小品文作法論〉，其中特別提出小品文

---

24 林語堂：〈答青崖論幽默譯名〉，《論語》第1期（1932年9月）。

「以自我為中心」，對於西方隨筆的鼻祖蒙田與培根的評價是：「蒙田那些不拘言笑的文章，有一種異常豐富而且綜錯的辭令；而培根的文句，則為其思想所壓，……這兩位老作家，雖有一種吸引人的美妙，然皆缺少閒適的格調。」[25]謝六逸譯日本芥川龍之介的〈清閒〉，表明「隨筆是清閒的產物」的主旨，他尤其推崇日本一批「描繪蟲魚草木的姿態與生活」清新的散文，無非想探索「散文的用途，究竟可以擴張到什麼程度」[26]。第十五期以後的《人間世》取消了「譯叢」欄目，專闢「西洋雜誌文」欄目，對於閒適性隨筆的譯介可說是全方位的。對二十世紀初影響甚大的弗吉尼亞‧吳爾芙的散文，《人間世》上也專文介紹，表明編輯眼光對於新的西方文學思潮，也抓得相當精準，文章中特別指出：「其文體似議論而非議論，似演講而非演講，總在講理中夾入著追憶，議論中加入幻想，是現代小品文體之最成功者。」[27]此外，王穎的〈談閒話〉，煉青的〈論個人筆調的小品文〉、〈論讀書與談話〉，江寄萍的〈談「本色的美」〉等文章，比較強調閒談中的體式自由，認為這樣的小品文完全統一於某種溫和的情調，而不是某種嚴謹的格式；林語堂繼續以刊物來實現他的文章理想，就是在那人人都「善作社論」的年頭，期望能得到幾位知心好友，以含蓄而富於暗示性的晤談將與你相近的智力、悟性和判斷力展現出來；他強調刊物期待著以平等、平易、平實的文風來招聚會友，在笑語喧喧或閒扯漫談中找到有見識有骨氣有性靈的作者；至於小品文的話題，更是自由，或大或小，即使中途轉換也無妨，思路也可時斷時續，突兀也無礙，如若其中有著作者費盡心力的組織與安排，那麼，也必掩於看似漫不經心的行文裡。這些都是相當值得重視的散文藝術論。

---

25 林疑今譯：〈小品文作法論〉上，《人間世》第2期（1934年4月）。
26 謝六逸譯：〈清閒〉，《人間世》第3期「譯叢」欄（1934年5月）；謝六逸：〈一九三四年我所愛讀的書籍〉，《人間世》第19期（1935年1月）。
27 彭望荃：〈吾評弗勒虛〉一文之「編者按」，《人間世》第2期（1934年4月）。

「可是，你說」、「你知道」之類向吳爾芙學來的文章開頭的句式，便多次被林語堂用於自己的小品文中。徐訏也著有〈談美麗病〉一文，且不說題目本身很有吸引人的地方，文章以「那麼，為什麼不叫病態美？偏要叫美麗病呢？」開頭，帶著迷人的親切口吻和悠閒氣度；林語堂〈談螺絲釘〉表現了他散文的一大特點，即文白雜糅中顯出縱意、放達和閒適，時時露出英國隨筆模子鑄出的色彩和線條。在這個戲劇對話體為主的系列裡，塑造了一位引起話題，或在話題的推進中穿針引線的知識女性形象，她才氣橫溢、風趣俏皮又不乏體貼與善解人意，是林語堂心目中《浮生六記》中芸娘在散文（而非話劇）中的現代化身。在這個系列裡，林語堂採用了既傳統但同時又有新意的對話體，只因為，在對話體中最易認識說話者的性情、最易營造一種不那麼正襟危坐的親切情景，而時斷時續中更可以盡顯說話人的學識、才氣及智慧，可能有著片斷的真理或剛剛萌芽的好思想。這種對話體，陳衡哲、曹聚仁等作家也常常用於自己的散文中。

　　反體系的思想方式讓講求性靈者的主觀與即興的思維特點盡情發揮，這意味著無須以什麼清晰準確的概念去表達他們的觀念，那麼，與莊嚴的「大話」和整一性體系的思路便判然有別。在論語派散文中，不乏文人雅士的藝文流連，林氏刊物「書齋」林立，每位書齋的主人都熱烈地標示出自己的讀書興趣，迎接登堂入室的友人。林語堂的「有不為齋隨筆」最是放達，高談闊論，興致勃勃；到劉半農的「雙鳳凰磚齋」，主人卻只在常人並不眼熱之物上大做文章，感興也並無固定的題旨，意到筆隨；劉大杰的〈春波樓隨筆〉、沈啟無的〈閒步庵隨筆〉、周劭的〈讀袁中郎偶識〉、江寄萍的〈屠龍的書牘〉、徐碧暉的〈海闊天空樓讀書隨筆〉等，都採用了傳統的評點式寫作方法，將名句佳句、有趣的語錄或精彩的片斷隨手記下，加以寥寥數筆的點評，即興而發，點到為止。多數讀書隨筆由這些小節綴連成文，看者既不必從頭讀起，又隨手可以放下。關於周作人的文體，

人們已經說得很多，但那些「百衲體」文抄，所具有的不正是一種反體系的形式嗎？俞平伯乾脆連南人詞一般的清麗雅致婉約中一絲若有若無的絲線都抽走，儘管他也一樣迷戀著公安竟陵和《浮生六記》，也曾有過華彩濃麗的心情，至此時卻以艱澀、樸拙、簡單別具一格，在「三憶」中，殘餘的夢中的詩，一點片斷的、零星的畫面、靈感和飄忽不定的思緒，形式上仿古體的清言、連珠、語錄體，都只是思想的即興片斷，而非連綴的體系。

　　也許還可以這樣去看林語堂對書信中寫「再啟」的認識了。林語堂說，信中要說的往往「在未執筆之先，早已佈置陣勢，有起有伏，前後連串好了」，可是那些東西往往未必靠得住，而「再啟」卻是「臨時的感念，是偶憶的幽思，是家常瑣細，是逸興閒情，是湧上心頭的肺腑話，是欲辯已忘的肝腸語」。後者零碎、即興，卻遠遠勝過「陳腐迂闊的現代評論派的議論文章」，是真正的情感一流露時的瞬間形態（〈怎樣寫「再啟」〉）。用什麼來貫穿這些隨意的非連續性和非一致性的文字呢？不過依憑一種「味」。這種「味」與五四時期年輕人那種「高歌低唱，袒裼裸呈」、行吟詩人似的氾濫情感是不同的，那種感傷時揮淚如雨，抒情時則如周作人在〈美文〉中批評的「落了窠臼，用上多少自然現象的字面，衰弱的感傷的口氣」的作風，在論語派作家眼中的確早已「不大有生命了」，因為其中有太多人工雕琢的痕跡，失之於無味。林語堂追求幽默味、閒適味，郁達夫的「清、麗、真」概括了中國士林文化傳統和含蓄淡遠之味，周作人提出澀味和簡單味，再加上把卷讀書、山水怡情、玄思禪悅構成的閒、逸、靜、趣的「味」的境界，使論語派散文有走入玄虛、長於感覺、不喜宏論和邏輯的特點。在〈秋天的況味〉中，林語堂隨著心緒的流轉，黃昏裡的煙頭，繚繞著的細煙，似有所感又說不清那情緒的真相，一切只憑那心緒的走向，從四季到葉黃，轉而到月圓蟹肥，由此生出那初秋的溫和感覺，宛若香煙上的紅煙，最後感覺到一種詩意，作者此

時方才明瞭，這種詩意來自所有「古老，純熟，薰黃，熟練的事物」，它們如秋天一樣成熟而令人愉快。也許其中有著生活哲理，可是作者不過輕輕挑起帶過，並不在意進一步去生發。至於澀味與簡單味，那是周作人作品的標籤，當人生朝向閒適平和的微妙境地時，不僅極盡奢侈誇張之能事，堆砌綺麗繁縟辭藻的文章不再獲得青睞，在他所謂拙、樸、厚重、趣味等要求裡，包含著火候已到，絢爛歸於平淡的意思。這種「味」，也成為周作人文章的獨特處。如果說他的散文有那麼一種「跑野馬」的習性，那麼「味」便是貫穿其中的那根看不見摸不著的金線。

論語派的「味」，以中外合璧居多。這與他們既回望傳統又兼顧西方的路子有關。有研究者認為施蟄存早期散文表現出特殊的思維方式，例如發表於《宇宙風》的〈繞室旅行記〉，既有外國哲思散文（essay）的色彩，又有《浮生六記》的味道，在數量龐大的散文創作中，也是極為特殊的。施蟄存則說：「並不特殊，它是其來有自的。……我的〈繞室旅行記〉也是『偷』來的。法國有位哲學家寫了一本書叫《哲學的散步》，我從中得到一些啟發，我認為文學可以學一些外國人的長處，例如新的概念、新的思想、新的思考方式，但是基本上的人情世故還是中國人的。」[28]而人物品鑒，在中國向有悠久傳統，魏晉清談中得到大發揚，月旦人物者，骨子裡講究玄言奧妙，包括視點的奇、語言的狂、說者的才與應變的機趣。《人間世》便特闢「今人志」專欄，強調「注重親切的描寫，將一人之個性面目托出，使讀者如見其人，而同時不妨於三言兩語間，加以流品的評斷」。[29]提倡傳統的簡潔傳神，又突出西風帶來的親切幽默。陳煒謨以《斯脫奇的人志》為例，認為斯脫奇的傳記是「把傳記從呆板無趣變

---

28 施蟄存：《沙上的足跡》（瀋陽市：遼寧教育出版社，1995年），頁169。
29 〈編輯室語〉，《人間世》第2期（1934年4月）。

為活潑輕快的寫法」,「他把歷史家與小品家合而為一:他的傳記是歷史,但也是良好的小品文。他以傳記為一新文體,他的格調與方法都是革命的。」[30]西方傳記強調獨特的觀察點,認為最重要的是通過旁觀者那有趣的觀察點將傳主的生命與活氣傳達出來,寫別人同時也是在表現作者的文品與見識。在此原則下,論語派作家們努力以細節將人物鮮活化,將東方傳記文學的寥寥數筆而神態畢現的優長與輕鬆親切近情的格調相結合,去抓住傳主的靈魂。林語堂的〈水乎水乎洋洋盈耳〉中寫蕭伯納,沒有生平介紹,而僅僅是連綴起他那些妙語連珠般的語言,幽默大師的詼諧與睿智的人格即十分突出。

　　閒適性散文的反體系主義與魯迅式雜文在觀察世界的目光和思維方式上究竟存在什麼重大區別?或許可以這樣認識,雜文理念性建構所要求的思想的嚴正與閒話風小品文重「偏見」的情與趣,雜文思維方式的邏輯性與談話風小品文的散漫無邊,雜文指向他人而目的在於尋求真理,而小品文偏愛自己而不求甚解,雜文立場鮮明,而談話風小品文沖淡理性面目的嚴肅與規謹,以斷片的思想呈現對生活相對主義的理解,也因同情和容忍而使自己的情感立場模糊不定,這兩者很難相互認同。可是有一點是值得慶幸的,二十世紀中國最優秀的兩位散文家魯迅和周作人,都不著意於引進或建構什麼語言、文體的周密的散文理論體系,魯迅並不因西方文藝理論書的分類法而誠惶誠恐,周作人也聲明自己的新文學源流論「並非依據西洋某人的論文,或是遵照東洋某人的書本,演繹應用來的」。[31]從精神、思想與人格上,這兩位致力於不同體式的散文大家,都自然而然地展示出反抗體系、權威、規範的力量,這或許應有更深的「意味」在內吧?

---

30 陳煒謨:〈斯脫奇的人志──介紹他的《縮本寫真》〉,《西風》第7期(1937年3月)。
31 周作人:《中國新文學的源流》〈小引〉(上海市:華東師範大學出版社,1995年),頁2。

第四節　林語堂散文：孤崖一枝花

　　面對現代繁多體態的散文，研究者往往會發現，很難從中提煉出什麼放諸四海而皆準的散文定義，且不說魯迅的《野草》、《朝花夕拾》及大量雜文竟自判然有別，周作人、郁達夫、朱自清、林語堂等等，均可自成一家。這或者是悲觀的文類理論研究者判斷的來源：不存在什麼抽象的「散文」而只有豐富多彩的隨筆，有多少散文家就有多少種散文。

　　林語堂散文長期以來帶給研究者評價的困難。從讀者閱讀面看，經由大量的發行出版，其散文已經獲得相當的「普及」；從研究者的態度看，他們多半願意「同情地理解」上個世紀三十年代林語堂提出的「性靈」和「幽默」散文理論，有限度地肯定其中的合理成分。但是至今對林氏散文的風格特色，卻大多仍在「中西文化」或「海派文化」的研究框架內。從三十年代開始，林語堂散文走入一種自覺的狀態，他的理論和創作較其語絲時期的相對單純來看，尤顯「駁雜」。這裡將以三十年代林氏散文的文體實驗、個人趣味的表達及對「一團矛盾」中的「自我」等方面，力求作出重新解讀，或者能夠使那種「駁雜」獲得一種「秩序」。

文體：模仿與實驗

　　林語堂散文風格的改變令其身邊的朋友頗感意外。當他開始主編《論語》並在刊物上提倡「幽默」時，文壇的批評便出現「一方交口稱讚又一方誓死剷除」[32]的分歧。圍繞著刊物進行閱讀的一般讀者倒

---

32 林語堂：〈行素集序〉，《林語堂名著全集》第十四卷（長春市：東北師範大學出版
　　社，1994年），頁3。

頗能接受林語堂對其散文展開的文體上的修飾和實驗：比如，他模仿
晚明小品中帶著清淺文言的腔調和簡潔的「語錄體」文句，又雜以西
式的幽默和「牛油氣」；他放棄語絲時期那種直白坦率「凌厲」的文
風，致力於讓人讀後產生「會心的微笑」的文字。魯迅的批評一直未
間斷，而左翼批評家胡風在林語堂以《論語》、《人間世》而走紅上海
期刊界的一九三四年，以〈林語堂論〉全面批評林語堂不僅未能走出
五四的個人主義，而且變本加厲地鑽進了「國粹主義」的牛角尖：因
為藝術上的「個性至上主義」，林語堂的文風「在形式上已經承襲了
『語錄體』，和文言訂下了『互惠條約』」[33]。

　　林語堂的改變卻是堅定的。他重新回顧二十年代那激情充盈的寫
作狀態，宣告那些與《語絲》的「放逸」相諧的「激烈思想」和「時
評文章」，已經成為「隔日黃花」。這固然與他那「太平人的寂寞與悲
哀」的心態有關，另一方面，也表明他開始關注散文寫作的形式和藝
術的愉悅性。在他看來，早期是一個「零亂粗糙」、「未加以點綴修
飾」、不講究「工藝」的硬梆梆的寫作階段[34]，「自覺無聊」。雖然新的
寫作狀態，或可能因為個人素養和文學環境的拘限而前途未卜，但由
北京移居上海所展開的新的一切，以及編輯以自己的趣味為宗旨的全
新的刊物，則有利於他作出這樣的切割。前方可能是「大荒」，對於
興致正高的林語堂而言，充滿近乎探險的魅力：「由草澤而逃入大荒
中，大荒過後，是怎樣個山水景物，無從知道，但是好就好在無人知
道。就這樣走，走，走吧。」[35]此後，無論在思想的表達、表達的方
式以及創作的原則上，林語堂以他單純而固執，開始了連續的實驗。

---

33 胡風：〈林語堂論〉，《胡風選集》第一卷（武漢市：湖北人民出版社，1999年），頁
　　104。

34 林語堂：〈翦拂集序〉，《林語堂名著全集》第十三卷（長春市：東北師範大學出版
　　社，1994年），頁5。

35 林語堂：〈大荒集序〉，《林語堂名著全集》第十三卷（長春市：東北師範大學出版
　　社，1994年），頁115。

　　文體或語體上的實驗精神大概與林語堂從事語言學研究有關。語絲時期的散文顯然帶著較濃厚的歐化氣息，〈祝土匪〉、〈打狗釋疑〉、〈討狗檄文〉、〈塚國絮語解題〉、〈譯尼采《走過去》〉等不僅有魯迅雜文的某些影子，〈論土氣〉、〈論性急為中國人所惡〉、〈論開放三海〉、〈談理想教育〉、〈論英文讀音〉、〈談文化侵略〉、〈論泰戈爾的政治思想〉等同樣也帶著向其精神導師的致敬神情，既摻入了生硬的文言語彙，還夾雜著不少的英文單詞，加上西式報刊文體的論說氣勢，雖尚屬明白曉暢，潑辣生猛，但氣勢勝出而理趣不足，餘味欠缺。早期散文已經將文言、白話、英文交雜為一，打上了林語堂個人的性格與學養印跡，但文體美感與獨特性上卻未能達到和諧。此外，借著在時局變動之際產生的蓬勃與悲歡，林語堂還創作了少量詩體性散文，〈薩天師語錄〉、〈上海之歌〉幾篇散文便與詩歌的或抒情的因素相聯繫，它以詩歌的「並列」結構為依據，肆意使用著聯想、想像、比喻等手段，並在行文過程中把散文家的情緒和感受置於最突出的地位。當然這些徘徊於詩體邊緣的散文實驗並未延續下去，一方面作者實際上並無詩人沉思冥想的氣質，更缺少因矛盾而自苦的個性，另一方面，詩體散文不符合林語堂那已經開始心儀的「衝口而出，貌似平凡，實則充滿人生甘苦味」（〈論文〉）「談話風」理想。

　　對林語堂在三十年代追隨周作人向晚明小品追溯其「現代」散文的「源頭」，或大力提倡「親切和漫不經心的」談話風小品文格調，研究者早已有諸多考察。但即便是談話風散文，林語堂也仍然加入了他個人偏好的文體符號。此時，他不時將「我們」寫成了「吾們」，並大量使用晚明小品中那些相對較為清淺的文言字句，將自己對自由與個性的認識與晚明的「性靈」和「真」相對接，因此發展出時有文言句式的短促、精簡，又引用晚明小品的片言隻語，還雜以不少的外來詞和現代口語那樣一種中西古今的拼盤式文風。為了推行自己所主張的語錄體，他還特別解釋：「語錄體初寫時或難，寫慣便甚易。弟

嘗思之，大約『文言中不避俚語，白話中多放之乎』二語可以了之。大體上是文言，卻用白話說法，心裡頭用文言，筆下卻比古文自由得多，有白話儘管放進去也。」「做語錄體，說話雖要放膽，文章卻須經濟，不可魯裡魯蘇。」他大膽鏈接古今，指出其相通之處：「語錄體甚宜做文言的『閒談體』（Familiar Style）」。[36]對於講究文章「雅馴」的讀書人而言，這是一種已然失去傳統文章韻味的頗為彆扭的文風；對於正在提倡大眾語的左翼作家來說，顯然又是不合時宜的矯揉造作的「骸骨的迷戀」；而在另一方面，這種格調倒也能夠為那些浸染於「洋涇濱」的「普通讀者」所喜愛：在〈山居筆記〉這種傳統題目下，林語堂以西式的輕諷和善意的嘲笑掠過現代都市人的矯情和虛假的「休閒」生活；而〈論西裝〉這種洋題目，又是在討論中西服裝之利弊中，揭示都市人唯時俗是趨的崇洋心態；〈論政治病〉裡所列舉的現代人的各種疾病則一一對應著從古至今政府官員「上臺下臺」之政治弊病，將油滑與幽默、調侃做成一鍋。這多少表明了多種元素的雜糅，反而產生出一種混搭的「時尚」感，迎合了一般市民讀者的欣賞趣味。從作者的寫作趣味和修養來看，林語堂與俞平伯那種對古典文學深諳於心的作家不同，同樣熱愛晚明小品文，但林氏從古典而來的趣味並非自然生長的結果，而是在模仿與實驗中展開對各種文體的嫁接、借用，連續的鋪排和簡潔的四字句，構成了言語在從容與激揚，放逸與幽默，生澀與流利間的自在轉換。因此，林語堂或許沒有俞平伯的才力去仿舊如舊，卻有自己的膽量仿舊成新。

　　林氏散文的語體從模仿出發，走向文白雜糅，雖然有著「特惡今人白話之文，而喜文言之白」[37]的原因，雖然結果是為自己的文章披

---

36 林語堂：〈答周劭論語錄體寫法〉，《林語堂名著全集》第十四卷（長春市：東北師範大學出版社，1994年），頁197。

37 林語堂：〈語錄體舉例〉，見《林語堂名著全集》第十四卷（長春市：東北師範大學出版社，1994年），頁198。

上了一件古色古香的語言外衣，卻仍然不失語體「實驗」的意味，也成就了林語堂「敢說自己的話」的語體個性。儘管如此，它的實驗性也意指其「不完善」與「未完成」，文言字句的生澀以及過度的「掉弄筆墨」有時不僅造成了閱讀的彆扭和障礙，也使部分文句拖沓而過猶不及。此外，這是一場未完成的實驗，赴美後的林語堂開始了英文寫作，直到六十年代方重新開始漢語散文專欄寫作，那時「雜燴」式的、拼盤式的文風，轉而為一種成熟的從容的文風所替代。

林語堂是否在乎散文的文體形式？從他對「談話風」散文的大力提倡以及對盛行於近代西式刊物中的「西洋雜誌文」理念的闡釋來看，答案是肯定的。對「談話風」散文的實驗，林語堂不拘一格，或以書信，或以雜說，甚或以「演說」（如〈婚嫁與女子職業〉），在〈談螺絲釘〉、〈再談螺絲釘〉等散文中，他逕自將「集健談好友幾人，半月一次，密室閒談」的理想變成了四篇對話體散文，以對話建構起某些頗富戲劇細節的特性，用對話簡潔勾勒文中人物的才性（如柳夫人），與其說這樣的散文隨筆，類似被錄製的話劇對白，還不如說它是對話劇形式作了間接模仿，當然，也是模仿自《柏拉圖談話錄》出現以來被人們一遍遍地採用的、以作者立場陳述觀點的隨筆方式。這種方式的特點是，作者其實就在場，只是他一時扮演了協調者的角色，他通過這個角色「平衡」著兩方（或多方）觀點、並從不同角度推進談話、根據啟發的、或辯證的問答方式來選擇贊同或反對的意見，最終將論題變成談話的目標。

我們大致可以發現作者習慣採用的語體、文體特徵：林語堂很少陷入不能判斷的「為難」或不下結論的婉轉之中，而是興致勃勃、誇飾炫才，乃至有時收束不住。但是當各種想頭和靈機奔湧而來而難以做出一時判斷的時候，林語堂散文的結構更喜歡羅列和鋪張，放棄層層深入的邏輯層次。有時還試圖在多個人物的對話裡展現「多聲調」的「民主」討論氣息。至於模仿西文《慈善啟蒙》而寫作的〈廣田示

兒記〉或模仿吳爾芙突兀而起的「那麼，你說……」的文章起句，都可視作這位文體自覺者的隨手借用。林氏散文在文體上的「駁雜」態勢表明，在現代散文這一文類上，一個作家不拘成規，任其個性供養，任意地將小說、詩歌、戲劇等多種元素取而用之，在很大程度上發揮散文在文體上的「探索性」意義以及它天賦的文類的權利。

話題：趣味與普通讀者

　　林氏散文的「駁雜」，還體現在話題的零碎與多樣。如果每件事都可成為散文隨筆的材料，散文的話題便呈現出極大的彈性。他如此表述散文材料應取之廣泛：「信手拈來，政治病亦談，西裝亦談，頗有走入牛角尖之勢，真是微乎其微，去經世文章甚遠矣。」（《我的話》〈行素集序〉）他申言小品文的刊物應當「去論談人間世的一切，或抒發見解，切磋學問，或記述思感，描繪人情，無所不可」（〈論小品文筆調〉）。林氏提出的小品文創作的取材範圍完全不成問題，但因為他使用了「蒼蠅和宇宙」而引來非議。人們認定在三十年代的中國，蒼蠅與宇宙二者本身呈現不可調和的對立，你存我亡，對於「社會」的關注，須以放棄「身邊瑣事」或小擺設為前提，反之亦然。而在中國文人的傳統中，「宇宙」或「社會」遠遠重於個人或一己之感興。

　　不過，除開這種非此即彼的思維方式而換一角度來看，從「蒼蠅」到「宇宙」在某種程度上也是現代的哲學意識的體現。我們知道，文藝復興時期西方文明的變革主要發生在哲學觀上由普遍性向個別性的轉移，中世紀那種世界一統的藍圖已被由特殊個體所聚集的「現代」世界所取代。以笛卡爾和洛克等為早期代表的現代哲學中的唯實論，也是建立在感知基礎上的，人們開始確定對真理的追求完全是個體的事，個體的經驗獨特而常新。在所謂現代的社會中，首先是感覺，其次才能上升為理性。因此，迎合現代啟蒙意識而發生的現代

散文，不能不把個體的實感和經驗置於首位。這是林語堂對晚明小品
大加褒揚的最重要的原因。因為正是在這些小品中，作家們放棄了偏
重抽象的道德文章，轉而發現了「日用起居」之「奇」，宣告了現代
生活所呈現出的「碎片」式的本質特徵。

　　依林語堂自白，他的散文不過「是臨時的感念，是偶然的幽思，
是家常瑣細，是逸興閒情，是湧上心頭的肺腑話，是欲辯已忘的肝腸
語」（〈怎樣寫再啟〉）。將林氏散文一一鋪展來看，林語堂的話題駁雜
無序，變化多端，無所不及。大至「談中西文化」，小到「螺絲釘」，
還有大量的文章來自他對社會事件的即時評論，也有不少散文僅是個
人「觀草蟲，察秋蟲，或者是看鳥跡，觀天象」的一時興感（〈大荒
集序〉）。他可能一會談女人，說戒煙，一會說一張字條的寫法，一會
說稅收，一會作〈狂論〉，有時不過是秋天帶來的「情緒的況味」而
已。他的散文集，與魯迅和周作人自己編選的雜文集或散文集有著很
大不同，找不到一條既定的思路，也少有統一的易於歸納與總結的內
容：所有的散文構成一個個「片斷」，作家不過是在生活之流中沿途
發現話題揮灑筆墨。這種漫不經心地從一個主題扯到下一個主題、每
個話題又絕非一本正經的方式，導致了林語堂散文主題的散漫，甚至
有些地方還帶有「掉書袋」的「不嚴謹」和「文字遊戲」的任意性。

　　其實，各式各樣的話題均以個人趣味為中心，正如陳叔華對〈我
的話〉的品評：「我喜歡他的緣由，是因為作者的情性與好惡，寫來
躍然紙上——人最怕沒有自己的主張，苟有主張，雖偏見也無妨，這
種寫法，用英文說便是 The revealation of the temperament of an artist。
《大荒集》尚多講學之文，此集則純然藝術品，看來隨便寫，其實是
賣了力氣的。」[38]〈我怎樣買牙刷〉、〈吸煙與教育〉、〈臉與法治〉
等，僅從題目而言，便帶著「以小見大」或者也可以說是「從蒼蠅見

---

38 陳叔華：〈二十四年我的愛讀書〉，《宇宙風》第8期（新年特大號）（1936年1月）。

宇宙」的邏輯思路；此外，在「蚊報」中看到「禮失求野」，看到小報中也有民意；在「握手」或「西裝」、「領帶」中見出中西人生活觀文化形態的差異；在「得體文章」或「政治病」裡看到言語發達而實踐缺失的中國政治文化之弊端，甚至可以從「出汗」想到「人權」。至於洋洋灑灑的〈言志篇〉，所言之志，非治國平天下之「大志」，不過是現代一文士對某種能夠回歸自然天性的閒逸生活的想像和要求而已。難怪他要將自己的散文專欄命名為〈煙屑〉、〈談螺絲釘〉，無非說明，散文既可能揭示人性的、人類的命運，也可以如〈秋天的況味〉那般，細品情緒的絲絲縷縷，或如〈我的戒煙〉那樣，點滴記錄身體的每一點感覺。如此來理解蒼蠅與宇宙的辯證關係，方才不會陷入把宇宙等同於社會現實的狹窄思路中。

　　至此，我們可以引出另一方面的問題，即現代的散文之於普通讀者的關係。散文繁榮與期刊繁榮、與「普通讀者」結緣有關。歐美研究者認為，法國蒙田第一個在文章中使用當時的通俗語言，其後歐美各國散文作家們一直將哲學的、科學的和一般文化的主題通俗化和流行化，認為這樣才能使散文隨筆的生命一脈相承。英國散文家吳爾夫曾步十八世紀英國作家、評論家、辭書編纂者詹森後塵，將其膾炙人口的散文集命名為「普通讀者」，目的是為了吸引正在迅速壯大的讀者隊伍，因為深奧難讀的哲學專著和學術論文總是讓讀者頭痛而望而卻步。可見，在英國散文隨筆的發展中，作家通過散文，在智者和低教育者之間、在純文學和宗教書籍之間取得妥協平衡，其目的是為民眾增進知識、啟蒙進步、增進參與意識，乃至不惜以通俗易讀而去迎合公眾的口味。中國現代期刊散文構成散文發展的基本景觀，尤其將散文從創作的量上到接受的面上大大鋪開，由於作者身分各式各樣，「駁雜」自然地呈現出與文學的純潔性相對立的態勢。

　　面對普通讀者，林氏散文強調「老實的私見」，使得其文字走入以常識為基礎的輕鬆、有趣，而非一般人必須考慮的「政治上的正

確」。[39]當他以演說的形式，假設對即將畢業的女學生進行一番演講時，他聲稱女性「最好的職業是婚嫁」，以婚嫁解決經濟問題，進而才獲得自由的生活，並不掩飾地聲稱這是「實利主義的人生觀」；他聲稱如果請「娘兒們」來治世或請蕭伯納，愛斯坦，居里夫人來統治世界，「那麼第二次世界大戰是可以而一定會避免的。」（〈讓娘兒們來幹一下吧〉）在這裡，結論的奇異與輕鬆，閱讀者與寫作者之間可能產生某些曖昧，很微妙影響到他們之間發生「感染」的效果。這是因為，當作者宣布他所說的完全出於個人的「性靈」，讀者將相信那是個人嚴肅思考的結果，具有權威性和真實性；但是同時，作者又以一種實驗的、似是而非的或不正經的「插科打諢」式語體方式出之，結果等於宣布了作者對自己這種責任的又一次放棄。林語堂將「性靈」作為一個人天賦的判斷力，在散文中把普通生活與一般人當作創作與思考的中心，同時也意味著他把自己放在了一個普通人而非高高在上的教訓者的位置上，因此既不提供教訓，也不預設答案。

顯然，在個人的趣味與讀者的需求、在散文話題的鬆散性與思想的深刻性之間，在無邊無際的、形形色色的主題與作者「說真話」的私人立場中，在將蒼蠅與宇宙等量齊觀的固執裡，作者很難調和，有時不免顧此失彼。而外國隨筆理論所帶來的一些「偏至」則很大地影響了林語堂散文的話題深度。從廚川白村所謂隨筆的境界就是「興之所至，也說些不至於頭痛為度的道理罷」，進入中國作家的視野後，眾多散文作家將之奉為寫作的不二法門，林語堂提出的文學的「幽默」，也深深地烙上了崇尚「清淡」，拒絕「酸辣」的印跡。如此的淺談、清談文字自然有理由拒絕深度，拒絕對材料進行深度開掘，由此，每一話題點到為止，本可小題大做的散文可能真的成了茅盾所批

---

39 周質平認為，林語堂敢於說自己確信但不合時宜的話，他也敢於說自己確信但不得體的話。參見〈林語堂與小品文〉，《中國現代文學研究叢刊》1996年第1期。

評的「大題小做」，[40]或出現如阿多諾所總結的「糟糕的隨筆」的模樣：「是以閒談代替了對事物內部的開掘，隨筆的形式在某種程度上又起著推波助瀾的作用」。」[41]因此，現代散文在其文類地位上一直逃脫不了秉持純文學創作態度的批評家們的指責，正如三十年代上海出現小品文熱時，大量散文創作被朱光潛、沈從文等京派理論家和作家指為「濫調的小品文」一樣。散文寫作中話題與思想的「膚淺」問題始終讓人們對這種文類持一種曖昧不明甚至有所貶抑的態度。

矛盾：自我與自然

　　三十年代林語堂對決定開始的孤遊與探險是寄寓希望的：「而且在這種寂寞的孤遊中，是容易認識自己及認識宇宙與人生的。有時一人的轉變，就是在寂寞中思索出來」。[42]對於宇宙與人生的思考的結果，是林語堂「一團矛盾」的出現以及以「一團矛盾」為樂的心態。從創作者的角度看，「一團矛盾」意味著散文作者時時處於對自我的重新認識之中，從批評者的角度看，則意味著「作家的思想在作品中看起來是雜亂無章的，但是它受制於一種辯證作用而具有某種秩序」，「批評家的工作乃是沿著作家的精神軌跡一步步地返回源頭，看一看作家的初始經驗源自何處」。[43]據此也可以判斷他的「自我」所收穫的是創造力、獨立性還是隨波逐流的流行病。

　　有人曾評價蒙田時說：「自我構成了他的作品和他的哲理的全部內容。他不知疲倦地體驗著一個充滿自我意識的人會有的矛盾現

---

40 茅盾：《速寫與隨筆》〈前記〉（北京市：開明出版社，1992年），頁3。

41 參見Claire de Obaldia, *The Essayistic Spirit: Literature, Modern Criticism, and the Essay*, Oxford: Clarendon Press 1995, p.18。

42 林語堂：〈大荒集序〉，《林語堂名著全集》第十三卷（長春市：東北師範大學出版社，1994年11月），頁116。

43 轉引自郭宏安：《從閱讀到批評》（北京市：商務印書館，2007年），頁194。

象。」[44]蒙田開創了現代散文中的自我發現：他連自己的脾氣和性情的細枝末節都和盤托出，因為精神、感覺與身體的緊密結合才能組成現代文學的世界。林語堂亦是如此。自我意識是林語堂在所有散文中孜孜以求、不倦表現的一部分，也是他打量中外古今各式文學理論的標準和尺度。他的專欄名之一為「我的話」，以「我」為中心散文數不勝數。〈言志篇〉宣稱「自我」之為何物的名篇，「我」的「理想願望」無非是「自己的書房」、「隨便閒散的自由」、「不必拘牽的家庭」、「知心友」乃至一個好廚，一套藏書，前庭後院裡的竹子與梅花──而所有這些歸結為：我要有能做我自己的自由，和敢做我自己的膽量。這裡凸顯的自我，是一個能夠按照自己的自由意願生活的個體。在另一篇有著異曲同工之妙的「自我展示」中，他又列舉自己所不願與所不能，那種政治的投機者，做人的騎牆派，風化維持者或正人君子或慈善大家種種，並將自己的書房取名為「有不為齋」。

對於林語堂來說，他的「自我」中的矛盾，最直接體現在他對幽默、閒適、性靈等美學觀念的詮釋與闡發上。然而，何謂幽默，恰恰是他最難以說清和道明的一個概念：有時，是「寫實主義的」──只需旁觀者對自己肯忠實，就會見出矛盾，說來肯坦白，自會成其幽默（〈我們的態度〉）；有時，它又成了清談、雋永、甘美的文字（〈文章五味〉）；有時是一種閱讀的結果──「會心的微笑」，有時又是與性靈相通的浪漫主義氣息。許多研究者都試圖從各個方向去解讀其「幽默」，結果自然是越發糊塗。對於「性靈」，林語堂在舉過各種例子之後，公然將之高度玄化：「文章者，個人之性靈之表現。性靈之為物，惟我知之，生我之父母不知，同床之吾妻亦不知。」（〈論文〉）無論是談幽默還是講性靈，無論是論「抽煙」、「女人」還是「評點古書」、「重抄笑話」，那些原本看似明晰的概念和問題，在林語堂一次

---

44 《蒙田隨筆全集》〈前言：讀蒙田〉下卷（南京市：譯林出版社，1996年），頁4。

次的闌言後，反而變得零零碎碎，不成體系。林語堂通過大量的即時感念來討論文學概念或現實生活的問題，由此引發了對文學、文化或社會生活中各種可能性、偶然性以及現象的排列組合，他從不以系統性或邏輯性為目的的思維方式來建構一個理論體系，非層層遞進或步步為營，也非四面埋伏或以草蛇灰線為貫穿。各種理論的結論呈現出片斷的結構，它們無非是一種念頭的忽閃，或一種初始的、並不完整的思想火花在瞬間閃過。比如，儘管他曾長篇累牘地談論幽默，結果卻很難說建構起了怎樣的幽默理論體系。或許對於林語堂這樣擁有對新奇的探索樂趣的作者來說，每一個話題得以重新展開都是一種幸福和快樂的開始。

因此，即便是自我精神的探索，他也並不以建構理論體系為己任，他對思想或文化的各種思考闡發，不僅談不上艱深，簡直還有些膚淺（即便他提出的「幽默」與綜合中外古今資源而辯護的那個性靈）。特別麻煩的是，那些奇怪的各式的想法，尤其是面對橫截面上的中西文化傳統以及縱深線上的中國文化傳統，理不清或者並不想清理的時候，往往任其自相矛盾地存在。將長衫與皮鞋置於一身，將一本正經與玩笑顛倒來看，將那些未經證明的、不能一下子判斷清楚的問題以遊戲的態度視之，對於林語堂而言，就已經完成了思想的一場場探險，只不過他從不以解決矛盾為目標，矛盾即是自我，自我即是一團矛盾，完全可以不求甚解。

人們認為對散文自我的探索，除了趨向自我的內在空間外，還應有一個更為廣闊的外在的世界的體驗。從憲法到法治，從國慶到國難，從言論控制到民眾教育，只要客觀讀來，民國時期知識分子所關心的大事無一不在林語堂的視界中，屬於林語堂自己定義的有酸辣氣息的文字。〈中國究有臭蟲否〉、〈在中國何以沒有民治〉等，題旨大小不同，但對於民族性的分析卻是作者五四以來一直持有的核心思想。在這類接近社會諷刺的文章，不乏濃厚的功利性，參與鼓動的氣

勢，甚至將精神化諸為行動的渴望。現代如胡適等許多自由主義思想家所孜孜探求的問題尚未有答案，林語堂卻從孟肯所謂「嫉恨」的言論出發，以中國人不善嫉恨為前提，批評中國人的「奴才」性。最後的結論是「在這想做奴才及做穩奴才的循環中，民治何以實現？」這一結論並不符合「邏輯」推理，但是類似「偏見」或「庸見」的生成，即便愣是以幽默的或審美的筆調來討論一些沉重的話題，也表明作者所經歷的一系列思想的冒險，看似七折八拐的過程，卻頗能說明散文家在可能途徑上力求的思想探索所帶來的文章的「理趣」和思想的生機。

　　矛盾，正是林語堂能夠成為現代重要散文作家的根本原因，並構成其本質。如果說反體系與反整體觀是現代散文一個共通的哲學路向的話，一個散文家──尤其是一個現代的散文家，他所要提供於人的，不正是一種相對的矛盾性，一種展示個人趣味的偏見，一種沒有正確答案的不斷的「思索」麼？一團矛盾，特立獨行的立場，創造了在魯迅、周作人之後，之於中國現代散文有一定意義的屬於林語堂的「自我」，這種自我，因不與人同，又在一定程度上強化了我們對現代知識分子文化心態多樣性與複雜性的印象。

　　林語堂的「自我」和「矛盾」，並未使之成為一個徹底的懷疑主義者，而最終歸於「簡樸」和「自然」。林語堂多次在其回憶中說，他從不自命為貴族或紳士，而始終認定自己只是個山裡的孩子。郁達夫也說，林語堂講幽默，不過是有意的孤行罷了。林語堂以其「真性情」參與了對人類生活的思考及經驗的表達，不過，同樣基於這樣的性情，他也有所選擇和迴避，「自我」的探索和表達總體上以不損失身心的平衡為標準。如果以矛盾為一個不可分解體，他並不以解決矛盾為最終目標。因此，他最終也未成為一個行動者。當林語堂解讀魯迅時，他將魯迅的複雜性「簡化」為「戰士」，認定魯迅是：「頂盔披甲，持矛把盾交鋒以樂。不交鋒則不樂，不披甲則不樂。即使無鋒可

交，無矛可持，拾一石子投狗，偶中，亦快然於胸中，此魯迅之一副活形也。」（〈悼魯迅〉）這樣的戰士最終傷了自己。這種解讀無疑是真誠的，也表明他的「偏見」源於對「自我」的自信，而他所持有的立場，終究是與「戰士」相異的智者和旁觀者，是「熱心腸的冷眼人」。如此而來的文字，在躲避狂熱和偏執的時候，當然缺少了戰士的激情與破壞的力量；對一個以「自我」為中心的人而言，他毫無披荊斬棘之志，而寧願是只要有一點元氣，在孤崖上也是要開的「孤崖一枝花」。[45]

---

45 林語堂：〈孤崖一枝花〉，《宇宙風》第1期（1935年9月）。

第六章
刊物：大眾取向與話語空間

　　二十世紀三十年代的上海，都市新空間的形成、市民文化的興起、文學生產方式的變化、報刊傳媒的發展，使文學的外部形式和內在涵義發生深刻變化。所謂「雜誌年」、「小品文年」、「京海論爭」等文學現象，都可在文學社會學和文學現象學層面進行剖析。論語派的刊物此時身陷論爭的中心，它們帶著變動中的種種痕跡，幾乎不再具有單純的品格：前期《語絲》、《駱駝草》的純文學氣度和士人文化氣息中，已摻進刻意討巧以博得市民讀者青睞與喝彩的大眾趣味；自由派知識分子一廂情願的「言者無罪」的批評話語裡，又涵容著民間市民文人的野調俗腔和滿不在乎，修正著自五四以來知識分子啟蒙的正義的嚴肅的精英的面孔；而在上海灘頭初露崢嶸的都市文化生產，則將陳義甚高的閒適幽默小品文變成了鋪天蓋地的文學時尚。論語派刊物的文化品格便是上述多種文化內涵的融合體，如果完全按照當年沈從文、朱光潛的純文學批評標準或左翼作家的政治批評來評價這些刊物，便很難理解林氏刊物與現代都市文化的同構。

第一節　「人間世」品：「靈韻」的消失

　　幽默閒適小品文雜誌何以成為三十年代上海出版界的熱點？今天人們不再只是直接引用左翼作家的批評，如阿英著名的結論：「打硬仗既沒有這樣的勇敢，實行逃避又心所不甘，諷刺未免露骨，說無意思的笑話會感到無聊，其結果，就走向了『幽默』一途」，因為傳統文人的避禍心態不足以概括現代一種文化思潮或現象興起的全部原

因。已有研究者通過對上海刊物的興盛與商業文化機制之間重大關係
的大體梳理，作出了三十年代文學生產與五四文學有著「巨大斷裂與
區別」[1]這一判斷，借助這個判斷，我們可以更全面地認識三十年代
上海的文學商業化傾向與「雜誌年」、「小品文年」出現的關係，從另
一角度評價由論語派所導引的幽默閒適小品文熱。

　　商業文化機制可以說幾乎與上海的歷史同時生成。以出版業來
說，其興盛基於一個不斷擴大的讀者群體。從歷史上看，上海報刊業
一向有著面向大都市市民階層的傳統，早在上海開埠時期，書報出版
就一直採取面向普通讀者以獲得更大的發行量和影響力的方針。一八
七六年六月十二日的《泰晤士報》駐上海的記者曾就「中文報紙在上
海的發行量穩步上升」作過報導，並認為「以極低廉的價格給普通大
眾提供既有價值又值得信賴的消息」是「最令人珍視的品質」，因為
一個只要唸過兩年書的人就能讀懂報刊上淺顯易懂的消息。[2]這則有
關報章發行量韻早期報導表明，出版業要適應讀者市場而發展。在都
市擴張中，報刊的讀者已不再限於少數上層有錢有閒之人，也不只是
傳統讀書人，更多的是現今所指的中下層小市民。

　　隨著國民黨在經濟建設上快速發展資本主義，商業文化機制在三
十年代得到快速發展，並具備初步的文化工業面目。一九三六年由於
國民經濟水平達到舊中國的最高峰，歷史學家稱此時期為國民黨政治
經濟的「黃金時代」。體現在上海這座都市的發展上，作為外貿中
心，上海占全國的外貿出口和商業總額的百分之八十以上；作為金融
中心，它擁有外國對華銀行業投資的百分之八十的份額，設有中國幾
乎所有主要銀行的總部；作為工業中心，一九三三年民族資本占全國
的百分之四十。政治文化方面，國民黨實施具有濃厚封建色彩的「以

1　曠新年：《1928：革命文學》（濟南市：山東教育出版社，1998年）。

2　〈中文報紙在上海的發行量穩步上升〉，《文匯讀書週報》2001年6月2日。

黨治國」、「領袖獨裁」、文化專制，但上海的公共租界和法租界使國民黨的社會控制產生縫隙；作為中國唯一集開放性、國際化和商業化為一體的繁榮大都會，上海既有濃厚的半殖民地半封建特點，又具備資本主義社會發展中的本質特徵，它是中西文化交融匯合的前沿與基地。[3]當文化中心由北京移至上海時，多元文化雜糅的特徵迅速滲透新文學中，二十年代末，這個移民城市接受了大批從北平南下的文人，以一向有「國中之國」之稱的租界為之庇護。而基礎堅實、歷史悠久、經驗豐富的出版界，又為知識分子的話語空間提供了強大的社會資源；大批訓練有素的新文化人則為這城市添加了文藝社團的組織和運作方式、豐富的報刊編輯經驗等雄厚的文化資本。正是這些使上海文化傳播媒體趨向複雜化、多元化和現代化，上海作為中國「媒介首都」的地位至此更為堅固。

　　南下的新文化人不僅帶來新的文化資源，同時也在適應新的文化空間和文化機制。大量作家雲集上海討生活，賣藝為生的自由職業者與北平「吃皇糧」的貴族式學者的生存方式有著很大區別。[4]希望走入文壇的文學青年也不再是能夠以大學校園為庇護地的驕子，他們寄居在亭子間裡，體會到都市的世態冷暖，左翼「憤青」的出現與他們謀生艱難不無關係。丁玲回憶她與沈從文、胡也頻從人情敦厚的北平跑到上海後，「倚文為生，賣稿不易，收入不平衡，更不穩定」時，「也想模仿當時上海的小出版社，自己搞出版工作。小本生意，只圖維持生活，兼能出點好書」，於是辦起了「紅黑出版社」和《紅黑月刊》[5]，以失敗告終。但是這個例子也可從另一方面來理解，即都市

3　參見熊月之：〈上海的崛起與上海史研究〉，《新華文摘》2000年第1期。

4　楊東平：《城市季風：北京和上海的文化精神》第三章（北京市：東方出版社，1994年）。

5　丁玲：〈胡也頻〉，轉引自《丁玲自傳》「名人自傳叢書」（南京市：江蘇文藝出版社，1996年），頁71。

讀者群不斷擴大是文學發展成一種職業的決定性因素，大小作家們在職業化過程中，體驗到文化工業帶來的某種自由空氣，因此他們順應市場需求，認可生存的準則，並有勇氣嘗試失敗，是可以理解的。施蟄存編選《晚明二十家小品》時也這樣自供：「為什麼肯來做這個容易挨人譏諷的『選家』，這理由很簡單，『著書都為稻粱謀』，著的書既沒那麼多，而『稻粱謀』卻是每日的功課，便只好借助於編書了。」[6]文化工業意味著文學藝術的產生過程與商品的運行過程越來越相似，因此三十年代出版界最具有活力的不是書籍的出版而是期刊的發行。原因在於，在世界性經濟危機的影響下，期刊繁榮與刊物雜誌的價格低廉優勢有關，「在資本制度之下，文藝界的動態將大部分的受著市場競賣的支配，實是無可諱言的事實，刊物的發展，是基乎廣大的讀者的要求，而單行本書籍卻因為無人問津而陷於衰弱」[7]。雜誌繁榮而書籍凋敝，表現出現代傳媒受市場控制日深，文學的生產、消費和傳播與商品市場的原則相吻合，遵循著市場規律進行運作。接受市場機制的讀者、作者與報刊業的繁榮形成新的互動關係，即使是魯迅，也要「在散漫的刊物上做文字」，[8]何況更多大量受商業性支配的職業寫家。翻檢一九三四年、一九三五年郁達夫的日記時會看到，這位感歎著時運不佳的作家在上海各種期刊編輯眼裡可是炙手可熱，他高舉「著書都為稻粱謀」的旗幟，為了自己的生存與在杭興建「風雨茅廬」，幾乎是在應付各種刊物的徵文、在大量約稿和編輯的「催稿快信」中緊張度日，日記中時有「又多了一筆文債也」的感歎。一九三五年六月二十四日日記寫著：「這一次住上海三日，又去承認了

6　施蟄存：〈晚明二十家小品序〉，《晚明二十家小品》（香港：光明書局，1935年、上海市：上海書店，1984年，影印版）。

7　〈文壇展望〉，《現代》第5卷第2期（1934年6月）。

8　魯迅：《南腔北調集》〈自選集自序〉，《魯迅全集》第四卷（北京市：人民文學出版社，1981年），頁456。

好幾篇不得不做的小說來；大約自六月底起，至八月中旬止，將無一刻的空閒。計《譯文》一篇，《人間世》一篇，全集序文一篇，是必須於十日之內交出的稿子。此外則《時事新報》與《文學》的兩篇中篇，必須於八月交出。還有《大公報》、《良友》、《新小說》的三家，也必須於一月之內，應酬他們各一篇稿子。」作家一一登記「不得不應付的稿件」以「免遺忘」[9]。二十年代成名的小說家在三十年代更多地寫隨筆、評論、小品文，各種各樣報紙期刊專欄需要他們的長短文章去填滿。可以這樣概括，熱鬧的上海文化工業中兩個行業並行又互為依靠地發展著：靠寫作為生的文學產者數量增多；而潛在的讀者市場正在急劇擴張。

　　二十年代末新文化中心南移給上海造成雜誌出版的空前熱鬧狀況，持續了整個三十年代上半期，「雖然市場的不景氣仍在有增無減地向前發展，但刊物雜誌的發行，都風起雲湧，大有萬花插亂之概」[10]，「數量上不僅達到了空前的記錄，而且，在質的方面也大有改進」，雜誌的「雜」是名副其實的，醫藥衛生、兒童、商業、農業、無線電、軍事、政治、宗教等專門性刊物出現，而一般刊物更是「普遍地抓著讀者層」，在雜誌年中唱主角。[11]上海通志館的調查表明，一‧二八戰火初熄，上海大大小小的刊物雜誌一時紛起，「目前繼續在刊行的，實有二一五種」，一九三四年被稱作「雜誌年」，大都市雜誌業出現這樣的盛況：

　　　　好些日子以來，報紙上的巨幅雜誌廣告是每天刺激著觀眾的神
　　　　經；許多的書店裡也專闢著雜誌部，搜集了全國重要的定期刊

9　郁達夫：〈梅雨日記〉，《濃春日記》（長沙市：湖南文藝出版社，1996年），頁224。
10　〈一般性質的雜誌之檢討〉，《現代》第6卷第4期。
11　〈一般性質的雜誌之檢討〉，《現代》第6卷第4期。

物陳列著經售。愛看雜誌的人，每天早晨翻報紙找新出雜誌的
廣告，宛如像電影迷找新影片的廣告一樣；走過書店，更像有
要公似的必需往雜誌都去瀏覽那像萬花鏡般陳列著的新刊物。
然而這種事情發生得並不久，雜誌在中國被編輯者、出版者、
發賣者、讀者一致熱烈擁護著迅速的發展，實在是今年的事
情，尤其是上海，似乎這大都會裡又捲起一種新潮了。[12]

　　「雜誌年」、「小品文年」等文化現象就這樣猝不及防地發生了。
　　很快就在上海的雜誌出版業中頻領風騷的林語堂，是與魯迅同於
一九二七年來到上海的。但他以南人的精明比魯迅更快適應且深味這
座大都市的風情。他的大學生活是在這裡完成的，此後又有多年看取
西洋鏡的機會，因此對於這座都市的繁華與罪惡，他所發出的詠歎頗
有「惡之華」的現代感，而大都市的生存法則也暗合他「文章可幽
默，做事須認真」的西式現代倫理精神。說林語堂能夠領會「資本主
義的文化邏輯」並非誇大之詞，他一邊在《語絲》上繼續寫稿，一邊
已經以他出色的英文成為英文週刊《小評論》的一名編輯，開始以機
智輕鬆、入乎其內出乎其外的英文小品文幫助西方人「看」中國。三
十年代初林語堂編寫的《開明英文讀本》、《開明英文文法》成為暢銷
書，名利雙收，由此在上海站穩腳跟，也為他日後成為自由撰稿人奠
定了經濟基礎。一九三二年夏末，在出版界的繁榮與雜誌潮的湧動
中，林語堂辦刊的熱情與出版界驕子、擁有時代圖書出版公司的邵洵
美一拍即合，在邵家客廳裡，一群生計不愁的文人不厭其煩地討論即
將出生的刊物的名稱、宗旨、內容。在朋友們看來，林語堂在《語
絲》上曾有的作為、他與京海兩地文友的交誼、靈活的頭腦、做事的

---

12 上海道社編：《上海研究資料》（上海市：中華書局，1936年）。又見《民國叢書》
　　第四編第八十冊（上海市：上海書店，1992年，影印版）。

認真及一定的編輯經驗，具備了辦好一部刊物的前提條件。何況對於林語堂的「幽默」，這些作派西化、生活多有餘裕、活躍在上海文化界和出版界的文人們並不陌生，也樂意以此標新立異，捲動新潮。辦一份既可「聊抒愚見」，也可以「銷煙賬」的刊物，看起來就是文人的一時興起，於是在《論語》創刊號上，也出現半是玩笑半是認真的「緣起」，這份刊物表明現代文人對上海以市民文化為依託、以商業性贏利為動機的文化工業的認可。《論語》半月刊在其鼎盛時期影響了上海雜誌的走向，在《文學》第三卷第二號上，〈所謂「雜誌年」〉一文這樣描述：

> 今年自正月起，定期刊物愈出愈多。專售定期刊物的書店中國雜誌公司也就應運而生。有人估計，目前全中國約有各種性質的定期期刊三百餘種，內部倒有百分之八十出版在上海，而且是所謂「軟性讀物」──即純文藝或半文藝的雜誌；最近兩個月創刊的那些「軟性讀物」則又幾乎全是「幽默」與「小品」的合股公司。

論語社是「十個人的股份有限公司」的說法也不脛而走，這其中商業性意味十分濃厚。

林氏刊物所以鼓動起幽默閒適小品文熱潮，有三點適應了當時初興的文化生產模式。

其一，是刊物編輯對商業化客觀環境的認識相當明確。當年論語派的一員且參與《逸經》等刊物編輯的周劭曾認為，舊中國辦雜誌的能手當推同是聖約翰大學出身的鄒韜奮和林語堂，此亦無他，只是從西方學來的一些法門而已，如形式上不拖欠稿費，門戶開放等。

所謂西式法門，並不只是形式。在商業化客觀環境中，刊物的生存不僅在於品位，還要仰賴多種經營手段。以論語社和語絲社比較，

《語絲》的時代，文學市場和出版界，出版商和作家的矛盾尚未激化，把文字產品作為商品出賣的焦慮也不明顯；作為同人雜誌，語絲派尤其喜歡以「我們」這樣一種口氣說話；語絲社作者大多另有正職，所獲薪俸高於一般平民，生活有餘裕，可以取出部分薪水，騰出時間，出書、辦報、扶持新人、展開各種文化活動。據魯迅回憶，語絲創刊初期，幾個撰稿人各自掏錢，負擔印費，不要稿酬，而年輕些的作家則自跑印刷局，自去校對，自疊報紙，自己拿到大眾聚集之處去兜售，維持刊物的目的不是賺錢，而是讓更多的人接受他們的思想；語絲時期小品文雖然也擁有眾多讀者，讀者的身分卻多限為精英文人與校園中的學生。但《論語》、《宇宙風》等雖然仍然自稱「社」，這「社」卻是有名無實，並不死守門戶。因為商業機制下「黨同伐異」或「門戶之見」不見好於上海灘；他們雖然時時提到「我們同人」，刊物的地盤卻相當開放，無時不順應著市場的行情與時尚而調整自己的辦刊方針。《論語》等刊物的讀者擴展為一般市民，被激進的、尋找「新異」文學的學生視作大眾流行讀物。在刊物林立、競爭激烈的當口，只有編輯方針較寬容又有自己個性的刊物才能更好地吸引不同的作者及讀者對象。

　　林氏刊物上，不僅有許多京派作家利用刊物濃厚的文化氣息和較高的文學品味開始擴展自己的文學園地，也時時刊出魯迅、徐懋庸、陳子展、風子（唐弢）等左翼作家的雜文隨筆，同時，胡適、宋慶齡、蔡元培等的文章也時有露面，當時正流亡日本的郭沫若的自傳《海外十年》、《北伐途次》也在刊物上進行過連載，一時之間，「三堂」同堂（知堂、鼎堂、語堂）成為期刊界的佳話。可以說，這些有效的舉措和優質的稿源，保證了刊物以多樣化、高品位、思想活躍和文史魅力吸引了廣大讀者，林氏系列期刊都能夠維持相對穩定的銷售量。這些寬容與開放，反過來又使林氏刊物成為上海名刊，稿源豐沛，新作家層出不窮。雖然魯迅曾經批評林氏刊物所招攬的「所謂名

家，大抵徒有虛名，實則空洞，其作品且不及無名小卒」，[13]但實際上，為了提高刊物的知名度，編輯借幾個大作家或政界文化界名人來撐門面，正是雜誌吸引讀者的重要一著，何況林語堂憑藉著自己融合京海的經歷，所網羅的上述一大批新文學界名聲赫赫的文人學者作家稿件，從文學造詣、藝術修養以及知名度來看，都為刊物提供了極好的名人效應。

對於知名作家，刊物主要利用專欄，一則確保稿源、質量和統一的風格，二則保住刊物固定的讀者量，三則刊物本身會形成一個「中心」，作家們因此獲得交流感和某種認同，刊物的信譽對以文謀生的作家也頗有誘惑力。歸根結底，專欄作家為刊物打造出經典品牌，林語堂的「有不為齋」、「我的話」、「小大由之」，豐子愷的「緣緣堂隨筆」，大華烈士的「東南風」，姚穎的「京話」等均是名家欄目；而為魯迅稱讚過的「古香齋」、「論語與我」等則鼓動起普通讀者的興趣，促使他們參與到刊物中來，前者讓讀者尋找與刊物要求相關的材料作文，後者是刊物與讀者進行交心，增進刊物的親和力。隨著刊物日漸紅火，林語堂又將各種小品文分類出版，進一步鎖定原有讀者群，擴大了刊物影響。一九三四年，上海時代圖書公司出版了「論語叢書」，稱「極力搜羅盡心選擇所得之精品為幽默小品文之淵藪」，包括《老舍幽默詩文集》、《論語文選》、《我的話》、《行素集》等；一九三五年，人間世社趁熱打鐵，編了「人間世叢書」，計有《人間小品》（甲、乙）、《人間特寫》、《人間隨筆》、《二十今人志》幾種，書刊互動，以刊促書，讀者被刊物所激發的閱讀欲望獲得滿足，出版資源也得到充分發揮，更為小品文熱推波助瀾。有意的「炒作」似不可免，《人間世》逐期刊出近現代文化名人手跡和相片，誇示其文化格調；

---

13 魯迅：〈致楊霽雲〉，《魯迅全集》第十二卷（北京市：人民文學出版社，1981年），頁403。

劉半農、盧隱曾在《論語》、《人間世》上開專欄發專稿,卻不幸去
世,刊物的紀念文章相當豐富,不會不吸引眾多讀者;因「京話」刊
佈得「萬人爭誦」、受林語堂及編輯們讚歎不已的姚穎,「待《論語》
二周年紀念,將其芳影刊出,附有娟秀簽名照片,玉立亭亭,頗覺幽
嫻文雅,愛好其文筆者,睹此殊可一飽眼福也」,[14]抓住讀者的好奇心
理來打造明星作家的用意很明確。

其二,林語堂等作家準確地定位了幽默閒適類小品文與媒體的天
然的緊密的聯繫。在西方,「期刊文學優秀作者的名單,非常接近十
八世紀和十九世紀文學史的概況」[15],中國近現代文學的發展情形也
概莫能外。期刊本身已具有比書籍更適應輕靈、快捷的都市節奏和市
民喜新厭舊心理,短章和小品文的生產頻率快,符合報刊周轉快的特
點,小品文刊物成為期刊中的輕騎兵,相對於季刊、月刊而言,有
「輕」、「便」、「專」的特點。這種輕便靈活是處在緊張的現代生活中
的人們所需要的。林語堂在〈說小品文半月刊〉(《人間世》第4期)
一文中,特意比較了季刊、月刊、半月刊、週刊等的區別,認為「今
人所辦月刊,又犯繁重艱澀之弊,亦是染上帶(戴)大眼鏡穿厚棉鞋
闊步高談毛病」。「總不及半月刊之犀利自然,輕爽如意……稍近游擊
隊,朝暮行止,出入輕捷許多」。「週刊太重眼前,季刊太重萬世。週
刊文字,多半過旬不堪入目,季刊文字經年可誦。月刊則亦莊亦閒,
然總不如半月刊之犀利自然,輕爽如意……半月刊文約四萬,正好得
一夕頑閒閒閱兩小時。閱後捲被而臥,明日起來,仍舊辦公抄賬,做
校長出通告,自覺精神百倍,猶如赴酒樓小酌者,昨晚新筍炒扁豆滋
味猶在齒頰間」。親切、精巧、靈活,活脫出小品文半月刊與都市大
眾文化內涵和節奏的和諧。梁遇春早在〈小品文選序〉中便道出了小

---

14 謝興堯:〈回憶《逸經》與《逸文》〉,《讀書》1996年第3期。

15 〔美〕劉易斯·科塞:《理念人》(北京市:中央編譯出版社,2001年),頁44、78。

品文發達的關鍵：「小品文同定期出版物幾乎可說是相依為命的」，「這自然是因為定期出版物篇幅有限，最宜於刊登短雋的小品文字，而小品文的沖淡閒逸也最合於定期出版物口味，因為他們多半是看倦了長而無味的正經書，才來拿定期出版物鬆散一下。」[16]追隨京派的梁遇春能夠如此正面下結論，有賴於他著重總結西方工業化以後散文發展的歷史經驗，肯定了定期刊物與小品文在日常生活中「鬆散」人的神經所起的作用。本雅明在《發達資本主義時代的抒情詩人》中陳述了「在一個半世紀中，日常的文學生活是以期刊為中心開展的」，而專欄（feuilleton）在每天出版的報紙上為美文（belles-lettres）提供了一個市場。馮三昧在《小品文研究》中關於「小品文與社會生活」一節，認為小品文風行的原因不只與人們文學觀念、文字的變革和外國文學的輸入有關，「而無視現代人的內生活的變遷，也是偏面的觀察，不足了解小品文的真諦的……都會的物質生活與繁劇生活，使人的身一心方面都呈強烈的變化」。從流水線上下來的人們不能不尋找刺激與麻醉，他們放棄了與生活不合拍的悠長作品而選擇了適應都市快節奏的小文章。[17]文藝並非只是文人面對現代生活的「苦悶的象徵」與解脫方式，它還可以也應該成為讀者緊張、刺激與苦悶生活的有效緩解劑，閒適與放鬆的目的是要為大工業生產提供源源不斷的恢復了精力與體力的勞動力。在一切唯求速成的時代，刊物的版面自然需要五花八門的內容來填充，那些迫於生計的人們為了滿足趣味與求知需要，也就自然而然地以消閒類、實用類文章替代了那些長篇說部。林語堂有意無意地觸動了上海雜誌文化市場的一個關鍵性按鈕。以知識性和趣味性標榜的軟性小品文刊物在很大程度上既迎合了都市工業化的發展和新興市民文化的需求，也順應了現代傳媒發達後讀者的民主化進程。

16 梁遇春：《小品文選》〈序〉（北京市：北新書局，1930年）。

17 馮三昧：《小品文研究》（上海市：世界書局，1933年）。

　　第三，論語派刊物在其辦刊宗旨中，富有針對性地提出了小品文在提供閱讀樂趣的同時具有規訓和提升大眾的意義。借用來自左翼陣營的批評，或許可以從另一角度看清這一點。分析一下林氏刊物的讀者對象，左翼作家的文章中不乏將題材進行階級定性的批評，認為林語堂提倡「語錄體」不過是「傾慕於隱士的生活方式」，而現在流行的幾種專講「幽默」的刊物，其真實的歡迎者，不是「仰臥在草地上架起大腿來讀《論語》」的游閒公子，便是世俗的保險公司或煙草公司的主顧，哪裡有一個能認識階級鬥爭酷烈的認真生活的青年呢。[18]此大眾非彼大眾，論語派刊物的大眾讀者是隨著都市擴張而生長出來的市民階層，他們或者是爭讀《論語》以致半夜吵架的「濟南東門某夫婦」，或者是在校學生，或者是攜情人共讀《論語》而被妻子發現的「河南某君」，或者是耽讀《論語》而誤了手頭活計的「北平書店夥計」等等。[19]初期《論語》曾刊登過這樣的漫畫：四人圍坐打麻將，一人興致勃勃地看《論語》，最後，其他三人放棄了麻將，哈哈笑著圍看《論語》。這一漫畫似乎也證明了，對於《論語》潛在的市民讀者對象，報刊可以用一種「更有益於身心」的方式——讀有意義和有樂趣的消閒性讀物，來替代坊間打麻將這一類在知識分子看來較為低級的娛樂活動。

　　許多純文藝的刊物編輯也受《論語》、《人間世》的啟迪，他們重新思考刊物如何界定受眾，如何塑造受眾的口味，如何調整自己的編輯方針，在較嚴肅和板面孔的大雜誌外為讀者奉上以輕、軟、短、快、專為特點的小品文刊物。對板面孔的嚴肅文學刊物的規避，表明小型文藝刊物將自己與擬想讀者的關係界定為朋友式的而不是精英啟

---

18 參見趙心止：〈隱逸文學〉，《現代》第5卷第4期；少問：〈走入「牛角尖端」的幽默〉，《現代》第6卷第2期。

19 林語堂：〈二十二年之幽默〉，《林語堂名著全集》第十四卷（長春市：東北師範大學出版社，1994年），頁175。

蒙性的。針對來自左翼「小擺設」的批評，論語派刊物及旁系刊物主要以文學無關政教宏旨、不是政治的工具進行反駁。強調文學平易的風格，忌諱意識形態的高調和口號，反感於說教面孔，放棄那種以精英自居的姿態，而走近人生的日常生活，不想在刊物中造就什麼思潮、主義或黨派，幾乎成為林氏刊物及旁系刊物的共同宣言，這既是知識分子們對政治的逃逸策略，也為中國的市民文化更關注飲食男女而在政治文化上相對匱乏的特點所決定。幽默閒適小品文不只是「專制使人冷嘲」時代的知識分子自我保全的法寶，而且一般的讀者也要借著「哈哈一笑」來擺脫現代人作為大機器中一零件無休止的重複所帶來的單調、枯燥與緊張。十分心儀周作人散文及生活態度的施蟄存和康嗣群，他們對自己所辦的刊物《文飯小品》進行釋名時，公開對受到左翼陣營批評的林語堂進行了聲援，聲稱：小品文「也許是清談，但不負亡國之責；也許是擺設，但你如果因此喪志，與我無涉；『小品』云何哉，乾脆的說，一切並不『偉大』的文藝『作品』而已」。《逸經》的「發刊啟事」上聲明旨在「供給一般讀者們以高尚雅潔而興趣濃厚，同時既可消閒複能益智的讀品」，並設「雜俎」一欄刊登幽默小品，提倡「趣味即人生之一頁」，並特別描繪了一幅怡然悠然的「消閒遣興」圖景：「我們的《逸經》內容及文字力求通俗化，使一般人士，或在旅行的舟車上，或在公餘之時，或在就寢之前晨興之後──得此一卷益智怡情的讀品，消閒問題，解決一半了。」如果它能讓人掙脫煩悶，復甦生活力，豈不比「呻吟歎息，淚流滿面的愛國者」更見其偉大麼？何必「欲以一主義獨霸天下，以一名詞解決人生一切問題」？

　　林語堂認為文必近情，即文學與人生相靠接的思想得到施蟄存的應和。在創辦了大型文學雜誌《現代》後，施蟄存緊接著發刊了小品文期刊《文藝風景》，在「創刊之告白」中，他將這份刊物定位為「以輕倩見長的純文藝」，立志使之成為《現代》那種「日趨於嚴肅

整頓」的一種補充:「這兩個路徑,將是兩個不相同的路徑。倘若我以《現代》為官道,則《文藝風景》將是林蔭下的小路。我們有驅車疾馳於官道的時候,也有策杖閒行於小徑上的時候。我們不能給這兩條路作一個輕重貴賤的評判,因為我們在生活上既然有嚴肅的時候,也有燕嬉的時候;有緊張的時候,也有閒散的時候;則在文藝的賞鑒和製作上,也當然可以有嚴重和輕倩這兩方面的。」散文的要求是機智優雅又要輕鬆活潑,要讓多數讀者讀下去、能理解,甚至允許不避淺薄,這樣的寫作風格,便是將編輯的主觀願望與讀者的主動選擇相結合,無論如何,迎合與提升不是一個單向的被動的過程。

　　但正是上述種種辯白表述,說明了新文學中的文人作家對商業化文化機制有著既順從又警覺的心理,所謂「燕嬉」、「閒散」、「親切」,最多不過想與「嚴肅」「緊張」的作品並駕齊驅,而並非取而代之。楊邨人似乎更平和地道出論語派作家或施蟄存等編輯的潛臺詞:「現在提倡小品文的作家似乎在和大品文開火,而對於小品文的非難者又似乎也在向小品文進攻,這種情勢在我個人看來都似乎有點近於──『那個』。」他說,如果大品文像大餅,小品文是點心,那麼兩者何妨並存不悖,互為補充改善。[20]可是並行的結果卻可能讓有心「嚴肅藝術」的作家感到無奈,商業化空氣和規模性文化生產不可避免地對作者產生了種種制約,對純文學產生負面影響,作家們在商業利益的驅使下可能失去精心建構藝術的時間和精力,不得不付出犧牲藝術的代價。以連載的形式來說,選擇對公眾有吸引力的作家作品進行連載,幾乎已被證明是商業時代擴大刊物的發行量和高回報的主要管道。老舍的《駱駝祥子》、《牛天賜傳》等小說及《老牛破車》等文章,是在林氏刊物上一期期刊登。這種連載既為雜誌推廣了銷路,對於作家而言,似也不無益處,兩者相得益彰。然而,它又可能在某種

---

20 參見楊邨人:〈小品文與大品文〉,《現代》第5卷第1期。

程度上有害於作品藝術的完整性。雜誌對作家有著嚴格的「最後期限」，時間要求和出版需要，而寫作本身的過程卻需要潛心創作。老舍不無遺憾地談到《牛天賜傳》由於連載而受到制約：其一，「它是《論語》半月刊的特約長篇，所以必須幽默一些……為達到此目的，我只好把住幽默死啃；不用說，死啃幽默總會有失去幽默的時候；到了幽默論斤賣的地步，討厭是必不可免的。」其二，「每期只要四五千字，所以書中每個人，每件事，都不許信其自然的發展……因此，一期一期地讀，它倒也怪熱鬧；及至把全書一氣讀完，它可就顯出緊促慌亂，缺乏深厚的味道了」。[21]這結果便引發了沈從文的高雅文學保衛戰。拒絕商業性的大眾路線、以保持審美經驗和藝術創造的純粹性和自律性的京派代表作家沈從文、朱光潛等，對海派文學的批評中首先將論語派的幽默小品文統括進去，沈從文認為：

> 中國近兩年來產生了約二十種幽默小品文刊物，就反映作家間情感觀念種種的矛盾。（這類刊物的流行，正說明這矛盾如何存在於普遍讀者群。）這些人一面對於文章風格體裁的忽視與鄙視，便顯得與流行文學觀並不背道而馳。這方面幽默一下，那方面幽默一下，且就證實了這也是反抗，這也是否認，落伍不用擔心了。另一面又有意無意主張把注意點與當前實際社會拖開一點，或是給青年人翻印些小品文籍，或作點與這事相差不多的工作，便又顯得並不完全與傳統觀念分道揚鑣。……因此一來，作者既常常是個有志之士，同時也就是個風流瀟灑的文人。[22]

---

21 老舍：〈我怎樣寫《牛天賜傳》〉，《老舍文集》第十五卷（北京市：人民文學出版社，1995年）。

22 沈從文：〈風雅與俗氣〉，《廢郵存底》（上海市：文化生活出版社，1937年），頁43。

　　既不滿於左翼作家的功利性消滅了文學的自由，也無法容忍消閑性小品文的氾濫對雅與俗界限的模糊，他們初始指責小品文作者趣味主義的態度，繼而直陳小品文作者在商業化環境下的「欲速」和「懶惰」，即文人依靠報刊專欄來生存並確定自己在資本主義大市場上的位置和價值，導致商業性的寫作態度：「在一般狀況之下，自以信手拈來，寫寫短文，較為便利。」[23]而讀者的閱讀態度與之呼應：「在這機械化的時代，世人多以高速率來生產，高速率來消費，同時也用著高速率來享樂或求知。」如此「濫調的小品文和低級的幽默」炒作一鍋，高度嚴肅的作品又如何能夠產生。他們的批判針對在商業性、政治性和文學性中自我矛盾、沒有定性、態度含混又頗想四面沾光的海派文人學者，彷彿只要作者站穩立場，文學審美經驗和藝術創造的純粹性和自律性便不會受到破壞。站在高雅文學關懷的神聖立場上，對市民讀者投以文學精英的蔑視，他們如古典騎士一般，急切地思考著如何將作家們從都市大眾文學中解救出來。

　　沈從文等的焦慮不是無憑無據的，儘管真正能夠對純文藝產生致命威脅的規模性文化生產未能形成，但它初興時的力量已不可低估。法蘭克福學派尤其是阿多諾對文化工業的批判，特別注意文化工業的雙面性，當人們讚美它帶來的讀者民主化時，阿多諾認為這是對人類自由和個性的壓制；另一方面，各種文學風格元素被媒體文化放大、誇張、複製以後，其原有性質也發生了改變，「它的維護者所想像的它所保持的那些東西，實際上恰好是被它更加徹底地摧毀的東西」[24]，這幾乎可以移來考察大量「濫調的小品文和低級的幽默」現象的出現。商業性文化機制在小品文刊物的發展中著實表現出它的靈動，

---

23 陳醉雲：〈小品文往哪兒走〉，《小品文和漫畫》，（上海市：生活書店，1935年、上海市：上海書店，1981年，影印版）。

24 阿多諾：〈文化工業再思考〉，《文化研究》第一輯（天津市：天津社會科學院出版社，2000年），頁202-203。

當刊物中隱含著的娛樂或消閒風格被媒體文化放大、誇張、複製以後，其原有性質便改變了。當小品文刊物成功地製造出滿足受眾需求的文化大餐，受眾的口味被製造出來後，受眾群體的反應是不遺餘力地參與到刊物中來，並進一步刺激出版業追加生產。上海的出版經在小品文年、幽默年裡，適時地表現了一番一哄而起的商業炒作。《論語》的幽默詼諧及閒適小品文風格很容易就被讀者接受，從而引導上海報刊界一場頗具規模的小品文半月刊熱潮，「《論語》半月刊出版後，銷路意外的大好，創刊號重印了幾次，一下子轟動了讀書界，以後也保持了這股勢頭。《論語》的暢銷引起了各方面出版的興趣，都來競相辦雜誌刊物了」。[25]看重刊物商業性和營利性的上海出版界從林語堂的幽默小品文刊物的熱銷中發現了大都市越來越強的消閒需要，他們不願輕易放棄其中的無限商機。刊物調整自己迎合，都市讀者口味，受眾也從其社會地位角度出發，他們對自身的認識，也受到刊物的影響。如此雙方的配合，使高雅閒適的小品文與富於個性的幽默期待成了流行文化的一部分，從接受理論的角度來說，「如果一個文本的話語符合人們在特定的時間闡釋他們社會體驗的方式，這個文本就會流行起來」。[26]可是，時尚本身就是對個性的消蝕，文學在現代大眾文化和傳媒中大量的模仿與複製中失去其主體性，至少在小品文和幽默兩方面，看似很「論語」個性而且也的確以創個性為目標的努力，經複製、模仿與炒作後，便不可避免地被改變成流行的文化菜餚。林語堂的得力助手、論語派刊物編輯徐訏自供《人間世》的辦刊走向：「記得當時所談的是西洋雜誌文的格調，以徵求特寫的來稿為主：實在說來，當時的動機不但不是晚明的小品，而且也不是文藝的小品，而是僅想以小品文的筆調作各種雜貨的買賣而已。後來大概因為一二

---

25 章克標：〈林語堂兩則〉，《文苑草木》（上海市：上海書店，1996年）。

26 〔美〕戴安娜・克蘭：《文化生產：媒體與都市藝術》（南京市：譯林出版社，2001年），頁98。

個作家寫一二篇晚明小品之類的介紹提倡，於是來稿也多偏向起
來……於是弄得許多人都以為《人間世》是筆記小品之類的刊物」，
「刊物好像是一桌菜，作家是採辦菜的人，而編者不過一個廚子」，[27]
如果口味適時，採辦菜的人與廚子攜手，勢必會將這時尚推向一個新
的高潮。刊物有意無意迎合大眾文化的某些需要時，是要冒著為大眾
流行時尚所左右甚至犧牲的風險。

　　事實正是如此。各種源遠流長或有特殊意味的「文化」被精確無
誤地複製成流行要素。就外在形式上看，幽默刊物、半月一期、名稱
的古雅，都成了蜂起的軟性刊物必不可少的元素。首先，刊物名稱被
人們紛紛仿效，以借名牌造勢，有人便戲謔道：

> 先看名目，現在有一種借舊書名來做名字的風氣。自從去年九
> 月出了《論語》，後來接著有《中庸》，最近又出了《大學》，
> 一部四書只三缺一了。（最好有什麼姓孟的人來湊局。）此
> 外，還有《春秋》、《聊齋》。中外新聞第二號說起羅隆基還預
> 備出《戰國策》。[28]

因此各刊物雖有不同編者，卻頗像連鎖超市。由施蟄存、康嗣群主編
的《文飯小品》發刊後，從作家、文體、題材內容上看幾乎成了《人
間世》的分號。隨便挑出刊物的第三期目錄來看吧，撰稿人中有知
堂、林語堂、俞平伯、老舍、豐子愷、畢樹棠、金克木、郁達夫等，
均為論語派刊物上的長期作者；此外，為了與小品文的雅致諧調，
施、康還特別用蘇曼殊的畫及題詩作為封面，這走的也是林氏小品文
刊物古色古香的路子。倘若掩去刊名，與《人間世》也沒有太大區

27　〈公開信的覆信〉，《天地人》第1期（1936年3月）。

28　上海道社編：《上海研究資料》，見《民國叢書》第四編第八十冊（上海市：上海書
　　店，1992年，影印版）。

別。《論語》創刊兩周年時，有人在「群言談」上又刊登了一篇「論語何不停刊」的文章，將此一哄而上的現象歸咎於林氏刊物：

> 我國文壇，自林公創刊論語之後，一紙（其實每期都夠二十多頁）風行，四方響應，凡有屁股（報屁股），莫不效顰。幽默二字，從老教授都聽不慣的地位，一躍而成為小學生耳熟能詳的嶄新名詞，尤為投稿家神魂顛倒，寤寐思求的對象。於是笑林廣記一見哈哈笑之類的書籍，被人捧為高頭講章，竹枝詞，打油詩，風頭尤其十足。而刊物的命名法，也起了「奧伏赫變」，仿古贗本，是為摩登，什麼「中庸」，「孟子」，「聊齋」，「天下篇」等半月刊，書攤上觸目皆是。[29]

文學的流行時尚，使當初最有個性也許就因此成了最沒有個性，談談風月，飲飲苦茶，清遊避暑等古來被視作名士的超脫和不俗氣度，如今是黃茅白葦，彌望皆是。魯迅所謂「轟的一聲，天下無不幽默和小品」的尖銳批評，確是大眾文化下市場「批量生產」、趨風炒作、仿作贗品盛行的生動簡潔的寫照。幽默閒適小品如魚得水，北平雖有周作人這樣的閒適宗師，卻始終不如上海的幽默大師占盡風光。

　　與今天文化工業的發達或許不能相比，但在製造幽默閒適小品文熱這一點上，實質其實一樣，手法也相差不遠，文化工業這把鋒利的雙面刃依賴的不是純技術性的東西，而是一種意識形態。林語堂「幽默」、「閒適」的本意，陳義甚高，原本不是「軟文學」、「輕文學」等大眾文化概念所能承載。林語堂所定義的「幽默」、「閒適」，是對人生選擇和審美情感的價值重構，正如魯迅在〈文化偏至論〉中反省近代西方物質文明對人的靈明的遮蔽一樣，林語堂也思考著類似的問

29　《論語》第49期（1934年9月）。

題，提出幽默與閒適，具有現代性審美精神的意緒：大工業時代機械式的生存，消除了人的個性和主體性，資本主義的高度發展，城市生活的整一化、平均化和機械化對人的感覺、記憶和下意識進行著無休止的侵佔和控制，幽默閒適可以成為人們反抗工具現代性、反抗著大工業時代人的精神異化，達到生命自由的一條途路。林語堂同時也意識到還有另一面，即西洋文明又有它「自然活潑的生命觀」、「比較容忍比較近情」（〈方巾氣研究〉）的地方，那麼，幽默正可以讓中國人「苦悶中求超脫」，擺脫「中庸之貌木訥之形」（〈二十二年之幽默〉）。當然，論語派作家還是「往回看」的居多，借助小品文這樣一種與傳統手工業生產狀況相適應、與講求精心製作、獨一無二的前現代相適應的文體，他們多半沉浸在深深的懷舊感之中，表現出現代人對已然遠去的古風深深依戀；文人們在書齋中漫步，在與古代隱士與名士精神相交時，獲得閒暇和趣味的滿足，也對日漸西化的本土文學傳統存有一份懷想和惋惜。周作人「在路旁小小池沼負手閒行，對螢火出神，為小孩子哭鬧感到生命的悅樂與糾紛，用平靜的心，感受一切大千世界的動靜，從為平常眼睛所疏忽處看出動靜的美，用略見矜持的情感去接近這一切」[30]的領略世情的人格，無疑體現了東方文學審美能力的精緻和內心想像力的豐富細微，那些富有靈韻的詩意文字是對粗鄙、淺薄、浮躁、汲汲功利的「現代」的否定。周作人高度評價「頹廢文學」的出現，是對帶有叛逆性的現代主義文學的認可，反感於庸俗低俗的「上海氣」，也出於護衛文學貴族性及五四以後對消遣遊戲文學觀進行批判的精英文化立場。

這些傳統意義上的高雅文化的深度和內涵在文化工業中被淺薄化了。高雅文化以獨創性、個性和風格各異為豪，文化工業卻像其他工

---

30 參見沈從文：〈論馮文炳〉，《沈從文文集》第十一卷（廣州市：花城出版社、香港：三聯書店，1984年）。

業一樣，以標準化和流水線製造出通用無差別的文化產品，也製造出喪失了個性的讀者大眾。由大眾文化參與生產出來的閒適與幽默的狂歡，開始祛除原有的審美靜觀與意義的體味，從骨子裡的反思走到表面的感性愉悅和審美快感的滿足。本來，隱逸與閒適是中國文化傳統中最具美學感染力的、具有特定指涉的文化符號，但大規模的一再複製和過度使用後，早已失去了它原有的特權地位，其原初的文人士子追求人格自由、逃逸政治的「仕隱」的意義被排空。幽默閒適小品文潮製造出的是一份流行文化的高雅配料，讀書、品茗、看花、遊山、語錄體等是其中的主要成分，名士們的山水游情、談吃談睡談花談草等成為了有品位、合乎時尚的象徵，人們一邊閱讀著那些閒適文字，一邊接受了寫作者自我描繪的敏感、快樂、精緻的形象，從林語堂的亦中亦西、劉大杰的書齋、邵洵美的美男子外形、溫源寧的英式小品文中看到了成功人士的生活優渥，氣度高雅（即使真實情形可能並非如此），於是更多的模仿者和趨尚者用一種仿詩化筆調將自己的生活嵌入審美化的潮流中。幽默閒適小品文不僅製造出休閒和快樂的消費符號，也製造出審美化的大眾生活，彷彿非讀論語類刊物不能閒適，只有假日的出遊才是高雅的藝術生活。在建構幽默小品文理論時，林語堂時時將閒適與幽默的高雅品性掛在嘴上，當幽默成為流行時尚後，幽默便開始與大量市井的插科打諢，流於傳統的耍貧嘴與說笑話相混，林語堂只好反覆解釋什麼是幽默：「格調俏皮的多，幽默的少。二者之界限不易分，但俏皮到了沖澹含蓄而同情境地，便成幽默。」[31]可有幾人能達到這樣的境地呢？少而又少。無處不在的精確「複製」，改變了藝術品原有的語境，抽空了藝術品獨一無二的內質，而使作品僅餘一層薄薄的靈韻之薄膜。阿多諾說，文化工業「別有用心地自上而下整合它的消費者。它把分隔了數千年的高雅藝術與

---

31 〈編輯後記〉，《論語》第3期（1932年10月）。

低俗藝術的領域強行聚合在一起，結果，雙方都深受其害。高雅藝術
的嚴肅性在於它的效用被人投機利用時遭到了毀滅；低俗藝術的嚴肅
性在文明的重壓下消失殆盡——文明的重壓加諸它富於造反精神的抵
抗性，而這種抵抗性在社會控制尚未達到整體化的時期，一直都是它
所固有的」。[32]這種對「文化工業把古老的和熟習的熔鑄成一種新的品
質」的感歎和本雅明將傳統藝術的特徵命名為帶有「靈韻」的藝術的
懷舊，其無奈心境是一樣的。我們可以說，閒適幽默的本意經大規模
傳播後，其「靈韻」也喪失殆盡。

第二節　「宇宙風」格：規訓與提升

　　然而，沈從文與阿多諾執著於大眾文化的批判立場，卻可能遮蔽
了近現代以來中國知識分子以報刊開啟民智的無所不用其極的奮鬥。
在中國的歷史語境中，「群眾媒介文化與中國新文化的關係也就遠沒
有它與歐洲經典文化那麼緊張和對立。在中國，啟蒙運動從來沒有能
像媒介文化那麼深入廣泛地把與傳統生活不同的生活要求和可能開啟
給民眾。群眾媒介文化正在廣大的庶民中進行著『五四』運動以後僅
在少數知識分子中完成的現代思想衝擊。在這個意義上可以說，群眾
媒介文化在千千萬萬與高級文化無緣的人群中，起著啟蒙作用。當
然，這種啟蒙作用和由精英監護的啟蒙是完全不相同的」。[33]沈從文等
作為高雅文學的代言人，強調文學以某些內在的永恆的審美品質超越
時空，成為經典，但文學迎合大眾的同時可以提升大眾，在中國現代
的歷史語境中同樣存在著合理性。國富民強的工業化和現代化是中國

---

32 阿多諾：〈文化工業再思考〉，《文化研究》第一輯（天津市：天津社會科學院出版
　　社，2000年），頁198。

33 徐賁：《走向後現代與後殖民》（北京市：中國社會科學出版社，1996年），頁249-
　　250。

現代知識分子為之奮鬥的目標，啟蒙的現代性與審美的現代性在西方有先來後到的因果過程，在中國兩者卻是同步發生的。這是兩種不同的現代性：當「發達資本主義時代的抒情詩人」開始反思和顛覆資產階級關於進步、現代化、工業發展等等烏托邦設想帶來的深刻的文化危機時，中國卻仍對經歷一番西方式的現代性充滿迷思，渴望以西方的物質文明和民主精神、自由與人道主義、理性與秩序的啟蒙現代性幫助中國走上現代化生存之路。而這一切無疑可以通過文學的民主化進程來實現。

中國文學的這種現代化追求，必然以各種方式表現出來。經歷五四時代總體上的激進主義以後，三十年代的表現相對豐富和多元。林語堂等論語派文人的選擇和文化實踐體現出與啟蒙和精英意識有別的新的文化特點，但同樣未曾脫離文學現代化的總體方向。林語堂曾在《新的文評》中翻譯布魯克斯的文章，特地加了「序」，希望中國人注意，這篇文章對處於商業文化包圍中的美國文學發生隱憂，認為文學中出現的單純的快樂主義正是個性缺乏、沒有思考和深度的表現。但是這並不妨礙他對高度發展的西方物質文明的讚賞，也不掩蓋他對西方民主社會的歆羨及對中產階級價值觀的大致肯定。這些肯定或否定、拒絕或迷戀，都值得通過文字傳達給讀者。如果說普羅文學與藝術純粹性文學立足於精英主義立場，使自己與讀者始終保持著距離，那麼論語派對娓語體散文的傾心，林語堂「人人都寫散文」的倡言，則有意走出精英文學畫地為牢的圈子。上海的文化場上左翼文學、現代派文學、通俗的市民文學等同時出臺的情形，文學的雅俗互動、啟蒙與提升大眾文化、關注市民日常生活、肯定文化工業的積極作用等，都是兩種現代性面孔在文學上的交織混融的結果。林氏刊物汲取了西方雜誌將雅文化、通俗文化融合一體的範式，是知識分子濃厚的文化氣息、小品文的士林化和雅化傾向與提升教化市民的通俗性結合起來的典範，林語堂的諸多舉措表明他試圖保持創作的完整性，又努

力讓自己適應新的傳播媒介造成的文學商業化，努力實現調和中西文學、調和文學的消費性與審美性、調和雅俗的宗旨。由此構成了林氏刊物的文化個性。

其一，高文化品位和大文化氣象的追求。作為夢想家，林語堂深懷「兩腳踏東西文化」的熱情，尤對中國文化產生無限的想像和著迷，他大大強化了閒適小品文的士林文化品格，當海上西潮翻滾，唯美主義與現代派謀求著花樣翻新、怪異新奇的新感覺時，林語堂在所有刊物上毫不掩飾對傳統「古舊」色彩和某種懷舊格調的偏愛。

刊物的設計上，林語堂「對刊物的命名和書寫，都有特殊的設想」，[34]《論語》的刊名就經過眾友人反覆議論後才採納了章克標的建議，以「論語」名之。後來的「人間世」，取自《莊子》中的篇名，實際上，楚狂接輿的故事既讓人產生關於隱逸的聯想，《人間世》也與《論語》在刊名上保持某種內在的延續性。此時期，另一份由林語堂參與編輯的英文月刊《天下》據說也出於林語堂的思路，因為《天下》也是《莊子》中的篇名，契合愛好道家文化的林語堂的心思。林語堂以逆向思維來對刊物文化品位進行精心打造與定位，封面印有「古色古香的簽條」、古樸素靜的《論語》在上海灘上一露面，就在花花綠綠的刊物中顯得十分特別、醒目。後來的其他刊物以及刊物內的欄目都保持了這一特色，「月旦精華」、「子不語」、「有不為齋」、「古香齋」、「雨花」及「姑妄言之」、「姑妄聽之」、「一夕話」等，均將文人的雅致、放逸、古典趣味與專欄各自特點相結合。

深諳「大師名氣的拜物教」意義的林語堂，將〈五秩自壽詩〉和周作人畫像放在《人間世》的創刊號上作為招牌後，《語絲》的「放逸」漸漸簡約為東方化的文人氣質、風度、品位、「漸近自然」的藝術化生活方式。林氏刊物打破門派偏見或近現代以來的種種新舊紛

---

34 周劭：〈姚克和《天下》〉，《讀書》1993年第6期。

爭，不僅一一刊登俞樾、林琴南、張伯苓、辜鴻銘、劉鐵雲等晚清至現代的文化名人畫像，還搜集了相關的傳記、遺稿殘墨、照片及親友的回憶性散文等，肯定他們在文化傳承上的個性與貢獻。至於現代文化名人如齊白石、朱湘、劉半農、盧隱、徐志摩、老舍、陶元慶等，各種材料更為豐富生動，在文化史料的搜集保存方面可謂功不可沒。胡適的〈追憶曾孟樸先生〉、劉大杰的〈劉鐵雲軼事〉、乃蒙的〈章太炎的講學〉、蔡元培的〈記魯迅先生軼事〉、宋慶齡的〈促魯迅先生就醫信〉、許廣平的〈關於魯迅先生的病中日記和宋慶齡先生的來信〉則是《宇宙風》上相當重要的稿件。《宇宙風》較之《論語》、《人間世》更體現出編輯者寬容的文化情懷，以及對散文文體較為寬大的定義，這份刊物散發出溫和與憶舊的人文色彩，吸引了不同人群的閱讀興趣。《宇宙風》的發行量也說明了這一點，它問世時間不長，便在鄒韜奮的《生活》週刊和商務印書館的《東方雜誌》這兩份老牌雜誌後，銷量排當時期刊中的第三。[35]

　　值得指出的是，這些都不僅僅是一種個人文化趣味，也不僅僅是商業手段，更不是一份復古的情懷使然。這種獨特的文化取向表明，林語堂及論語派文人已不再像五四一代精英文人那樣對傳統文化懷有幾分敵意；他們對西方現代文化優長與缺陷更加了然，這使他們更增強了對中國文化傳統的自信心；他們對上海中西文化的混融交匯以及現代都市的市民特性也較為寬容，因此對各種文化抱有一種平和寬容和理性態度。以刊物來展現中國傳統文化的魅力，其著眼點還是貢獻於現代文化的建設。此外，林氏期刊對西方文化的介紹和引入同樣不遺餘力，《西風》雜誌的創刊便是一個例子。

　　其二，為提升一般大眾的閱讀品位，刊物力求兼顧文學的審美性

---

35 參見周劭：《午夜高樓——《宇宙風》萃編》〈前言〉（上海市：上海古籍出版社，1999年）。

與愉悅性。在上海灘上,「林家鋪子」自成一統,《論語》熱愛活潑,
《人間世》的沉潛,《宇宙風》的大氣,《西風》的清新,都將編輯獨
特的眼光與開闊的辦刊思路發揮得淋漓盡致。林氏刊物走著借文化來
提高刊物品位的同時保持非政治色彩的思路,同時又以近人情的原則
迎合著都市市民的趣味。《人間世》圍繞周作人的文化趣味,出現
「附和不完」的讀書札記、文壇逸事、文史資料等學術性或趣味性的
散文體式,創造出讀者熟悉的濃郁的傳統書卷氣。一九三六年三月,
論語派中人簡又文(大華烈士)、謝興堯慕海上文壇熱鬧非凡,遂決
定合作辦一雜誌。兩人素好讀史,更決定了雜誌的性質和內容為「文
史」半月刊。標榜學術的「自由發現」和「自由發表」,使刊物「有
如一大塊新開闢的肥壤,任人自由升科承領以作『自己的園地』」,[36]
不再以「幽默」為主原料調劑口味,但不排除趣味性與可讀性,各種
文壇掌故、趣味珍聞、讀史零拾,免除了史學史料性學術文章的枯
晦。海戈「殊感幽運不振,而默道頹唐」,[37]因而辦《談風》,以接續
幽默文字的餘脈,徐訏的《天地人》等則成為後期論語派中較偏重年
輕人趣味的文藝刊物,一九三五年的《文飯小品》(康嗣群、施蟄存
主編)儘管體裁不限於小品文,但從封面設計到內容,都頗似《人間
世》的連鎖店,以散文、隨筆、遊記、讀書錄、雜感等為主。正是在
這樣的刊物上,周作人、俞平伯等人帶著學術性、知識性、趣味性的
文字毫不顯突兀而尤能熠熠生輝。一如既往地維持著林語堂的思路與
辦刊方向,縱是慘淡經營,對幽默仍興致不減。他們的創作、批評、
翻譯,為整體上顯得過於沉潛隱晦的論語派中年氣息增添了不少活力
與生氣。天然風趣又獨具隻眼,令人賞心悅目的學者散文或學術散文
至此收穫最為豐饒。

---

36 簡又文:〈逸經的故事〉,《逸經》第1期(1936年3月)。
37 海戈:〈緣起〉,《談風》第1期(1936年10月)。

　　以大眾書評提升大眾品位，尤其是論語派刊物帶有大眾化的一大特點。大眾書評的出現，是大眾媒體迅速發展的結果，書評成為現代人文化生活的重要組成部分。因此，說書評多少帶有大眾文化品格並不為過，書評選擇好書，而讀者選擇好書評，讀者因書評篇幅小易於在短時間裡獲得最新的文化信息，作者卻能借助書評參與到文學時尚中，甚至製造出文學的時尚潮流。如果將《人間世》、《宇宙風》上的許多文章都看做廣義的書評，並不為過。正是借著這種方式，論語派作家將晚明小品文的熱潮鼓動了起來。類似新年專刊「二十四年我的愛讀書」欄目，所徵來的文章範圍相當廣闊，涵括了現代大多數傑出的作家和批評家。周作人、畢樹棠、錢鍾書、吳宓、沈從文、謝六逸等大多要言不繁，既向讀者推薦好書，又讓讀者一窺著名文人的讀書趣味。錢鍾書推薦的是《馬克斯傳》，因為書中「寫他不通世故，善於得罪朋友，孩子氣十足，絕不像我們理想中的大鬍子。又分析他思想包含英法德成分為多，絕無猶太臭味，極為新穎」。這個年輕的學者初露其機智優雅的文風。沈從文交了一份特別的答卷，他逕直標明所愛讀的：三本書是：「一神巫之愛二邊城三××××」，理由是：「第一本書我愛它，因為這是我自己寫的。文章寫得還聰明。作品中有我個人的幻想。」、「第二本書我愛它，也因為這是我自己寫的，文章寫得還親切。作品中有我個人的憂愁……」、「第三本書我愛它，因為這本書不是用文字寫成的。文章寫得又聰明又親切。這作品使我靈魂輕舉，人格放光。一部神的傑作。」這是已經成為炙手可熱的「京派」代表作家沈從文的自信之語，也與林氏期刊的風格相當吻合。畢樹棠比較剛出版的石葦的《小品文講話》和阿英的《現代十六家小品》時，批評前者極盡條理之細卻不明白「鑑賞與教育兩事有時是談不到一塊的，尤其是小品文」，他褒揚阿英「這部書選得很好，所附

十六篇序言也極精當」[38]，這樣的批評，即使在今天看來，仍顯示了作者極高的文學素養與鑑賞眼光。幽默低調的平和氣象、遠離敏感政治的清高、濃厚的文人趣味，保證了林氏刊物像一個文藝性質的沙龍，允許來到這裡的文人性格各異，品位多樣，書評因此也相當個性化。

　　上節有關資料已表明，林語堂實施入雅出雅之道，他從未設想將自己的刊物變成一份高雅脫俗、曲高和寡、傳統的文人以文會友或交往唱和的雅集，或以「語絲」、「駱駝草」的只求友聲的態度把刊物辦成挑戰商業文化的精英文學陣地；與左翼文學刊物（如《太白》等小品文刊物）或倡導現代主義文學的期刊也不同──這類刊物以較小的社會群體的面目或文化異端的放縱姿態，極力打破一切現成文化或文學秩序，以尋求思想和形式的突破和超越。現代小品文與媒體大眾的天然聯繫早使之與古代小品文也有本質的區別，小品文期刊上的書評、文化類、學術類文章或批判性雜文，可以針對特定群體，但不可能關閉起來孤芳自賞，必須考慮及時的思想、知識的交流與迅速的傳播。因此，林氏刊物既要維持文人刊物自覺的啟蒙意識，也在文學的趣味性與娛樂性上與讀者關係友好，同時強調個人筆調的自由與率性，這樣，期刊文章的審美格調的高雅和內在濃郁的文化氣息不僅沒有畫地為牢，編輯還以開放、寬容的眼光容納了較為豐富廣闊的文化內涵。

　　也許最根本的是，在上述雅化的外表下，無處不暗含新文學作家們對大眾文化的規訓意義。林氏刊物從未改變自己作為理性和文明的傳輸者身分，從審美和意識形態的偏好，來進行大眾啟蒙的思路。表現在《論語》發刊之初即聲明自己堅持新文學界對遊戲消遣的文學觀的批判標準這一態度上。《論語》的發刊宗旨明確提出與上海的下流

38　畢樹棠：〈書評〉，《宇宙風》第9期（1936年1月）。

小報決不同流合污，在「同人戒條」中聲稱「不附庸風雅，更不附庸權貴（決不捧舊劇明星、電影明星、交際明星、文藝明星、政治明星，及其他任何明星）」，「不做痰迷詩，不登香豔詞」，是要與媒介運用其權力而灌輸給大眾的無原則的消費品劃清界限，使自己的刊物的高雅不會流於酸腐的附庸風雅。如此強調堅持現代的理性和風致，實質上是以現代的思想文化理念對市民文化施行「規訓」，集中力量賦予讀者一種與傳統生活不同的生活要求，為市民開啟新型生活之窗。最為典型的例子是，當南北要人們兢崇聖道大事祭孔時，老向、姚穎等的幽默和諷刺文章，各自從不同角度進行批判；周作人的〈縊女圖考釋〉、林氏刊物中的「古香齋」與「半月要聞」等欄目，都有意揭示坊間令人「驚奇」的風俗和流言中透出的低俗愚昧和無聊；林語堂的〈關於北平學生「一二‧九」運動〉、陶亢德的〈請祝學生如亂民〉等，是直接的政治批評文字，所有這些的依據都是五四後新的思想觀念。到了創刊《宇宙風》時，林語堂的思路更加明確，即學習西洋雜誌文「反映社會，批判社會，推進人生，改良人生」、「增加知識，增加生趣」，而「中國雜誌是文人在亭子間製造出來的玩意，是讀書人互相慰藉無聊的消遣品而已」（〈關於本刊〉）。

　　引導並規訓大眾，那麼文化批評和風俗批評應最大限度地與現實相靠接。林語堂提倡廣泛的人生觀察和文化批評，談「人生之甘苦，風俗之變遷，家庭之生活，社會之黑幕」[39]，以文藝性的議論文字批評政治、社會風尚，以近人情的文藝小品文契合廣大市民喜輕鬆活潑、反呆板說教的心理。刊物關注的問題和話語結構既與官方話語有著微妙的差異，也與一般知識分子刊物的話語有所不同。如果說有些「獨家新聞」在某種程度上也迎合了讀者逐新、名人效應或探窺索秘的心理，那麼，文章本身與小報的惡俗渲染有天壤之別。靠賣熱點來

---

39 林語堂：〈中國雜誌的缺點——《西風》發刊詞〉，《宇宙風》第24期（1936年9月）。

維持發行量固不足取，但如果此熱點正符合刊物「睜大眼睛，觀察現實」、寫盡人生百態的宗旨，那麼為論語派刊物增添的不只是一樁轟動一時的人命案件中一位有知名度的作家（許欽文）被牽連的遭遇，而是透視了不公正的司法制度，及不可多得的對陰鬱牢獄生活的實錄，許欽文的〈無妻之累〉、〈工犯日記〉，襤衫的〈獄中記〉、朱春駒的〈牢獄之災〉便是這樣的文字；謝冰瑩的《一個女兵的自傳》、〈回憶中的鐵籠生活〉等作品固然引發人們對現代花木蘭的好奇心理，但更直接的原因是這正與林語堂對現代雜誌關注人生的要求相吻合；「特寫」被論語派作家看做說真話與觀察人生的最好一種方式，陳叔華認為特寫文字應該是斯蒂爾（Steel）一派的，「較為客觀公平，不但要寫自己的事情，還要寫鄰居的秘密。這派再演進就成風俗習慣的描寫」，「特寫而不能使人增加『見所未見，聞所未聞』的經驗，就不成為特寫了」。[40]王鵬皋〈鴉片特寫〉，客觀記錄了鴉片的種、割、整、販、吸的全過程；蒲薲的〈書店〉則揭開書的出版、定價、發行、銷售的種種「內幕」；老向的〈斗行〉寫糧食經紀人「貴出賤入，買大賣小」，「眼慧心狠，言苦意甘」特點，作為寫述人生社會某一方面的特寫文字，直接由現實社會去調查搜尋，且帶著作者清晰的觀點和社會剖析角度，這些都堪稱典型例子。在各地通訊中也有這特寫的影子，卻更講究個人獨特的觀察視角，總是力圖以普通百姓的眼光去察看政治與社會裡的種種世態人情。〈做絲〉、〈書店〉、〈南京的黑市〉、〈廣東的鴉片〉、〈當店〉等則是對特殊行業和社會問題的調查報告或特寫，基本上是以客觀、精細的調查來取代或打破官方自我宣傳和自我粉飾，同時讓讀者增長見識，開闊眼界。

　　貼近讀者生活的細節最能達到與一個社會階層相認同的目的。林語堂明確提出散文「近人情」的標準，認為要擺脫中國散文不近人

---

40 陳叔華：〈娓語體小品文釋例——小大辯〉，《人間世》第29期（1935年6月）。

情、空蹈虛飾和文體艱澀的毛病，須學習西方雜誌文「暢談人生之通俗文體」：「中國若要知識普及，也非走此條路不可。雜誌的意義，在能使專門知識用通俗體裁貫入普通讀者，使專門知識與人生相銜接，而後人生愈豐富。」（〈且說本刊〉）一、要用通俗的文字，讓家家戶戶婦人小子看懂；二、要讓各行各業的人而非文人階級來寫文章，他抓住了西洋報刊作為市民社會的「公共空間」的本質性特徵。小品文與讀者大眾關係的密切，不僅在於它的放鬆與娛樂功能，還在於它具有平面、感性、通俗、易於大眾參與的特點。小品文期刊正為大眾參與社會文化提供了活動的場所，一般作者使日常生存的內容與感受成為刊物的主要內容，讀者與作者的界限模糊了，他們是可以對坐閒談的朋友，閒談的內容也與日常生活密切相關，親切感與身邊感拉近著讀者與刊物的距離。四十年代在上海淪陷區文名顯赫的女作家蘇青便是從給《論語》投稿而走上文壇，開始展播自己的聲名的。在身分上，蘇青受過高等教育，但她隨後跟著丈夫從寧波置家上海後便成為一個家庭婦女。她的散文便真實地寫出了市民階層知識女性的生活與心態。蘇青的出現與日後的走紅並不是偶然的，婦女受教育水平的提高，可能比男人更有餘暇閱讀刊物雜誌，類似〈結婚第一年〉、女子寫自己「一月一次的刑罰」等文字，既因為作者與潛在的讀者地位相當、境遇相似，而更容易引起共鳴，也會因此樂意寫下文字進行交流或宣洩。

　　當然，蘇青或許是特例，對於多數作者而言，他們的文字可能朝生暮死或曇花一現，他們可能永遠都成不了作家，但城市大眾刊物的目的顯然也不在於培養作家。其後，由黃嘉德、黃嘉音兄弟編輯的《西風》，由於直接譯介西洋雜誌文，幾乎立刻讓人嗅到了美國的《讀者文摘》的氣息，這份「譯述西洋雜誌精華，介紹歐美人生社會」的綜合性文藝雜誌，是體現城市中產階級生活情調與趣味、最具大眾文化消費色彩的刊物，不僅有好譯文，而且意在「輕」、「軟」、

「小」上選文作文，在文體和各種話題的安排上，都帶有城市消費文學期刊的特點。作者身分的普泛性相當突出，並不限於職業文人和小圈子同人，主編興奮地在廣告中宣稱它是「中國散文雜誌的最高峰」。林語堂吹「西風」的目的是把讀者與作者合二為一，強調刊物的宗旨在於「使寫文章不再成為文人的專利，使愛看雜誌者也不限於文人」，以達「人人都寫文章，人人都讀雜誌」的局面。[41]林語堂當然算不上小品文刊物的始作俑者，但他比別人更自覺地認識到了大眾文化的興起，實際上加速了讀者群體的民主化進程。

　　這樣一條以雅俗交融進行規訓的路子受到左翼文學的批評，原因可能相當複雜。由於三十年代左翼作家們引入了無產階級的概念，他們所說的無產階級平民文學，是與知識階級、資產階級貴族文學相對立的。而林語堂則將自己對西方具有現代意義的市民社會的想像與當時中國最「現代化」的都市上海進行比附，因此他眼裡的讀者大眾，在左翼文學作家們眼裡不過是市民「小資」階層，與欲依靠的底層大眾不可同日而語。林語堂的一廂情願比附並非全無根據，畢竟，以迎合與提升城市市民美學趣味為辦刊方向，基於對城市中間階層力量的重視，在現實中，這些人既不是古典時代的少數精英文人，也不是最底層的貧民大眾，而是與都市擴張同時壯大起來的由商人、手工藝者、店員、辦公室職員、大中學生及廣大中產階級婦女組成的數量龐大的新興市民階層。他們閱讀不僅是為了消遣，還渴望從雜誌書籍中獲得道德指南而自我完善，借助期刊達到對城市生活的自我認同，在緊張的謀生間際獲得休息與調節，依賴各種讀物達到人與人之間交往、交流的目的。劉易斯·科塞曾專門援引英國的《閒聊者》、《旁觀者》等刊物說明十八、十九世紀，重要的英文期刊和與之有聯繫的知識分子，在培養新興中產階級讀者的品位上尤其有力，辦刊的目的，

---

41 《西風》第1期（1936年9月）。

便在於提升社會的文明程度。讀者熱切地要從他們那裡尋求行為與觀點的標準、指導和啟蒙，讀者的這種要求反映出時代經濟的某些大變化所帶來的新需求，「它們有助於提供舉止規範和行為指導；它們既供人娛樂，也給人教誨；在一個日益個人主義化的時代……它們為專心致力於提高經濟地位的中產階級樹立風氣，提供道德氣氛。愛狄生和斯蒂爾以後，文人不僅被視為獻藝者，而且被視為風尚的帶頭人和道德嚮導」。[42]西方雜誌模式對林語堂的影響是內在的、深刻的，那種看重市民文化的積極性，把刊物作為提升市民文化的主要樣式，使林氏刊物渾身上下散發出西式味道，而上海這種開埠百年、有著城市大眾文化和出版文化深厚基礎的都市，讓林語堂看到了引入西式報刊模式，在公共社會中發揮其傳播媒介功能的可能性（參見下文）。這或許可以從另一方面解釋，林氏刊物的都市品格始終缺乏明顯的現代主義先鋒性，即以美學的現代性對抗資產階級的世俗性與平庸性，反而為了實現知識分子的啟蒙現代性要求，在面向教育程度較高的市民讀者時，既遵循著知識性、通俗性、娛樂性、趣味性和多樣性的要求，也以趣味高雅保證刊物與坊間惡俗小報的區別，滿足讀者提升自己的願望。

　　三十年代出版業的發展與文學讀者的擴大使文學消費功能在上海獲得前所未有的升騰，在很大程度上推動了論語派的小品文和幽默閒適占據了文化場上的主動權，幽默閒適小品文除了具有審美功能與社會功能外，還適逢其時地使之文學的消費價值空前提高：既滿足了擴張的市民階層調節身心、放鬆精神的需求，滿足了他們擴大知識、認知人生的需求，更滿足了都市化程度日益提高後人們對消遣消閒豐富生活的享受需求。

---

42 〔美〕劉易斯・科塞：《理念人》（北京市：中央編輯出版社，2001年），頁43、44。

第三節　論語體：合法主義的反抗

關於「論語體」

　　「論語體」，一般指林語堂刊物上的幽默閒話小品文，我認為，這個概念還可以大些，可以指稱林語堂主編的雜誌體式：在新文學的雜誌界，從來沒有哪個刊物製造了如此數量龐大的笑罵譏評、油滑詼諧的遊戲文章，甚至幽默性漫畫。這些形式雜多的嬉笑文字、諧謔漫畫填滿了《論語》的角角落落，使《論語》在林林總總期刊中顯得極為醒目。不過「論語體」縱有獨特個性，它卻難以進入文學「正史」，甚至不入文學研究者的視野，它為高度嚴肅的新文學期刊帶來的笑聲幾乎也就是它的主要罪名。當然，文章的格調本身就是雜誌的格調，以《語絲》來說，由於語絲文體的「任意」，當年便有人批評《語絲》類似《晶報》，而周作人很在意地反駁，說語絲體的滑稽裡有的是嚴肅和正經，絕做不出什麼「太陽曬屁股賦」一類的遊戲文章。而《論語》的刊物格調和說話方式，比《語絲》走得更遠，形式也不僅限於小品文。因此，《論語》總體上的遊戲態度，在越來越整肅的年代左右不逢源，既不為高雅嚴肅的純文學作家所青睞，更不為憂國憂民的左翼陣營所欣賞，同樣不見好於官方當局。有人憶及，林語堂曾想當南京政府的立法委員未果，因為「他曾參與過蔡元培、宋慶齡等發起的『民權保障大同盟』和編輯過《論語》，給國民黨平添過不少麻煩」。[43]也許正是這樣，林語堂對《論語》頗為偏愛：「論語個性最強，卻不易描寫，不易描寫，即係個性強，喜怒哀樂，不盡與人同也。」[44]

43　周劲：《午夜高樓──《宇宙風》萃編》〈前言〉（上海市：上海古籍出版社，1999年）。
44　林語堂：〈與陶亢德書〉，《論語》第28期。

　　如果換一種視角來理解的話，在三十年代上海市民文化和政治文化環境中，《論語》應該具有獨立考察價值。《論語》在沒有言論自由的文化專制下，以合法主義的反抗方式和獨特的寫作策略拓展有限的話語空間，《論語》展現出對於政治的另一層批判意圖，同時不失為對言論傳媒的社會文化功能的獨特發揮；「論語體」幽默、詼諧及遊戲文章，具有揭示真理內涵的作用，它使人們從一貫養成的對神聖事物、專橫的禁令和權力的恐懼心理解放出來，在消極的表象下有著否定與肯定的雙重功能；「論語體」當然也體現了中國傳統的民間諧謔文化的影響，它枝蔓蕪雜、良莠不齊的另一面，是在喧囂謔鬧的狂歡中，展現社會政治的各種醜惡及世態民風的種種可笑。重評《論語》的笑謔，有著美學和意識形態的雙重動機。

　　安德森提出的民族國家是一個「想像的共同體」的觀點，可作為我們論述的前提。他引小說尤其是報刊為例，說明印刷文明作為一種中介，讀者因為報紙版面的共時框架和統一的閱讀儀式達到彼此認同。安德森的理論建立在對西方十八世紀以來的市民社會的考察上。現代意義的市民社會，是指「近代以來所生成的與國家正式體制日漸分離的非正式、體制外生活領域」，其特徵是：「市民社會從封建制度的縫隙中滋生出來，占有了自足的經濟生活領域並且發展了自律的價值生活準則──『人』的現代主題，市民社會的世俗世界和民主生活於是構成對宗法社會的神聖世界及君主生活的真正否定。」[45]按照西方社會學家和歷史學家的判斷，十八世紀上半葉開始，歐洲國家（主要是英法德）已生成自足自律、能夠自我定義的社會實體。近代報刊的出現與市民社會的形成有著異常密切的關係，「報刊作為一種新的傳播工具已經進入社會生活」，王佐良先生在《英國散文的流變》中

---

45 呂微：〈民間：想像中的社會〉，《文化研究》第一輯（天津市：天津社會科學院出版社，2000年）。

概括說：「用語言或文字傳播新聞當然是古已有之，但要等到十八世紀之初，才有定期出版、專人編輯、面向一般讀者的刊物。這些刊物不僅傳播時事和社會新聞，而且發表議論。這後者是一個新因素，由於有這個因素刊物就不止是宮廷公報或街頭傳單的重演，而變成現代的輿論工具，能夠對社會施加強大影響。」[46]也就是說，在西方媒體理論中，報刊類傳播媒介與現代民族國家的建構和民主制度的發展有著緊密聯繫，信息的共用、公眾輿論的聲音，可以打破官方聲音一統天下的局面，報紙雜誌應既是獨立的又是一種中介，它以自由討論與公開發表的眾聲喧嘩狀態，在政權與民眾之間扮演一種調適與溝通的角色，營造一個批評的公共空間。對後世報業及報章小品文影響巨大的愛狄生主持的《旁觀者報》以悠閒的絮語筆法和溫和的議論批評，成為西方報人效法學習的榜樣，並引導出諷刺性的文藝創作，巴赫金評價說：「在現代的諷刺創作史上，十八世紀英國的諷刺雜誌（《旁觀者》與《閒談者》）起到了相當重要的作用。它們創造與鞏固了期刊短小諷刺的體裁，如對話、特寫、諷擬等。」[47]這種風格甚至繼續衍化至十九、二十世紀的西方一些期刊中。

　　中國有學者認為「在本土傳統中從來就不曾存在過與近代以來西方市民社會類似的、具有現代意義的民間社會」，[48]但承認上海開埠以來的經濟中心和文化中心的位置，使這個城市初現市民社會的某些特點，如一般所認為的市民公共社會的形成需要社會條件、政治條件和知識生產方式的條件，即私有產權提供的經濟生活形態、憲法保障的結社自由和言論自由、新聞業出版業的出現等。大上海商業趣味濃

---

46 王佐良：《英國散文的流變》（北京市：商務印書館，1998年），頁54。

47 〔俄〕巴赫金：〈諷刺〉，《文本‧對話與人文》（石家莊市：河北教育出版社，1998年），頁39。

48 呂微：〈民間：想像中的社會〉，《文化研究》第一輯（天津市：天津社會科學院出版社，2000年），頁164。

厚、市民化程度較高、出版業方面更成為中國的新聞中心，各色人口的湧入與流動則構成龐大的市民讀者群，其中包括大量市井文人。早期《申報》等大報開始登載文藝小品和鬼怪故事，以迎合文人雅士的喜好，後來的《申報》副刊，更是文人遊戲文章的天下。此外還有大量為市民們所喜愛的小報出現，曹聚仁《文壇五十年》中清晰地回憶二十年代初到上海時，每天總是把張貼的《晶報》細細看一遍，「他們於才子佳人以外，夾點詼諧諷刺的情調，會心微笑，讓我懂得一點理學氣氛中所沒有的風趣」。張愛玲更不忌諱自己，對上海那種兼具文學性的消閒小報的喜愛：「我對於小報向來並沒有一般人的偏見，只有中國有小報；只有小報有這種特殊的，得人心的機智風趣。」[49]然而小報又常常道聽塗說，或走入低級趣味，新文學興起後，種種小報不再進入文化精英們的眼簾，許多大報的副刊則在新文學的衝擊下改頭換面成為新文學創作的園地，但上海利用報紙傳達官場外社會聲音的傳統卻保持了下來，正在建構中的市民社會為報刊作為話語的公共空間提供了存在的可能。一九三〇年代國民黨文化專制加強，但在各類民間報刊上，卻不僅有著魯迅式雜文，還有大量近代以來市民文人的獨特的批評性「小言論」。

　　《論語》的說話模式是小言論、五四的文明批評和社會批評傳統及西式自由主義批評等多種批評傳統交雜的結果。而核心卻是林語堂借鑑來的西方近代自由主義雜誌傳統，他心儀英美十八世紀以來報刊文化氣息，多次談到對《旁觀者報》、《閒話報》、《笨拙》等格調的喜愛，前兩種是英國十八世紀重要刊物，創造了報刊文學中獨有的英國傳統，逾數世紀其精魂仍在今天遊蕩；後一種是老牌的面向大眾的幽默刊物，文風講求精練而通俗。儘管林語堂的時代，英國十八世紀的文人沙龍、公眾咖啡館、友人的家，都不再是公眾聚集議論的地方，

---

49 張愛玲：〈致《力報》編者的信〉，《春秋》第2年第2期（1944年12月）。轉引自孔另境編：《現代作家書簡》（廣州市：花城出版社，1982年），頁79。

他也難以像愛狄生那樣從一個街區巡遊到另一個街區，出沒於各個咖啡館，做一個旁觀者和記錄者，但他仍可通過刊物這種印刷媒體代替那些公共場所而成為「聽」與「說」的園地，與大眾達成交流。《宇宙風》的「姑妄言之」、「姑妄聽之」兩個欄目中，「言」與「說」如此突出，編輯徵集各地作者的真實見聞，時事類的報導，對作者之「言」，尤其強調「是對時事社會文化等的評論」，並要求「以短小精警而又言之中肯者為準則」；[50]而《論語》最具特色之處便是它的編輯、定位均以歐美現代文學期刊為標準，在一張東方古雅的封面下，有著現代西方期刊的骨骼和心臟。語絲時期林語堂還只是提出要有「幽默」的文體風格，此時他卻明確了使期刊脫離嚴正面孔而辦文人幽默刊物的信心，他理想中的刊物要帶點英國老牌幽默雜誌《笨拙》的味道，要涵容一些《紐約人》美式的幽默，要有漫畫，要在一本正經的政論中加入謔而不虐的分子，要去除尖酸刻薄和挖苦的辛辣，在會心的、輕鬆自然的笑中調侃人生與世態。然而，林語堂陳義甚高的「幽默」，在刊物具體編輯中有時難以實現，一方面是不採取與政府直接激烈對抗的姿態，以婉而多諷和謔而不虐為準則，另一方面又脫離「會心的微笑」境界而走向熱鬧的插科打諢，以遊戲或滑稽謔笑文字參與「褻瀆神靈」，甚至以油滑和誇飾的詞藻，造成頗為歡鬧的滑稽大觀。兩者構成某種張力，在言論禁忌的年代為知識分子提供了一個批評的空間；卻也形成一種分裂──林語堂等對於刊物的時時警省，表明現代知識分子對於喜劇性模糊立場的不安與內疚。

謔而不虐與合法主義反抗

林語堂深味歐美式自由主義者的言論自由與報刊媒介的關係，甚

50　〈編輯後記〉，《宇宙風》第12期（1936年3月）。

至以此去理解當年《語絲》紳士式「費厄潑賴」的理性批評態度。林氏刊物與左翼刊物的平民立場不同，更多地帶有市民文化的理性一面，是市民知識分子生存智慧和個人主義的結晶，因此，它們不採取與政府直接激烈對抗的姿態，而是吸引讀者以遊戲或滑稽謔笑文字參與「褻瀆神靈」，將一切社會現象納入自己的嘲笑與諧謔中，從而在言論禁忌的年代為知識分子提供了一個合法的批評空間。[51]

　　社會大一統局面分崩離析，一切的價值發生轉變和崩潰，人們對於嚴肅與崇高產生種種不信任與滑稽感，諷刺由此而生。曹聚仁曾評價說：「林語堂提倡幽默，《論語》中文字，還是諷刺性質為多。即林氏的半月《論語》，也是批評時事，詞句非常尖刻，大不為官僚紳士所容，因此，各地禁止《論語》銷售，也和禁售《語絲》相同。」[52]魯迅肯定初期《論語》是有鋒芒的，國難臨頭之際，即使是幽默大師也不免露出那抑止昏暴的諷刺面目。林語堂在其名文〈梳、篦、剃、剝及其他〉中不乏尖銳嚴正的諷刺態度，他引四川流行的童謠「匪是梳子梳，兵是篦子篦，軍閥就如剃刀剃，官府抽筋又剝皮」而發出「匪不如兵，兵不如將，而將又不如官」的結論，老向在〈吾人豈為毛人乎〉中描述鹽官對百姓的盤剝，陶亢德的專欄名為「啞吧的話」，但對種種「老父臺們的刮脂膏吮骨髓」的行徑又不能再裝聾作啞。如果《論語》中全都充斥這樣的大量諷刺文章的話，也許今天人們對它的評價會高得多，當然，最有可能的是，它像當時的很多激進刊物一樣，不久就「壽終正寢」了。當編者為刊物的生存感到不安時，便不得不重申起「應該減少諷刺文字，增加無所為的幽默小品

---

51 關於一九三〇年代國民黨的報刊審查制度，可參見〔荷蘭〕賀麥曉著，陳太勝譯：《文體問題──現代中國的文學社團和文學雜誌（1911-1937）》（北京市：北京大學出版社，2016年）。

52 曹聚仁：〈《人間世》與《太白》、《芒種》〉，《文壇五十年》（上海市：東方出版中心，1997年），頁271。

文」[53]的要求來。即便如此，到了新年之際，刊物編輯「誰個能不摸摸頭顱而暗地裡為了頭顱無恙強笑竊喜」（亢德〈啞吧的話〉），被稱作「最小心謹慎的刊物」——《人間世》，也被檢查老爺的刀剪得「血肉淋淋」。[54]三十年代中國言論機制比起軍閥統治時期更為嚴酷，「言路的窄，正如活路一樣」是知識分子的普遍心理。在國民黨鉗口政策下，既不屑於做幫閒文人，又有一肚子不合時宜，心懷鬱悶的文人必然要尋找發洩悶氣的出口點。《申報》「自由談」登出「多談風月，少發牢騷」的啟事本身就是對於「自由」的標榜進行了絕妙諷刺，而不言、沉默、啞吧哲學則成為留守京城文人的憤激語。對於多數文人而言，在政治的險境下，要發言則需考慮怎麼說，說什麼的問題，刊物也必須在夾縫中謀求更長久的生命力以實踐它對讀者與作者的承諾。如果說左翼作家們以鑽文網而進行「非合法主義」的鬥爭方式的話，林語堂的「志不在大」、「不敢存非分之想」、取乎中間的意圖與定位，是一種鴕鳥式或犬儒式的對國民黨文化專制的合法主義的反抗方式，不乏海上文人向有的聰明與自我保全的思慮。[55]

　　以「笑」進行合法主義反抗的第一策略便是強調「寫實主義」和旁觀者立場，使可笑之物的本質自行暴露。林語堂認為只要真切，清醒，注意觀察，自會有幽默文字出現，既為自己獲得安全感，也是一種喜劇「觀之」的精神，它不是以情動於中、危苦激切的文字打動人，而是以旁觀者清醒冷靜的理性來觀察世界，從而體現「嬉笑之怒，甚於裂眥」的智慧力量。在「論語」、「古香齋」、「半月要聞」等《論語》特色欄目裡，「古香齋」一欄尤顯刊物的慧心獨運，魯迅在〈「滑稽」例解〉中稱讚說：「在中國要尋求滑稽，不可看所謂滑稽文，倒要看所謂正經事，但必須想一想。」他說自己「最愛看『古香

53 〈編輯後記——論語的格調〉，《論語》第6期（1932年12月）。

54 曹聚仁：〈檢查老爺之刀〉，《曹聚仁書話》（北京市：北京出版社，1998年）。

55 參見王愛松：〈三十年代的散文三派〉，《中國現代文學研究叢刊》1996年第3期。

齋』這一欄，如四川營山縣長禁穿長衫令云：『須知衣服蔽體已足，何必前拖後曳，消耗布匹？且國勢衰弱……顧念時艱，後果何堪設想？』又如北平社會局禁女人養雄犬文云：『查雌女雄犬相處，非僅有礙健康，更易發生無恥穢聞，揆之我國禮義之邦，亦為習俗所不許。謹特通令嚴禁……凡婦女帶養之雄犬，斬之無赦，以為取締！』這那裡是滑稽作家所能憑空寫得出來的？」[56]魯迅認為越平淡也就越滑稽，不必刻意搜求奇詭。「古香齋」的古色古香，成為內容酸腐或形式可笑的公文、張告、祭文、誦經文等的專欄，原樣照錄，不加評論，頗具魯迅「立此存照」的效果，無需編者站出來義正辭嚴地駁詰，反而「一本正經」地優待它，讀者便自會從中看出荒誕與反常。

　　刊物中的「各地通訊」本來是作為一種幽默文體而被大力提倡，但同樣給予論語派作家合法主義反抗的空間。林語堂要求「不必刻意尋奇，平凡的事，只消用幽默輕快的筆調敘述得來，水到渠成，自然成趣」；體式上「以書信式攀談式寫來，上自政治，中至社會，旁及教育交際民風民謠」，[57]帶著個人的觀感和議論。他尤其希望得到來自北平、南京等地的通信，將偏重國事、時事及觀察普通百姓生活現狀的要求提了出來。此後的各地通訊果然不負他所望，並突出了以市民眼光立論的特點。姚穎[58]此時脫穎而出，《京話》和《變風》，均涉及

56　魯迅：〈「滑稽」例解〉，《魯迅全集》第五卷（北京市：人民文學出版社，1981
　　年），頁342、343。

57　〈編輯後記──論語的格調〉，《論語》第6期（1932年12月）。

58　姚穎，江蘇武進人，王漱芳之妻。「京話」的真正作者究竟是姚穎本人，還是丈夫
　　王漱芳假託其名而作，在當時文壇就有過相關軼聞。上海書店二〇〇〇年版「民國
　　史料筆記叢刊」《京話》之「出版說明」認為：「其時王漱芳正任南京市政府秘書長
　　及監察院參事等職」，「因得近距離地觀察一些在當時為風雲角色的活動及言論，給
　　予及時報導，從而給後人對這一段歷史和相關人物進行再認識並作研究，提供了大
　　量的第一手資料。」這裡，編者認為王漱芳是「京話」的捉刀人。還有其他一些文
　　章談及《京話》的作者問題，參見淩夫：〈《論語》上《京話》作者的性別爭辯〉，
　　《尋根》2016年第4期。

南京政府中最敏感的政界要人和國事動態，動輒獲咎的可能性並非沒有，但她談言微中，婉而多諷，因此成為地方通訊中最好的專欄和論語社幽默文字的王牌，「編輯室中人及一般讀者看到她的文章總是眉飛色舞」。[59]姚穎自述寫作原則：「寫時雖未經再三考慮，但大體有個範圍，即是以政治社會為背景，以幽默語氣為筆調，以『皆大歡喜』為原則，即不得已而諷刺，亦以『傷皮不傷肉』為最大限度，雖有若干絕妙材料，以環境及種種關係，不得已而至割愛，但投稿兩三年，除數次厄於檢查先生外，尚覺功德圓滿！」[60]她的文章，總是從南京人最關心的事件人筆，有時是天氣，有時是酷暑，閒閒道來，漸轉人民生和政治變動，可能是華東的大水災，也可能是政界要人的避暑與享樂生活。《京話》裡有小道消息，街談巷議，市井風波，民情民態民風皆入文，時時議論官方決策，諷刺政府機關、公立醫院的作風，且多涉筆南京政界官場政府中的大人物行蹤，對國民黨的消極抵抗及「政治上的推與拖」明刺暗諷，偶有越軌之筆又點到為止。她的筆風乾淨俐落，體式多變，常常出人意表，〈我愛其禮〉一文，擬孔子與記者的對話，反話正說，諷刺政府借尊孔之名，借忠孝義勇而通令讀經、文廟大修、大興土木，而不是將國家的生產事業放在第一位。〈陰陽曆新年之比較〉似一小型談話，讓人們各抒其志，小百姓申說的對衣食住行的理想是穿馬褂、吃美國進口小麥、住茅山官邸、出行則乘飛機，而這些，恰是當時政府官員的生活水準。〈孔誕與報告〉一面挪揄官定的孔子誕辰可以隨意更改，一面譏諷政府機關已被「報告」、「統計」淹沒：「此一報告，彼一報告，凡在政府任職數年以上者，幾於書櫥中無一而非報告。」林語堂誇讚說：「當時論語半月刊最出色的專欄就是《京話》，編輯室中人及一般讀者看到她的文章，

59 林語堂：《無所不談合集》〈姚穎女士說大暑養生〉，《林語堂名著全集》第十六卷（長春市：東北師範大學出版社，1994年），頁292。
60 姚穎：〈京話序〉，《宇宙風》第22期（1936年8月）。

總是眉飛色舞。我以為她是《論語》的一個重要臺柱，與老舍、老向（王向辰）、何容諸老手差不多，而特別輕鬆自然。在我個人看來，她是能寫幽默文章談言微中的一人……姚穎是懂得婉約的。《京話》就是南京通信所談的多關於南京市政，清潔運動，及要人的舉止言行，或偶有可採的驚人語句。這是不容易的，動輒可以得咎。」林語堂本人同樣善作機智、詼諧之文，針對文化專制與暴政及國民黨逮捕陳獨秀一案，他建議：「索性把他《新青年》的同事胡適之，錢玄同，劉半農也一同關起來。一年之後，我們有陳獨秀的《自傳》，胡適之的《中國哲學史》第二卷，錢玄同的《中國音韻學講義》，劉半農的《中國大辭典》第一卷。四大名著出現，豈不是一樁快事？」笑中掩蓋不住話中的鋒芒，謔而不虐。

　　即使奉行謔而不虐，仍然有不少文章利用各種手法，以一本正經的面孔傳達出內心的鄙視和諷喻挖苦。《論語》戒條之一是「不評論我們看不起的人」，這首先為說話者開脫，但在評論中，人們卻可以把那些表面莊嚴實則空虛者，當作「我們看得起的人」而施行「脫冕」儀式，使其露出可笑可鄙的面目，這是論語派對待冠冕堂皇之人與事的常用手法。《論語》第一期即發表林語堂的〈悼張宗昌〉，開頭便對張的被刺身亡表示「十分惋惜」，全文句句反語，力讚其「剛勇」，「總是憑良心之驅使，直爽做去」，讚他尊重女權、崇孔、孝母、忠友，實際上卻極盡對此兇暴、粗魯的當代軍閥挖苦之能事。在〈學者會議〉裡，林語堂戲謔「足足開了十天」的學者會議，一群「霜淇淋吃了不少」的白面書生，終於「對於東北問題及中國之經濟、實業、交通、教育都有很精到的議論，很長篇的講演，很完滿的議決，很排場的宣言」，而實際上東北政策只由武人決定，書生不過是民主的裝飾罷了。老伍〈病鼻記〉行文風趣，處處以病鼻暗示「病國」：

　　朋友問我：「你近來身體怎樣了？」我說：

「和我們中國一樣！」……

「你的葫蘆裡到底賣的是什麼藥呢？」

「同我們的政府一樣！」我只好這麼說。

從〈吾家主席〉到〈有驢無人騎〉對當局頭面人物的調侃，從〈領袖歌〉中嘲諷領袖「上臺求原諒，下臺唱高調」的不同面目，到俞平伯對國勢發出的「多難興邦日，高腔亡國時」的詩句，論語派作家對於幽默所能夠具有的「褻神」作用會意並盡情發揮，純否定態度的諷刺，未免過於冷峭尖利，能夠以純屬取樂的態度進行「幽默的褻神」的人，是以笑聲造成想像的勝利，他們所褻之「神」，既可以是封建的倫理道德，也可以是國家意識形態，可以是官場的無聊、大小官僚們的故作正經，也可以是些預先為人們的生活制定出的什麼真理或意義及種種有形或無形的束縛。「褻神」所採取的語言方略，不是以英雄的姿態去與政治或社會秩序發生直接的衝突，而硬是把高高在上的無論什麼「神」都還原成與他們一樣的人，一切所謂大的、高的、正的便因此頹然落地。

　　遊戲筆墨的語言方略直接貫穿到短小簡約的議論文字中，「論語」「半月要聞」等以「要聞」名之，目的是在中國這塊舊皮囊上廣泛找尋作文的材料，「極想用幽默筆調，做半月大事記，凡事敘述的原原本本，又能詳其底蘊，真切而有意味」。[61]所謂「大事」卻多是達官貴人、政府要人的可笑與自相矛盾的言行舉動，對社會上的各種奇談怪論，奇人異事，編者多以詼諧口吻作短評，顯示智慧和俏皮，要聞之「要」，決非官方正論和宣言，而是小事當大事，大事則幽默，從正經中發現矛盾與滑稽，雖不專在時政，卻也褒貶立現。如北平市長袁良提出「取締男女同校」案，認為「影響學生修身向學之心甚大」

61　〈編輯後記──論語的格調〉，《論語》第6期（1932年12月）。

等。在這樣的欄目裡最易發現論語派作家對社會的廣泛的社會批評與文明批評，尤其是暴露地方官吏黑暗的文字幾乎期期都有。

經由文人語言方略，對流播於民間的種種消息進行改造，也便生成出另外的意義，有時是一眼就看明白的明喻，第四十四期有一則「半月要聞」寫道：

> 京人王木匠，在武定門水花庵內掘古井，得一光可鑒人之古鏡，嗣經古董商收買，經詳細研究，認為確係劉伯溫照妖鏡，一再轉售，某人使以三萬六千元買去。可惜，否則以鏡置諸通衢，必能照見許多魑魅魍魎！

編者有意忽略了新聞是否真實的問題，而借事實的荒誕性引發對現實不可抑止的憤怒，激情勝過了理智，荒誕性便增強了，但讀者仍然能夠從中體會到機智和激情帶來的快感與樂趣。何憂的〈活埋論〉通篇是一種怪誕式的反諷，作者從報章中看到西安鎮壓學生的方法竟然是活埋，「體弱者埋至胸際，即嘔血而亡，頑強者則留其首於地面，任人參觀！是以局勢頓安……」，讀罷作者「不禁點頭三讚」，開始進行「活埋」的考據，大讚此法有「省錢」、「省事」、「存忠厚」、「改良土壤」、「便於秘密執行」等諸多利益：「總之，活埋為有百利而無一弊之殺人方法，故亟應定為國刑。」即使我們知道作者在說反話，「我」不過一戲劇性角色，但這一建議通過對報章上報導事件的戲擬而帶來了心理上的恐懼，其中的殘酷性非人性恰恰是對現實的揭露。就像斯威夫特的名作《一個平凡的建議》一樣，作者恰當地使用了最具攻擊力的怪誕手法。

正話反說反話正說，由此顛倒官方的故作姿態和嚴肅正經崇高的面目，達成悖謬的效果。論語派作家善於抓住高尚其事的最虛弱，與衰朽處大做文章。以插科打諢式的遊戲文章批評時政，從來是文人所

長，它的潛在含意是「言者無罪」，由於自居邊緣而與中心話語的高論正論有著重大區別，它借用戲擬、反諷、詠諧，諧仿文揮灑自如，包括魯迅在內或林語堂都喜愛在此文體上小試牛刀。曲齋老人著有《論語新解》，以一種訓詁形式歪解孔子言論，藉以嘲諷現實。〈五十年興國計畫說明書〉、〈國難期間停止國慶說〉等文章，擺出要幫助政府進行施政計畫的「認真」姿態，從而將官方看似正經實則悖謬的真相揭示了出來。豈凡的〈發起救國道場意見書〉，既以「道場」的儀式嘲笑當時盛行的各種封建復古聲浪，又暗諷國民黨的種種救國形式，他一本正經地主張「道場」應由黨領導，三教合一，「國府主席總道場長，省府主席及縣長為省、縣道場長」，「應向全國人民捐募，至少大洋一角」，在煙氣騰騰中誦念總理遺教，「如此則佛力、道力，以及孔孟的仁義之道、先總理在天之靈；都團結一致，實行救國，眾擎易舉，回天可期」。全文充滿濃厚的反諷意味：官方擺出一副國難當頭、枕戈待旦的嚴肅面孔，實則已是回天乏術。以同樣正經的樣子，面對戴季陶的「佛經救國」，國民黨發行航空救國券、提出國貨救國等，論語派作家以詠諧筆法，嘲笑了那種種名目的救國方式，暗諷抵抗之無力：老舍的「冷嘲」看起來很正經，說是縱觀歷史，天道才能救國，因而「無勞抵抗」，只須坐等；老向「認真」地闡發來自日常生活的「理髮救國論」；陶亢德模仿報刊上復古論者的口吻，宣講只有教孝才能夠安內攘外；何容作了一篇「不抵抗主義之起源考」，歪解孟子，最後得出孟子的「不抵抗主義」就是「下令不准打」。表面上瘋言瘋語或假癡假呆，而揭開這層面紗，其中的真意和真相卻昭然若揭，當局看了哭笑不得，讀者卻是作者的同盟軍，一眼即可看出「滿紙荒唐言」中的反話。特殊語言所表達的文本，儘管不是置人於死地的匕首與投槍，但一切貌似威嚴的東西在人們的笑聲中被批得體無完膚。

合法主義的反抗，正如巴赫金探討拉伯雷創作中的民間文化與民

間詼諧時所說，以詼諧「在每個節日的屋簷下都築起非官方的，但幾乎是合法的巢」。[62]民間「笑」的出現，往往離不開整個社會越來越整肅的表情，國民黨「革命成功」後開始了黨治與訓政的專制政策，這種專制政策伴隨著對異己分子的暴力、血腥和屠殺，在文藝領域則以各種手段取締左翼進步刊物，隨後提出的新生活運動打著民族復興的口號將一切納入了紀律與規範之中，並以對忠孝廉恥的提倡掀起了文化上的復古浪潮。文學領域裡民族主義文學以官方正統面目出現，所謂民族文藝復興的旗號則有意要與興旺的左翼進步文學和其他新文學的流脈相抗衡。然而這一切都免不了暴露出內在的可笑與虛弱，但儘管可笑與虛弱卻更要罩上權威與莊嚴的面具，以各種冠冕堂皇的口號、觀念和道德判斷來維護自己的權威性。魯迅〈從幽默到正經〉一文，諷刺當東三省淪陷、榆關失守、熱河吃緊之際，統治者卻把罪過加於笑嘻嘻者身上，他預言「恐怕法律上不久也就要有規定國民必須哭喪著臉的明文了」，世間文人「做輓歌的也有，做戰歌的也有，講文德的也有，罵人固然可惡，俏皮也不文明，要大家做正經文章，裝正經面孔，以補『不抵抗主義』之不足。」林語堂在〈奉旨不哭不笑〉裡點出：所謂「九一八」嚴禁遊行，「雙十」停止國慶，「可以說是政府叫人民『哭不得，笑不得』的兩大政策」；「我若看見政府要人善哭或是聽見××跪哭團的消息，就感覺中國不久必亡」。[63]一九三〇年代的極權政治和武力統治，不過表明官方內部充滿了恐懼、虛弱、謊言、暴力、威脅、禁令的成分。這種封建的、資本主義的、法西斯主義的大拼盤必然產生種種混亂可笑與荒謬，而又極力要以嚴肅正經加以掩蓋。儘管統治者要做出正經模樣，但來自民間的「笑」則有著很強的顛覆內涵。巴赫金對文藝復興時期公眾廣場的話語的研究，便

---

62 〔俄〕巴赫金：《拉伯雷研究》（石家莊市：河北教育出版社，1998年），頁95。

63 〈《笨拙》記者受封〉，《論語》第9期（1933年1月）。

揭示了詼諧與官方和教會的權威話語相對立的特徵，其一就是以自己
的「笑」建立起與現實生活不同的「第二世界」，在這個世界裡，現
實生活中的一切都被顛倒了過來，高貴的、正統的、嚴肅的一切被嘲
笑，呈現出自由開放平等的狂歡世界。人們以笑建立起自己對自由平
等的理想，對專制的嚴肅性、殘酷性、荒誕性，加以無情的貶低與消
解。詼諧、幽默的笑，不僅要以一種合法的特權來保護自己，擺脫嚴
格的刊物審查制度，它還要借助小丑的面目、乖戾的口吻、各種滑稽
的話來揭示真理，而每當這種詼諧的笑出現的時候，往往歷史也到了
它轉折的時候。

　　刊物總體上不採納魯迅式雜文那種講究匕首與投槍式的攻擊和激
烈尖銳的社會性嚴正立場，將之劃歸「勇於私鬥，睚眥必報」的「極
欠幽默之態度」；同時也不滿於官方中心話語的「正論」所表現出的
「怯於公憤，凡對於國家大事，紙上空文，官樣文章，社章公法，莫
不一笑置之」[64]的矯飾虛偽。怵惕心理與自我保全免受迫害的準則使
他們以某種滑稽玩世的面目出現，他們的文章實際上充滿幽默、油
滑、迂謬、優罵甚而憂懑等多種因素。[65]那種「閒閒出之」的冷言冷
語，「隱約其詞」的嘲諷謔笑，油滑與誇飾的詞藻，顯示了不自由時
代的文人們進行的另一種獨特的說話或反抗方式，利用報刊這一媒
體，在國民黨將言論空間縮得小而又小時，另闢蹊徑，滑口善辯，享
受著那種「在繩子上跳舞，需眼明手快，身心平衡合度」的姿態。[66]
這種姿態一直讓林語堂倍感自豪。郁達夫曾將林語堂比作中國的拉伯
雷，這並非隨興而發無所依憑，拉伯雷筆下以廣場狂歡的「笑」傳達

---

64 林語堂：〈答青崖論幽默譯名〉，《論語》第1期（1932年9月）。

65 曹聚仁：〈真正老牌幽默文選〉，《曹聚仁書話》（北京市：北京出版社，1998年），
　　頁216。曹聚仁以此五種名稱作「Humour」的五種譯名。

66 林語堂著，工爻譯：〈林語堂自傳〉，《林語堂名著全集》第十卷（長春市：東北師
　　範大學出版社，1994年），頁30。

出「某種特殊的、原則性的和無法遏止的『非官方性』：任何教條主義、任何專橫性、任何片面的嚴肅性都不可能與拉伯雷的形象共融」。[67]林語堂同樣看重「笑」的功能：中國板面孔的任何權威都「敵不過幽默之哈哈一笑」，什麼禮教正統「被幽默一笑便糟」，古今兩作家穿越時空相遇。

民間詼諧文化的滲入

提倡「幽默」，卻又免不了如魯迅所批評的「亂點古文，重抄笑話，吹拍名士，拉扯趣聞」（〈從幫忙到扯淡〉），「於是雖然幽默也就免不了改變樣子了，非傾於社會的諷刺，即墮入傳統的『說笑話』和『討便宜』」（〈從諷刺到幽默〉）。魯迅的批評確定了人們的總體看法。人們寧願進入眼瞼的，是涕淚交流的悲憤或哀矜，而不願聽到化解了痛苦、將嚴肅變成笑謔的歡鬧聲。此處不必過於抬高「論語體」的價值，但新文化人對於詼諧滑稽文學的認識和看法，卻並非沒有重新檢討的必要。

林語堂的「幽默」畢竟敵不過源遠流長的中國諧謔傳統。《論語》中充斥著的從舊書中抄出來的各種各樣的遊戲文章，它們多從語言上的反諷和內容上的譏嘲兩方面進行著滑稽諷世。諧仿文體是應用較廣的遊戲文章中的一種，滑稽諷刺則模仿嚴肅事物或嚴肅文體，由於其形式與內容的不協調而使人發笑，既可充分展現文人舞文弄墨的諧謔才情，又可對各種新舊文體形式加以玩弄或嘲弄，花樣翻新，文人的遊戲興味越發顯得濃重。錢仁康〈大同之治〉仿八股文體，堂堂皇皇，百姓對大同世界即將到來的推論建立在「天下大勢，分久必合，合久必分」的邏輯上，一紙期望卻是對現實的不滿而來。周劭

67　〔俄〕巴赫金：《拉伯雷研究》（石家莊市：河北教育出版社，1998年），頁5。

〈記寫不出〉裡，在「寫不出」文章的緊急中，或模仿官方報紙上的濫調文章，為「雙十節」抒情，或用文言文的「起承轉合」將「賽狗」、「祝壽」與「九一八國難紀念」併在一起，或模仿林語堂那篇洋洋灑灑的「論幽默」大文來講個笑話，於是全文多種聲調並存，達到對各種報刊文體的諷刺和諧仿效果。以駢文寫就的文體或模仿各類檔、預言、通告，或歪批，或曲解等體式的盛行與論語派作家對三十年代盛行的歐化式文風和文言文體的不滿有關，汪懋祖的文言復興受到新文化人一同抨擊，而讀經逆流也正席捲全國，作擬古或仿古文章，嘲諷的意圖便十分明顯。

文人的遊戲文章從來都是處於文學的邊緣地帶，這不僅因為它吸收了民間詼諧傳統的氣息，也因為其表面的輕浮和玩世與正統文學的「溫柔敦厚」、「正大渾雅」的美學風格相去太遠。但是在「笑」的廣場上，從來不會沒有民間的聲音，只要政治到了它最黑暗的時候，民間便開始傳來歌謠、歪詩、政治笑話，甚至詈罵和詛咒，中國的俳諧之神一直存在於民間，作為民間文化的一種，它立足民間，保有樸野的生命力，活潑的體式，民間自由的空氣及巴赫金所說的交替與更新的熱情，它與官方正統時時產生緊張的對立；同時它帶著與生俱來的糟粕，並時時受到正統意識形態的滲透。因此歷代精英知識分子即使承認民間文藝中有著活潑的生命力，也仍然要以文人的正統觀念對之進行重寫和改造。現代知識分子的態度也是如此，對於民間文化的某種油滑、趣味低下、麻醉品一般的功能頗有警覺，對於大眾意識形態受到官方正統文化改造也自有清醒認識。《論語》時期特殊的文化空氣，使傳統詼諧文化在市民文人手中獲得某種程度的復興，編輯笑話選、作打油詩、寫諷刺性對聯，正是一般文人顯露才情、抒悶遣愁的方式，興之所至，便自己動手，不但論語派文人如此，即使魯迅，也時有打油詩、感想式短句發表，或對比或誇張，或顯其荒誕，顯示了民間詼諧文化對於新文人的吸引力。市民知識分子正是借用了民間文

化的反抗性，以「笑」對抗專制和嚴肅一統天下的局面。

　　從形式上看，《論語》中用得最多、最有傳統特色的是對聯、聯話、笑話、寓言、竹枝詞、打油詩等樣式。這些各異的形式所表現的內容也是五花八門，對時局與政治、社會風氣、流行趨向、生活情形的笑謔嘲諷，甚至包括對自己的「打油」，不一而足。老杆《自注呷呶搖續齋詩稿》將各地報刊所載的民情都作成打油詩，他例引四川民眾不堪苛徵，其預徵錢糧，已達民國七十年以上，於是作「天長地久有時盡，捐稅綿綿無已時」之詩；作者頻頻「賦詩」，並自謔為「雖無一『喲』一『呀』，而實具古典、浪漫、寫實、普羅各派各家之美，空前正如絕其後！」暗示內容形式上都有戲擬的對象；他更善於自嘲自貶，以俗字入詩，〈病中〉描寫自己鬧肚子後的外形與窘態，十足油滑。氣息上有莊有諧、有文有野，朱自清譯的〈倫敦竹枝詞〉，以清新風趣取勝，於是引來描繪各地風俗的竹枝詞。對聯短短篇幅，信筆寫來，往往一語中的，又讓讀者過目不忘，是作者機智與才情的表現。《論語》上除林語堂的絕妙對子膾炙人口，還有筆名為「革命武人仁兄」所作的「國家尚未分裂，同室仍須操戈」，一清的「朱湘自殺，個個狐悲兔死；丁玲失蹤，人人膽戰心寒」等都在文壇流布甚廣。對聯之多，便引來讀者的興味，專門搜集《聯趣・趣聯》，分門別類，並一一加注解，既標明地方特色，又加強讀者的理解，其中錄一戲臺邊聯：「上臺扮演，何事不是欺人；下野假裝，各情直如騙棍」，看似普通，若聯繫當時政府要人正在上演著一幕幕「上臺」、「下野」的鬧劇，立時可會其中意。種種形式的時調俚語，廣泛地反映著社會生活的面相，而最重要的是，各種詼諧文本，其實是市民讀者或市民作家的欲望表達，這樣的欲望解構了政治的嚴肅性，而欲望本身卻借著遊戲文字獲得安全性。這也正是《論語》一類刊物可能在一九三〇年代為自由派文人營造一個話語空間的策略。

　　不憚其煩地頻頻徵引，無非表明《論語》借用民間詼諧文化對專

制與弊端的揭發隱惡的力量，這是民間詼諧文化中毋庸置疑的內涵。更重要的是，刊物以自己的方式凸現了民間詼諧文化中值得我們注意的看待世界的眼光，儘管、純正的民間詼諧傳統長期以來在儒教的壓制下，在粗暴的現代化進程中越發弱化了它本來的歡快、積極、更生的面目，但仍可以貢獻出不可小覷的褻瀆顛覆消解及更新再生的力量因素。不論是貶低化的、世俗化的，它都具有一種自由的形態，由於自由它可以以詼諧的眼光看待萬物，在戲謔諷刺中有著鮮明的形象性和典型性，有著內在的邏輯力量，而最重要的是，它表現出對官方和，一切嚴肅性莊嚴相的相對主義態度。

　　對聯、笑話、補白、打油詩、歌謠等，引來以嚴肅文學自命的作家們的批評毫不奇怪。魯迅便否定了幽默可以批量生產，認為一普遍，也就潛伏著危機，因為「油滑，輕薄，猥褻，都蒙『幽默』之號，則恰如『新戲』之入『×世界』，必已成為『文明戲』也無疑」（〈「滑稽」例解〉）。幽默流於滑稽、說笑話、說風涼話的情形，便墮入「為笑而笑」的低俗中，劉半農的桐花芝豆堂的詩被批評為：「證明著劉博士的『功力』，在『典雅』『鄙俗』上都談不上。」[68]不同於魯迅的視角，欣賞幽默和靜穆的朱光潛則是用現代的高雅文學的標準品評衡量那些傳統氣味濃厚的遊戲文章。在分別詩的「顯與隱」時，他把《論語》的幽默認定為滑稽者的詼諧，「滑稽者見到事物的乖訛，只一味持兒戲態度，謔浪笑傲以取樂」，「由厭世而玩世」，他特別舉出例子：

　　　　滑稽者的詼諧往往表現於打油詩，和其他的文字遊戲，例如
　　　　《論語》嘲笑苛捐雜稅的話：──
　　　　「自古未聞糞有稅，如今只剩屁無捐。」

─────────────────────

68 敦龐：〈劉半農的隔膜〉，《新語林》第2期（1934年7月）。

> 和王壬秋嘲笑時事的對聯：——
>
> 男女平權，公說公有理，婆說婆有理，
>
> 陰陽合曆，你過你的年，我過我的年。
>
> 乍看來都會使你發笑，使你高興一陣，但是絕不能打動你的情
>
> 感，決不能使你感發興起。

他的結論是，那種打油詩一語道破，了無餘味，是顯，是露才，是不能將超世又不忘情於淑世結合起來而達到豁達者的沉痛深刻的低級幽默，不符合藝術中美與崇高的要求。這幾乎也是林語堂的無奈，幾十年後，他仍感歎：「辦幽默刊物真不容易，一不小心便流為油滑。」[69]鄭伯奇認為《論語》的「幽默」不幽默，「近來流行的所謂幽默云云，也許並不就是當初所提倡的那樣東西」，「事實上，現在許多所謂幽默文字，都是掛幽默的新招牌，而賣著諷刺，反語，滑稽乃至惡戲的老貨」。[70]沈從文將諷刺、幽默、滑稽等，一概嚴厲責備，因為他在其中看到了諷刺、幽默、滑稽裡隱含的惡意。這些都表明幽默滑稽所具有的消解與褻瀆的功能，很難為根深蒂固的文學正統趣味、標準與規範所接受。

　　以雅與俗、正與野的審美趣味分歧，尚無法全面說明《論語》受批評的原由，因為其中還關聯著五四啟蒙者的心態，《現代》雜誌在「雜誌年」裡對一般刊物進行「檢討」時認為：《論語》。「只能供給一般不滿意於現社會的文人學士，發表一些牢騷而悲憤的言辭顯顯調弄筆墨的能手，對社會說來，他是沒有多少進步的意義的」。[71]這裡有兩方面原因，一方面，中國傳統文學觀念中「空戲滑稽，德音大壞」

---

69 林語堂：《無所不談合集》〈姚穎女士說大暑養生〉，《林語堂名著全集》第十六卷（長春市：東北師範大學出版社，1994年），頁292。

70 鄭伯奇：〈幽默小論〉，《現代》第4卷第1期（1933年11月）。

71 雷鳴蟄、李正鳴：〈一般性質的雜誌之檢討〉，《現代》第6卷第4期。

的思想深入人心。從《滑稽列傳》「談言微中，亦可以解紛」以後，中國專制政治的殘酷性所造成的國民喜劇精神主要表現為俳優的姿態，種種丑角式的插科打諢走的便是「婉而多諷」、「言者無罪」的路子。近代以來興起的報紙副刊，懾於中國皇帝、地方軍閥及國民黨政府的言論壓制，常對品評時事、臧否人物慎而又慎。此外，高言讜論又與普通百姓的趣味相距甚遠，符合一般市民大眾口味的小報只能以邊緣性的戲謔、消解及精神勝利法則旁敲側擊，來迎合市民們既無力反抗、卻又要排遣鬱悶的心態及趣味性與消閒性追求。被稱作「中國第一紙」的《申報》早在一九一一年八月專闢了「自由談」，特別強調以「豐富多彩、饒有趣味」為編輯方針，版面設有遊戲文章、海外奇談、豈有此理、博君一粲等帶消遣性與趣味性的欄目。[72]對於中國文人而言，遊戲文章人人隨手可做，但人人都看低它。大多數正統文人都把劉勰在《文心雕龍》〈諧隱〉中所說「古之嘲隱，振危釋憊……會義適時，頗益諷誡。空戲滑稽，德音大壞」奉為至理，中國詼諧文化傳統始終處於低賤地位，並與俗文學保持著內在的深層聯繫。另一方面，五四以後人們對傳統的反思，也將那些帶著詼諧文化印跡的文人遊戲筆墨，劃歸於「瞞與騙」之中，在注重文學的教訓和社會反抗功能的時代，流入滑稽與油滑性質的遊戲文章會使屠戶的凶殘化為一笑、人民將被教化為順民的思路一直深入人心。五四後，傳統諧謔中的世俗趣味與娛樂功能更在啟蒙主義者的攻擊下萎頓，遭到對報刊的啟蒙教化作用十分看重的新文學主流話語的橫加掃蕩，無所用心的詼諧，被打入了沒有任何深度和力度的消遣品行列。因此當《語絲》頗流露出些趣味主義時，立時有讀者來函批評《語絲》太多滑稽分子，有變成《晶報》之虞。新文學精英們不願將自己與一份名聲不好的通俗刊物扯在一起相提並論，周作人便說：「我只覺得我們

---

72 參見宋軍：《〈申報〉的興衰》（上海市：上海社會科學院出版社，1996年），頁76。

不很能說『為滑稽的滑稽』，所說的大抵是『為嚴正的滑稽』」，「至於《語絲》與《晶報》之分，很是明瞭，便是暗中摸索也可分別罷」。[73]不過對於教訓面孔和嚴正立場已頗有些厭倦的周作人又說：「而且我的確也有點想做〈太陽曬屁股賦〉的意思起來了。其實，《晶報》有什麼不好，它是《文章遊戲》、『豈有此理』這一派的支流，也是滑稽文學的一種，倘若它的趣味再醇化一些。」[74]顯然，無論是純文學趣味者還是啟蒙論者，他們最終的判定標準都是「嚴肅」。

　　《語絲》尚且讓讀者誤解，《論語》就更不用說了，林語堂對幽默的變味與在上海灘上的流行顯得力不從心，他也想走一條「正」道，儘管喜歡〈笨拙〉中那專尋開心的氣味，終究還是不願刊物變成海上流行的小報或歷史上的《晶報》，因此不得不像周作人那樣反覆解釋幽默只是說真話，而不是說笑話：「有人認為這是專載遊戲文字，啟青年輕浮叫囂之風，專做挖苦冷笑損人而不利己的文字。有人認為這是預備出新《笑林廣記》供人家茶餘酒後談笑的資料。有人認為幽默即是滑稽，沒有思想主張的寄託，無關弘旨，難登大雅之堂。有人比我們如胡椒粉，專做刺激性的文章。這些誤會，都是不能免的。」[75]這表明林語堂並不希望純正的幽默所需要的那種「會心的微笑」或「滑稽之中有至理」，在中國的現實語境下為傳統詼諧文化所潛移默化。

　　在一定程度上可以說，人們迷戀著現實主義的真切的表現人生論，閱讀作品的多種可能性及文學創作的多維空間反而被限制住了。從實際情形來看，《論語》上的「亂點古文，重抄笑話，吹拍名士，拉扯趣聞」造成一幅熱鬧的笑謔圖，如果以巴赫金的理論來看，卻正

---

73 周作人：〈滑稽似不多〉，《語絲》第8期（1925年1月）。〈我們的態度〉，《論語》第3期（1932年10月）。

74 周作人：〈鄉談〉，《語絲》第51期（1925年11月）。

75 林語堂：〈我們的態度〉，《論語》第3期（1932年10月）。

是以「墮落」的方式在想像中「瓦解」既存的秩序。那些不入正典的民間諷刺、打油詩、奇談怪論、時調俚語都使得異端思想獲得生長。也許它們對現存秩序的破壞並不在於立即顛覆它，而在於運用各種廣場語言，使其權力模式的神聖不可侵犯性受到瓦解，其中便有著忤逆與褻瀆的因子。此種話語方式當然也是對左翼式抗爭的一種補充，將左翼作家眼中社會的殘酷圖景變成了自己筆下的文字遊戲，或許缺乏硬度，缺乏仁人志士的嚴正立場，卻可能具備更長久的韌性。《論語》的情形代表了現代市民知識分子有意無意中以一種民間市民立場對官方意識形態施行合法對抗的心理趨向，刊物也以此為出發點，營造了一個可以讓人們以笑進行心理顛覆與反叛的空間。只是，對於這樣的顛覆性內涵，新文學的作家們內心仍惶惑不安，因此這一空間的拓展很是有限，反叛與顛覆的程度由於缺乏自由心態及徹底消解精神而相對弱化。與拉伯雷形象的民間性、烏托邦精神和死亡與再生的雙重性相比，《論語》懸浮在半空中搖擺，既承受來自各方的指責，也由於內部自身的虛弱而衰竭地掙扎。大眾文化研究理論認為，大眾文化一方面是對「非體面」文化的「規訓」，另一方面則是對體面文化的「放鬆」，或者說，大眾文化的興起意味著高雅與低級、藝術與商業、神聖與世俗之間界限的模糊。就此我們可以來評判作為「非體面」文化的民間詼諧文化的命運，它的叛逆性被大眾文化拿來當作武器的同時，又在高雅文學的嚴厲監控下，被大大削弱了力量。正如林語堂所承認的，《論語》也不免有很重的道學氣，身上背負啟蒙重任的知識分子很難徹底地將自己邊緣化。

　　我們從上述論語體所受到的批評中也可以看到，它所造成的喜劇性「總是不斷挪揄挑逗讀者的立場以及政府的檢查尺度」。[76]對於「論

---

76 王德威：〈從老舍到王禎和：現代中國小說的笑謔傾向〉，《想像中國的方法》（北京市：生活‧讀書‧新知三聯書店，1998年），頁210。

語體」，批評者雖然同情知識分子的許多冷嘲熱罵，卻認為這樣的諷刺格調「不正」，易墮入無聊與下流，既沒有純文學的正大謹肅，也未朝著左翼所力圖引導的「非合法主義」鬥爭方向發展。刊物不像左翼一些刊物那樣頻頻被國民黨所取締，反而「得當局之逾格寬貸」，[77] 這種避禍保全的方式在後來的幾十年裡一直遭人詬病，名不正言不順。實際上，無論思想文化控制有多麼嚴密，仍有各種反抗的形式和可能性存在，在取締進步刊物和以津貼扶植官方刊物之間，仍有一個官方無法真正控制到的言論空間。論語人正是利用了這一點，以中間性的「合法主義」的對抗手法使統治者的道貌岸然和不可一世的面目成為自己揶揄嘲笑的對象。「論語體」就是各種各樣難以仔細辨別的滑稽、冷嘲、戲謔及戲仿、反諷等正經或不正經筆墨，上達時事政治、要人的行蹤言論，下至各種奇談怪論、小道消息、街談巷議、所謂的妙文佳篇等等的大雜燴，沒有「社論」和「高深的理論」，放棄了與官方「正統話語」的應和，自然也不願高呼「主義」和載道的口號，同時還缺少純文學的正經嚴肅模樣。當左翼作家指責它以「笑」將粗獷的人心漸漸磨得平滑時，當國民黨右翼指責它以「笑」麻醉民族意識時，當沈從文、朱光潛反感「笑」中那不嚴肅的遊戲態度時，那種讓林語堂既珍惜也迷惑的個性才顯示出來：或許這「笑」不符合越來越「現代化」的文學標準和規範，或許那些笑的文本是「非文學性」的，但不悖於以報刊移民風的潛在意圖；它是市民知識分子品性的結晶。《論語》的「笑」且因了傳統詼諧文化的參與，保留了與正統文化和官方政治抗爭的民間性。王德威在《想像中國的方法》中運用巴赫金的狂歡理論分析晚清小說和老舍小說中的「笑」時，提出了笑其實比淚更有道德顛覆力的結論。我們也可以說，作為一個由精英文人所編輯《論語》，那種自嘲嘲人的姿態，反而打破了精英文學所

---

77 林語堂：〈寫中西文之別〉，《宇宙風》第6期。

預設的規範，如果「以笑聲造成想像的勝利」，那麼較之正統派痛心疾首的面孔，也能產生出人意料的政治上的激進反動性。[78]

第四節　林語堂與「西洋雜誌文」理念

林語堂二十世紀三十年代編輯的這三個雜誌（人們通常稱為論語派刊物），提出「幽默」、「性靈」、「閒適」、「語錄體」、「西洋雜誌文」等有影響的創作理念或刊物主張，其中「西洋雜誌文」之說一向不受關注。原因可能有三，一是研究者比較看重林氏散文家身分而忽略了他所兼有的「報人」（雜誌人）身分，因而也忽略了作為載體的雜誌及雜誌編輯的作用。二是《人間世》等雜誌雖然設有「西洋雜誌文」專欄，但雜誌在發展過程中會受到各種複合性因素的影響，未必能充分實現辦刊人的理論預設。三是所謂「西洋雜誌文」概念模糊，林語堂對此語焉不詳，研究者若要以此作為界限明確的研究對象，會有不少困難。

林語堂在《人間世》發刊詞〈關於本刊〉中，將「西洋雜誌」與「中國雜誌」相比較，認為西洋雜誌「意見比中國自由」、「文字比中國通俗」、「作者比中國普遍」，所以「西洋雜誌是反映社會，批評社會，推進人生，改良人生，讀了必然增加知識，增加生趣。中國雜誌是文人在亭子間裡製造出來的玩意，是讀書人互相慰藉無聊的消遣而已。」因此，他決定要「打開此一條路」，在《人間世》上先行開闢「西洋雜誌文」一欄，刊載相關文章以起示範作用。

林語堂「西洋雜誌文」未必有很多很大的深意存焉，但是如果考察林氏雜誌的具體實踐及個性生成，這是一個不可或缺的切入點。此

---

78 參見王德威：〈被壓抑的現代性：沒有晚清，何來五四？〉，〈現代文學史理論的文、史之爭：以近代中國政治小說的研究為例〉等文章，《想像中國的方法》（北京市：生活・讀書・新知三聯書店，1998年）。

處著重三方面問題的討論：一、「西洋雜誌文」的理念如何代表了林語堂對現代中國自由輿論空間的想像和建構。二、「西洋雜誌文」以雜見勝，雜中見趣的要求，如此體現編輯者對報刊文體、讀者、作者三方的要求和期待。三、「西洋雜誌文」發展路向的改變，受到哪些複合性因素的作用而發生變動。上述三方面對於林語堂研究、論語派刊物研究是必要的補充和深化，對於現代散文與現代報刊互動關係的研究也有所助益。

西洋雜誌文：以自由批評為核心

近現代知識分子為啟蒙大眾而借鑑引入西方報刊雜誌的樣式，開始了中國近現代的報刊發展進程。「西洋雜誌文」可視作近現代知識分子對現代中國報刊及現代報章文體的理想建構之一，是晚清以來梁啟超等建設新報刊體思路的一種沿續。歷史上看，西方傳教士們最早的一批以中國人為讀者對象的刊物，不僅滿足了國人對西學的渴求，而且也讓國人對「報刊」這種媒介形式的意義有了最直觀的理解。此後一代代知識分子不僅通過出國留洋，領略了西洋報刊的多樣風采，而且身體力行，身兼報人出版人編輯作家等多重身分者實在不是少數，報刊成為他們須臾不可分離的生活環境和言論空間。只是他們對刊物的許多理想設計及實際經驗遠未得到研究者的重視和深入研究。

林語堂可能比同時代許多人更早接觸西式期刊。幼年時期，作為鄉村牧師的父親「對西方的一切非常熱心」，訂閱了《教會消息》等「對林家大小有極大影響的刊物」，[79]當時的教會刊物除傳播一定的宗教知識外，還登載介紹西方思想文化、科技發展和政治制度的相關文章和圖片。林語堂自小就讀教會學校，也有更多機會接觸西方刊物，

---

79 林太乙：〈林語堂傳〉，《林語堂名著全集》第二十九卷（長春市：東北師範大學出版社，1994年），頁5-6。

　　尤其是一九一四年進入上海聖約翰大學，這種教會學校一般會要求學生直接閱讀西方報刊來學習英文。一九一九年後林語堂遊學美德法，對「西洋雜誌文」及西式的輿論傳播方式更有直接感受。二十年代以後，林語堂等現代知識分子不僅直接參與報刊運作，且隨著對外交流的進一步擴大，還能直接閱讀可能對讀者產生的影響較為敏感。一九三〇年代，上海期刊業大興，更多的作家身兼出版人、編輯的身分，投入到雜誌的「狂歡」中。林語堂加入了一九二八年創刊的、由中國留美學者主辦的西文刊物《中國評論週報》的編輯工作，撰寫「小評論」專欄，是當時少數參與本土的外文報刊編輯的作家之一。一九三二年九月以後《論語》、《人間世》、《宇宙風》相繼開張，從雜誌的命名到雜誌的風格，林語堂無不用心至極，說他是個雜誌本位主義者也不為過。

　　林語堂對中國雜誌的批評，多為文人的話語策略，帶有誇大成份。但不滿與誇張的言辭並非僅僅針對雜誌文本身，更多時候藏匿著對三十年代文化專制下日漸縮小的發言空間的抵抗，隱含著對言論自由中國的想像。實際上整個三十年代林語堂對報刊、輿論之於現代國家建設重要性的想像一直未曾斷，三十年代初，國民黨清黨結束、訓政開始，報刊文章批評空氣淡薄反呈一派虛偽矯飾文風，林語堂便在〈論現代批評的職務〉的一次演講中，依據「西方文明是批評的文明」這一前提，提倡有「真正自由的批評思想」，改造那「非批評的不容忍的社會」。一九三六年林語堂曾出版了一部英文的《中國新聞輿論史》，試圖為他所經歷的波譎雲詭同時也繁榮多元的中國報刊業留一理論化和體系化總結。在這部著作裡，他襃揚中國知識分子的輿論傳統，認為「這些無畏地批評國家事務的運動在儒家士人的歷史中寫下了輝煌的篇章，應該說是充分地粉碎了那些認為中國人生來就與公共事務無關的理論。」而對現代的新聞事業，他指出「期刊是一個國家文化進步最好的跡象」，回顧他所歷經的國民黨新聞查禁，他得

出的結論是尖銳的：「沒有一個民族可以被征服，除非它的報刊首先被壓制沉默。」[80]

　　林語堂對西方期刊中體現出的自由批評氣息十分欣賞，但他對刊物的定位並不是創辦一個如胡適的《獨立評論》那樣的大型的嚴正的知識分子的評論性刊物，而是以幽默和諷刺為主要格調的面向大眾的綜合性文化生活雜誌。因此《論語》初辦，林語堂及同人們便頻頻徵引譯介英國《笨拙》、美國《紐約客》、《論壇》（Forum）等刊物的文字和風格，以為樣板。《論語》上的「半月要聞」或《宇宙風》中燕曼人的「隨想隨寫」是新聞時評類文字，不拘一格，短小自由。此外，英國老牌的《閒話報》、《旁觀者報》則為林語堂及其同人提供了一個閒話先生或「旁觀者先生」這樣一種可供模仿的身分定位：閒話先生們「學識淵博，閱歷豐富，各行各業無不通曉，但從不插手任何實際事務，對於黨派鬥爭更不介入」[81]；旁觀者俱樂部六、七個成員以自己的日常活動見聞作為寫作素材，產生了一批反映英國上層社會各種代表人物的生活思想的文章。《論語》等雜誌也在文章中有意無意地自稱不過是「聚好友幾人，作密室閒談」的一班「閒人」而已，而這些「閒人」林語堂、潘光旦、章克標、全增嘏、邵洵美等，大多是英文的《中國評論週報》的撰稿人，政治立場中立，對英式的諷刺和幽默頗感會心，對自由式批評頗為認同，他們似乎樂於以另一種個人氣質極突出的筆墨批評政府、月旦政治。賽珍珠曾對林語堂發表在《中國評論週報》上的「小評論」評價很高，其實也可以看作對這批知識分子批評性雜文手筆的總評：「那時在這雜誌中開始新闢了一欄

---

80 儘管也有研究者認為這部新聞史與林語堂其他在國外寫就的文字一樣，是一部向西方人介紹古今中國輿論和出版業的「普及讀物」。但林氏總結從古至今中國新聞出版史，可見其對新聞出版業的密切關注與參與意識。引文轉引自侯東陽：〈林語堂的新聞輿論觀──評林語堂的《中國新聞輿論史》〉，《新聞與傳播研究》2001年第2期。

81 劉炳善譯：《倫敦的叫賣聲》（北京市：讀書・新知・生活三聯書店，1997年），頁3-4。

題為『小評論』，署名是一個叫做林語堂的人，關於這個人的名聲那時我從未聽說過。那一欄裡的文章是一貫的對於日常生活，政治，或社會上的各種事物的新鮮、銳利，與確要的閒話。最使我欽佩的便是它的無畏精神。在一個批評執政要人確有危險的時期，小評論卻自由地直言著，我想那一定是由於藉此以表達他自己的意見的幽默與俏皮才能免遭所忌。」[82]重批評——一種涉及時事政治、社會文化、思想道德的廣泛的批評，開創自由批評的風氣，是林語堂所以為的「最健全最有希望的文化」的一種體現，這正源於「西洋雜誌文」的啟迪。

　　「西洋雜誌文」即如早有研究者所指出的：「林語堂極力推崇西洋雜誌，全盤否定中國雜誌，當然是形而上學觀點，其主要用意在於推銷西洋資產階級的自由主義。」[83]這一結論作於八十年代，論及林語堂的自由主義立場還是「直探文心」。某種意義上說，二、三十年代林語堂的自由主義精神就是借助西方自由主義批評立場來表現與完成的。顯然，「西洋雜誌文」之說，不在雜誌的表面形式上，而是在其骨子裡，要求流淌自由批評的血脈。

雜貨的買賣：雜中見勝

　　「西洋雜誌文」只是林語堂相對中國雜誌文的一個籠統指稱，也是他對自己所辦雜誌的一個理想定位。西方雜誌種類繁多，類型多樣，並不存在一種概念清晰界定分明的「西洋雜誌文」文體。但是，在《中國新聞輿論史》中，林語堂曾就期刊雜誌的功能下過論斷，即「為受過教育的公眾服務，監視最重要的潮流和國內外的形勢，介紹

---

82 林語堂：《諷頌集》〈賽珍珠序〉，《林語堂名著全集》第十五卷（長春市：東北師範大學出版社，1994年），頁1。
83 萬平近：《林語堂論》（西安市：陝西人民出版社，1987年），頁78。

或提倡新的文藝運動，不斷地指導當前的思想和矯正它的錯誤。」[84]
結合林語堂的諸多設想和雜誌的欄目設計，我們或可勉強概括，「西
洋雜誌文」是發表在那種面向大眾、形態通俗，內容以生活、思想和
文藝為主，體式多樣的綜合性散文雜誌上的文字。內容「雜」，體式
「雜」，作者也相對比較「雜」，構成雜誌文之「雜」的特點。「西洋
雜誌文」一說大致代表了林語堂在三十年代對現代雜誌內容與形式的
基本設想。

　　提出借鑑「西洋雜誌文」，表明林語堂對於雜誌的新聞特性有著
自覺認識，認為這將改變「取材之單調，文體之刻板，及範圍之拘
束」等「中國雜誌的缺點」（《西風》發刊詞），因此，他大力提倡與
雜誌的新聞性和批評性相關的一些文體式樣：

　　一是小評論。上文已經談到。還需要補充的是，作為推行「雜貨
的買賣」的雜誌，小評論與《獨立評論》等政論型雜誌在評論的文體
形式與語言形態均有不同，正經嚴肅、以數據或理論材料服人的大評
論是不太合適此類雜誌的，或在其中所占比重不宜過大，雜誌注重撰
稿人如何以「美妙的閒話」傳達一己之對社會、政治、文化、人生的
「偏見」，由此獲得讀者的認可。新聞時事的小評論和文明批評、社
會批評的隨筆文字，在林氏雜誌裡所占比例不小。它大體包括兩類，
一是雜感、短評、時評等形式自由靈活的短小文字，因雜誌半月一
期，其新聞時效不至於過時；另一類是以幽默和諷刺筆調作閒話類隨
筆，它對新聞時效性要求相對不高。如林語堂釋「論語」為「評論的
話」，所設「半月要聞」一欄，多針對時事、政治要人的活動、社會
上的奇談怪論等進行諷刺意味明顯的輯錄；此外，他又開「我的話」
專欄，宣稱要以英國老牌的幽默雜誌《笨拙》為榜樣，「繞舌而取得

---

84 參見Lin Yutang, A history of the press and public opinion in China, Greedwood Press
　1968, p.150。

立場」[85]。在《人間世》中的「隨感錄」欄目裡，徵求「以文化社會及人生批評為範圍」的「短小精幹的批評文字」[86]；而第五期開始闢「一夕話」專欄，強調寫作「清俊的議論文」；《宇宙風》的「姑妄聽之」是有選擇的新聞評點、「姑妄言之」的要求仍是「短小精譬而又言之中肯」的「對時事社會文化等的評論」。上述兩類欄目文字，或短或長，議題或大或小，但都帶有西洋雜誌的幽默態度和富有文學性和趣味性的筆調。

　　二是「特寫」。「特寫」被林語堂等看作說真話與觀察人生的最好一種方式。在十四期的《人間世》上，關於「特寫」的界定如此：「『特寫』就是西洋雜誌最盛行之Features，係屬紀事本末體裁，而直接由社會生活中搜尋材料結撰而成，或紀事，或紀人，或寫述人生社會之某一方面。」陳叔華認為特寫文字應該是斯蒂爾（Steel）一派的，「較為客觀公平，不但要寫自己的事情，還要寫鄰居的秘密。這派再演進就成風俗習慣的描寫」，「特寫而不能使人增加『見所未見，聞所未聞』的經驗，就不成為特寫了。」[87]在大力倡導下，雜誌上頗有些特寫因而成為「獨家新聞」，符合特寫「人生之甘苦，風俗之變遷，家庭之生活，社會之黑幕」的宗旨。許欽文的〈無妻之累〉、〈工犯日記〉，透視了在轟動一時的人命案件中不公正的司法制度，是對不可多得的對陰鬱牢獄生活的實錄。此後，襤衫的〈獄中記〉、朱春駒的〈牢獄之災〉亦是「人生甘苦」的實錄。但實際上，下面一些文章更符合「特寫」要求，如王鵬皋〈鴉片特寫〉，客觀記錄了鴉片的種、割、整、販、吸的全過程；蒲粲的〈書店〉則揭開書的出版、定價、發行、銷售的種種「內幕」；老向的〈斗行〉寫糧食經紀人「貴出賤入，買大賣小」，「眼慧心狠，言苦意甘」的人生體味；〈做絲〉、

85　〈編輯後記〉，《論語》第3期（1932年10月）。

86　〈編輯室語〉，《人間世》第2期（1934年4月）。

87　陳叔華：〈娓語體小品文釋例——小大辨〉，《人間世》第29期（1935年6月）。

〈書店〉、〈南京的黑市〉、〈廣東的鴉片〉、〈當店〉等均是對特殊行業和社會問題的調查報告等等，直接由現實社會去調查搜尋，且帶著作者清晰的觀點和社會剖析眼光，堪稱典型例子。特寫文字可以打破官方自我宣傳和自我粉飾，甚至將筆觸伸入到主流文化少關注的邊緣與底層，並以客觀實錄加強文章的可信度，讓讀者對人生世態增長見識，開闊眼界。

　　「特寫」的意義，林語堂強調有加，他感歎「來稿大都題目太小，取材太濫。特寫可謂上乘記者之文章，是以現代生活為題材，加以精細的選擇，系統的經營而做成的。最好依西洋雜誌文做法，事實皆由系統的搜集而來，並含精細數目字，勿含含糊糊，下筆千言。希望各地各報曾作記者，受過記者之訓練，善於訪求材料者，肯賜我們此類文章。」[88]如果承認雜誌是新聞傳媒之一種，那麼在中國最欠缺新聞專業的人才：「中國的作者從來不用腿寫作，不願意為了一篇有特色的文章四處去找材料」，原因之一是中國雜誌沒有能力提供給一些特約記者去四處採訪的經費。所以出現「我們沒有訓練過的作家階層來寫有特色的文章，我認為這是今天中國期刊狀況最大的缺點。」[89]

　　三為各地通訊。這同樣是新聞報刊中的重要欄目，其意義在於，在同一時間裡，只有報刊能夠將不同空間地域的活動同時鋪展開來，為讀者提供一個寬闊和互相比照的世界性視域。寫作者或許並不知名，文筆水平不一，目光所及有限，但打破書齋狹小的題材拘限，數篇小文章因而折射出世界風雲也是有可能的。《論語》及後來的《宇宙風》，增設了不少各地通訊。《京話》是女作家姚穎的南京通信，直接涉及當時首都的政治與人事，其他還有北平通信、武漢通信、長沙通信、太原拾零等，讀者在小雜誌中大可一窺各地民生百態。而柏

88　〈我們的希望〉，《人間世》第22期（1935年2月）。

89　參見侯東陽：〈林語堂的新聞與論觀——評林語堂的《中國新聞與論史》〉，《新聞與傳播研究》2001年2期。

林、倫敦、日本等地的通信不僅涉及海外中國人的生活，也多少展示了戰爭陰影籠罩下的各國人的表情和心態。

「西洋雜誌文」的提倡，意味著林語堂對雜誌、讀者、作者三者關係的重新界定。「西洋雜誌文」是「暢談人生之通俗文體」：「中國若要知識普及，也非走此條路不可。雜誌的意義，在能使專門知識用通俗體裁貫入普通讀者，使專門知識與人生相銜接，而後人生愈豐富。」（〈且說本刊〉）刊物應該面向普通大眾，而不是少數文人自己的園地；寫作者應擴大隊伍，報章也應培養專門為刊物寫作的人才，讓他們提供更多百姓喜愛的東西；語言通俗簡樸活潑又有品味，讓不同階層的人都能接受。這是一種以迎合與提升城市市民美學趣味為辦刊方向，把雜誌作為提升市民品味，進行道德教化的辦刊傾向。這裡的讀者大眾，是與都市擴張同時壯大起來的由商人、手工藝者、店員、辦公室職員、大中學生及廣大中產階級婦女組成的數量龐大的新興市民階層。他們閱讀不僅為了消遣，還渴望從雜誌書籍中獲得道德指南而自我完善，借助期刊達到對城市生活的自我認同，在緊張的謀生間隙獲得休息與調節，依賴各種讀物達到人與人之間交往、交流的目的。

如此，雜誌文的作者之「雜」在某種程度上與來稿之「雜」呈互動關係，在林氏雜誌上，編者設定一些有主題的「徵文」，吸引潛在的作者，效果十分顯著。《論語》上的「論語與我」徵文，「現代教育」徵文，三周年時的「中國農民生活」專號，都引來了不少暴露現實黑暗的文章，有時編輯甚至不避命題文章之嫌而列舉了十數種供參考選擇的題目，作為徵稿的提示，[90] 如此做法均是有意引導讀者投稿，以實現編輯豐富雜誌內容的目的。而其他五花八門的欄目——專篇、人物傳記、書評、填充雜誌邊邊角角的小欄目，甚至像「古香

---

90 〈我們的希望〉，《人間世》第22期（1935年2月）。

齋」那種原汁原味的「奇文」選錄，確實增添了雜誌之「雜」的特色，滿足了不同階層讀者的興味。

　　如何「雜」而不低俗，編輯需要把握好尺度。以《宇宙風》來說，林語堂改變《論語》和《人間世》兩雜誌格調，避開了之前《人間世》大談晚明小品而受人詬病的問題，在稿源上大加拓展，幾次專題設計吸引了不少外稿，培養了新的作者，馮和儀（蘇青）就是在這份刊物上發表了其處女作。此外，此雜誌突出了對當代文化事件的反應，營造大文化氣象，胡適的〈追憶曾孟樸先生〉、劉大杰的〈劉鐵雲軼事〉、乃蒙的〈章太炎的講學〉、蔡元培的〈記魯迅先生軼事〉、宋慶齡的〈促魯迅先生就醫信〉、許廣平的〈關於魯迅先生的病中日記和宋慶齡先生的來信〉等，既具有時效性也是重要的文化史料。他們的稿件和專欄不僅能夠吸引更多的知識人閱讀，也吸引更多文化名人來稿，由此形成良性循環。從發行量上看，它問世不久，便在鄒韜奮的《生活》週刊和商務印書館的《東方雜誌》這兩份老牌雜誌後，銷量排當時期刊中的第三。

　　林語堂對刊物、作者、讀者三方的想像定位，受到英國傳統的《閒話報》、《旁觀者報》的啟示，這兩份刊物將「內容分為社交娛樂、詩歌、學術、新聞、隨感錄五項，把時事、閒談、隨筆文章巧妙地糅合在一起，富有文學趣味，面向倫敦的上、中層市民」；《旁觀者》的執筆者「旁觀者先生」將報紙的讀者對象設定為資產者和富裕市民。劉易斯·科塞在《理念人》中，專門援引這兩個刊物來說明，在十八、十九世紀，重要的英文期刊和與之有聯繫的知識分子，在培養新興中產階級讀者的品味上相當努力，辦刊的目的，便在於提升社會的文明程度。讀者熱切地要從他們那裡尋求行為與觀點的標準、指導和啟蒙，讀者的這種要求反映出時代經濟的某些大變化所帶來的新需求，「它們有助於提供舉止規範和行為指導；它們既供人娛樂，也給人教誨；在一個日益個人主義化的時代，……它們為專心致力於提

高經濟地位的中產階級樹立風氣，提供道德氣氛。愛狄生和斯蒂爾以後，文人不僅被視為獻藝者，而是被視為風尚的帶頭人和道德嚮導。」[91]

文人之文對「西洋雜誌文」的消解

「西洋雜誌文」理想並未充分實現。本來，文人辦雜誌，未必辦成文學雜誌，但林氏雜誌在文學史上，在一般研究者眼中，是典型的文學性（小品文）雜誌，其刊物的新聞特性、批評特性、大眾特性均未充分展開。

僅就雜誌本身的運作來看，林語堂所占有的文化、文學資源，使作者群體相對集中於文學界，趣味無形中趨於一統，加之雜誌曾數度在閒適、幽默、晚明小品等問題上引發文藝思潮論爭，因此，雜誌的文學性最為突出。曾經參與《人間世》編輯的徐訏說得很感慨：

> 說到人間世之個性，開始的時候，實在不是以晚明小品之類為正宗……記得當時所談的是西洋雜誌文的格調，以徵求特寫的來稿為主：實在說來，當時的動機不但不是晚明的小品，而且也不是文藝的小品，而是僅想以小品文的筆調作各種雜貨的買賣而已。[92]

確實，《人間世》一出生，便決定了它「文藝的小品」特質。如果說《論語》有《語絲》的放逸，那麼《人間世》承繼了《駱駝草》的藝文雅致。第二期「編輯室語」，編輯發現「來稿最有精彩者是關

---

91 〔美〕劉易斯・科塞：《理念人》（北京市：中央編譯出版社，2001年），頁43-44。
92 徐訏：〈公開信的覆信〉，《天地人》創刊號（1936年3月）。

於讀書隨筆部分」，而「同時我們覺得清俊的議論文太少」，所謂「清俊的議論文」，即偏重議論性的隨筆雜文，因此，編輯強調來稿應當注意「小品文雖閒適，卻時時含有對時代與人生的批評」。但這一矛盾在這個刊物上始終未能得到解決。「文藝的小品」是五四以後成就最大的一個部門，它天然雄厚的基礎實際上是中國傳統的文人文章。在《人間世》上，靜態的讀書欄目設置偏多，文章便不出文壇掌故、趣味珍聞、讀史零拾、考證補錄等較為傳統的文史筆記的範圍，從形式和內容上都傳達出了濃厚的古典書卷氣味，迎合了當時多元的、尚透露出一息復古氣息的文化市場。而可以顯示出活潑與動態的論爭，則集中於關於閒適與幽默、晚明小品等方面，卻又附帶出一種典型的中國文人的互相唱和氣息，當然這也是刊物宣傳和聚合同人的策略，且迎合讀者了解文壇近況的心情。或者可以這樣說，在小品文（而不是西洋雜誌文）理論和實踐上，《人間世》倒是做得相當統一，文壇和出版界因此而掀起一場小品文創作潮，以及標點明清小品加以出版的「完美風暴」，這都是順理成章的事。周作人、林語堂、郁達夫、俞平伯、老舍、劉半農、廢名、豐子愷等，均為二、三十年代的文學界大家名家，當他們聚集於這樣一個貌似古色古香的期刊時，期刊的文學特性便因他們的風格和寫作個性而固定下來，如果輕易地加以改變，則可能失去原有的讀者市場也可能失卻這些重量級作家，因此，編輯只能一路順水而行。如此，林語堂想要將自己的雜誌作「雜」，便只能先做到文學欄目的琳瑯滿目而已，其他的缺憾，便在後來的《宇宙風》中加以彌補。而作者群體如果相對固定，那麼文章的話題及文體的樣式，也就只能是文人圈內「有限的豐富」的話題了。

　　「西洋雜誌文」本質上要求走通俗化和大眾化之路，但林語堂彼時正處於對中國傳統文化的「古舊」色彩和文人雅趣格調異常偏愛時期，因此不免在刊物形式上做盡文章。這並不是說，西洋雜誌文應該是一種形式上的「西化」，事實上，即使是《人間世》，也不乏西式意

味很濃的小品文，如「今人志」，如書評上大量的英文書籍的介紹，如
專門的「西洋雜誌文」譯介，但它們不足以從整體上改變刊物濃郁的
中國文人趣味。林語堂「對刊物的命名和書寫，都有特殊的設想」[93]，
《論語》封面上「古色古香的簽條」在大量新文學雜誌裡十分醒目，
但是，西式的「幽默」便漸漸讓位於中國產的滑稽與插科打諢了；取
《莊子》篇名而命名的《人間世》，創刊號上不僅有林語堂精心撰寫
的〈發刊詞〉，尤其隆重地刊登了周作人的〈偶做打油詩二首〉，也即
一般所說的〈五秩自壽詩〉，且將「京兆布衣知堂周作人先生近影」
的大照片印在扉頁上，此後又陸續刊出俞樾、林琴南、張伯苓、辜鴻
銘、劉鐵雲、齊白石、朱湘、劉半農、盧隱、徐志摩、老舍、陶元慶
等等晚清至現代的文化名人像，精心組來的名家文章也從一開始就吸
引了「中年以上的人」；在刊物上，一系列欄目冠名為「月旦精華」、
「子不語」、「有不為齋」、「古香齋」、「雨花」、「姑妄言之」、「姑妄聽
之」、「一夕話」等，——如此集中地點綴了中國古典文學的諸多形式
元素，對讀者或投稿者起到什麼樣的暗示與影響呢？編輯徐訏說：
「收到的稿件越來越近小品的文藝，於是弄得許多人都以為《人間
世》是筆記小品之類的刊物，以致只能使一二僻愛之者覺得有味
了。」[94]也正是發現林氏雜誌尤其是《人間世》的讀者定位是中年
的、有一定品味的讀書人，一九三六年徐訏自己創辦《天地人》時，
就有意識地要清除原先林氏雜誌中的「中年」味道和古典文化元素，
他在來稿與欄目上便不限於散文，而是加重了對西洋文學與文化的介
紹與翻譯，在封面形式上，也輔以更加歐化的設計，目的很明確，就
是以一份更有朝氣的「少年刊物」來吸引那些不屑於、不滿於或沒有
耐心解讀《人間世》的年輕讀者。

　　在雜誌文所擅長的批評性上，文人趣味的增長不免日益削弱了批

---

93 周劭：〈姚克和《天下》〉，《讀書》1993年第6期。
94 徐訏：〈公開信的覆信〉，《天地人》創刊號（1936年3月）。

評的力度。比較這三份雜誌，提倡幽默的《論語》欄目形態比較豐富活潑，雖然強調幽默，卻因為幽默本來與諷刺、詼諧、反諷等屬於近親，加之海派文人的猛浪與不屑於嚴正的面孔，反倒使刊物五味雜陳，批評意識最自覺，欄目體式最難界定，眾聲喧嘩的效果也最突出。但隨著國民黨新聞查禁越發嚴厲，幽默和諷刺漸漸失去了其中的冷與辣味而讓人覺得輕浮起來，無以為繼。因此《人間世》階段，引領其風騷的還是文人之文，是「文藝的小品」，占據了重要篇幅，文人趣味之文的勃興，既削弱了原本脆弱的批評之文，也完全與編輯想要作「雜貨的買賣」的本意背道而馳。這點林語堂看得清楚，改正也及時，在創辦了《宇宙風》這個刊物後，他在欄目上對文學、文化話題多有擴展，雖然作者大多屬於原班人馬，雖然也削弱了《論語》的「胡言亂語」，但也不再執拗地以《人間世》的古雅和趣味自誇。在編排上，知堂（周作人）、鼎堂（郭沫若）、語堂（林語堂）「三堂」濟濟於一堂，他們的文章各有千秋，人物身上的政治性也相當突出，文章編排在一起，刊物頓時憑添了與當時思想文化文學界息息相關的價值籌碼。當然，《宇宙風》也還是偏重文學性，而不是綜合性刊物，它在新聞意識、大眾性與批判性方面並不突出。

　　林氏「西洋雜誌文」的實踐並未停止，一九三六年九月黃氏兄弟（嘉音、嘉德）編輯、宣稱面向大眾的《西風》（林語堂為雜誌顧問）創刊，欄目內容上，《西風》的「雨絲風片」是帶有用心諧謔和嘲諷意味的時評；科學、自然、心理、教育、軍備、戰爭、社會、暴露等欄目則擴大了對歐美社會諸領域的介紹；其他如西書精華、長篇連載、傳記等，文類不限，長短也自由；選載西方第一流藝術家之漫畫，尤為特色。這樣的欄目編排，與一般中國雜誌相比，確有牛油的味道了：「我們讀來有如讀 *Living Age* 或 *Reader's Digest* 的感覺，覺

得其材料選擇的豐富得當。」[95]這算是以真正的西洋雜誌文來做大眾讀物的一份刊物了。

第五節　林氏期刊的流風餘緒

上海淪陷時期的散文名刊

　　周黎庵在《古今》[96]創辦兩周年時，曾撰文談及上海刊物的特點。認為此間上海刊物可以分作三種類型：「一是古今型，二是雜誌型，三是萬象型」，「其他雜誌都可以歸納到這三種類型刊物中去」。[97]《雜誌》型刊物以「雜」取勝，文學在其中占有一定篇幅，是綜合性的文化刊物。對於最新的文化界和社會動態較為關注，研究者一般通過此類刊物了解當時淪陷區上海各界的一些動向。而《萬象》則是被譽為上海進步的愛國作家的堡壘，以純文學創作為主，具有濃厚的現實感和對藝術的現代追求。而《古今》的確是當時淪陷區上海代表一種創作傾向的核心刊物。這個刊物，連同同時期上海其他的散文期刊，都容易令人聯想起三十年代在上海灘上風行一時的林系散文期刊。稍作比較即可發現，上海淪陷區散文刊物襲用了論語派刊物的基本體制，並且由於幾位編輯、不少作者都曾經與論語派刊物有著或多或少的聯繫，他們以自己長期的辦刊經驗，把自己對小品文雜誌這一種雜誌類型的熟悉、喜愛和辦刊熱情，繼續推展於淪陷區散文刊物中。

　　論語派小品文刊物即指三十年代初中期，林語堂主編的幾個小品文刊物《論語》（1932）、《人間世》、（1934）《宇宙風》（1935），以林

95　〈西風之創刊以及各報之批判〉，《西風》第3期（1936年11月）。

96　《古今》，一九四二年三月在上海創刊，原為月刊，同年十月改為半月刊，一九四四年十月終刊，共出五十七期。創辦人朱樸。周黎庵、陶亢德先後擔任編輯。

97　周黎庵：〈古今兩年〉，《古今》第43、44期（1944年3月）。

語堂為代表的一批自由主義文人作家在刊物上闡揚周作人的言志文學觀、倡導小品文創作的「幽默」、「閒適」和「性靈」，在文壇上興起了「幽默雜誌熱」、「小品文創作熱」和「晚明小品文熱」。周作人的文學觀和小品文觀對論語派作家產生了重要影響，因此，標榜不左不右的辦刊路線的林語堂與魯迅等左翼作家隨即展開了論爭。人們將這些在林氏刊物上發表文章、宣稱以言志對抗載道、以幽默閒適表達自由主義立場的知識分子稱作論語派作家群。以林氏期刊為核心，擁護周作人與林語堂小品文觀的旁系刊物或同旨趣刊物也辦得頗有聲色，如施蟄存的《文飯小品》、簡又文的《逸經》、徐訏的《天地人》、黃嘉德、黃嘉音的《西風》、海戈、周黎庵的《談風》等，因此在文學史上均被看作是論語派的旁系刊物。此後，隨著林語堂赴美，抗戰爆發，上述刊物或停辦，或聯合辦刊，或異地遷移，論語派刊物遂成為歷史，上海的小品文雜誌出版熱潮也告一段落。

　　上海淪陷後不久，散文刊物最早復甦，這與三十年代在上海建構起來的散文刊物傳統有著直接關係。原有的孤島文學格局被打破，盛行一時的「魯迅風」類雜文刊物也無法繼續維持，其面向現實鬥爭、申發民族正氣的傳統不得不中斷。當各派文學力量重組，以復興上海文學時，曾在林氏期刊中磨練出豐富的編輯經驗，又在孤島時期大顯身手的編輯如陶亢德、周黎庵等，在經過短暫的沉默後重新調整，他們放棄了孤島時期的抗爭思路，轉而借用起論語派時期的散文刊物的「積累」，欲借期刊來辦點文化事業。這些積累不僅包括上面的編輯隊伍，還包括作家隊伍，特別是當《古今》、《風雨談》[98]、《天地》[99]相繼創刊後，在林氏刊物上寫過文章的部分文人，如周作人、沈啟無、謝興堯、蘇青、實齋、陳乃乾、章克標、畢樹棠等，因曾是「舊

98　《風雨談》，月刊，一九四三年四月創刊，1945年八月終刊，共出二十一期，主編柳雨生。

99　《天地》，月刊，一九四三年十月創刊，1945年六月終刊，共出二十一期，主編蘇青。

雨」的關係，也重新聚合於這些南方刊物。

　　上海淪陷區散文刊物與論語派刊物所具有的承繼關係，表現在編輯們是以林語堂對散文刊物的定位來確定自己刊物的主旨。周黎庵和陶亢德也以編輯經驗影響了這些散文刊物的面目。

　　從《語絲》到《駱駝草》，這兩個中國現代散文史上重要的刊物，都未直接標明以散文創作為主，一般僅以「文章」代之，並強調不拘文體，文藝方面、思想方面都不限制，但是文體上集中地以隨筆、雜文和小品文為主。林語堂等人創刊《論語》，對《語絲》有革新與創新，也有形式上的仿效和繼承，也是以刊載小品文和雜文為主。到《人間世》發刊，林語堂在《發刊詞》上明確了「蓋小品文，可以發揮議論，可以暢洩衷情，可以摹繪人情，可以形容世故，可以札記瑣屑，可以談天說地，本無範圍，特以自我為中心，以閒適為格調，與各體別，西方文學所謂個人筆調是也。」由此打出小品文刊物的旗號。《宇宙風》明確定位為「小品文隨筆半月刊」，但基於《人間世》提倡晚明小品，以及來稿文體偏於讀書筆記較為單一的問題，《宇宙風》主張：「以暢談人生為主旨，以言必近情為戒約，希望辦成一合於現代文化貼切人生的刊物。」[100]寫作範圍有較大的擴展，除小品隨筆外，小說、詩歌、報告文學等各類體裁都加以登載。此後的《逸經》因為辦刊者素喜搜集太平天國史料，由此突出史料小品與掌故隨筆的文體，文化的、歷史的、學術的氣息較重。

　　《古今》、《風雨談》、《天地》各自吸收了林氏刊物的一些特點。但這些刊物沒有一個再以「小品文刊物」來標榜。〈古今月刊投稿簡約〉第一條，即「本刊接受外稿。凡掌故、史料、軼聞、遊記、人物、小品、金石、書畫、隨筆，及關於上述各種之畫圖照片等物，均所歡迎。」這定下了散文刊物的稿件要求。從第一期起，周黎庵即參

---

100 陶亢德：〈本刊一年〉，《宇宙風》第25期（1936年9月）。

與編務，到第九期開始，他將刊物改為「半月刊」，此種半月刊的形式，經三十年代林語堂大力提倡後曾風行一時，《古今》此舉果然引得「銷路大增」。[101]此後，「文獻掌故，樸實古茂，散文小品，沖淡雋永」的「第一流的文史半月刊」成其招牌廣告。

　　人們提到的與《古今》最相似的刊物是《宇宙風》與《逸經》。《宇宙風》的格調具有一種大的文化氣象。由於林語堂打破門派偏見或近現代以來的種種新舊紛爭，不僅一一刊登俞樾、林琴南、張伯苓、辜鴻銘、劉鐵雲等晚清至現代的文化名人畫像，還搜集了相關的傳記、遺稿殘墨、照片及親友的回憶性散文等，刊物肯定了近現代文人們在文化傳承上的個性與貢獻。至於現代文化名人如齊白石、朱湘、劉半農、盧隱、徐志摩、老舍、陶元慶等，各種材料更為豐富生動，胡適〈追憶曾孟樸先生〉、劉大杰的〈劉鐵雲軼事〉、乃蒙的〈章太炎的講學〉、蔡元培的〈記魯迅先生軼事〉、宋慶齡的〈促魯迅先生就醫信〉、許廣平的〈關於魯迅先生的病中日記和宋慶齡先生的來信〉一度是《宇宙風》上相當重要的稿件。當年《宇宙風》的發行量說明了這一點，它問世時間不長，便在鄒韜奮的《生活》週刊和商務印書館的《東方雜誌》這兩份老牌雜誌後，銷量排期刊中的第三。[102]而《古今》同樣在文化史料的搜集保存方面相當用心。此外，《逸經》期刊中那種略帶趣味性的文史隨筆，也大量復現於《古今》，當然，比之《逸經》過於集中於洪楊太平天國的史料軼事，《古今》的題材範圍大為擴展。

　　《風雨談》、《萬歲》等刊物在文體上確是兼羅並蓄，都以文藝月刊為自己的定位，並不拘於散文一體。《風雨談》創刊號上既有蘇青的〈結婚十年〉、包天笑〈民國四十二年兒童日記〉、予且〈迷離〉等

101　〈編輯後記〉，《古今》第11期（1942年11月）。

102　周劭：《午夜高樓——《宇宙風》萃編》〈前言〉（上海市：上海古籍出版社，1999年）。

小說，也有藥堂（周作人）、紀果庵、陶亢德、周黎庵、文載道、馮和儀（蘇青）等的散文，此後，刊物上還有劇本刊出。雖然標明各類文字均可，但由於羅納了南北散文家的稿件，散文佳作甚多。如果比較林氏刊物中的《宇宙風》，也可看出相似之處。《宇宙風》上作家流派不一，如三堂（知堂、語堂、鼎堂）聚於一堂，文體不一（如也連載老舍的長篇《駱駝祥子》），這些特點也為《風雨談》等刊物所吸收，儘管柳雨生曾與茅盾發生過文學論爭，且一直對通俗作家和通俗文學不表尊奉，但茅盾、包天笑、秦瘦鷗、周作人等不同風格和不同派別的作家，也盡可能在兼收並蓄的編輯宗旨下聚合在《風雨談》上。

　　《天地》在「發刊詞」上也有明顯的「論語」味道，主編蘇青這樣寫道：「天地之大，固無物不可談者，只要你談的有味道耳……在同一《天地》中，盡可你談你的話，我談我的話，只要有人要聽，聽了覺得有味道，便無不可談。故《天地》作者初不限於文人，而所登文章也不限於純文藝作品。《天地》乃雜誌也，雜誌兩字若顧名思義，即知其範圍宜廣大，內容須豐富，取一切雜見雜聞雜事雜物而志之，始符雜誌之本義。一個人的見聞有限，能力有限，欲以有限之見聞寫無窮之文章，必有力不從心之歎。故鄙意文人實不宜自成為一階級，而各階級中卻都要有文人存在，這樣才會有真正的大眾文學，寫實文學，以及各種各式的，對於社會人生有清楚認識的作品出來。」

　　這個發刊詞與《古今》、《風雨談》的意圖有明顯不同，蘇青借來了林氏期刊發展「西洋雜誌文」中的「近人生」與「近人情」兩大特點，並發展了林氏刊物中的「消閒」氣味。所謂「雜誌文」實質上就是一種適於副刊登載的文字，輕鬆、隨便、家常，是林語堂所鼓吹的小品文的普及版或大眾化，但林語堂的「西洋雜誌文」理念在自己辦的刊物上並未得到很好的實施。其後由黃嘉德和黃嘉音兄弟創辦編輯、林語堂做首席顧問的《西風》，開始按林氏提倡的西洋雜誌文理念來編輯，因此，這個散文期刊以「闡述西洋雜誌精華，介紹歐美人

生社會」相號召，注重趣味性，通俗性，欄目五花八門，於是也有人稱之為「西式的鴛鴦雜誌」。為刺激讀者都來做雜誌文，編輯往往號召寫作者將身邊事款款道來，因此刊物中常見〈我的家庭、婚姻〉之類的文章。而蘇青的《天地》就有《西風》的味道，屬於消閒性的文化生活雜誌。

雖然談不上有何獨創，但與《古今》那種「朝隱」（官隱）或較為明顯的傳統名士味道相比，《天地》倒是相當海派，世俗而平民，生活氣息濃厚，觀察細緻入微，是適合小知識分子閱讀的刊物。《天地》又是相當「女性立場」的：《天地》的創刊者馮和儀即蘇青，她從《論語》半月刊走上文壇後，開始展播自己的聲名，在身分上，蘇青受過高等教育，但隨後隨丈夫從寧波置家上海後便成為一個家庭婦女。四十年代她執筆寫作長篇小說，既要借文學驅走日常生活的苦悶情緒，又想以文謀生，創出自己的一番天地來。而她的散文真實地寫出了市民階層知識女性的生活與心態。蘇青在文壇上走紅並非偶然，林語堂當年辦刊物時，已經注意到都市婦女受教育水平的提高，可能比男人更有餘暇閱讀刊物雜誌，也會因此樂意寫下文字進行交流或宣洩，因此蘇青也大力鼓動刊物的女讀者們來稿訴說類似〈結婚第一年〉、女子寫自己「一月一次的刑罰」等日常經驗，因為作者與潛在的讀者如果地位相當、境遇相似，便更容易引起共鳴。

陶亢德對蘇青發刊《天地》的建議，則進一步確定了《天地》的定位。遠在日本的陶亢德以老編輯的身分，建議蘇青發揮自己作為女作家與女編輯的特點，獨創自己的刊物個性：

> 然而，我對於《天地》的內容，不免希望其多帶一點巾幗氣，女中的丈夫總還是女性，正如扮演了半生林黛玉楊貴妃的梅蘭芳博士之鬍子，不留也總必長出來一樣。你總記得你的出世作是〈科學育兒經驗談〉，你總明白〈結婚十年〉的何以譽滿江

南。這不是說女性只宜辦女權婦德之類，而是說女性對於女性
的一切總比男性冷暖自知一點，這一點自知在選稿上就可得益
不少。

而且我覺得男子們的文章也快寫完了，什麼文化武化，政治經
濟，外交內務，給他們已說了這麼多年，姑不說他們之技已
窮，他們之舌總已疲，何況今日之文事武備，政治經濟，說來
說去就不過這麼一套，是則何苦不讓娘兒們來寫作數年或數十
年，給讀者換換口味，讓男人們息息仔肩呢。[103]

　　他建議蘇青向林語堂當年的刊物學習，走一條不談政治而更接日
常生活的路子。此外，刊物一方面固然要請老作家撰述，也不妨多使
非職業作家來寫寫文章。陶亢德的意見得到蘇青的全面採納與實施，
那些發在《古今》中的「男子們的文章」，總是充斥的國族話題，既
不合時宜，當然也不合乎蘇青的興趣，因此，她用刊物建構起的女性
話題空間，與當時張愛玲等女作家們在作品中建構的人性的、女性
的、邊緣的話語空間正相呼應，戰爭、國家、民族等等嚴正主題被放
棄，而「輕」、「軟」、「小」、訴說女性城市生活體驗的種種，被接納
和放大。同時蘇青刊物中的作者不完全限於職業文人和小圈子同人，
比如採用了醫生等非作家稿件，走的是林語堂「老老實實」說身邊瑣
事的刊物路線，刊物躋身於《古今》等刊物行列中卻又頗有獨自的面
目。當時便有女性作者自行比較說：《古今》是嚴肅的，而《天地》
是親切感性的軟性刊物。當然，《天地》也有剛柔相濟的一面，它並
不狹隘，不僅時時可見張愛玲、潘柳黛、施濟美、蘇青、蘇紅、炎
櫻、梁文若、周楊淑慧等女作家或當時的貴婦名媛的文章，而且也寬
容包涵著一批海派男性文人在這裡交流日常生活話題，甚至對他們不

103　陶亢德：〈東籬寄語〉，《天地》第2期（1943年11月）。

自覺冒出來的男權話語也不介意。讀者同樣能從刊物裡看到一批學富
五車，腹笥甚厚的文人稿子，如周作人、徐一士、謝剛主、龍沐勳
等，只是，當他們給《天地》供稿時，都自覺放下架子，把偏於學術
的面孔先拋開一會，甚至在文章中少用文言、多寫通俗的白話文章，
儘量貼近日常生活話題。如此，張愛玲的〈造子〉、蘇青的〈救救孩
子〉，與謝剛主的〈記四妹〉、紀果庵的〈夫婦之道〉、龍沐勳的〈女
子與詩歌〉、周越然的〈婚姻與節育〉、陶亢德的〈談節育〉、予且的
〈多子之樂〉等，構成有趣的同臺「對話」，男方與女方各有立場，
對比而讀則趣味橫生。顯然，蘇青將林語堂所謂「有味道」、「你談你
的話，我談我的話」、「近人情」、不唱高調的散文創作原則發揮得淋
漓盡致。她反而因這樣的編輯風格而更突出了刊物的性別特徵，且把
刊物中那種男女的「同臺對唱」處理得生動有趣，恰到好處。

以「不談政治」為旗號

　　上海淪陷區散文期刊之所以對三十年代的論語派刊物大加模仿，
相當重要的原因，是它們在刊物中要裝點出自由派文人氣息，或說主
編們與作者們，重新祭出了當年論語派刊物那個「不談政治」的旗號。

　　在三十年代，對自由知識分子文人來說，黨派政治是最重要的政
治，是他們避之唯恐不及的政治，因此他們力圖使刊物成為一個自由
的獨立的不受任何人任何派別任何政黨所左右的刊物，以便能夠「不
說他人的話」。《論語》在創刊中聲稱持「不反革命」、「只睜開眼睛，
敘述現實」，就是超然於黨派之上的一種旁觀者的態度。《人間世》的
〈投稿約法〉有三章，即「本刊地盤完全公開」、「文字華而不實者不
登」、「涉及黨派政治者不登」，同樣昭顯刊物的中間立場。需要特別
提出的是，打出不談政治的宣言，歸根結底，源於政治對文學干預過
甚，結果造成的恰恰是自由知識分子因不自由而進行一種本然的消極
反抗和一意孤行。

對於淪陷區文人來說，「政治」的涵義已經完全不同，它不再只是黨派之間的鬥爭，也不再只是文人立場的歸屬選擇，它已然是一種國族政治。它當然也要對文學進行干預。從史料上看，當上海公共租界被日本人完全佔領後，日本侵略者對有組織的抵抗文學和愛國正直的文人實施了暗殺、逮捕、迫害、殺害等高壓政策。而南京偽政權也一直以恐怖手段來摧毀抵抗文學。[104] 一般辦刊者都要有策略來應對政府和出版機構的檢查，按常理說來，強制性手段尤其是暴力的實施，的確最終會迫使一些想辦刊物或寫文章的作者們不能不避開違禁的話題，避開這種隨時導致殺身之禍的「政治」，刊物與作者大多選擇能走安全的中間路線，即對政治和現實保持足夠的距離，不談風雲，只說風月。但事實往往又是另一種情況，這種所謂疏離政治，其實可以當作幌子。比如，這些刊物倒是有意借助「政治」的保護而興「純文化」或「純文學」之實。《古今》屢屢強調「本刊完全是一個私人的刊物，是一個百分百的自由意志的刊物。」（朱樸〈滿城風雨話古今〉）《風雨談》在〈創刊之辭〉中，提及辦刊宗旨：「只要是和文藝有關的問題，題目重要，見解高超，敘事明暢，就是載道的作品，也想兼羅並蓄。在典麗之中見真實，於沖淡之懷寄熱情，這原是一件事情的兩面，只要言之有物，說老實話，讀者又何嘗少得了它。」、「和文藝有關的問題」看似將「政治」劃出話題之外，可是《古今》文章又大量地與汪偽政要脫不了干係。僅從題目來看，就有周佛海的〈四游北平雜感〉、〈廣州之行〉、〈武漢追憶鱗爪〉、〈我的奮鬥〉、〈自反錄〉、〈扶桑笈影溯當年──一個共產黨員的追憶〉等，陳公博〈上海的市長〉、〈了解〉、〈偏見〉、〈我與共產黨〉等，當然還有汪精衛的舊文新刊等等。編輯者顯然並不僅僅將這些作為文化史料輯入刊物，而是在編輯後記中大加讚賞，並且還刊發了許多宣傳與美化的文字，加

---

104 參見〔美〕耿德華：《被冷落的繆斯：中國淪陷區文學史（1937-1945）》（北京市：新星出版社，2006年），頁50。

以吹捧，這種文化刊物中的政治取向是相當分明的。《天地》看似將國族等敏感話題排除在外，另闢了人性的、女性的、日常的領域來「談天說地」，與論語派的刊物相比，現實與社會的特徵更為淡漠，即使有時語涉民生，也多半是小市民對於生活狀況的牢騷、隱忍及對個人生存方式所發生的某種疑慮而已。但即便如此，《天地》也少不了陳公博等人的友情支持，為此而令許多反日人士側目。

　　淪陷區刊物與當年林語堂的刊物精神上的距離還體現在，林氏刊物屢屢號稱不談政治，也打著不涉及黨派政治的中間立場的旗號，但實際上林系刊物的許多具體內容並非全與政治無關。這就是有研究者所總結的現象：二十年代政治家談文學；三十年代的文學家談政治。三十年代最早的《論語》有「古香齋」，有「半月要聞」，有「群言堂」，無不對政府的政策和社會的怪像予以諷喻，有時甚至是辛辣的毫不留情的諷刺。因此，從論語派的小品文刊物來看，吟風弄月的小品文固然不少，婉而多諷或嬉笑怒罵的雜文同樣俯拾皆是。郁達夫方才在文章裡為林語堂辯解說，他提倡幽默閒適，不過是有意的孤行，消極的反抗。而在上海淪陷區刊物上，這些活潑的、極有個性、帶著辣味的欄目消失得無影無蹤，雜文欄目比較少，就欄目名稱來看，《天地》的「談天說地」、《光化》的「光天化日之下」等欄目下的雜文，均鋒芒收斂，按蘇青自己的話，就是大多為泛泛之談，並未能切中現實和社會的症候，連消極的反抗都談不上了。《古今》曾準備開一「京話」欄目，請女作家姜賜蓉主持，希望她像《論語》上寫「京話」的姚穎一樣，撰寫「南京通信」，然而當年的姚穎尚能婉而多諷，在不談政治的旗號下描述南京的「宦海動態」，且幸未得咎，姜賜蓉卻在文章中表示擔心，說自己在「千篇一律」的新聞裡如何才能尋找批評的題材？此欄目不久便無疾而終。[105]在上海淪陷時期的刊物

---

105 姜賜蓉：〈京話〉，《古今》半月刊第9期（1942年10月）。

上，當前的「政治」話題（特別是與抗日相關的話題）很令一般文人忌憚，苟安偷生的心態也瀰漫各個刊物，這樣的語境下，別說為林系刊物所擅長的文明批評與社會批評，就是那種暢談人生、暢談風月之暢意、暢快也同樣消失了。

　　論語派刊物在強調不談政治的同時，始終堅持現代的理性和風致，即現代的思想文化理念，集中力量賦予讀者一種與傳統生活不同的文明啟蒙，為市民讀者開啟新型生活之窗。林氏刊物上的人物志、讀書札記、遊記、雜俎等欄目花樣繁多，且名作家大多有自己的專欄，不少讀者是沖著名人的專欄而去的。其中的文章確實能夠「反映社會，批判社會，推進人生，改良人生」、「增加知識，增加生趣」，比如當南北要人們兢崇聖道大事祭孔時，老向、姚穎等的幽默和諷刺文章，各自從不同角度進行批判；周作人的〈縊女圖考釋〉、林氏刊物中的「古香齋」與「半月要聞」等欄目，都有意揭示坊間令人「驚奇」的風俗和流言中透出的低俗愚昧和無聊；林語堂提倡廣泛的人生觀察和文化批評，談「人生之甘苦，風俗之變遷，家庭之生活，社會之黑幕」[106]，因此刊物上出現大量的反映社會民生的報告文學；林語堂〈關於北平學生「一二·九」運動〉、陶亢德的〈請祝學生如亂民〉等，更是直接的政治批評。可見論語派刊物「不談政治」恰恰是自由主義者的一種政治態度的體現。這種自由主義的政治態度，在三十年代的文化政治環境下，受到了來自左與右兩方面的攻擊。因此，刊物上提出的「幽默」、「閒適」、「性靈」等既是散文創作的理論，又是帶著深刻意味的自由主義思想的體現。同時，這些理論是在各派的論爭和積極的創作中得到產生和發展的。

　　但是上海淪陷區散文刊物上所宣稱的「不談政治」卻是一種妥協的態度，同時，上海的文學場也完全沒有了「論爭」的環境，知識分

---

106 林語堂：〈中國雜誌的缺點——《西風》發刊詞〉，《宇宙風》第24期（1936年9月）。

子的「自由」立場更不復存在，加之與國統區、解放區的文化隔離漸久後，所謂交流乃至爭辯更是無從談起。在《古今》、《風雨談》、《天地》上，各個編輯都相當勤奮地寫作各種「編輯後記」，這些文字多只是介紹作者，或對文章的取捨作簡單說明而已，能夠提出文藝新見的並不算多，即使有，也得不到讀者相應的回應。當年在林語堂刊物上十分紅火的「讀者來信」幾乎從這些刊物上消失了。這些事實說明，上海淪陷區的刊物及作家，只能在座談會或所謂文人雅集裡自說自話，或自己排練「戲臺裡的喝彩」了。

林語堂創刊《論語》，還非常看重雜誌本身的自主性、獨立性，這一點承襲《新青年》和《語絲》而來，在〈論語社同人戒條〉中，特別提出「不拿別人的錢，不說他人的話」，以及「不附庸風雅，更不依附權貴」等要求。這種戒條到了淪陷時期的上海已經難以堅守。朱樸發行《古今》，其經費來源與周佛海的資助大有關係，如此，作為自由知識分子的立場與環境都發生變化，文人作家們當然無地自由。因此，儘管文史照錄，「性靈」照抒，到底是「亂世文談」，彈出的調子裡有不同於《論語》的灰暗和頹敗。

從文體形態看主體精神的萎頓

林語堂的系列刊物，在「性靈」、「幽默」與「閒適」的理念下，試圖建立中國文章的「現代」品格，其理論基礎，不僅有西方近代的張揚個性的浪漫主義文學觀，也有周作人所闡發的晚明小品的「言志」、「抒情」傳統。在「本土」與「西風」的融合中，論語派的小品文文體無論在敘事抒情、談話說理、讀書筆記等形態上，都顯得輕快豐盈、自由活潑，並發展出社會實錄、各地通訊等報告文學的「雛形」。這種文體的創造性活力是在新文學初創時白話散文創作的堅實基礎上形成的，並與周作人的影響、林語堂的思想活躍及堅定的文學

理念分不開的。周作人作為論語派的精神領袖，最大的影響在其思想上對論語派散文創作的支持，在於對「閒適」與「談話風」小品文的提倡及其意義的闡說。同時，由於論語派散文的生成時空是在三十年代的上海，海派商業化、市民化的因素也不可避免地一併融入，論語派方能借助一系列刊物，既向傳統追索其文章流脈，又向西方的「雜誌文」尋求發展的空間，且微言大義也無妨，風月話題中也隱含著時代的風雲和知識分子的啟蒙思想，在「閒適」的題旨下，既親切有味，也「時時含有對時代和人生的批評」。因此，論語派各大家自有其不同的散文面目，周作人、林語堂、郁達夫、老舍、俞平伯、老向、姚穎、簡又文、章克標、海戈等等各擅勝場，體態多樣，幽默、諷刺乃至婉而多諷、陶淵明式的平和沖淡或西式的牛油氣等等，抒情寫意自由變化，文風多不拘於一格。

　　由於主體意識的萎頓，淪陷區的散文刊物上，幽默諷刺的小品文文體其勢已頹，重點發展了四種散文文體形態：一是偏重史料、考據、傳記的文史筆記和掌故。周作人、沈啟無、瞿兌之、朱樸、徐一士、黃裳等的散文，發揮了傳統文人的寫史記事傳統，但是原有的「寫史偏多言外意」的特點已經消磨甚多至難以窺見。其二是延續談話風而來的日常人生話題。這些散文不再以三十年代左翼文學的重大題材或鬥爭態度作標準，自有一種關注普通人喜怒哀樂的同情與世俗情調；但認同世俗性的生存法則，自然也不再有立意高遠的追求，同時失卻了思想的深度。其三是兼有議論和抒情的風俗小記或懷舊散文，以紀果庵和文載道的散文為代表，這些文字發展了二、三十年代的鄉土抒情傳統，尤其在那特異的時空下，隱忍壓抑裡生發出絲絲縷縷的苦澀，造成四十年代式的「清談」風致。可說是此間散文比較有意味的一體。而最後一種，以年輕的寫作者南星、林榕等為代表的詩化散文，從何其芳的《畫夢錄》之路走來，雖然少了幾分夢幻和迷離，多了些現實的影像，不過，在四十年代的散文中，也算是一種藝

術美的收穫了。

上述大致的四類，其思想情緒卻還是可以找出共同點，無論是年輕的還是中年以上的作家，無論「官位」在身還是一介普通書生，無論是當下生活的記錄還是對往事的追憶，都放棄了散文藝術和散文思想中的「奇」而歸於「平常」、樸素乃至於平淡無奇，甚至是與嚴酷環境相逆反的溫和與甘苦自知的無奈。

由此我們可以理解，當四十年代淪陷區文人學者們將自己的散文刊物傳統追溯到三十年代的論語派時代時，他們也不能不感到由於時空的變異，兩個時代的刊物在精神上、骨子裡透露出的不同。在《古今》一周年之際，《古今》與林氏刊物的淵源曾一度成為熱門話題，但比較的結果是相同點少，而異趣者多。瞿兌之比較《宇宙風》與《古今》，重在時空之異導致刊物旨趣風格之異：

> 宇宙風和古今雖然編輯與執筆的人物頗有相同者，雜誌的形式好像也一樣，然而並不能說二而一，其旨趣風格已經顯出極大的變化。
>
> 古今在近來所以能引起讀者興會，就是肯老老實實的說些話。以前的刊物需要些別致與別調，因為平民的東西不彀刺戟，這些年來的世事卻刺戟我們太多了。酸甜苦辣各種味道迸上心來。絢爛之極，歸於平淡。似乎還是清茶淡飯最能養人最有真味。縱使這種茶飯不容易得到，閉目存想一番，也覺其味無窮。固然是閱歷多年紀大的人，容易有這種見解，但是這幾年的光陰也彀我們的閱歷，也夠催我們老的了。[107]

刊物刊登的文章，文體以散文隨筆為主，這一點，二者確實有相似的

---

107 瞿兌之：〈《宇宙風》與《古今》〉，《古今》第19期（1943年3月）。

地方。但也正如瞿兌之所說，由於時代變化，林氏刊物那種洋溢著自由主義者的自信態度，那種有意突出「別致」格調、不與人同的辦刊風格，都不再見於《古今》。在這些經歷了數年變遷就產生滄桑之感的文人看來，《宇宙風》的文化精神顯得年輕而富於生氣。而《古今》，按其創刊人朱樸在後來的日記中所說，則有它自己的特殊之處：

> 世人之評《古今》者，多以之與昔日之《人間世》、《宇宙風》、《逸經》、《越風》諸刊物相比，其實今昔時代大異，安可相提並論？竊以《古今》之長不在其執筆人物之地位，不在其文字材料之精湛，乃在其「風格」之特殊。此特殊風格如何？即不佞在〈蠹魚篇〉序中所謂之「寧願曲高知寡而孤芳自賞，決不隨波逐流而取悅庸俗」。[108]

幾乎所有這些自評，都談及了「時代」，這個特殊的時空帶來所謂「曲高和寡」，也是一群文人在那個時代裡寥落心態的真實體現。文史家謝興堯也在《古今》上發過文章，他還曾與「大華烈士」簡又文在三十年代中期創辦文史半月刊《逸經》。他承認《古今》與三十年代刊物似乎有著更加相似的面目，且《逸經》也曾以高品質的文史類文章而在當年頗獲好評。但是，還是由於「時代」，《逸經》與《古今》更顯得形同神異：

> 的確，這兩個雜誌的體裁和內容，從表面看，真是找不出甚麼「大不同」的地方。並且古今所標舉的，取材方面是：文獻掌故，散文小品。趣味方面是：樸實古茂，沖澹雋永。都與逸經

108　朱樸：〈樸園日記──重陽雨絲風片錄〉之「《日記》十月二十五日」，載《藝文雜誌》第3卷第3期（1945年2月）。

完全相同。但是詳細考究一下，無論在面目上，情調上，這兩
個刊物，又好像有極大的差別。頗有可以意會不可言宣的道
理。這當然是時代的驅使，與環境的要求。我想恐怕還是以時
代環境，及主持者，與撰人，讀者幾方面綜合的力量，把他促
成了這個面貌。所以若論到逸經與古今的異同，那只好抽象的
說：所有同者聽其同，所有異者亦聽其異。再說明白點，便是
逸經有逸經的時代，古今有古今的時代。並且古今中之執筆撰
稿人，有好些都是「逸老」，更是這兩個雜誌異中必同的唯一
原因。[109]

誠然，時代環境、主持者、撰稿人、讀者，在異族入侵之下，都有了
完全不同的心態。他分明道出了異態的時空已然改變了一切。

---

109 謝興堯：〈《逸經》與《古今》〉，《古今》第19期（1943年3月）。

第七章
論語派與晚明小品

第一節　現代與傳統的對話

陳子展〈不要再上知堂老人的當〉當屬態度激烈、持論過苛的文章，但開篇批評文壇甚囂塵上的晚明小品熱，先描摹出讀書界的一種現象卻是真實的：

> 書架上不擺部公安竟陵派的東西，書架好像就沒有面子；文章裡不說到公安竟陵，不抄點明人尺牘，文章好像就不夠精彩；嘴巴邊不吐出袁中郎金聖歎的名字，不讀點小品散文之類，嘴巴好像就無法吐屬風流；文壇上這個時髦的風氣，不知道從什麼時候什麼人開頭？[1]

三十年代出現的晚明小品熱，與論語派及上海一些報刊對晚明小品的大力鼓噪有著直接關係。林氏刊物確實接連不斷地刊登周作人、林語堂、劉大杰、周劭、沈啟無、郁達夫、徐碧暉、江寄萍等的讀書隨筆，這些隨筆不僅熱情介紹明清小品，且在散文中流露出對晚明性靈派文人審美生活情調的嚮往，在文體形態上也趨向精緻短小的特點。文人對晚明小品文投射了過多的趣味，而假借大眾媒體的傳播便利；文人們又將它與大眾文化、大眾趣味相結合，乃至於發生變味：施蟄存的小品文刊物直接套用王思任的《文飯小品》為刊名，暗示向

1　陳子展：〈不要再上知堂老人的當〉，《新語林》第2期（1934年7月）。

古代小品文的閒適與典雅靠近；出版界熱衷於將晚明小品文作為普及性讀物出版，前有沈啟無的《近代散文鈔》，後有更大影響的劉大杰標點，林語堂校閱，周作人、阿英、郁達夫作序的《袁中郎全集》，有施蟄存編選，周作人題簽的《晚明二十家小品》，還有周黎庵和海戈點校，周作人、林語堂作序的舒白香《遊山日記》，也有王英（阿英）編校的《明人日記隨筆選》。林語堂在《記翻印古書》略加檢視了上海大小書局翻印古書的現狀，特別稱頌上海雜誌公司及中央書店對明末清初珍本的翻印，「於中國文獻上，有特別貢獻，於《人間世》所提倡明朝小品，給以闡揚的實證，兼以專搜禁書珍本，又非普通無宗旨之翻印古書所可比」。[2] 從晚明小品文的前驅徐渭、李贄、屠隆到張大復、湯顯祖、陳眉公，從晚明文學的代表公安三袁到竟陵派，一直到明末清初的王思任和張岱，再到清代的袁枚、金聖歎、張潮等，出版界與讀書界將明清小品文名家基本搜羅淨盡；體式上從一般的山水、園林、讀書小品文到清言、尺牘和笑話，一應俱全。出版界抓住了讀者市場，而大眾讀者又受到各種關於晚明小品文的書評、賞析、論爭的影響而趨之若鶩，轉而進一步刺激讀書市場的生產。這之間便形成一種馬太效應。

　　晚明小品熱的發生不止有商業因素，還包括論語派對三十年代新的受眾和讀者群對消閒、娛情的文化消費品的需求的認識，晚明小品文作為一種承載近代生活的現實內容的文體，其審美觀念和趣味，也與近現代市民社會的經濟結構和社會心理相當契合。此外，這一現象還提醒我們，三十年代的作家們開始自覺思考現代文學與傳統的關係，與五四時期相比，他們對傳統的認識已非鐵板一塊，在散文這一最具傳統特色的文體上，在新詩這一形式變革最大的文體上，都發生了現代向傳統尋找資源的現象。基於此，我們的探討也應該從更廣大

2　林語堂：〈記翻印古書〉，《宇宙風》第7期（1935年12月）。

的文學背景和更深入的層面進行。

如果把論語派興起的晚明小品文熱，看做是現代與傳統的一次對話，那麼周作人與林語堂在這場對話中一直是論語派中最重要的角色，但他們仍然有著各異的興趣點和目的。這個「傳統」曾一直在文學史的地底流動，而非冠冕堂皇的「古文傳統」，周作人的興趣點在於將它引至到地面，發現它如何蜿蜒曲折走到「現代」，現代散文與它一脈相承的價值所在。今天的文學史將晚明小品文放在明代個性主義文學和浪漫主義文學思潮中進行認識，對以公安派為代表的晚明作家給予了很高評價，但在三十年代，晚明小品文在文學史上尚未樹立起其經典的地位。因此用今天的話來說，周作人的《中國新文學的源流》是對文學史進行的一次「重寫」。有意思的是，這次「重寫」並非發生在五四那個最具反傳統精神的時期，而是一個滯後性的行動。其思路的萌芽，是由同人小圈子的興趣繼而引起闡發散文的傳統淵源：

> 我常常說現今的散文小品並非五四以後的新出產品，實在是「古已有之」，不過現今重新發達起來罷了。由板橋冬心溯一而上之這班明朝文人再上連東坡山谷等，似可編出一本文選，也即為散文小品的源流材料，此件事似大可以做，於教課者亦有便利。現在的小文與宋明諸人之作在文字上固然有點不同，但風致實是一致，或者又加上了一點西洋影響，使他有一種新氣息而已。[3]

一九二六年前後，在以周氏為核心的小圈子內，周作人、俞平伯、廢名、沈啟無、錢玄同、朱自清，甚至包括顧頡剛等，正流行著閱讀明清「小文」，他們搜羅著、借閱著、品評著，也模仿著去寫

3　《周作人書信》（石家莊市：河北教育出版社，2002年），頁86、87。

作。當俞平伯自得地將一篇未署名的題為〈夢游〉的文言小品文交給
師友們時，竟被認定「讀去似係明人之作」，「至遲亦當為清初也」。[4]
隨著俞平伯重刊《陶庵夢憶》、出版散文集《燕知草》，更引起周作人
的聯想和思考。同樣的表述開始頻頻出現，周作人將俞平伯一派新散
文與明清有些名士派的文章相聯繫，稱讚「明人所表示的對於禮法的
反動則又很有現代氣息」，「與現代文的情趣幾乎一致」（〈陶庵夢憶
序〉）。此時，周作人及其同人們的思路尚集中於為現代散文之溯源探
流上，待到他進一步發揮自己對晚明文人的「發現」，借著對五四文
學精神的確立和理解而對晚明。文學進行歷史定位，也借著闡揚晚明
文學而揭櫫「言志」文學的精神，這已有一個新的變化，即通過尋找
文學史上的互證，回答現實的文學疑問。廢名對此作了精當的解釋：

> 有人或者要問，新文學運動明明是受了歐洲文學的鼓動，何以
> 說是明朝新文學運動的復興呢？我可以拿一個比喻來回答，在
> 某一地勢之下才有某一條河流，而這河流可以在某種障礙之下
> 成為伏流，而又可以因開浚而興再流之勢，中國文學發達的歷
> 史好比一條河，它必然的隨時流成一種樣子，隨時可以受到障
> 礙，八股算得它的障礙，雖然這個障礙也正與漢文有因果，西
> 方思想給了我們拔去障礙之功，我們只受了他的一個「煙士披
> 裡純」，若我們要找來源還得從這一條河流本身上去找……[5]

　　周作人高屋建瓴地肯定了晚明時代和五四時代作為「王綱解
紐」、個性啟蒙思潮湧動這一大背景的共同性，得出了「政教統一」
的時代、文化向心力極強的時期，與「處士橫議，百家爭鳴，正統家

4　《周作人書信》（石家莊市：河北教育出版社，2002年），頁87。

5　廢名：〈周作人散文鈔序〉，止庵編：《廢名文集》（上海市：東方出版中心，2000
　　年），頁118。

大歎其人心不古」的「頹廢時代」，文學的兩種極端表現。如果站在
純學術的立場上，周作人的上述結論，確實指出了五四與晚明兩個時
期，個性解放和思想解放對於文學尤其是言志小品發展的意義，是站
在現代的對晚明文學精神的高度確認。只是周作人這個核心相當沉
重，使他在其他問題上匆匆帶過，無暇他顧，如「信腕信口」與白話
文學的宗旨，如俞平伯散文的「風致」與竟陵派的孤峭，如現代流利
清新如水晶球式的小文頗有明清小品的風趣等，都是一點即過。平心
而論，晚明小品也非吻合其文學趣味，之所以孜孜於對文學史既有結
論的顛覆，主要出於對現實文學狀況的不滿和對社會意識形態的批判
要求，所謂「寫史偏多言外意」[6]也。同時我們也可以發現，周作人
此時的「重寫文學史」，並非孤獨的舉動。二十年代末期，新文學各
路人馬都全面開始對五四文學進行盤點、清算、總結並各自亮出新的
方向，初生的革命文學正以絕大的氣魄尋求文學的轉換格局，借著對
五四的批判建立起自己的話語權。在林語堂眼中，「如雨後春筍的新
文學家正在訴述他們震動的心弦及幻滅的悲哀」；而梁實秋等則借著
對五四浪漫主義的清算，頗有學理風度地亮出白璧德的新人文主義招
牌；魯迅也開始進行馬克思主義文藝理論譯述，其本意是「煮自己的
肉」，使自己了解馬克思主義世界觀與辯證唯物主義方法論；也在此
時，周作人將新文學的源頭上溯到明嘉靖年間，萌生了「新文學的二
大潮流」的思路。人們或轉移或調整原先的立足點，文學批評上塗改
著原本相對統一的新文學色調。總結、選擇甚或完全相反的方向轉換
各自進行著，人們潛藏著對新的時代文學的建設性想像與期待。這股
潮流發展到三十年代，開始出現具有學術意義的新文學史寫作熱和明
文學史寫作熱，前者包括王哲甫的《中國新文學運動史》、伍啟元的
《中國新文化運動概觀》、吳文祺《新文學概要》等，後者則有錢基

6　參見羅崗：〈寫史偏多言外意〉，《中國現代文學研究叢刊》1996年第3期。

博《明代文學史》、宋佩韋《明文學史》等。一系列史論和「概要」、「概觀」恰逢其時地出版。這個階段的文學史寫作熱既是學術性活動也帶著知識分子獲得各自的發言立場的欲望。

重寫文學史，於周作人而言，不是純粹的學術性活動。他一再暗示對於晚明文人的人生態度和審美選擇應有更為積極的理解，現代文人表現出與晚明文人相似的心態和相似的文學情狀，自有其現實土壤，於是下面的話便成為論語派作家的人生理想的宣言：「明朝的名士的文藝，誠然是多有隱遁的色彩，但根本卻是反抗的」，「而現在中國情形又似乎正是明季的樣子，手拿不動竹竿的文人只好避難到藝術世界裡去，這原是無足怪的」（《永日集》〈燕知草跋〉）。這一歷史的比較，不僅觸動了一些作家的隱逸之心和閒適之意，更使知識分子們對政治環境進行省察，「晚明情結」由是成為三十年代文化專制下現代文人據歷史以抒懷、隱喻、抗爭的主要途路。論語派在「寄沉重於幽閒」方面大做文章自不待言，就是魯迅、阿英等左翼文學作家，也通過強調晚明政治的苛酷，從另一個側面展示文人「抗爭」精神中所包含的血與淚。在魯迅文章的引導下，阿英在《申報》「自由談」等刊物上發表〈吃茶文學論〉、〈明末的反山人文學〉、〈清談誤國與道學誤國〉、〈說隱逸〉等文章，徐懋庸、陳子展等則紛紛登載關於「明朝文學的短文」。[7]這些來自左翼陣營的文章對公安竟陵派文學反抗復古的「偽古典派」的主張和文學史意義仍給予了正面的評價，但他們的出發點卻是針對周作人的退隱，對林語堂「特別捧出袁中郎」表示不滿，如後來的學者說所，「大多只在是否堅持知識者的批判立場上作文章」。[8]

7　參見陳子展：〈公安竟陵與小品文〉等文章，陳望道編：《小品文和漫畫》（上海市：生活書店，1935年）。

8　陳平原：《中國現代學術之建立》（北京市：北京大學出版社，1998年），頁366。

　　周作人提出的「王綱解紐」與「思想解放」的關係最為重要，這不僅是散文發展繁榮的前提，也是文學發展的前提。但這些顯然不足以說明論語派散文與晚明小品間在文學審美層面產生的內在聯繫，也不足以確立起晚明小品文的經典地位。據陳平原的學術追考，周作人欣賞明朝人的反抗禮法，欣賞李贄身上的叛徒氣，但其散文趣味卻非晚明小品的清淺、俗露，而是六朝文的樸、拙、趣味、雅致，在文字風格上所追求的沖淡與苦澀和公安派的清新流利也大異其趣，更重要的是，他以清明的思想和健全的感情為優秀文學的標準，在某種程度上可能認同人們對晚明小品「輕與薄」流弊的批評。倒是受到周作人啟發的林語堂，發出「近來識得袁中郎，喜從中來亂狂呼」之聲，他以西方的「表現論」和凸現自我的個性觀，以浪漫主義古典主義的對立，探到晚明文人個中三味，陳平原據此認為，「真正談得上承繼三袁衣缽的，不是周作人，而是林語堂」。[9]林語堂與「性靈」觀、與晚明文學觀念相交的過程，是另一種現代與傳統對話的過程。

　　與周作人有所不同的是，林語堂對晚明文學觀念的全面認同，在對晚明文學革新運動的評價中所使用的浪漫主義、古典主義和個性主義等名稱，都建立在今人的知識體系上。所謂「承繼」，實際上是以「現代」的文學理念投射於晚明，進行解讀。「現代」指的是林語堂的哲學基礎和美學思想。胡風在〈林語堂論〉最早也最為明確地指出林語堂的「中心哲學」是「義大利克羅車」（今譯克羅奇——著者注）的美學思想，而「這個美學思想表現在文學批評上就是斯賓加恩（Spingarn）底表現主義的批評」。[10]當林語堂著手翻譯和介紹西方表現派文論時，並未直接聯繫到公安派的文學主張，但他對「新的文評」的譯介，卻為他日後「識得袁中郎」奠定了基石。林語堂在文學

9　陳平原：《中國現代學術之建立》（北京市：北京大學出版社，1998年），頁345。

10　胡風：〈林語堂論〉，《胡風選集》第一卷（成都市：四川人民出版社，1996年），頁96、97。

思想和美學思想上堅持的是近代浪漫主義立場。西方文學批評史總體上依據「浪漫的」與「古典的」對立，視十八世紀在歐洲興起的浪漫主義運動的標誌是「把普遍摒棄新古典主義信條視為一個共同點」，「在一部批評史裡，一種情感說的詩歌觀念的產生，歷史主義觀點的確立，對摹仿理論、規則及體裁說的隱然否定，凡此都是變化的決定性跡象」。[11]與歐洲相似，浪漫主義與古典主義的對立不僅被看做是美學思想的對立，更是世界觀的對立，是文學、社會、政治、宗教上的自由、獨創、個性、新的感情方式與專制、獨裁、教條、理性與保守的對立。[12]

應該肯定，林語堂是一個自覺將現代美學原則用以「發現」和評價中國古代文學的典型人物。有研究者這樣認為，性靈說「是心學術語『良知』向詩學的轉化，是哲學概念向審美概念的轉化。它在固有的『性情』的基礎上，又增添了活潑、飛動、靈明的意味」[13]。林語堂的聰明與敏感正在於，他用「幽默」統合了一個中國文學傳統中的帶著哲學意味與審美意味的概念，並緊握其核心。不少研究者認為，林語堂對表現主義美學既有「誤讀」，也有不求甚解的一面。不錯，與梁實秋、吳宓、朱光潛等號稱「學貫中西」的教授學者相比，林語堂自承「讀書極少」，徐訏曾在回憶文章中善意地指出：「語堂所讀的關於文學文化思想的書實在可以說無所不窺，正統的學院的哲學著作他似乎沒有系統地閱讀，嚴密的邏輯與煩瑣的概念分析他沒有興趣」，「他不用抽象的理論來作論理的辯證」，因此無意深研學理，或構建一套體系，但他極善於融會貫通，「在體念上講，是藝術家的態

11 〔美〕雷納・韋勒克：《近代文學批評史》第二卷（上海市：上海譯文出版社，1997年），頁2。

12 參見〔美〕丹納・格蘭特、莉蓮・弗斯特：《現實主義・浪漫主義——藝術歷程的追蹤》（西安市：陝西人民出版社，1989年）。

13 蕭華榮：《中國詩學思想史》（上海市：華東師範大學出版社，1996年），頁283。

度，在表現上講，是小品文的境界」。[14]顯然，對於表現主義美學，對於克羅奇，林語堂的確比不上朱光潛這類能夠建構起自己的文藝理論體系和學說的學者，同是心儀於克羅奇直覺說，朱光潛在三十年代以《文藝心理學》承襲了克羅奇形相直覺的外套，卻以之作為邏輯起點，綜合多家美學理論的同時，對直覺理論的偏頗進行了反省，顯示了對克羅奇龐大理論體系的把握能力。但林語堂不是以一個美學理論家的立場去分析、接受表現主義和直覺說，與其潛在的論敵梁實秋相比，林語堂缺乏梁氏在新人文主義的背景下重構系統的文學批評史的耐心與興趣。但他小品文式的思維方式，以及近代以來個性主義對人們思想的塑型，恰恰促成了他對表現主義核心凝煉的把握，即個性自由發展的內核，實際上，這也是近代從浪漫主義到現代主義思潮的一個共同趨向。林語堂曾反覆說，批評是無定規，「千變萬化的個性的衝動，是無從納入什麼正宗規範，及無從在美學上（非實際上）分門別類的」。而魯迅翻譯的有島武郎〈關於藝術的感想〉一文中曾這樣界定表現主義：它是一種「個性對於先前一切軌範的叛逆」，「是對於君臨著個性的軌範，個性反而想去君臨它的叛逆」。[15]表現主義的美學核心很容易被五四部分作家解讀為文學上的個性主義。

　　因此，當文壇出現反浪漫主義的美學思潮時，林語堂直覺地拿起了表現主義的武器進行分析和批駁，並援引晚明文學的反覆古思潮作為最好的例子。二十年代末期，白璧德的中國弟子、「學衡派」的代表人物吳宓及文壇批評的後起之秀梁實秋熱心地將新人文主義譯介過來，重新強調「藝術標準與人生正鵠的重要」[16]的古典派人生觀，清

14　徐訏：〈追思林語堂先生〉，《幽默大師──名人筆下的林語堂，林語堂筆下的名人》
　　（上海市：東方出版中心，1998年），頁7、8、26。

15　有島武郎：〈關於藝術的感想〉，見《壁下譯叢》，《魯迅全集》第十六卷（北京市：
　　人民文學出版社，1981年），頁149。

16　林語堂：《新的文評》〈序言〉，《林語堂名著全集》第二十七卷（長春市：東北師範
　　大學出版社，1994年），頁189。

算新文學運動十年來由浪漫主義導致的種種病症，力圖以古典主義的嚴整理性紀律秩序對失於傷感與濫情的文學重新規範。新人文主義所提出的文學理想往往與古典主義理論所制定的原則相近：「它假定存在著一種穩定的人性心理，作品本身具有一套基本模式，人的感受性與智力有著統一的活動，可使我們得出適用於一切藝術和一切文學的結論。」[17]在服膺五四個性主義文學的林語堂眼裡，這種對價值和美要求統一的標準，其教條、僵化與狹隘性顯而易見。這樣一種文學模式又往往與人生觀相聯繫，就此，林語堂將儒家的倫理學與西方的以理制欲的理性觀並置同觀，認定此種新人文主義實際是舊的古典派人生觀的體現，「與通常所謂 Humanism，文藝復興時代的新文化運動不同，他的 Humanism 是一方與宗教相對，一方與自然主義相對，頗似宋朝的性理哲學」，「所以 Babitt 極佩服我們未知生焉知死的老師孔丘，而孔丘門徒也極佩服 Babitt 先生」（《新的文評》〈序言〉）。他的邏輯是，傳統文化的僵化與保守，脫不了一派窮經皓首的儒士，也脫不掉一次次回頭令人亦步亦趨的擬古與復古的文學思潮，由此決定了新人文主義思潮的保守性。

　　林語堂呼應晚明文學觀，就是在以性靈說反覆古主義這一點上首先達到契合。在中國，明代心學的發展，以自我和個性對程朱理學的悖反，側重表現人情物欲的文學思潮，被公認為明代中後期城市經濟的繁榮和市民意識興起的結果。由此晚明文學從各個方面撕開傳統的文化體系，破壞傳統的美學原則，並建立新的美學趣味和美學觀念，就是從反復古、典古、擬古等開始的：古今之辯中，以今為尚，要求「不效顰於漢、魏，不學步於盛唐」；在真贋之辯中，更將「尚能通於人之喜怒哀樂嗜好情欲」當作「真」的內涵，前者打破了復古者

---

17 〔美〕雷納・韋勒克：《近代文學批評史》第一卷（上海市：上海譯文出版社，1997年），頁15。

「典古」模式，後者將抒發真情實感的要求提了出來。這與林語堂從兩個方面批評新人文主義者的思路基本一致：林語堂既批評中國主張義法、格律、體裁、修辭的古典派，又批評那種欲以儒家的學說和所謂普遍的人性標準來校正浪漫主義的自我表現與個性主義的人生觀。當林語堂在周作人的引導下發現晚明文學時，他的驚喜可以理解：「找到思想相近之作家，找到文學上之情人，必胸中感覺萬分痛快，而魂靈上發生猛烈影響，如春雷一鳴，蠶卵孵出，得一新生命，入一新世界」（林語堂〈論讀書〉）。

　　在現代「表現說」的觀照下，林語堂以「中西嫁接」的思維方式，具體而微地賦予晚明性靈說一個「現代」的靈魂：「大凡此派主性靈，就是西方歌德以下近代文學普通立場，性靈派之排斥學古，正也如西方浪漫文學之反對新古典主義，性靈派以個人性靈為立場，也如一切近代文學之個人主義。」性靈就是自我，要求大膽地無拘束地表現真我的思想與近代浪漫文學「文學趨於抒情的、個人的」普遍立場是一致的；性靈的表現得之於思想自由，不受拘束和限制，在精神上「不復為聖賢立言，不代天宣教」；性靈落實在文體上，「以意役法，不以法役意」（〈論文〉），有性靈的文字應當是「排古」的文字；性靈落實到創作活動中，則是文章孕育於靈感的發生，是會心的結果；讓性靈發揮的條件之一，應是閒適等等，一一發揮，不一而足。最終，性靈的核心必須是「真」，方巾氣、腐儒氣、道學氣皆因為缺乏「自我」這個「真」，也就缺少了文學的「主心骨」，而成為現代批評的大敵。如果說林語堂一開始只能以譯文傳達西方的「表現說」而多少顯得空泛、氣力不足的話，那麼當他抓住了晚明文學的古今、真偽的對立，並以近代文學的核心加以取捨和肯定時，他的「表現說」也因此實現了自身的創造性轉化，在與晚明文學理論的溝通中變得血肉豐滿和富有靈性。他提出「以自我為中心，以閒適為格調」的文學創作觀，提出散文具有從蒼蠅之微到宇宙之大的廣闊題材，既未忽略

作為文學創作核心的審美和情感，也關涉到文學家應有的哲學思考及
對人生的探索熱情。當然，在這裡，林語堂和他的對話者都走向了主
觀主義。韋勒克曾評價克羅奇的文學表現論，認為：「克羅奇的體系完
全是一元論的，無法在心理狀態與語言表達之間劃出界限。克羅奇始
終一致地否定一切文體學和修辭學分類的效用，也就是否定文體風格
與形式、形式與內容乃至文字與靈魂、表達與直覺之間的差別。」[18]
以此來評價林語堂，倒也很合適。對於金聖歎，林語堂雖然十分喜
愛，但還是認定他有大過，即「始終纏綿困倒於章法句法之中，與袁
枚及公安諸子等所言文章無法大相悖謬」。林語堂的文論中輕視藝術
形式和藝術法規，否認藝術與現實之間存在一個「中介」，實與他作
為浪漫主義美學的崇奉者有關。

　　儘管周作人與林語堂對於晚明文學的發掘，各有方向不同的思路
和興趣不同的領域，但二者在實質上都是在尋找「祖宗」，錢鍾書曾
在談到「新風氣的代興」時說，這種情況，無非是更要「表示自己大
有來頭，非同小可，向古代也找一個傳統作為淵源所自」，他特別風
趣地舉例說明，「我們自己學生時代就看到提倡『中國文學改良』的
學者煞費心機寫了上溯古代的《中國白話文學史》，又看到白話散文
家在講《新文學源流》時，遠追明代『公安』『竟陵』兩派」，這就是
「事後追認先驅」：「彷彿野孩子認父母，暴發戶造家譜，或封建皇朝
的大官僚誥贈三代祖宗，在文學史上數見不鮮。它會影響創作，使新
作品從自發的天真轉而為自覺的有教養、有師法；它也改造傳統，使
舊作品產生新意義，沾上新氣息，增添新價值。」[19]文學傳統的問題
確是複雜的，林語堂力主「排古」，卻也深諳無論幽默還是小品文，

---

18 〔美〕韋勒克：《文學理論》（北京市：生活・讀書・新知三聯書店，1984年），頁
　198。
19 錢鍾書：〈中國詩與中國畫〉，《七綴集》（修訂本）（上海市：上海古籍出版社，
　1985年），頁2、3。

都「須尋出中國祖宗來，此文體才會生根」。但是，發生在小品文身上的現代與傳統的對話，由於歷史上對這個傳統本身認識的偏差甚至貶抑，使得「重寫文學史」不能不以一種「立異恐怖」的模樣完成，並以各種方式（包括媒體炒作）使之蔚為一時風氣。由此出現錢鍾書描述的「抗拒或背棄這個風氣的人也受到它負面的支配，因為他不得不另出手眼來逃避或矯正他所厭惡的風氣」的情況。[20]「另出手眼」的不僅有左翼理論家，年輕的接受規範的西方美學教育的朱光潛也要騰出手來，批評那些鼓噪晚明小品文的信徒不過是「雅得俗不可耐」，問罪那些將「濫調的小品文和低級的幽默合在一起」，「把個人的特殊趣味加以鼓吹宣傳，使它成為瀰漫一世的風氣」[21]的論語派文人。在某種程度上，周作人、林語堂理論表述中的合理因素當時多少被曲解或被漠視了，因為晚明小品本身的價值尚未在當時的學界取得共識。二十世紀末出現的又一次「晚明小品熱」，在一定程度上得益於周、林當年的倡導。確定了社會以經濟發展為中心，結束強勢的以意識形態為中心的思維方式和生活形態，日常生活的閒暇趣味隨後堂而皇之地進入了當代散文，周作人、林語堂的散文理論的核心，至此方能獲得公正的認識。

第二節　解脫與適世

在相似的個性解放、反抗傳統的時代裡，文學精神會表現出相似性。如果從自我抒發、蔑視偶像、張揚自我、狂狷放達的姿態來看，晚明文人與五四時期的時代精神確實具有內在的相似性。被晚明公安

---

20 錢鍾書：〈中國詩與中國畫〉，《七綴集》（修訂本）（上海市：上海古籍出版社，1995年），頁1。

21 朱光潛：〈論小品文──一封給《天地人》編輯者徐先生的公開信〉，李寧編：《小品文藝術談》（北京市：中國廣播電視出版社，1990年），頁291、293。

派文人奉為思想領袖李贄的言行驚世駭俗，他對自己的一些評價諸如
「其性褊急，其色矜高，其詞鄙俗，其心狂癡，其行率易」等，看似
誇張卻也是另一種高度真實，因為誇張本身也成為放達不羈的姿態；
袁中郎聲稱自己沉溺於「人擁座間紅，出看西山碧」的人間第一佳事
中，並每每自我誇飾「二身狼狽，朝不謀夕，托缽歌妓之院」的舉
動，為人生「不亦樂哉」之事；晚明文人所表現出的無論是求禪問
道、寄情山水，還是好貨好色、縱情縱欲，都統一於人生的意氣和人
的主體精神的激揚，即使是遁隱，也不是清心寡欲或生命力奄奄一息
的狀態。而這樣的時代氣息，不也是在狂飆突進、暴躁凌厲、標新立
異、為狂為誕的五四時期重新出現了麼？晚明文學社團林立，流派紛
呈，五四時期亦是如此。由此，對個性和自我的赤裸裸的抒寫，成為
個性解放時代文學的共同主題。晚明小品文展現的是自我的個性和天
趣，他們的小品文可以無話不說，「疏瀹心靈、搜剔慧性」，縱然「機
鋒側出，矯枉過正」（錢謙益《列朝詩集小傳》）也無妨，一個個文人
或癡或譫，或中行或狂狷或鄉愿，盡可從文中看出；而五四文人的面
目，只需在散文中搜索，那麼名士風、紳士風、叛徒或隱士，同樣一
目了然。如果說這兩個時代有什麼不同的話，那麼晚明文學是中國古
典高峰走向衰亡的時候尋求著自身的出路，五四文學卻在西風東漸中
開始與傳統發生斷裂，步入現代。

　　這樣相似的時代氣息，這樣相似的文學景觀，是我們論述的前
提，又是我們設問的開始。雖然五四流風餘韻尚存，畢竟個文學時代
已經過去，論語人自認晚明文人的知音，那麼晚明文人提供了什麼樣
的新的價值倫理，成為聯結兩個時代文人的特殊符碼？這些符碼如何
傳達出走過五四的現代文人心緒的種種變遷？

　　對於傳統價值倫理觀的顛覆，首先是肯定了晚明文人的「解
脫」。在傳統文學觀中，為了人格的獨立和自由，而拋棄了功利性的
崇高理想和社會使命的文學，一向是處於文學的邊緣的。有研究者在

梳理中國傳統詩論中的「頹廢」概念後，這樣概括傳統「頹廢」觀的
內涵：

> 可以說，到初唐的時候，中國傳統詩論中的頹廢概念已經被清
> 晰地勾勒出來。在那時，頹廢這一詞已經是中國詩歌理論的一
> 個組成部分。頹廢詩歌被認為拋棄了詩歌的崇高政治和社會使
> 命；與經典作品相比，頹廢詩歌的範圍遠為狹窄；它所關心的
> 只是詩人的個人世界和生活，而這種生活世界常常是性感閨房
> 等瑣碎方面；它打破了文質之間的平衡，一味地追求詩歌語言
> 的雕琢華麗，結構的精美勻稱等形式因素。[22]

實際上這樣的定論不僅限於宮廷詩的狹小範圍內。「頹廢」總是擴大
到那些不入主流、反抗經典的文學創作上。在清代復古主義文人看
來，晚明小品文有「小品習氣」和「山人習氣」，是亡國之音；內容
上玩物喪志，輕佻儇薄；形式上「破律而壞度」，每一條都符合「頹
廢文學」的界定。因此，許多晚明作家的著作在清代曾被列為禁書。
然而，周作人卻以對「反抗禮法」的欣賞態度，反覆提及「頹廢」文
學的意義，他從積極的正面的意義上肯定了頹廢時代的思想多元與藝
術繁榮，認為晚明與現代都是王綱廢弛的「頹廢時代」，是「處士橫
議，百家爭鳴，正統家大歎其人心不古，可是我們覺得有許多新思想
好文章都在這個時代發生的。他又說，這樣的好文章「誠然是多有遁
隱的色彩，但根本是反抗的」，對「頹廢」的政治意義和審美意義進
行了轉換，將頹廢者解脫社會的責任和義務的行為，歸於時代的因
素：「手拿不動竹竿的文人只好避難到藝術世界裡去」。周作人讚賞的
是公安派文人「能夠無視古文的正統，以抒情的態度作一切的文

---

22 吳伏生：〈中國傳統詩論中的頹廢概念〉，《學人》第十二輯（南京市：江蘇文藝出
　　版社，1997年），頁525。

章」，「他們不在文章裡面擺架子，不講治國平天下的大道理」（《中國新文學的源流》）。為隱逸、解脫、閒適與頹廢說辭，將自己的人生選擇文學，選擇與晚明、也與歷代隱逸文人相聯繫，並為這樣的人生和文學尋找新的價值倫理，符合周作人的言志文學觀。

解脫者意味著放棄了未來的與前方的有意義的信仰、計畫和定向，他們走入文學的審美世界裡，並且將它當作自己的全部世界。他們以無所為的態度推出新的生活倫理價值，將全部身心用以體味人生的某些永恆的話題，他們認定，個體的生命無須聽從主旋律的引導，無須將有意義的人生作為終極目標來束縛自己，深諳順乎自然、閒適灑脫與知足常樂的底蘊。晚明文人在道德理想和人生理想上的「反抗禮法」，反抗的是正統觀念代表的儒家的詩教理想，那種把社會政治倫理看做文學主體必備的精神，文學內容不出朝廷之音與天子之政的文學；反抗的是與詩教理想相應的美學趣味「溫柔敦厚」，「中和平正」，即使有所不滿，也應是諧而不虐、婉而多諷。這使論語派對晚明文人帶有頹廢之美的審美人生充滿嚮往。當晚明文人紛紛歸隱山林或講求一己的享樂時，當袁中郎為自己的詩集命名為《解脫集》時，意味著士子文人棄絕了自己作為「士」所應謹守的「道」；當作家以關注個人世界與一己生活代替對社會國家的責任時，以自由倫理而非國家民族倫理進行個體的言志時，他便走入了退離政治和社會的自我頹廢和自我解脫一途。

論語派對晚明文人的解脫後的閒適和隱逸，懷著別人難以企及的熱情，表明他們對於加之於身的一層層道義——或是救國的使命，或是指導民眾的社會責任——不堪重負。五四時期並不缺少頹廢，也有些閒適的美文，但退離人生解脫責任的文學卻是少見的。在五四的散文中，「問世」的意興湍飛，即使是「涕淚交零」，也是對人生的激情。而三十年代論語派散文的出現，卻是一部分文人在退卻了五四啟蒙的神光以後，已從五四青春時代「問世」的激情中沉靜下來的表

徵：「理智通達，頭腦固定，幻想沒有了」的人不再用問題苦苦逼自己，一切向日常人生回歸，不重抒情不重闊大，那些中日邦交國家大事等過於沉重的話題自然不合適做論語人茶餘酒後的談資，五四的前塵舊夢雖未變得冷漠，也業已失去了唏噓之聲。盧隱曾以抒發女性人生苦悶聞名於五四文壇，但她中年以後登在《人間世》上的〈東京小品〉、〈讀詩偶得〉等散文，個人情感的發抒退居到次要地位，文白相間的筆法嫻靜沉著；俞平伯回看從前對於生死關懷頗切，已有隔世之感，而今「尋行數墨地檢查自己，與昨日之我又有什麼不同呢？往好裡說，感傷的調子似乎已在那邊減退了──不，不曾加多起來，這大概就是中年以來第二件成績了」（〈賦得早春〉）。於是有了參透人生的意味：「泛言之，漸漸覺得人生也不過如此。這『不過如此』四個字，我覺得醰有餘味」（〈中年〉）。生的煩惱與性的苦悶的退潮，表明青年時期理想與激情的消逝，郁達夫自道：「況且，年齡也將近四十了，理想，空想，幻想，一切皆無；在世上活了四十年，看了四十年的結果，只覺得人生也不過這麼一回事；富貴榮華，名譽美貌，衣飾犬馬，學問文章等等，也不過這麼一回事。姊姊妹妹，花呀月呀，原覺得肉麻；世界社會，人類同胞等等，又何嘗不是耶穌三等傳教師的口吻？」[23]話中依然有他向來的消極與牢騷，卻說明不再有五四青春期那種不知何處是歸宿的尋尋覓覓，中年人已然鋪就通向頹廢和隱逸的生活軌道。《人間世》上始終貫穿中年看破國事和難以名言的寂寞情味，當他們回憶往事時，是自我解嘲的平靜；當他們與中國現實相對時，「神情冷淡，有如深秋」，激憤寓於幽默之中；當他們討論著生老病死時，雖然並不缺乏形而上的思索，卻更多了對於人情世故的理解，他們以灑脫的心態旁觀家庭的趣劇、孩子的淘氣、瑣碎的人生；他們接近大自然山水，不再是「內心發現」、「自我發現」的緊張叩

---

23 郁達夫：〈所謂自傳也者──自敘〉，《人間世》第16期（1934年11月）。

問，而是雅致與知識情趣的表現，一種有意展現的文人蕭散意態。與五四「問世」時窮追不捨的主觀激情相比，少了時代的音調與色彩；與新月作家的散文那種心態的圓滿和雍容相比，多了幾分清冷與自我嘲謔。那種昂首天外的狂與狷、文體的和情緒的華麗誇張、五四式的「英雄的向上」[24]情結漸漸為解脫的、追求個人生活的自適與快意、消閒而有情趣的平凡意緒所替代。而這種自我解脫的價值倫理，在激進的以改革社會為目的人們看來，正是隱逸人格不思進取、玩物喪志的頹廢的表徵：

> 現在的小品文趨勢所之一日千丈，已經大有重上象牙之塔鑽入牛角尖的危機，小品文作家也大有山林隱士煙茶自娛的神氣，這對於文化運動已經是漠不相干的墮落現象了。[25]

　　人生哲學和價值倫理的變換，總是最直接地體現於文學的主題和題材中。無論在晚明還是在論語派手中，小品文文體所承載的意義早已超過了文體本身，退離的人生態度，閒適的審美理想，不僅與性靈的抒發有直接聯繫，而且這種性靈還限制在特定的題材內容之中。棄絕傳統宗法式的道德譜系和生活倫理，晚明文人才可能「前人覺得有聊的，他們覺得無聊，前人覺得不值得歌詠描寫的，他們覺得值得歌詠描寫了。前人都是做那些忠君愛國的大文章，他們專喜做那遊山玩水看花釣魚探梅品茗的小品文了。在他們這種文章裡，確實活現地表現了作者的個性，作者的風情，作者的氣量，文章也顯得簡煉可愛，平淡有味了」。[26]一旦走出了道德和政治人倫世界，走出了理性的拘謹

---

24 沈從文：〈郁達夫張資平及其影響〉，《沈從文批評文集》（珠海市：珠海出版社，1998年），頁193。

25 楊邨人：〈小品文與大品文〉，《現代》第5卷第1期。

26 劉大杰：《明人小品選》〈序〉（上海市：上海書店，1995年）。

與定規，卸下載道重任的文人，即可以自己的趣味之眼，使一己生活、個人情感成為寫作的中心。周作人把這樣的文學稱作言志的文學，也稱作「即興」的文學。這種言個人之志，這樣的即興，意味著只對一己、當下、現在、瞬間的投入，而放棄對家國大業、對未來的沉湎和幻想。它就是一種純然個體性的日常感覺，既構成晚明小品文也是論語派散文普遍的形態。

　　有閒即賦得。不思進取的閒適者停下了急匆匆向前的腳步，也只有如此將社會性層面削弱後，走向人生的靜觀自得，才能坐實對個人生命經驗以反覆的咀嚼與抒寫。這正應了周作人所謂「年紀一年年的增多，有如走路一站站的過去……走著路專為貪看人物風景，不復去訪求奇遇，所以或者比較地看得平靜仔細一點也未可知」（〈中年〉）的話。過濾了許多浪漫激情，從現實的浮躁中逃離出來，便生成了反覆玩味與品咂世事的沉著氣象。慢慢走，慢慢看，欣賞人生的風景，幾乎是逃離大話語後，才能對凡人小事的意味進行獨特穎悟和細緻品味。論語派作家與晚明文人最相通的是，他們盡力平息躁氣去聆聽來自內心的聲音，去領略草木蟲魚的情趣，去作正統文學所鄙視的閒適小品來「認識自己及認識宇宙與人生」。郁達夫毫不猶豫地認定「描寫田園野景，和閒適的自然生活，以及純粹的情感之類」，當以小品文這種文體「為最美而最合」，[27] 在他的生活中，讀書作文被當作一種「消閒的動作」，不妨將文字集作《閒書》。俞平伯以「閒閒出之」的意態「賦得早春」，安慰自己：「然則風霜花鳥互為因緣，四序如環，浮生一往。打開窗子說，春只是春，秋只是秋，悲傷作啥呢？」可是春仍不知借著什麼法力，「過了新年，人人就都得著一種溫柔祕密的消息」，閒雅之士，也會在春的來去間發出「人之一生，夢跟著夢」

---

27 郁達夫：〈清新的小品文字〉，《閒書》（石家莊市：河北教育出版社，1995年），頁113。

的感傷，聽出生命的弦外微音而惆悵。對於人生情味，年輕人雖大呼
其苦，卻仍如醉如癡於濃烈的刺激，中年人則已進入「誰謂荼苦，其
甘如薺」的境界，不再醉飲春醪，而是細品苦茗，不求精彩壯闊而求
恬然平淡，欲借舒緩閒暇的心境熬出濃郁醇正的味道，這樣的耐心與
火候當然不為心急如焚的年輕人所願意嘗試。

　　晚明小品文的閒適之趣集中於山水庭園、器物清賞、藝文流連、
人世事象等題材上，論語派散文在這樣題材上同樣大有可觀。郁達夫
的山水遊記，帶著濃厚的名士隱逸的風度，而周作人的草木蟲魚，引
發了論語派作家們大量的談談花、談談鳥，談談睡眠、談談古書的雅
致。豐子愷的論畫、論藝術的小品文也是現代小品文中的佳作精品。
然而，論語派作家的閒適更是一種有意味的文學活動，是他們在暫時
放棄責任義務與道德拘束時的解脫物，是他們嚮往古名士風度的陶冶
性情、表現雅趣和文化品位的藝術活動之一，而不是真正能夠像晚明
文人那樣，在很大程度上因為有著經濟上的保障而達到真正的解脫。
對於論語派作家來說，將人生看做審美對象進行把玩，以藝術的眼光
去發現日常生活瑣碎中包含的情趣，已經隨著現代都市生活的日益喧
囂緊張而越來越缺少了古人的條件和人文環境，因而也就越發珍貴。
而現代社會制度和體系不能讓文人們真正無所顧忌地優遊山水，成為
隱士，他們的閒適因此只能成為一種生活的調劑。更有像周作人這樣
的，將閒適當作一種人生的大憂鬱，是一種苦中作樂的法門，它建立
在承認人生的種種不如意與缺陷基礎上，真正品嘗的不是單純的人生
快樂或痛苦而是有些苦澀，經過精細微妙的調和後的滋味。藝文流連
中的知堂，幾乎不以華美之詞對美感形相的觀賞，而是在苦茶、苦
竹、苦雨中透出苦意和澀味，俞平伯、廢名文章「澀如青果」，郁達
夫的「中年聊落意」，無一不帶閒中苦澀的特徵。在宇宙與蒼蠅的論
爭中，人們批評極微論者，但周作人卻樂於「由草木蟲魚，窺知人類
之事」，意在正經；郁達夫則認定林語堂的閒適，不過是有意的一意

孤行。在論語派眼裡，收回投向火熱生活的目光而歸於內心世界的寧靜一隅，講求生活的藝術和藝術的生活，是要在現代人忙亂的生活空間裡騰出一點心靈的餘裕，在這不完全的現世裡，享受一點點人生的生趣。在一個粗礪為美、崇尚「聳立於風沙中的大建築，要堅固而偉大」的時代講「閒適」和「精緻的點心」，竟顯得有些沉重。他們強調了對傳統的價值倫理的顛覆，卻顯然比不上晚明文人的單純和徹底。

　　如果僅僅是看到論語派作家與晚明小品文和晚明文人閒適氣度的相似，似還不夠，甚至可能掩蓋晚明小品文超越傳統閒適文學和隱逸文學的真相和獨有的近代品格。晚明小品文對傳統隱逸文學的超越，表現為他們不僅具有「遊山玩水、漁獵躬耕、品茗飲酒、談玄務虛、吟詩賦文、營園作畫、書墨撫琴、品藏文玩、坐禪求道、肆性放情」等極「雅」之行為，[28]而且比其前輩更直接、更自覺地要求表達出對文人人格的分裂與假道學的面目的蔑視，如果僅僅是在文人的解脫上做盡文章，那麼不過造就一批新的隱逸文人。他們需要的是一個完整的真正的自我，他們沒有使自己成為超塵絕聖、不食人間煙火之士，更將傳統隱逸文學所追求的對政教人倫世界的疏離、回歸天人合一之境的道家的「真」和自由，擴大為享盡物欲之樂，飽飲人生感性之漿的「真」與自由。這兩個方面在晚明文人身上其實是相互聯繫，相互證明的。可以說，聯繫著論語派作家和晚明文人的另一符碼，正是認同了世俗社會的發展進程對「人的解放」的真正意義，只有這種解放，才能獲得真正的現代的「真」。

　　對物質生活欲望的赤裸裸的表達，是社會經濟結構與社會心理的變化帶來的結果，是近代自由主義人論的高揚。作家們在人生態度和

---

28 徐清泉：〈論隱逸文化在中國傳統文學藝術發展中的意義〉，《文學評論》2000年第4期。

審美理想上走出古典主義的理性和高雅，應該更直接地體現在他們自我覺醒、追求個人真實的情感世界、追求自然生命的舒展與放縱上。晚明小品中所具有的這種「現代性」，便是「情」掙脫了僵硬的理學束縛，舒展了它活潑感性的生命，尊情抑理成為晚明時代的風尚。

　　袁宏道提出文學「尚能通於人之喜怒哀樂嗜好情欲」以反絕情的假道學，他的解脫和閒適，不再如傳統隱逸文人那樣清高和超脫，反而具有放浪行骸、玩世不恭、不離紅塵的新的人生價值取向。最著名的是他的「適世說」，他以人世間有「出世」、「諧世」、「適世」三種人，「獨有適世一種，其人甚奇，然亦甚可恨。以為禪也，戒行不足；以為儒，口不道堯、舜、周、孔之學，身不行羞惡辭讓之事，於業不擅一能，於世不堪一務，最天下不緊要人。雖於世無所忤逆，而賢人君子則斥之惟恐不遠矣。弟最喜此一種人，以為自適之極，心竊慕之」（〈徐漢明〉），來宣布自己的審美人生理想，既不出世也不應世，不只是對終身「刀筆吏」，「通身埋故紙」官場生涯的解脫，也不僅解脫了士子身上儒家正統的修身齊家治國平天下的道義承擔；更進一步，他還排除禪或道的獨善其身或摒棄生活煙火氣的清虛修行，在適我性情、放達自任的旗號下，縱情聲色、恣情玩樂成為袁宏道一類適世文人的標誌性外套。對於袁中郎來說，生活的享樂是第一位的，在〈龔惟長先生〉中，他宣稱：「真樂有五，不可不知。目極世間之色，耳極世間之聲，身極世間之鮮，口極世間之譚，一快活也。」李贄認為，穿衣吃飯，才是人情物理，就是孔子這位元大聖人，也不在於他與別人不同，而在於他講究物質生活、享受富貴；如此才是一個真實的人。為周作人等所欣賞的張岱在其《陶庵夢憶》、《西湖夢尋》中，從人情之所欲，到社會的風俗描寫，盡情描繪俗世生活的一切，甚至自己「極好繁華，好精舍，好美婢，好孌童，好鮮衣，好美食，好駿馬，好華燈，好煙火，好梨園，好鼓吹，好古董，好花鳥」等等，聲色之樂、人情物欲盡數寫來，衝出了傳統文人的道德準則與審

美趣味的底線，也極大地釋放了個人的天趣和靈機。

　　山水田園、個人閒淡趣味，本來就是隱逸和閒適傳統中富於代表性的題材，但過去在傳統文人的價值體系裡，無論出世與入世，都與儒家大一統文化有著不可脫卻的關係，因此，隱逸閒適文學的面孔上總是罩著一層「內聖」的面紗。余英時論中國知識分子的古代傳統時說，中國古代的士多以「道」自任，在禮崩樂壞之時，人間性格的「道」是以重建政治社會秩序為最主要的任務；「窮則獨善其身，達則兼濟天下」的理想，是儒家修身必遵的信條。可是，晚明小品文對「道」的卸除，是針對傳統儒學價值系統對人的個性壓抑而起的反叛，晚明文人追求全然的解脫，其行為思想本身便帶有對以「內聖」為由自我：放縱的文人虛偽面目的嘲笑。這一切深刻地體現在晚明小品文對傳統閒適文學和隱逸文學的超越，在與古典主義的分裂中，它開啟了近代小品文世俗化和生活化的洪流。去除傳統禮教束縛中一層層的「道德歸罪」，走向自我身心的愉悅，將閒適轉換成了「自適」。不僅晚明小品文如此，整個晚明文學都在審美人生態度上展示了另一個情感系統，即追求物質生活欲望的滿足，縱情於聲色物態的享玩。洋洋大觀的晚明小品文，流蕩著這樣一種不加掩飾的享樂潮，它在世俗人生層面上推展行進。顯然按照正統文人的頹廢概念，晚明小品文就像宮廷詩一樣，充滿感官和享樂主義氣息，呈現出與傳統倫理道德相悖的頹廢樣態。而以現代審美主義理論來看，現代的社會質態意味著一個凡俗的文化和社會成形。古代社會是理念型社會而現代社會是感覺性社會，兩者相互對立，文化和生命的訴求走向色情、感性自由，是百多年來現代文化嬗變的基本面貌。[29]由此，晚明小品的「頹廢」，發現自然生命的「真」，對於「人」的全面認識，一個具體的感性的個人生活世界，有著打破虛偽的程朱理學的積極意義，也預示了

---

29 劉小楓：《現代性社會理論緒論》（上海市：上海三聯書店，1998年），頁345。

與傳統的古代社會脫離的近現代社會的生成。

小品文的意義也在此真正得以體現。凡俗的文化和社會總是將日常生活與身體置於重要的位置，因此，市井的常談，閨房的碎語，日常生活的每一個細枝末節都有了進入文學的高雅天地的資格，文學也因此表現出它的生活的真實與鮮活。在晚明小品文中，與放逸清遠、高雅脫俗的小品文並存的，是大量的世態人情、民間生活、諧謔小品、一己生活、街談巷議等等。在劉大杰編選的《明人小品選》中，一開始就輯錄了「談美人」等十二篇小品，從閨房到首飾衣裳，從美人的神態情趣的要求到及時行樂的欲望，聲稱「一遇冶容，令人名利心俱淡」。晚明小品文對衣飾十分看重，也不能只看做是文人的無聊與奢侈，因為那意味著對身體的看重，常變常換的服裝不僅表明晚明人生活的世俗化傾向，也是借著服裝的更換追新逐異，將古典的禁忌和永恆狀態打破。被古典文化拒之門外的那些被認為低俗的思想意識，生活內容、審美情趣，都開始擁有它的位置了，建立在近代自由主義人性論的基礎上的個人情感世界與傳統的理性文化的對立，使晚明的「現代」氣息濃厚而氤氳。

以打破傳統禮教為要求的中國現代文學，也必然反映這種文化變遷和人的感性欲求。這與晚明時期十分相似。從五四開始，現代散文中世俗化內容大大增強，身邊瑣事的題材也獲得集中表現。作家們充分地將「作家的世系，性格，嗜好，思想，信仰，以及生活習慣等等」[30]展現出來，與日常人生相靠接；此時，文學真正將明清小說中的普通人的日常生活的文學意義和審美價值，將藝術追求上的市民性、生活態、通俗化開掘到極處，強調了文學對世俗的日常生活世界的抒寫。耳目之內，日用起居，個人的經驗和情感被提高到最重要的地位，即使單憑對日常人生的關注，現代散文作家們也承認了個人瑣

---

30 郁達夫：《中國新文學大系‧散文二集》〈導言〉（上海市：良友圖書公司，1936年）。

碎的欲望、內心的細枝末節、日常生活的情趣作為散文內容的合法地位。有所不同的是，五四散文，即使寫身邊瑣事，也將人生的哲理、出路、啟蒙的思想含容於中，更有現代的文明意識，即使是頹廢，也可能與他們對民族和國家的現代性焦慮相結合。他們在表現世情與民情時，往往取一種俯視的角度或圈外的立場，更有民生多艱等自我承擔意識。五四啟蒙意識在市民文人身上淡化後，市井生活的形形色色，到了三十年代的論語派作家手中，有更為多樣的表現，凡俗的生活氣息更加突出，散文中充滿日常生活的情趣，這與晚明小品中那種唯物態人情是視的取向相當接近，也是晚明小品文和論語派散文能夠在上海灘上大行其道的重要原因。

　　然而，論語派與晚明文人最重要的區別或許在這裡，他們肯定了晚明文人的頹廢的近代人性論色彩，同時又以五四的現代性追求，反思著晚明文人的頹廢，以致在文學創作上加以修正。論語派包括現代知識分子沐浴著現代的科學和道德文明的光芒，他們從現代的道德文明和科學的角度，從人的現代化高度評價晚明「人的發現」，他們看重的是，在解去了文學身上的種種禁忌後，晚明小品文的「性靈」得到了舒展，人的個性和天趣獲得自由展現；他們讚賞的是，晚明小品文對個人情感的表現，打破了古典的「溫柔敦厚」的詩學傳統，晚明文人即使「雅」，也遠離大雅與齊正的美學趣味，而近代生活和現代生活的現實內容，由此真正獲得了它的文體形式。這正是五四文學「啟蒙」的內容之一。同樣，也是站在現代文明和道德的高度，論語派作家對晚明小品文的認識又是有所保留的，尤其是對於晚明小品文所可能帶來的某種輕薄相，表現出的有所物寄的一方面，保持一定的警覺。周作人在這一點上尤為突出。他評價俞平伯散文與舊時文不同，最可貴的是裡面「兼有思想之美」：「這是以科學常識為本，加上明淨的感情與清澈的理智，調合成功的一種人生觀」。因此，即使晚明小品文今天還能夠提供現代人以興味，其中仍是有些糊塗的東西存

在，是不得不加以辨析的。而現代的散文卻因為有了西洋的「唯物的常識」影響，而自高出一截。他明確地認可新散文的現代性：「現在的青年，都懂得了進化論，習過了生物學，受過了科學的訓練。所以儘管寫些關於花木，山水，吃酒一類的東西，題目和從前相似，而內容則前後絕不相同了。」[31]這也是人們最終發現，三十年代的閒適散文中，深深潛藏著現代知識分子的啟蒙欲望。[32]

第三節　本土與西風

西風的浸染，本土傳統的悠遠和深厚，決定了論語派散文不會再是晚明公安或竟陵小品文的複製品。

在中國頹廢文學概念中，文人在傳統禮法和道德上施以的反叛，總體上就是對經典文學的反叛，它不可能以舊瓶裝新酒，而是相應地表現在文學的審美追求上，體現出反板滯、反正大、反古典主義的形式和規範的精神，甚至是對雕琢華麗與結構精美的一味追求。傳統的正統文人多懷有這樣的見解，魏徵所謂「意淺而繁，文匿而采，詞多輕險，情多哀思……蓋亦亡國之音乎」幾成對頹廢文學的總概括。晚明小品以俚俗入文時化俗為雅，便被譏為淺浮與鄙俗，或在文體稱為「厭常喜新，慕奇好異」因而導致「文體之壞」（于慎行《穀山筆塵》卷八）。尤其在清代，個性主義思潮消歇，復古主義捲土重來，對晚明小品文的總體評價便以「亡國之音」而達到極致，或籠統指斥為「山人習氣」、「小品閒文」；或由其文的「藻麗俳語」、「俗陋」推斷其人的輕佻淺浮。近代即使有所保留地稱讚其放逸高曠，也仍以貶低為主調，錢基博對公安派與竟陵派的批評是：袁中郎「以清真藥雕

---

31 周作人：《中國新文學的源流》（上海市：華東師範大學出版社，1995年），頁64-65。

32 張頤武：〈閒適文化潮批判〉，《文藝爭鳴》1993年第5期。

琢，而不免纖窕，則江湖才子之惡調也」，竟陵派「以幽冷裁膚縟，而仍歸澀僻，又山林充隱之贗格也」（《明代文學》）。

　　然而，文學史中的「頹廢詩歌卻代表著一種進步：它擴大了詩歌的範圍和表現力，豐富和提高了詩的表現技巧」，[33]隱逸文學同樣因其對審美實踐的自覺追求，而在藝術上獲得極高成就。晚明小品文在正統文人眼裡不值得一哂，恰恰反證了它的審美化和文體的自覺。小品文的出現，是隨著古老文明的日薄西山，文學最後掙扎著要突破其原有領域的表現：與其說它是對古典文學疆域的探索和拓展，不如說它拋棄了走投無路的古文，重建一種與社會的審美感受和心理生活相合拍的文體。明清之陳復古之風盛行，古典主義者極力維護文學的高大清雅的傳統，帶著對威穆莊嚴的封建社會的戀戀不捨，那麼，小品文走著大異其趣的挑戰之路。公安派力矯擬古主義的流弊，主張創新，晚明小品文借此衝破了古典文章的規範，打破了古典的正大高雅的趣味，使長期以來占統治地位的古文發生了文體的巨變。言文合一，寧今寧俗，語言走向聲色物態，公安三袁讓現代文人看到了晚明小品文那股取代古文的強大力量與歷史趨勢，晚明文學在革新的路上走得多麼具有「現代風範」，與五四的白話文運動又何其相似：「口舌代心者也，文章又代口舌者也」，「夫時有古今，語言也有古今，今人所謂奇字奧句，安知非古之街談巷語耶」（袁宏道《白蘇齋類集》）。在晚明小品文中，我們看到了輕鬆隨意的家常風格，嬉笑怒罵自成一體的諧謔語、幽默話，真率佻達、不符合傳統文人雅士一般所講求的規範典雅的文風以及謹嚴不越矩的為人處世作風。因此，從反經典來看，晚明小品打破了舊有的文體規範，小品文的繁榮意味著古代散文文體發生了深刻而巨大的改變，任心而發，縱意而談，當晚明小品突破唐宋文講求法度的齊備與規範，從古文體制膨脹到極點後的最薄弱處啄開

---

33 吳伏生：〈中國傳統詩論中的頹廢概念〉，《學人》第十二輯（南京市：江蘇文藝出版社，1995年），頁509-510。

一個空洞，釋放出自己的性靈時，它終於在散文史上另立一宗。這種
巨大的變化，得益於晚明文學對古典主義美學趣味的摒棄和對古典文
學正統規範的排斥。在藝術形式上的最大變化是放棄了古文那種對篇
章結構、起承轉合、修辭技巧、文脈節奏孜孜以求的態度和刻板拘泥
的格式，用隨筆、寓言、笑話、尺牘、日記、遊記、序跋等各種各樣
的文體形式，而讓大結構與完整性讓位於無所用心的小體制。[34]

　　晚明小品文文體的狂歡，瀆神的氣勢，是對一切傳統禮法和古典
文體規範的反叛，但論語派對小品文文體的實踐，已遠遠超越了晚明
文學的文體變革、語言變革的層次。文學語言、文體觀念、文白雅俗
等方面曾經有過的尖銳對立，隨著五四白話文運動的勝利，已成為現
實。因此，對於論語派作家而言，新的語言與文體的問題，是如何融
合傳統與外來影響。論語派對於小品文體制的意義，並不太看重。這
是因為，隨著西方文藝理論和文學形式的引入，晚明小品文特別具有
的審美形態很難顯示出其新的時代性，敘事、描寫、詩歌等其他文類
的手法引入了散文，改變了小品文精緻、短小的形式。對此論語派作
家顯然十分清楚。從周作人、林語堂的倡導來看，他們心目中的散文
概念，比古代的小品文概念要寬泛得多，借助西方散文的介紹與引
入，散文擴大了其疆域，周作人在〈美文〉中，提出一批西方隨筆家
的名字，在編輯《中國新文學大系‧散文一集》時，他的選擇標準是
文章好意思好，能代表作者風格的不論長短都要：「我並不一定喜歡
所謂小品文，小品文這名字我也很不贊成，我覺得文就是文，沒有大
品小品之分。」[35]文章長短，題材小大不限，以此標準，周作人編選
的《散文一集》在文體很是寬泛，俞平伯的〈重過西園碼頭〉和顧頡
剛的《古史辨》〈自序〉都是萬字以上的長文，形式上更是「雜」體

34　參見李旭：《中國美學主幹思想》（北京市：中國社會科學出版社，1999年）。

35　周作人：《中國新文學大系‧散文一集》〈編選感想〉，《周作人集外文》下（海口
　　市：海南國際新聞出版中心，1995年），頁404。

紛呈。這些都不是晚明小品文所能涵納的。

　　林語堂再如何喜愛晚明小品文，他對現代小品文也有十分準確的認識，認定它「與古人小擺設式之茶經、酒譜之所謂『小品』，自復不同……且現代小品文亦與古時筆記小說不同……今之所謂小品文者，惡朝貴氣與古人筆記相同，而小品文之範圍，卻已放大許多，用途體裁，亦已隨之而變，非復拾前人筆記形式」。[36]何況他還大力提倡著西方的雜誌文，支持創辦《西風》這樣以翻譯、介紹反映社會人情風俗、表達現代人的生活感受為特點的西方雜誌文。在林氏刊物中，與晚明小品並列同處的，有西方的隨筆理論、日本的寫生文、西人的田園散文等的翻譯和介紹。論語派刊物編輯徐訏談到《人間世》的辦刊走向時說：「記得當時所談的是西洋雜誌文的格調，以徵求特寫的來稿為主：實在說來，當時的動機不但不是晚明的小品，而且也不是文藝的小品，而是僅想以小品文的筆調作各種雜貨的買賣而已。後來大概因為一二個作家寫一二篇晚明小品之類的介紹提倡，於是來稿也多偏向起來……於是弄得許多人都以為人間世是筆記小品之類的刊物。」[37]林語堂的用心和目的十分明確也十分明智，並沒有將小品文定於某一體的意圖。

　　沒有了晚明小品文那種「出雅入雅」的體式、韻味，論語派小品文很難說是晚明小品文的「複製」。閱讀過大量論語派作品和晚明小品文的代表作之後，發生這樣的困惑是不足為奇的：除了論語派及個別作家的個別作品中，尚存晚明小品文「幅短而神遙，墨希而旨永」的雅致與神韻外，在總體美學形態上，現代散文距離晚明小品文實際上已經相當遠了。嚴格地說，論語派散文體式上不僅少有晚明小品那種精緻的審美化的文人雅氣，而且眼光顯然不拘一格，更多地綜合了

36　林語堂：〈論小品文筆調〉，《人間世》第6期（1934年6月）。

37　〈公開信的覆信〉，《天地人》第1期（1936年3月）。

其他的古代文學傳統和西方散文傳統的精華。那些神韻相似的作品，如俞平伯具有明文氣息的文言散文或形態特別的清言、連珠體，並不代表俞平伯散文的總體風格；而被後人稱作「文體探險家」的周作人，[38]文章也很難看出明顯的晚明特色，倒是在他與俞平伯的來往尺牘中能一窺來自傳統的文人趣味。

　　林語堂的散文，率真放達是與晚明小品文相通的，某些文體和文白夾雜的語言也模仿晚明小品文，因而具備某種外在相似，卻總也掩不住骨子裡那種英國隨筆的氣息。郁達夫散文的「清、細、真」更是對隱逸文學中的「陰柔秀美、主觀抒情、沖淡空靈、玄遠飄逸」美學風格的繼承：郁達夫聲稱自己「平時喜翻閱前人筆記及時文別集」（〈娛霞雜載〉），講究情味與閒筆的審美趣味引導他走入清淡雋逸的風神，將富春江如煙的秀麗、釣臺的寂靜與歷史古跡的頹廢與殘敗融合為一體，他筆下的春愁、故都的秋與江南的冬景一同陷入靜謐孤獨，浙江文人「飄逸」的風格，與傳統「靜如止水似的遁世文學」的審美趣味相通。但是，郁達夫同樣對西方近代散文了然於心，他嗜讀吉辛、梭羅、哈茲里特、亞力山大・史密斯等有著遁跡田園淡泊度日的篇章，因為它們與東方情調有共通之處。《宇宙風》還曾刊登郁達夫所譯的日本兼好法師的《徒然草》，選譯的原因是「覺得它的文調的諧和有致，還是餘事，思路的清明，見解的周到，也真不愧為一部足以代表東方固有思想的哲學書」。[39]日本的記行文、寫生文在他眼中更是「清新微妙」。

　　「藝術家必須利用自己本土語言的美的資源。如果這塊調色板上的顏色很豐富，如果這塊跳板是輕靈的，他會覺得幸運」。[40]在晚明時代，「文章代口舌」、「寧今寧俗」的追求，使晚明小品文出現俚俗淺

38　參見劉緒源：《解讀周作人》（上海市：上海文藝出版社，1994年）。

39　郁達夫：〈徒然草選譯跋〉，《宇宙風》第10期（1936年1月）。

40　〔美〕愛德華・薩丕爾：《語言論》（北京市：商務印書館，1997年），頁202。

近的語言風格。這同樣是對艱澀古文的反動，適應著日漸繁榮的市民文學的要求。這當然也可以比附五四白話文學的追求。但是二十世紀三十年代文學的觸角卻向各個方向伸展探索。左翼作家提出以大眾化對抗歐化文風，林語堂提出作「語錄體」之文，只因為「簡練可如文言，質樸可如白話，有白話之爽利，無白話之嚕蘇」，[41]林語堂語錄體的實踐目的在於糾正拗口彆扭的歐化白話文，儘管不免矯枉過正，但確有他的道理，《人間世》上的小品文很少是當時十分流行的「用歐化的筆調抒寫生活與際遇的情趣與感懷」的腔調，與林語堂對那種「食洋不化」的「白話四六」體的不滿有關，徐訏後來認為林語堂對語錄體的提倡與對洋白話的反感，都有著「他在深厚淵博語言學上的根基」[42]，從林語堂作為一名語言學博士及有著極高英語造詣的學者角度立論，是很有見地的。周作人的語言論與趣味說相輔相成，走向了開放與兼容：「並不要禁忌什麼字句」，「以口語為基本，再加上歐化語，古文，方言等分子，雜糅調和」，甚至於將駢文的精華應用到白話文中。在個人筆調的寬容與多元的原則下，劉半農偏愛的俚語村詞與他的文言結合在一起，別有一種諧趣；老向的北平腔調，老舍的親切俚俗，俞平伯的文白雜糅有文言的孤深又偏愛夾入北京口語，但與其古典的幽深雅致也頗調和；林語堂文白雜糅卻有西方的思維方式和表達方式的底色。論語派作家對於語言頗有講求，並非精雕細琢，而是雅俗並舉，自然又有神。上述作家的語言特點極有個性，難以模仿，更非晚明小品文的傳人。

　　向傳統追索散文的流脈，或是向西方雜誌文尋求發展的空間，使論語派作家都有意嫁接談話風散文與傳統的筆記小品，連接之點便是

---

41 林語堂：〈論語錄體之用〉，《林語堂名著全集》第十四卷（長春市：東北師範大學出版社，1994年），頁189。

42 徐訏：〈追思林語堂先生〉，《幽默大師——名人筆下的林語堂，林語堂筆下的名人》（上海市：東方出版中心，1998年），頁9。

突出了兩者共同的「閒適」：在他們看來，傳統小品文的優長在於它親切有味，而西方隨筆則能在閒適中「時時含有對時代與人生的批評」。郁達夫更明確地說：「中國最發達也最有成績的筆記之類，在性質和趣味上，與英國的Essay很有氣脈相通的地方，不過少一點在英國散文裡是極普通的幽默味而已。」[43]林語堂大力推出的「個人筆調」，以講究情感的真與誠為核心，為文的重心放在營造情境和氛圍，放在文章的知識與趣味上。同時周作人開始從張岱的小品文那裡找尋中國新式俳味散文的特性。兩者的調和是論語派作家對於自己作文與作人的期待。正因為論語派有了自己的審美天空和文學時代，他們在「本土與西風」的雙重作用下，是不拘一格的，也成就了他們的大家風範。周作人雖然褒揚晚明小品及名士派文章，人們卻仍看出「他所受的『外國的影響』比中國的多」；[44]而高談著「大概平淡小品文，須三十以上人始能識得佳處」[45]的林語堂，在感歎著傳統小品文平淡輕清之妙時，又一眼被郁達夫識破機關：這是一個典型的西洋紳士。無論如何，論語派散文並沒有因循明清小品文的框架與窠臼，如周作人所言，現代的閒適性散文接續著那一條「古河」，「卻又是新的」。

---

43 郁達夫：《中國新文學大系・散文二集》〈導言〉（上海市：上海文藝出版社，1981年影印）。

44 朱自清：〈背影・序〉，《朱自清全集》第一卷（南京市：江蘇教育出版社，1990年），頁32。

45 林語堂：〈我的話——山居日記〉，《論語》第46期（1934年8月）。

參考文獻

《語絲》　1924年11月17日創刊　北京市　北京語絲社編輯發行　上海市　上海文藝出版社　1982年6月影印版

《論語》　1932年9月16日創刊　上海市　上海時代圖書公司發行

《人間世》　1934年4月5日創刊　上海市　良友圖書印刷公司出版兼發行

《宇宙風》　1935年9月16日創刊　上海市　宇宙風社出版

《談風》　1936年10月25日創刊　上海市　宇宙風社出版

《逸經》　1936年3月5日創刊　上海市　人間書屋經售

《天地人》　1936年3月1日創刊　獨立出版社發行　中國圖書雜誌公司總代售

《西風》　1936年9月1日創刊　上海市　西風月刊社出版

《文飯小品》　1935年2月5日創刊　脈望社出版部　上海雜誌公司代理總發行

《現代》　1932年5月　上海市　上海書店　1984年9月影印版

《文學》　1933年7月1日創刊　上海市　生活書店出版發行

《太白》　1934年9月20日創刊　上海市　生活書店出版發行

《新語林》　1934年7月創刊　上海市　上海書店　1982年12月影印版

《文藝風景》　1934年6月1日創刊　文藝風景社出版　上海市　光華書局發行

柯靈主編　白丁編選　《釣臺的春晝——《論語》萃編》　上海市　上海古籍出版社　2000年

柯靈主編　馮金牛編選　《窗外的春光——《人間世》萃編》　上海
　　　市　上海古籍出版社　2000年

柯靈主編　馮金牛編選　《午夜高樓——《宇宙風》萃編》　上海市
　　　上海古籍出版社　2000年

《論語選萃》（雜文卷、散文卷、小說卷、諧文卷、韻文卷、特寫卷
　　　等）　上海市　上海書店出版社　1997年

莊鍾慶編選　《論語派作品選》　北京市　人民文學出版社　1995年

《魯迅全集》　北京市　人民文學出版社　1981年

《魯迅全集》第十三卷（《苦悶的象徵》、《出了象牙之塔》、《思想·
　　　山水·人物》）　北京市　人民文學出版社　1973年

《魯迅全集》第十六卷（《壁下譯叢》、《譯叢補》）　北京市　人民文
　　　學出版社　1973年

《周作人文選》（四卷）　廣州市　廣州出版社　1995年

《周作人集外文》（上、下）　海口市　海南國際新聞出版中心
　　　1995年

《中國新文學的源流》　上海市　華東師範大學出版社　1995年

《周作人書信》　石家莊市　河北教育出版社　2002年

《林語堂名著全集》　長春市　東北師範大學出版社　1994年

郁達夫　《閒書》　石家莊市　河北教育出版社　1995年

《郁達夫文集》第三卷（散文）　廣州市　花城出版社　香港　三聯
　　　書店　1984年　第九卷（日記書信）、第十卷（詩詞）　廣
　　　州市　花城出版社　香港　三聯書店　1982年

《郁達夫文論選》　杭州市　浙江文藝出版社　1985年

《俞平伯散文雜論編》　上海市　上海古籍出版社　1990年

《老舍文集》第十四卷　北京市　人民文學出版社　1989年

《老舍文集》第十五卷　北京市　人民文學出版社　1990年

豐子愷　《緣緣堂隨筆集》　杭州市　浙江文藝出版社　1983年

《半農雜文》　北京市　星雲堂書店　1934年

《半農雜文二集》　上海市　良友圖書公司　1935年

姚穎　《京話》　上海市　人間書屋　普及叢書之二　1936年

《幽默的叫賣聲》（太白速寫選）　上海市　生活書店　1935年

梁遇春　《春醪集》　上海市　北新書局　1930年

梁遇春　《淚與笑》　上海市　開明書店　1934年

《阿英文集》　北京市　生活‧讀書‧新知三聯書店　1981年

止庵編　《廢名文集》　北京市　東方出版社　2000年

《苦雨齋文叢‧沈啟無卷》　北京市　魯迅博物館編　瀋陽市　遼寧
　　人民出版社　2009年

劉大杰編選　《明人小品選》　上海市　上海古籍出版社　1995年

阿　英　《晚明二十家小品》　石家莊市　河北人民出版社　1989年

〔明〕袁宏道　《袁中郎隨筆》　北京市　作家出版社　1996年

〔清〕張潮　《幽夢影》　南昌市　江西教育出版社　1993年

〔明〕張岱　《陶庵夢憶‧西湖夢尋》　北京市　作家出版社　1996年

《明代文論選》　蔡景康編選　北京市　人民文學出版社　1993年

《周作人論》　陶明志編　上海市　北新書局　1934年

《中國新文學大系‧散文一集》、《中國新文學大系‧散文二集》　上
　　海市　良友圖書公司　1935年

邵洵美選　《論幽默》　上海市　時代書局　1949年　重排初版

姚乃麟編　《現代作家論》　上海市　萬象書屋　1937年

阮無名（阿英）編　《中國新文壇秘錄》　上海市　南強書局　1933
　　年　初版

陳望道編　《小品文和漫畫》　上海市　上海書店　1981年　影印版

鄭振鐸、傅東華編　《我與文學》　上海市　上海書店　1984年　影
　　印版

馮三昧　《小品文研究》　上海市　世界書局　1933年

王哲甫　《中國新文學運動史》　北平市　傑成印書局　1933年

上海通社編輯　《上海研究資料》　收入《民國叢書》第四編第八十
　　　　種　上海市　上海書店　1992年　影印版

馮　並　《中國文藝副刊史》　北京市　華文出版社　2001年

周　劭　《清明集》　瀋陽市　遼寧教育出版社　1996年

周　劭　《文飯小品》　上海市　上海書店　1997年

謝興堯　《堪隱齋隨筆》　瀋陽市　遼寧教育出版社　1995年

章克標　《文苑草木》　上海市　上海書店　1996年

曹聚仁　《文壇五十年》　上海市　東方出版中心　1997年

張菊香、張鐵榮編著　《周作人研究資料》（上、下）　天津市　天
　　　　津人民出版社　1986年

張菊香、張鐵榮編著　《周作人年譜》（1885-1967）　天津市　天津
　　　　人民出版社　2000年

孫玉蓉編　《俞平伯研究資料》　天津市　天津人民出版社　1986年

曾廣燦、吳懷斌編　《老舍研究資料》（上、下）　北京市　十月文
　　　　藝出版社　1985年

舒　蕪　《周作人的是非功過》　瀋陽市　遼寧教育出版社　2000年

劉緒源　《解讀周作人》　上海市　上海文藝出版社　1994年

〔英〕卜立德　《一個中國人的文學觀》　上海市　復旦大學出版社
　　　　2001年

錢理群　《周作人傳》　北京市　十月文藝出版社　1990年

萬平近　《林語堂論》　西安市　陝西人民出版社　1987年

萬平近　《林語堂評傳》　成都市　重慶出版社　1996年

俞元桂主編　《中國現代散文史》　濟南市　山東文藝出版社　1988年

范培松　《中國現代散文史》　南京市　江蘇教育出版社　1993年

汪文頂　《現代散文史論》　福州市　福建教育出版社　1994年

許志英、鄒恬主編　《中國現代文學主潮》（上、下）　福州市　福
　　　　建教育出版社　2001年

張　健　《中國現代喜劇觀念研究》　北京市　北京師範大學出版社　1994年

朱德發　《20世紀中國文學流派論綱》　濟南市　山東教育出版社　1992年

解志熙　《美的偏至：中國現代唯美──頹廢主義文學思潮研究》　上海市　上海文藝出版社　1997年

許道明　《京派文學的世界》　上海市　復旦大學出版社　1994年

許道明　《海派文學論》　上海市　復旦大學出版社　1999年

朱壽桐　《中國新文學的現代化》　南京市　南京大學出版社　1992年

朱壽桐　《新月派的紳士風情》　南京市　江蘇文藝出版社　1995年

賈植芳　《中國現代文學社團流派》　南京市　江蘇教育出版社　1989年

范　泉　《中國現代文學社團社團流派史》　上海市　上海書店　1993年

陳安湖　《中國現代文學社團流派史》　武漢市　華中師範大學出版社　1997年

陳平原　《中國現代學術之建立──以章太炎、胡適之為中心》　北京市　北京大學出版社　1998年

王德威　《想像中國的方法：歷史・小說・敘事》　北京市　生活・讀書・新知三聯書店　1998年

曠新年　《1928：革命文學》　濟南市　山東教育出版社　1998年

王曉明主編　《批評空間的開創：二十世紀中國文學研究》　上海市　東方出版中心　1998年

李歐梵　《現代性的追求》　北京市　生活・讀書・新知三聯書店　2000年

李歐梵　《徘徊在現代和後現代之間》　上海市　上海三聯書店　2000年

陳思和　《中國新文學整體觀》　上海市　上海文藝出版社　2001年
　　　第2版

章　清　《「胡適派學人群」與現代中國自由主義》　上海市　上海
　　　古籍出版社　2004年

張中行　《文言和白話》　哈爾濱市　黑龍江人民出版社　1988年

啟功、張中行、金克木　《說八股》　北京市　中華書局　1994年

羅宗強　《玄學與魏晉士人心態》　杭州市　浙江人民出版社　1991年

袁震宇、劉明今　《明代文學批評史》　上海市　上海古籍出版社
　　　1991年

余英時　《士與中國文化》　上海市　上海人民出版社　1987年

韓經太　《理學文化與文學思潮》　北京市　中華書局　1997年

冷成金　《隱士與解脫》　北京市　作家出版社　1997年

郭預衡　《中國散文史》　上海市　上海古籍出版社　1986年

李　旭　《中國美學主幹思想》　北京市　中國社會科學出版社
　　　1999年

嵇文甫　《晚明思想史論》　北京市　東方出版社　1996年

吳承學　《晚明小品研究》　南京市　江蘇古籍出版社　1998年

趙伯陶　《明清小品：個性天趣的顯現》　桂林市　廣西師範大學出
　　　版社　1999年

任訪秋　《袁中郎研究》　上海市　上海古籍出版社　1983年

左東嶺　《李贄與晚明文學思想》　天津市　天津人民出版社　1997年

趙　園　《明清之際士大夫研究》　北京市　北京大學出版社　1999年

袁　進　《近代文學的突圍》　上海市　上海人民出版社　2001年

胡偉希、高瑞泉、張利民　《十字街頭與塔：中國近代自由知識分子
　　　思潮研究》　上海市　上海人民出版社　1991年

王佐良　《英國散文的流變》　北京市　商務印書館　1998年

伍蠡甫主編　《西方文論選》　上海市　上海譯文出版社　1979年

朱光潛　《西方美學史》　北京市　人民文學出版社　1979年

〔美〕韋勒克　《文學思潮和文學運動的概念》　北京市　中國社會
　　　科學出版社　1989年

〔美〕韋勒克　《近代文學批評史》第二卷　上海市　上海譯文出版
　　　社　1997年

〔美〕韋勒克、沃倫　《文學理論》　北京市　生活‧讀書‧新知三
　　　聯書店　1984年

〔丹麥〕勃蘭兌斯　《十九世紀文學主流》　北京市　人民文學出版社
　　　1997年

〔俄〕巴赫金　《拉伯雷研究》　石家莊市　河北教育出版社　1998
　　　年

李　強　《自由主義》　北京市　中國社會科學出版社　1998年

劉小楓主編　《現代性的審美精神》　上海市　學林出版社　1997年

〔美〕愛德華‧希爾斯著　傅鏗、呂樂譯　《論傳統》　臺北市　桂
　　　冠圖書股份有限公司　1992年

〔德〕馬克斯‧韋伯　《學術與政治》　北京市　生活‧讀書‧新知
　　　三聯書店　1998年

〔俄〕尼古拉‧別爾嘉耶夫　《人的奴役與自由》　貴陽市　貴州人
　　　民出版社　1994年

〔德〕卡爾‧雅斯貝斯　《時代的精神狀況》　上海市　上海譯文出
　　　版社　1997年

陳家琪　《浪漫與幽默》　南昌市　江西人民出版社　1998年

〔美〕劉易斯‧科塞　《理念人》　北京市　中央編譯出版社　2001年

〔法〕皮埃爾‧布迪厄　《藝術的法則》　北京市　中央編譯出版社
　　　2001年

〔德〕本雅明　《發達資本主義時代的抒情詩人》　北京市　生活‧
　　　讀書‧新知三聯書店　1989年

〔美〕丹尼爾・貝爾　《資本主義文化矛盾》　北京市　生活・讀書・新知三聯書店　1989年

《文化研究》第一輯　天津市　天津社會科學出版社　2000年

《文化研究》第二輯　天津市　天津社會科學出版社　2000年、2001年

〔美〕肯尼斯・博克　《當代西方修辭學：演講與話語批評》　北京市　中國社會科學出版社　1998年

〔美〕戴安娜・克蘭　《文化生產：媒體與都市藝術》　南京市　譯林出版社　2001年

〔荷蘭〕賀麥曉著　陳太勝譯　《文體問題──現代中國的文學社團和文學雜誌（1911-1937）　北京市　北京大學出版社　2016年

林賢治　《魯迅的最後十年》　北京市　中國社會科學出版社　2003年

趙海彥　《中國現代趣味主義文學思潮》　北京市　中國社會科學出版社　2005年

蔡江珍　《中國散文理論的現代性想像》　北京市　中國社會科學出版社　2006年

楊劍龍　《論語派的文化情致與小品文創作》　上海市　上海世紀出版集團上海書店出版社　2008年

朱壽桐　《中國現代社團文學史》　北京市　人民文學出版社　2004年

陳光煒　《文人集團與中國現當代文學》　北京市　人民文學出版社　2005年

陳　離　《在「我」與「世界」之間──語絲社研究》　上海市　東方出版中心　2006年

吳義勤、王素霞　《我心彷徨──徐訏傳》　上海市　上海三聯書店　2012年

劉劍梅　《莊子的現代命運》　北京市　商務印書館　2012年

黃科安　《叩問美文：外國散文譯介與中國散文的現代性轉型》　北
　　　京市　北京大學出版社　2013年

王鵬飛　《「孤島」文學期刊研究》　上海市　社會科學文獻出版社
　　　2013年

王風、蔣朗朗、王娟編　《重回現場：五四與中國現當代文學》　北
　　　京市　北京大學出版社　2014年

楊洪承　《「人與事」中的文學社群》　北京市　人民出版社　2014年

陳平原　《「新文化」的崛起與流播》　北京市　北京大學出版社
　　　2015年

朱　正　《魯迅的人際關係——從文化界教育界到政界軍界》　北京
　　　市　中華書局　2015年

陳　嘯　《海派散文：婆娑的人間味》　北京市　中國社會科學出版
　　　社　2015年

姜　濤　《公寓裡的塔：1920年代中國的文學與青年》　北京市　北
　　　京大學出版社　2015年

許愛珠　《20世紀中國作家對明清性靈文學的接受》　上海市　社會
　　　科學文獻出版社　2016年

附錄
十年師生緣

一

在傷悼文中，最喜歡那種經時間過濾後淡而遠的追憶，或相交多年的友朋在文字中的溫情與戲謔，生動的細節讓逝者復活，空氣裡有一種親切感與人情味兒。今天輪到自己──一個學生來寫印象中的導師，卻頗感下筆之不易，面前有一「時間」與「關係」的難題：從一九九七年九月八日到南京大學報到，正式拜許先生為師，到二○○七年九月十四日先生仙逝，我們的師生緣僅有短短的十年；而學生回憶導師，「尊敬」一定是主基調。我或許只能夠以盡可能真實的細節、斷片，畫出我心中的導師形象，寄託我深深的思念。

可是散文是有虛構性的，因為在時間的流逝中，只要時時「想到」，記憶就從未停止變動，形象哪有「定格」的可能呢。一九九七年五月考試前第一次見到許老師，我並沒有「留下深刻印象」，可見自己不是個觀察力強的人。後來的十年，在不同情境中的許老師，才慢慢合成一個，有時是點煙含笑、有時是威而嚴厲，也有時帶著幾分疲憊與蒼老。

不止一次，徐清同學嚴正警告我說，「你們老許總是貼著牆低頭走路！」意思是不苟言笑，嚴厲刻板，學術上十分嚴謹。其實不獨「你們老許」，不少上一輩先生也是如此，我有時便「不恭敬」地想，中國傳統「師道」風範是不是到一定年齡就自然生成了？在許老師門下，這樣的嚴厲我至少領教了三次，第一次是交了篇作業，被許老師叫到家裡批了一通，大意是「論文不能這麼寫」。好在那次只有

自己在場，不算難堪；第二次是陪師姐去談論文，論文交走，答辯在即，誰不心虛呢，她非拉我去壯膽，結果，許老師絲毫沒有給她面子，師姐的論文他竟然一一校對了前一百個注釋，然後指出其中的錯處！我當了一回陪鬥，此後交論文，必一遍遍校對引文，找到一處錯誤便凜然冒冷汗。第三次是在師兄師姐們的答辯會上。許老師拿師兄開刀，足足半個小時來談做學問的態度問題。其實，許老師所憂慮的問題早已成為學界的普遍現象，老輩學者「十年坐得板凳冷」的精神固然讓人景仰，但在「只爭朝夕」的今天，這樣做真得有一輩子坐冷板凳的思想準備了！許老師對此當然不會不知道。但他的態度非常鮮明。那是我見識過的最嚴肅的一場答辯吧。

許老師不止一次提到，當年在文學所時，何其芳對他們說了一句話：一個人一輩子要讀一百本好書。他也希望我們記住這句話吧。讀什麼書，他未列出書單，但一入學，就指定我們閱讀五四新文學中的重要期刊。《新青年》、《新潮》、《創造》、《語絲》、《小說月報》，他把這看作是現代文學專業的基礎訓練。一個學期後，他又要求我把三十年代的《論語》、《人間世》、《宇宙風》及其他相關的大大小小的小品文刊物看一看。期刊的量很大，我不知道如何取巧，也不敢違逆，只好天天泡在資料室裡，以至於有善謔的同學取笑我說，你快要成為磨資料室地板的「馬克思」了！話說得好笑，我當時邊讀邊暗自心急，這樣能讓我脫胎換骨不成？難道這裡面有黃金屋？太費功夫了，還好只有三年！同門師弟付道磊似乎沒有比我幸運多少，就見他整天忙著把各種解放區資料從圖書館運到宿舍，傍晚翻完了再運回去。現在想想倒也虧了那些個力氣活，「我的現代文學」總是和發黃變脆的紙頁、豎排的繁體字、嗆鼻的灰塵和防蟲藥味兒重疊在一起，五味雜陳；和資料室冬日裡那一盆炭火、和窗外時晴時霾的天空為伴。許老師希望學生從期刊中認識現代文學思潮的發生、發展，發現一些有價值的問題，以為如此方能有理有據而不發空論，這

是他傳承下來的一種學術方法和態度。

　　不止一次聽一些老師說：「他呀，是社科院、中文系搖羽毛扇的人！」這話的意思是說他有主意、眼光準、思想深吧。許老師做事做人有原則，但這原則不是什麼上級或別人定的，而是他以自己幾十年的生活經驗和一貫的為人準則結合而成的，其實就是他常說的「有所為，有所不為」，因此不冬烘、不酸腐、沒有方巾氣。只要他想清楚了，便基本不改變，大到對事對人，小到論文選題或書名，大致如此。在我們眼裡，什麼事到他那就變得簡單了；出書時，知道他不給人寫序，也不會為我破例，就不再提出來煩他。看他近年寫的回憶錄，一個文革中愛談政治、有思想、談笑間「灰飛煙滅」的清談家形象真是呼之欲出。可在南大，我們幾乎領略不到他的這種風度了。大凡在家裡見他，師生們只談學術，少談風雲，幾乎不談風月。有時關涉文學史寫作中的一些問題，有時是他對一些現代作家的評價，有時說他最近看到的一些論文中的問題，有時也會涉及他在文學所、幹校時的往事。也有時，突然沒有話題了，空氣就有些悶，大家都不出聲，就那樣尷尬地坐著。不過，有一年我去聽他給碩士生開的「五四文學」課，卻有了新發現。高度近視的許老師，課堂上埋頭念稿子，到快下課了，他抬起頭，放下稿，喝一口茶，竟然開始漫談，有時說現實，有時談故事，頗有「審時度勢」的樣子，時間五分鐘。大家開始有點反應不過來，愣愣地望著他，以後幾乎每堂課都這樣收束。或許那就是當年清談風的存留？

　　清談、清議，是中國知識分子關懷世事的一種典型姿態。難怪，他對中國自由主義知識分子研究總是情有獨鍾，也非常欣賞現代文學史中那些有思想、有個性、有靈氣的作家。畢業後不久，他又把一個課題拋給我，敦促我去看自由主義知識分子的系列刊物。我開始時興致勃勃地搜羅了一堆刊物，沒曾想，讀下去味同嚼蠟，對那些宏文大論我直呼頭痛。他卻每次電話都要問，你讀到哪了，準備寫了麼？然

後和從前一樣很肯定地說：「這個題目可以做的！」這些年，我們就在電話裡踢著這單調的一來一往的皮球，以致我以為這是可以與老人持久進行的遊戲，我的策略是「陽奉陰違」，能拖就拖。許老師去世前來的最後一次電話，還說他正讀著趙紫陽的訪談錄，要我去找來看看。如此關懷世情、如此入世、以學術為生命的許老師，怎麼能撒手就走呢？而我，還有拒絕的機會嗎？

二

　　時間一長，我們開始想製造些快樂的空氣來打破先生與學生間略感拘束的空氣。有一天誰發現許老師的嘴變好看多了，就直截了當地問他，原來他「整容」了：補了牙齒，還重配了合適的眼鏡。許老師高度近視，眼鏡度數不夠，當然在路上就得「貼著牆走路了」。原來如此！那麼，現在能看清楚我們了吧？許老師說，嗯，不過也只能看個輪廓！我們面面相覷，我們這麼怕他，可他實際上連我們長啥樣都不知道。

　　有一天，許老師突然在女生樓下打電話，說要上樓來「吹牛」。我趕緊下樓，趁值班的不注意，把許老師給領上了樓。因為是吹牛，東拉西扯，話題很輕鬆，小沈還陪他抽了根煙呢，煙屑把我們新鋪的藍桌布給燒個洞。許老師聊天不忘正事，臨走時突然對我說，你去做林語堂研究怎麼樣？有幾個刊物。你搞散文研究，「論語派」是散文流派，題目不大，正適合做博士論文，題目就叫《「論語派」論》。後來我在此書出版的後記中寫到：「那天，許老師是騎自行車到南園來的，我送他回去，看他牽車。臨走時，他突然回頭說，把手頭論文寫完就去看《論語》吧，幾乎是不容置疑。」那時，南園裡學生多，我在後面看著真有點擔心。

　　我們在他家裡，聊過很多現代作家，他所喜歡的作家大多有著

「自由思想者」的氣質。說起丁玲，許老師確定地說，她很有自己的思想。說起李慎之先生，他遺憾地說，一直想去見一見的，後來從社科院調回了南京，就沒有找到機會。我們還喜歡問他被胡喬木點名的事，這事許老師的學界朋友們在不少文章裡有過回憶，這裡且不提。我喜歡打聽下放幹校的事，是因為曾聊到楊絳的《幹校六記》，才聽他說當年文學所分批下放，他與錢鍾書先生是同一批，最早下去，「先遣隊由錢鍾書、吳曉鈴、樊駿、王春元、欒貴明、張錫厚等人組成，我也在內。」當時只聽了個大概，覺得特別有價值。許老師退休後，他一有文章便打電話叫我去看，而我總是鼓動「一定要多寫回憶錄！」果然，後來我讀到了他的〈東嶽「五七幹校」〉等文章，和他的論文一樣，頗為平實、嚴謹。據說，為保證回憶中人事與時間地點的真實，他總是打電話給當年的朋友、同事，反覆落實各種細節。他的幹校回憶證實了楊絳先生文章中的一些細節，比如老鄉豔羨的「一人一塊大手錶」，比如錢鍾書先生負責燒開水而得綽號「錢半開」，比如錢先生的博聞強識，比如作為飼養員的何其芳先生那「豬憂亦憂，豬喜亦喜」的名言等等，這些史實對於當代史的研究者不無裨益。

　　有一回不知聊什麼，我問起「不生孩子好不好」的問題。他愣了一下，說：那還是生一個比較好。後來，我們幾個人得寸進尺，居然大膽問到許老師與師母的婚姻。先前聽說過師母先到許家數年才與許老師成親的事，但還是想聽他親口說。許老師卻只是說在外求學、工作幾十年，是師母守著句容老家大大小小的日子。然後，就看著師母的背影笑著說：她是這個家的大功臣！那時的師母豐滿利索，臉龐圓潤，幾乎看不到什麼皺紋，比起許老師的弓背遲緩，顯得年輕多了。好像要報答師母，在那些生活安定，心境好，身體也不錯的年頭，許老師會藉著開會或其他機會帶著師母去些地方遊玩，師母就一句話，「老許說怎樣就怎樣」，二人相互扶持，一路走來。我和小韋曾陪二老到鼓山湧泉寺遊玩，師母對著大小菩薩肅然起敬，許老師就在廟外

燃起一支煙等著，笑說：你們師母是每尊必拜。師母隨後又把我們拉進去，說要婚姻的要拜，要孩子的要拜。那天遊山的人很少，高山上茂密林子擋著熱氣，廟宇裡清涼舒適，出家的世界裡有一份很溫馨的俗世氣息，誰能拒絕師母那份樸素的關愛呢？

　　我曾說過許老師頗有江南「名士氣」，但還不是一般人說的那種。說起來，我們很少「賄賂」許老師，在一起吃飯的機會更不多。臨畢業時，我們上街挑了件襯衫送他，第二天邀請他來照相時，他竟善解人意地穿來了，皮鞋很亮，褲縫很直。南大校園裡，六月的陽光從梧桐葉裡漏下，長長的橫幅隨風輕揚，淺綠的草地與深綠的樹林形成對照，我們走遍校園的角落。在「金陵苑」碑前，許老師嘴裡含著煙，右手打火，左手圍著火苗，樣子十分閒逸灑脫。不久，他非要請吃飯，說歷來如此，一定要送畢業生的。點了不少菜，我們喝了不少酒，許老師自己不喝，卻鼓動師母和我們比酒，師母聽令，一點都不含糊，一邊說，不會喝哩，一邊就一杯了。畢業以後，師生間的關係好像突然比先前進了一大步。許老師的另一面更多地呈現出來，那不是一個不食人間煙火、不懂人情世故的導師，反而，和許多長輩一樣，有時因慈愛而「軟弱可欺」。我是那種交往中比較被動的人，許老師好像從不介意，是的，總是他先打電話過來，也沒有什麼事，多半談他又寫了什麼文章，登在哪個刊物，我便應承一定去看。還因為曾經見過我先生，他總是要順便問問，禮全而周到。我擱了電話就會高興很久又有些內疚。家裡換了幾任阿姨，每個人都認得「是南京導師的電話」。他中風後師母照顧得好，他也恢復得快，始終沒有戒煙，只是抽少了些，電話來得卻似乎比過去頻繁，總是說一切正常，又寫了什麼文章。直到去年春節，突然聽到電話那頭許老師哽咽著說：「你師母去世了。」聲音蒼老，無助，讓人心痛又不知如何安慰。此後幾個月許老師的世界坍了一大半，他嘗試過重建，但後來發現再也無法將它復原，乾脆放棄了這麼個苦活。

　　我生不生小孩、小韋嫁不嫁，好像一度讓他和師母都很掛心。記得畢業時他交代我在福州要儘快替小韋介紹對象，他的理論是，三十歲一過，女博士的婚姻就一年難過一年了。然後舉例說明。小韋很積極地找了些人「相親」，無果，由是提出離開福州做博士後去，許老師雖然不贊同，也還是出手幫忙。幾年後，小韋便牽著準夫婿見了導師。二○○四年許老師又來了次福州，一定要到家裡看我女兒，我以家住高層沒有電梯為由加以阻攔，但拗不過他。他慢慢地走上七樓，坐到木頭沙發上，我一歲多的女兒出人意料地挪到他面前，叫了聲「爺爺」，定睛看著他，還用小手摸了一下爺爺的手。許老師給女兒準備了一份見面禮，給我帶了隻南京桂花鴨。此時的許老師，就是一個普通的老人，在他眼裡，學生和他自己的孩子一樣。

三

　　在抽屜深處，我收藏著一封許老師的信，落款時間是「二○○一年十二月歲末」，當時我大概想申請去高校做博士後吧，便請他寫一封推薦信。他先表示支持，隨後依舊是談近期寫的文章：

> 最近一、二個月，比以前忙一些，先是到上海開兩個會。這次開會，寫了一篇七千多字的文章，大體意思是以一九一九年為界將中國文學分為古代時期和現代時期，除消所說近代學時期，現代時期一直可以延伸幾十年甚至幾百年，當代文學則始終指近十年的文學。文章採用大題大作的寫法，明年《文學評論》第二期可能用。本月二十九號又有三名博士生答辯，看了三篇論文。今年博士生課（講五週）結束後，舉行課堂討論，題目仍是分期問題。有五篇發言作為「筆談」推薦給《文藝爭鳴》，後來別的專業研究生知道了，還想叫我推薦文章，又同

《南方文壇》聯繫了一下，張燕玲說可以發筆談，但要許老師寫一篇放在前頭，這可難了我了，剛寫過一篇，哪裡會有什麼新看法，但不寫不行，寫了二、三天，才寫出兩千多一點，稍作修改可以交差了。這一篇題目還可以，叫〈量變的起點與質變的起點〉。

每每讀到這些，便憶起坐在許老師小書房裡聊天的情形。許老師的字方正，筆劃硬氣，有幾分拙樸，也可見出他性格的某一面。

　　學問中的導師、生活中的導師，僅此十年所給予我的教導和關心，讓我感懷一生。追悼會那天送別許老師，猶自悲傷不已。學生林強走過來安慰我說：「老師，我看見有隻蝴蝶從靈堂裡飛出來，向左邊方向飛走了。真的。我盯著看了很久。」先生的靈魂向哪兒去呢？是林木蔥蔥的南大校園？還是師母的身邊？化蝶是浪漫主義者的歸宿，不知是否合於先生的志向與趣味？愚鈍如我，無從猜測，惟願先生在天堂能過得快樂，自由。

二〇〇八年五月稿

二〇一七年十一月改定

後記

　　此書為《「論語派」論》的修訂版。舊書修訂重版，很需要勇氣，原因很簡單，新的學術成果層出不窮。為此，我搜集閱讀了二〇〇〇年後相關研究成果，並在修訂時有回應，也有吸收。由於時間和精力有限，主要修訂了「導論」部分，在第一章、第五章各增加一節，第六章增補了「第四節」、「第五節」。同時將近年來閱讀的相關研究專著補充到參考文獻內。增加的四個專節，均為不同時期的論文，算是論語派研究的後續成果。這樣可能與原章節的文氣、論述邏輯不夠契合，但總體上還不算悖離原有的研究旨趣。

　　曾經有學界朋友對我說，書未看時先讀了「後記」，覺得很喜歡。感謝同行這樣的鼓勵。我的「後記」一向寫不長，當時研究這一課題的因緣，在本書附錄的〈十年師生緣〉中已經談到一些。因為我的博士導師許志英先生喜歡給學生「命題」，而我的優點恰好是「聽將令」，所以接受了導師的建議，很快進入了論文準備階段：

> 　　一周後，我開始了相對固定的作息時間，相對固定的座位，相對固定的刊物，白天的大部分時間都在中文系安靜的資料室裡度過。那是些保存完好又十分豐富的舊期刊，只是不能複印，花去了我很多抄寫的功夫。現在回想一下，所有的畫面都有一種無聲的靜寂感。三年時間，那些閒適的大家，幽默的小品文，帶給我的可是一點也不閒適的日子。

　　原想借著這次重刊，結合學界新的研究成果，對本書進行一次大

幅修改和補充，不久發現，再花時間調閱資料，構思新章，根本是一種奢望。因此，將原「後記」裡的一段話照貼於此，說明研究中曾有的心結，今天依舊存在：

> 對這個文學流派的研究，前人已有不少成果。我為自己訂的目標是有所拓展，有所加深，將原本的零碎，系統而全面地加以整合。時間一長，有些東西浮了出來，從一開始的碎片到後來漸漸成形的塊狀物，包括刊物、包括流派成員的構成、包括散文特點、包括他們的文化理念和政治理念，有一種邏輯、有一種秩序在裡面，我希望抓住它們，希望手裡有一塊磁石，將它們吸引過來，再按照那秩序建構起它們。這塊磁石，是中國自由主義文學，這個結構的核心，或許可以說是論語派自由主義者對文學現代性的理解。就這樣花去了幾年的時間，還不能確定這個結構是不是東倒西歪。儘管有了結構有了邏輯，我仍然無法窮盡我的研究對象。有一些「點」你感覺到了，卻仍然懸浮物般地在那裡晃著，嘲笑著你的無力。它們也許才是最有魅力的吧。也有一些「點」，如林語堂的文學思想，寫了，可是除了重複別人的研究以外，沒有自己的話，掂量再三，放棄了。具體到每一章節的寫作，我想，對這樣一個人們比較熟悉的流派，加強一些問題意識，並儘量以一些新的理論來思考，甚至這種思考帶有某種不成熟，甚至理論的運用也是捉襟見肘，時露破綻，如能提供一點新的解讀線索，又何妨。

這些年仍然有一些碩士博士論文涉及論語派，有的重點放在林氏刊物的特色上，有的借用傳播媒介等理論，也有的專注於探討論語派小品文創作，成果說多不多，研究說熱不熱。當然如果把相關作家的研究也包括進來，如周作人研究、林語堂研究，成果就相當多了。在

我看來，進入二十一世紀後，流派研究不溫不火，主要因為現代文學重要流派的文獻搜集與研究，已相對完備，也走入成熟，要突破有一定難度；但是，與流派研究相關的期刊研究，卻頗為熱鬧，成為碩博論文的重要選題。這或許與今天的網路發達、便於搜集和閱讀舊期刊有重要關係吧。這裡面自然出現了不少好的成果，但也出現了我以為的過於依賴資料，堆砌資料，卻缺乏對史料的分析能力和理論觀照的現象。看起來，事無巨細的描述多，瑣碎重複的羅列也多，而問題意識少。研究者應當磨練將史料與史識相結合的本領，總不能只做裝資料的兩腳櫃子吧！在用盡力量搜尋史料、閱讀史料、把握史料的基礎上，還要時時想想許志英老師說的，「論文總是要論的」（許志英〈我的治學體會〉）。

從學術發展的進程來說，每個研究者都樂見自己的成果被閱讀、被徵引、被批評、被超越。但我沒有想到，最先回應的，是一個非學界的普通讀者。多年前，我的電子信箱裡出現一封信，來自安徽一位公務員，他說自己特別喜歡論語派的那些作家，還熱情地建議我再寫一部通俗些的「論語派」，使學術書也適合大眾讀者的閱讀。這封信令我非常意外，非常感動，當然也非常慚愧。三年前我讀到劉劍梅女士《莊子的現代命運》時，看到了其中對本書的一些評價與徵引，當時的心情不是自得，而是因為在不經意間求得友聲而暗自喜悅。在此，也對這位尚無緣結識的同鄉才女表達一份謝意。這說明，本書所涉及的一些問題實際上並不過時，換個角度看，還有進一步拓展與探討的空間。

論語派研究告一段落後，許志英先生繼續關心著我的學術發展。那時，他對現代中國自由主義知識分子很感興趣，某些問題思考了很久，便興致勃勃地建議我做相關課題。無奈我天性對政治不敏感，對胡適派學人群的那些宏文大論終究提不起太多興趣（不知是不是小品文讀多的緣故），儘管費勁搜集了不少期刊資料，最後還是擱下了先

生的期待。曾幾何時，自由主義（及自由主義文學）研究由冷而熱，而今卻現出了蕭條之景。我有時想，如果許先生還活著，他會怎樣評說呢？選擇此書修訂重刊，也是藉以表達對辭世整整十年的許先生深深的懷念。

　　二十世紀八十年代，福建師範大學中文系的中國現代散文研究在俞元桂先生的帶領下，碩果纍纍，在學界享有盛名。忝列於這個散文研究的梯隊裡，我目前的研究主要是散文文類文體研究、香港散文研究以及當代散文史的寫作，並一直受到姚春樹先生及汪文頂先生的鞭策和鼓勵。如今，姚先生也已駕鶴西歸，我則希望自己好好治治拖延症，儘快將成果改定出版，不負他的教誨。

　　最後，感謝臺灣萬卷樓圖書公司的熱忱支持。感謝福建師範大學文學院學術精品入臺出版計畫的推薦與資助。

呂若涵

二〇一七年十一月十八日

校慶日定稿於榕城蘭庭

作者簡介

呂若涵

福建師範大學文學院教授，文學博士。獨立主持多項國家社科基金專案、教育部人文社科基金專案；已出版《「論語派」論》（上海三聯書店，2002年）、《現代散文闡釋空間》（人民出版社，2015年）等學術著作；參與《中華散文發展通史》、《中國現代文學》等文學史、文體史的撰寫工作；在《文學評論》、《中國現代文學研究叢刊》、《文學評論叢刊》、《東南學術》等學術期刊發表論文數十篇。

本書簡介

本書圍繞論語派的生成衍變、刊物的個性風格和小品文的文體個性，著重探討論語派「幽默」、「閒適」、「自我」、「性靈」文學觀形成的時代語境、現代自由知識份子在各種爭論中體現出的堅執與矛盾、現代小品文所繼承的廣泛複雜的中西文化傳統、幽默閒適的現代性審美特質以及現代期刊與大眾文化關係等諸多重要問題。作者在細讀一九三〇年代相關期刊、充分掌握第一手史料的基礎上，跳出前人研究的窠臼，對論語派的歷史價值與文學成就進行了富有新意的闡析。

福建師範大學文學院百年學術論叢·第四輯　1702D02

另一種現代性──「論語派」論

作　　者　呂若涵

總 策 畫　鄭家建　李建華

發 行 人　陳滿銘

總 經 理　梁錦興

總 編 輯　陳滿銘

副總編輯　張晏瑞

編 輯 所　萬卷樓圖書股份有限公司

排　　版　林曉敏

印　　刷　百通科技股份有限公司

發　　行　萬卷樓圖書股份有限公司

臺北市羅斯福路二段 41 號 6 樓之 3

電話 (02)23216565

傳真 (02)23218698

電郵 SERVICE@WANJUAN.COM.TW

香港經銷　香港聯合書刊物流有限公司

電話 (852)21502100

傳真 (852)23560735

如何購買本書：

1. 劃撥購書，請透過以下郵政劃撥帳號：

帳號：15624015

戶名：萬卷樓圖書股份有限公司

2. 轉帳購書，請透過以下帳戶

合作金庫銀行　古亭分行

戶名：萬卷樓圖書股份有限公司

帳號：0877717092596

3. 網路購書，請透過萬卷樓網站

網址 WWW.WANJUAN.COM.TW

大量購書，請直接聯繫我們，將有專人為

您服務。客服：(02)23216565 分機 10

如有缺頁、破損或裝訂錯誤，請寄回更換

國家圖書館出版品預行編目資料

另一種現代性──「論語派」論 / 呂若涵著.

-- 再版. -- 臺北市：萬卷樓, 2018.09

面；公分. -- （福建師範大學文學院百年學術

論叢·第四輯·第 2 冊）

ISBN 978-986-478-165-2（平裝）

1.中國當代文學　2.文學評論

820.8　　　　　　　　　　107014154

ISBN 978-986-478-165-2

2018 年 9 月再版

2017 年 12 月初版

定價：新臺幣 520 元